Le choix du Roy

AF137370

Le choix du Roy

Amandine Weber

AVANT-PROPOS

Dans son discours, extrait de <u>Le Banquet</u> de Platon, Aristophane explique que les Hommes naissent à deux esprits dans un corps ; enfin cela était avant que Zeus, Dieu des Dieux, ne punît leur témérité - car leur force n'avait d'égale que leur orgueil. Ainsi les esprits furent-ils séparés en deux corps.
Tel est le châtiment des Humains pour avoir voulu égaler les Dieux. Nous n'aurons de cesse de trouver notre autre moitié…
Le nom d'amour est donc donné à ce souhait de retrouver notre totalité.

Mais que se passe-t-il pour les enfants jumeaux qui naissent monozygotes ? Ont-ils une seule et unique âme sœur pour deux ? Car ils ne sont originellement qu'un, ou bien est-ce que leur « moitié » est différente ?
Toutefois, et dans ce cas, les jumeaux se ressemblent tant que l'autre âme pourrait se méprendre sur sa moitié…

Caroline
Printemps 1543

«   *Ma chère Charlotte,*

Je viens enfin de poser le pied sur le territoire de nos ancêtres. La traversée a été longue mais fort heureusement pas trop mouvementée. Pardonne mon écriture un peu tremblante mais il fait froid et le feu n'a pas encore eu le temps de chauffer la chambre de l'auberge. Tu vois ! Comme je te l'ai promis, je t'écris le soir même de mon arrivée.
Je suis si heureuse d'être enfin en France ! Mais tu me manques, ma chère sœur, et c'est comme une plaie béante dans mon coeur de te savoir avec ce vieux Saint-Savin ! Pardonne-moi, je ne te soutiens pas beaucoup alors que, en plus, tu l'as épousé par ma faute... Je ne t'en serai jamais assez reconnaissante.
Bien, je te laisse car je suis épuisée mais, ne t'inquiète pas, je t'écrirai dès mon arrivée chez notre tante à Saint-Germain soit dans une dizaine de jour.
Je t'embrasse,
Ta dévouée et inestimable soeur,

Caroline »

Caroline sabla sa courte lettre et soupira en relisant doucement les quelques lignes qu'elle venait d'écrire pour sa jumelle.
Il ne lui avait point été aisé de quitter Charlotte même si les deux soeurs se voyaient rarement depuis les épousailles de sa jumelle en octobre dernier. Leurs parents avaient originellement prévu ce mariage pour elle, mais Caroline était trop sensible et elle avait même songé à entrer dans les ordres. S'imaginant les pires

desseins, Caroline de Lusignan avait envisagé de mettre fin à son existence. Cependant, Charlotte, sa jumelle à qui elle était encore rattachée par le bout de l'auriculaire à la naissance, la connaissait mieux que personne et s'était arrangée pour épouser à sa place le marquis de Saint-Savin, le gouverneur de l'Acadie française aux Amériques.

Les deux soeurs étaient aussi semblables que deux gouttes d'eau et même leurs parents ne parvenaient point à les dissocier. Il existait cependant quelques différences entre elles mais tellement minimes qu'il était difficile de les remarquer. Charlotte avait des cheveux plus longs que Caroline de presque deux pouces. Cette différence résultait d'un hiver alors qu'elles atteignaient à peine neuf années et où Charlotte s'était entraînée à faire une iroquoise sur sa soeur comme chez les Indiens. Les jumelles avaient ri durant des jours mais leur mère avait hurlé et pleuré des longs cheveux perdus de sa fille. Heureusement on était intervenu avant la fin de l'opération et l'on avait pu garder un peu de cheveux. Leur magnifique chevelure d'or était unique et leur couleur n'a d'égale que leur beauté ; ondulés, leurs cheveux étaient pourtant d'une souplesse incroyable et soyeux comme la meilleure des soies. Pourtant, les deux soeurs avaient des cils et sourcils beaucoup plus foncés que leur chevelure soit un peu plus que bruns, presque noirs faisant ressortir leurs grands yeux bleus profond qui tiraient sur le violet. De taille moyenne, elles avaient le même physique magnifique par les longues chevauchées à cheval qu'elles avaient pratiquées toute leur enfance. Leurs exploits dans les vastes forêts du Maine parmi quelques tribus indiennes leur avaient appris la chasse, le tir à l'arc – au grand dam de leur mère – ainsi que le combat à main nue. Leur peau avait conservé une jolie teinte nacrée que leur enfance au milieu du froid des Amériques du nord puis leurs quelques années d'éducation au couvent ont permis de garder pure. Les deux soeurs avaient des lèvres roses et pleines, des pommettes saillantes qui plissaient leurs yeux lorsqu'elles riaient, deux fossettes aux creux des joues et surtout, un sourire envoûteur. Elles possédaient de fines mains, l'une jouant du clavecin et l'autre du violon sur ordre de leur mère depuis presque aussi longtemps qu'elles savaient marcher. Leur port de tête et leur démarche élégante résultat certainement de leur royal héritage puisque leur arrière-grand-père était roy de France de son vivant. Les deux soeurs se déplaçaient silencieusement et leur pas ne faisaient aucun bruit. Deux anges des forêts. Voici comment on les surnommait dans leur enfance.

Elles adoraient rire ensemble, faire des courses à cheval, jouer à quelques réceptions ensemble en chantant (Charlotte au violon et Caroline au clavecin ou devant un orgue lorsqu'elles allaient à la cathédrale de Québec). En bref, elles étaient d'une beauté époustouflante, presque un rien scandaleuse.

Les jeunes filles avaient du sang royal dans les veines et cela s'en ressentait, comme si elles étaient marquées au fer rouge ou à la fleur de lys. Leurs parents ne cessaient de le leur répéter depuis la naissance mais, pourtant, les jeunes filles n'avaient que faire de cet héritage surtout au milieu des gigantesques forêts américaines. Leur arrière-grand-père était le fils du roy Charles et de la reine Emilie, née princesse de Merrikeleur. Il avait eu à son tour plusieurs enfants dont leur grand-père qui était toutefois le troisième fils de la lignée royale directe. Leur mère était le cinquième et dernier enfant de leur grand-père et elle avait épousé le comte de Lusignan alors que celui-ci venait d'une noblesse plus ancienne encore que la branche des rois français. La richesse familiale s'expliquait en grande partie par leurs investissements dans la marine française si bien que – tant pour veiller sur les bateaux que sur les colons – le roy de l'époque lui alloua la double charge de gouverneur de Québec et de l'Acadie Française. Des charges riches qui semblaient récompenser mais qui en réalité chuchotait la disgrâce. Il y avait trop de richesse et d'influence tant chez les Rambouillet (duché de leur grand-père et maintenant de leur oncle) que chez les Lusignan, alors que les deux familles se soient unies ne plaisait guère à la couronne.

La tante chez qui se rendait Caroline était la duchesse de Rambouillet, veuve du duc depuis maintenant une dizaine d'années. Elle avait deux enfants, deux mâles dont l'aîné avait hérité du duché. Le feu duc était le quatrième enfant, et troisième fils, du grand-père des jumelles mais le premier était mort fort jeune et le deuxième entré chez les Jésuites. Ainsi, le troisième fils avait hérité du duché ainsi que de la fortune familiale. Toutefois, le fils et la fille Rambouillet n'avaient qu'une année d'écart en âge ainsi avaient-ils passé leur enfance ensemble. Logiquement, après le départ de la jeune femme avec son nouvel époux le comte de Lusignan, ils avaient gardé une correspondance soutenue tout au long de leur vie jusqu'au décès du duc. Caroline savait que sa tante par alliance était sa marraine même si elle ne l'avait jamais vu de sa vie – ainsi que celle de sa soeur, évidemment. Sa mère lui avait demandé de la prendre à la cour et de lui trouver le meilleur époux possible.

Secrètement, la duchesse douairière n'avait guère accepté avec joie l'accueil de cette lointaine filleule, car elle craignait que la jeune fille ne fasse ombrage à sa propre progéniture. Elle savait de son feu époux qu'on disait les jumelles plus que jolies alors qu'elles n'avaient pas cinq ans. Depuis, la duchesse s'était préservée des Lusignan. Elle avait toujours un peu jalousé l'affection que portait son époux à sa soeur. Toutefois, à la cour, on entendait parfois des nouvelles des Amériques et le nom de Lusignan revenait régulièrement. La duchesse de Rambouillet n'ignorait donc pas que la seconde des jumelles, Charlotte, avait épousé quelques mois auparavant le marquis de Saint-Savin. Il était un riche traiteur de peau et sa famille pratiquait le commerce depuis des générations d'où son exil en Nouvelle-France. On disait que le marquis avait maintenant la soixantaine alors que la jeune épousée en atteignait à peine dix-huit. Il était laid alors qu'elle était « la perle de Québec ». Nul autre couple depuis des décennies n'avait alimenté autant de conversations tant le couple était mal assorti.

Quant à Caroline, la douce et introvertie demoiselle, elle aimait le silence et la prière dans laquelle la jeune fille pouvait réfléchir en paix. Cependant, le bonheur faisait partie de son quotidien et elle riait avec plaisir. Personne n'ignorait l'amour et l'affection que se portaient les deux sœurs. Il était rare de les voir séparées plus de quelques heures consécutives. L'une comme l'autre, tout comme leurs proches, ignoraient comme les jumelles supporteraient cet océan de distance.

Pour en revenir à la première des jumelles, elle adorait les promenades à cheval à travers les bois. De manière plus conventionnelle pour son époque, la demoiselle apprécie jouer du clavecin mais sa vive intelligence, comme pour Charlotte, inquiétait un peu sa mère car l'époque n'était guère aux épouses savantes. Toutefois, les jeunes filles avaient appris à cacher leur intellect que la société prenait presque comme une tare chez une femme. Caroline masquait son intelligence par ses lectures et ses prières alors que sa soeur privilégiait le sarcasme et l'ironie. Même si leur caractère était dissemblable sur certains points, les jumelles avaient les mêmes qualités et pratiquement les mêmes défauts. Un paradoxe qui étonnait encore aujourd'hui leurs proches.

Chapitre 1
Paris

Enfin ! Paris ! Enfin… pas tout à fait puisqu'elle arrivait seulement dans l'ancienne ville royale de Saint-Germain. Le Palais de Saint-Germain abritait encore régulièrement les monarques pour de longues escales ; temps partagé entre les châteaux du Louvre, de Saint-Germain, de Madrid et plus rarement de Vincennes qui vieillissait mal aux goûts du monarque. Pour les retraites plus privées, la famille royale et quelques privilégiés se rendaient à Fontainebleau.

La jeune fille scruta les rues avec un regard d'enfant découvrant un palais des mille et une nuits. Elle avait conscience de sa candeur mais jamais elle n'avait vu tant de monde, tant de choses et d'odeurs ! Certes, elle connaissait Québec, Ville-Marie et quelques autres ainsi que des cités américaines anglaises mais les écrivains avaient raison : les Amériques étaient un autre monde.

Caroline songea soudain avec tristesse qu'elle aurait beaucoup aimé partager ses découvertes avec sa jumelle. Elle regretta plus son absence à cet instant que depuis le départ. Certes, le Havres était étonnant mais le port, quoique grand, ressemblait à Boston. Trop d'agitation. Durant la dizaine qu'elle passa sur les routes la conduisant chez sa tante, Caroline avait eu le temps de s'accoutumer au climat plus clément de l'Europe. Elle avait regardé avec étonnement la nuit, la position étrange des étoiles et de la Lune depuis les auberges et les cabarets qu'elle fréquenta sans parler des gîtes. Il lui semblait que jamais elle n'avait vu tant de monde en une seule fois. Tous les jours la jeune fille voyait des visages différents et ces inconnus devenaient si nombreux qu'elle ne comprenait guère comment tant de personne pouvait exister sur la Terre. Elle secoua la tête en songeant à ce que lui aurait répondu sa soeur. Charlotte aurait ri aux éclats, le même rire qu'elle mais avec une pointe d'ironie et de gaieté dans le timbre qu'elle-même ne possédait point.

« *Lina,* aurait-elle dit en la regardant dans les yeux, *pensais-tu réellement que les Amériques étaient beaucoup fréquentées ? Il y fait froid, nous y mangeons mal et parfois difficilement et il y a les Indiens qui effraient la plupart des voyageurs... Je suppose que le monde est plus vaste et plus rempli que nous ne l'imaginerons jamais...* »

Alors que les larmes lui montaient aux yeux, la jeune fille sentit la voiture ralentir. Reprenant ses esprits, Caroline posa son regard sur l'extérieur. La voiture de poste, que sa tante avait pris garde de louer pour elle et qui la conduisait depuis le Havre, passait par la foire de Saint-Germain. Le cocher, dont elle avait fait l'effort de retenir le nom, lui avait aimablement proposé de passer par la fête que tout le monde connaissait. Caroline avait d'abord refusé indiquant qu'elle le retardait et qu'elle arriverait en retard ; ce à quoi monsieur Reglois rétorqua que sa tante ne pouvait savoir à quelles heures précises elle arriverait. La jeune fille finit par céder et, maintenant qu'elle voyait tout ce monde, ses yeux papillonnaient d'enthousiasme. Elle ne regrettait plus.

On était en début d'après dîner si bien qu'il y avait beaucoup de monde dans les rues. On criait par moment de laisser place à des voitures pour un comte, marquis ou autre et la jeune fille se penchait pour tenter d'apercevoir la tête de la noblesse française pour finalement hausser les épaules car, bien souvent, la jeune fille n'avait guère le temps de les voir. La jeune demoiselle se concentra plus sur ce qui l'entourait et les passants qui se pressaient dans les rues. Elle vit sur des estrades des jongleurs, des arracheurs de dents, des acrobates en tout genre, cracheurs de flamme... puis, il y avait la populace qui se bousculait et se serrait dans les rues de la foire de Saint-Germain. Rien que pour avoir vu cela, la jeune fille ne regretta point son voyage. Il y avait des personnes aussi dissemblables que possibles, de tous les âges, de toutes les classes sociales : des hommes, des femmes, des enfants, des mendiants, des bourgeois qui se prenaient pour des nobles, des personnes plus modestes, des nobles, des domestiques, des soldats, des pauvres, des gueux… Il y avait tellement de variété que la jeune fille ne savait pas si elle aurait assez de sa vie pour tous les répertorier.

Puis, ils s'éloignèrent des rues bruyantes de la foire et le silence s'abattit sur la jeune fille, lui ôtant soudainement toute sa joie. Ils arrivèrent près d'une heure plus tard, alors que les maisons et demeures plus splendides les unes que les autres se faisaient rares. En soupirant, la jeune fille descendit de la voiture de poste devant une grande grille qui donnait sur une magnifique et grande maison, à peine moins grande que leur château en Acadie. Certes, présentement ce n'était guère un château mais une demeure citadine, ce qui réconfortait l'idée de grandeur de la maison.

Alors qu'elle scrutait la façade visible depuis la rue de sa nouvelle maison, la jeune fille se surprit à penser qu'elle aurait préféré être élevée en France. Non point qu'elle eût à se plaindre de son enfance mais même si elle avait reçu une éducation stricte, la jeune fille avait grandi en habit d'homme et dans les bois du Maine à chasser parmi les Indiens. Toute à ses contemplations, la jeune fille ne remarqua pas que le cocher commençait à sortir ses bagages et que des domestiques de la livrée du duché de Rambouillet accouraient lui ouvrir et prendre ses affaires.

Ils s'inclinèrent tous dans un ensemble parfait pour lui souhaiter la bienvenue et la jeune fille tressaillit d'étonnement devant tant de révérence à son égard. Puis, un homme, un jeune homme, qui devait être à peine plus âgé qu'elle, sortit de la maison et avança dans sa direction. Caroline demeura un instant, figée par la nonchalance du jeune gentilhomme qui s'avançait vers elle. Mademoiselle de Lusignan resta sans bouger le temps que le gentilhomme s'approchât. A quelques pas d'elle, il eut un fin sourire enjôleur et s'inclina.

- Ma cousine, je suis enchanté de faire votre connaissance… je suis le duc Paul de Rambouillet.

Mue par un pur réflexe dû à son éducation, la jeune fille s'inclina.

- Je suis heureuse de vous rencontrer mon cousin.

Il sourit doucement alors qu'elle se relevait puis lui tendit son bras.

- Mademoiselle, laissez-moi vous accompagner à l'intérieur où ma mère et mon frère nous attendent. Je pense que Florent les aura déjà fait passer au salon…

Caroline prit le bras de son cousin, qui l'impressionnait, et le suivit ; elle ne savait pas quoi répondre, heureusement, Paul ne lui en laissa guère le temps puisqu'il enchaîna :

- Avez-vous fait bon voyage ?

- Assurément, je vous remercie.

- Je suppose que vous devez être épuisée après une telle chevauchée.

Pour la première fois, Caroline posa son regard sur son cousin qui capta son air intrigué alors qu'elle répondait.

- Je ne vois certes pas de quoi vous voulez parler… les routes étaient saines.

Il s'arrêta au milieu de la cour et la dévisagea. Avec sa soeur, Caroline avait appris à faire face aux hommes car les Indiens ne supportaient point que l'on détourne le regard ; ainsi soutint-elle par habitude le regard de son cousin sans ciller alors que celui-ci l'examinait en silence et paisiblement.

- Les rumeurs sont en dessous de la réalité, constata-t-il.

Caroline ne put masquer son désappointement, ce qui fit rire son cousin.

- Vous allez faire des ravages à la cour…

Alors qu'elle allait lui demander des explications, il reprit sa route en lui prenant de nouveau le bras.

Caroline se figea devant l'entrée. A jeune fille leva son regard angélique sur son grand cousin et demanda, hésitante :

- Puis-je vous poser une question ?

Etonné, le duc hocha doucement la tête.

- Suis-je… elle baissa la tête, soudain intimidée, suis-je différente des autres ? conclut-elle en cherchant son regard dans un sursaut de courage.

Il fronça ses étonnants sourcils noirs :

- Plaît-il ?

Caroline se retourna et chercha ses mots quelques instants avant de le regarder de nouveau.

- Je veux dire… puis elle se jeta : j'ai vécu toute ma vie avec Charlotte et les Indiens, aux Amériques. Je connais quatre langues et je parle cinq dialectes indiens, je joue du clavecin et je chante… pourtant, je n'ai aucune idée de ce qu'il convient de faire céans par rapport à ce que j'ai toujours connu. Alors ? Vous paraîtrais-je si différente des autres jeunes filles que vous avez l'habitude de fréquenter ?

Paul la considéra un long moment, ce qui fit rougir puis se détourner la jeune fille, avant de lui sourire.

- Oui et non. Oui, parce que vous êtes gracieuse, belle et que vous vous vêtissez convenablement, ceci devrait vous rassurer : vous ne semblez point débarquer du bout du monde. Toutefois, non. Je vous ai vue pour la première fois il n'y a pas cinq minutes, cependant, vous êtes différentes des autres femmes que j'ai pu rencontrer dans ma vie, de quelles que classes que ce soient.

Il la vit blêmir et son visage s'adoucit, décidément, elle avait déjà de l'influence sur lui.

- … ne vous tourmentez point. Cette différence vous aidera lorsque vous porterez des toilettes à la mode et lorsque vous vous serez acclimatée. Mais ce n'est toutefois pas ce qui m'a le plus marqué chez vous en premier lieu… vous êtes la femme la plus belle qu'il n'est été donné de voir à ce jour. J'ai quelques difficultés à croire qu'il en existe une seconde comme vous ! Et je ne dis point cela parce que vous êtes ma cousine.

17

Le retour de son ton léger rasséréna la jeune fille qui sourit. Le jeune homme termina en lui ouvrant la porte :

- Ne vous en faites pas, tout se passera bien pour vous.

Des domestiques les débarrassèrent de leur manteau et la jeune fille entra, tête baissée, dans le salon. Elle s'avança, toujours son cousin à ses côtés. Caroline entendit un bruit de couvert qu'elle identifia sans mal comme une cuillère au fond d'une tasse alors que l'on remue un thé. Fidèle à son éducation, la jeune fille se plongea dans une révérence parfaite. Alors qu'elle sentait son cousin s'éloigner, Caroline entendit sa tante lui parler.

- Relevez-vous ma chère, vous êtes maintenant ici chez vous et je vous souhaite la bienvenue.

Une fois exécutée, Caroline sourit timidement :

- Je vous remercie de m'accueillir ici…

- Mais c'est tout naturel voyons ! Vous êtes ma filleule ! Venez près de moi que je vous examine et que vous puissiez prendre une tasse de thé… vous devez être épuisée après un tel voyage.

Encore ! Mais qu'est-ce que c'était que cette question stupide ? Les Français ne partaient donc jamais en voyage ?

Elle, avec sa sœur et leurs parents, ils parcouraient au moins quatre fois dans l'année l'Acadie française et le Canada dans des roulottes ou des chariots quand ils n'étaient pas en voyage en Nouvelle-Angleterre ou sur le bateau. La jeune fille avait la sensation d'avoir passé sa vie à cheval. Certes, le voyage avait été long et un peu fatiguant mais pas de quoi la faire asseoir comme une malade… En soupirant discrètement, la jeune fille s'assit près de sa tante qu'elle détailla : elle devait bien avoir une cinquantaine d'années. Elle avait des cheveux blonds, presque blanc qui lui donnait un air d'être céleste dont on aurait troublé le repos. Elle était grande et mince – pas étonnant que Paul soit si grand avec une mère pareille ! – mais ce qui l'étonna le plus fut ses yeux verts. Elle était originaire de Normandie et si son teint n'était pas parfait, elle demeurait belle. Caroline ne douta pas qu'elle avait dû être d'une beauté remarquable lorsqu'elle avait son âge.

La jeune fille tourna la tête dans la direction de ses cousins qui s'étaient installés de l'autre côté de la table basse, sur un somptueux fauteuil. A gauche se trouvait le duc de Rambouillet qui l'avait accueilli à la porte. Il était très grand comme elle l'avait vu à son arrivée. Il avait des yeux noirs et les cheveux de la même couleur et bouclés. Son origine espagnole était plus visible chez lui que chez son frère ou que chez sa cousine. Il avait une physionomie avenante et son corps mince, très mince, ne l'empêchait pas de sembler très fort. Il avait des mains très larges et fortes, pleines de cales attestant qu'il savait se battre. Les lèvres pleines, il souriait pour un rien et il possédait les mêmes fossettes que sa cousine. Son autre cousin se tenait à la droite de son frère et observait Caroline avec suspicion. La jeune fille apprit qu'il s'appelait Thibaut, il ressemblait à un archange. La jeune fille se surprit à penser à l'archange Gabriel sans trop savoir pourquoi... en fait si elle savait : il avait des cheveux blonds comme les siens et plus ondulés mais avec quelques reflets roux qui émerveilleraient plus d'une fois la jeune fille. Le second fils des Rambouillet atteignait à peine ses vingt ans. Ses yeux étaient de la même couleur que ceux de sa mère soit verts tels des péridots. Il avait le même regard intense que sa mère et point la gentillesse de son frère. D'une beauté plus exotique et atypique que son aîné, il était beaucoup moins avenant que celui-ci en raison de sa froideur et de sa réserve évidente à son égard. Caroline eut un hoquet de surprise en se demandant ce qu'elle avait fait de mal... Plus petit que son frère, il était moins mince et possédait une musculature plus développée sans être non plus extravagante.

La jeune fille se souvint alors des bonnes manières et elle se tourna vers sa tante en souriant :

- Je ne vous remercierai jamais assez de me garder chez vous...

- Mais je vous en prie mon enfant...

- Et ma mère a même fait un peu plus… s'enthousiasma Paul.

Tous les regards convergèrent vers la duchesse qui fusilla son fils aîné du regard, visiblement, elle aurait voulu être l'investigatrice de la nouvelle ; puis, face au regard interrogateur et curieux de sa filleule, la tante lui prit la main en souriant :

- Vous ne le savez sans doute point mais je suis responsable de la maison de la reine…

Caroline acquiesça :

- Si-fait madame, ma mère m'en a fait part il y a quelques années lorsque le roy a épousé la reine et que Sa Majesté vous a attribué cette importante charge.

La surprise se peignit sur le visage de sa tante mais celle-ci se reprit rapidement.

- Bien, si vous le savez… la cour a entendu parler de votre arrivée et j'ai demandé à la reine – que j'affectionne beaucoup – si elle n'aurait point une charge vacante pour vous…

Une lueur d'intérêt et d'étonnement naquit au fond des yeux de la jeune fille alors que sa tante souriait et reprenait :

- Enfin, dans sa profonde générosité, Sa Majesté m'a fait part à votre intention d'une charge libre de dame d'atour dans Sa maison.

Caroline blêmit :

- Vous… vous voulez me dire que…

- Qu'à partir de demain vous aurez d'ores et déjà votre place à la cour ? Oui demoiselle, demain, vous serez présentée à la reine comme il se doit et vous entrerez dans sa maison.

Une bouffée d'angoisse mais aussi de reconnaissance envahit la jeune fille qui se mit à trembler.

- Ma tante… je ne sais pas quoi dire…

- Rien, lui dit sa tante en souriant et en lui caressant la joue du dos de la main, ne dites rien mais faites honneur à votre nom…
à partir de demain, on parlera de vous à travers tout le royaume. Je compte sur vous.

La duchesse cacha sa délectation en voyant sa nièce cesser de respirer et son regard s'agrandir de terreur. En effet, Caroline avait quelques difficultés à respirer rien qu'à imaginer que la réputation de sa famille tenait de ses actions. Certes, cela aurait été plus simple pour sa sœur… même si le résultat n'aurait certainement pas été le même. Il valait mieux pour la famille que Caroline la représentât mais la jeune fille aurait préféré que sa jumelle soit à ses côtés pour l'encourager. La jeune fille inspira profondément… peut-être aurait-elle mieux fait d'épouser le marquis de Saint-Savin.

Mademoiselle de Lusignan s'installa dans de magnifiques appartements du deuxième étage. Si le confort qu'elle avait possédé toute sa vie lui avait paru plus qu'enviable et suffisant, la jeune fille se rendait aujourd'hui compte que la richesse n'était pas du tout la même sur les deux continents. Alors qu'elle était accoutumée à un style de vie relativement aisé, la jeune fille se retrouvait plongée dans le luxe et la richesse.

La jeune fille terminait de se préparer avec l'aide de deux servantes, le lendemain matin, quand on frappa doucement à la porte. Son cousin entra sans attendre la réponse et en souriant.
- Bonjour chère cousine ! Je suis chargé de vous escorter ce jourd'hui car ma mère a dû partir tôt ce matin à Vincennes car le roy et la reine rejoignent en ce moment-même Saint-Germain où vous serez présentée à Sa Majesté après le dîner.
Le jeune gentilhomme était suivi par une servante qui portait un paquet qu'elle déposa sur le lit de la jeune fille après s'être incliné devant celle-ci. Caroline la regarda faire avec un étonnement non feint, ce qui attira le regard de son cousin qui lui expliqua :
- Ho, je vous présente Delphine, elle a été chercher ce matin une robe que ma mère vous a faite faire pour votre présentation à la reine. Le couturier de la famille passera demain afin de vous

faire de nouvelles toilettes car celles que vous avez ramenées ne sont… eh bien, point du goût de la cour de France, n'en prenez pas ombrage ! Je vous laisse donc vous vêtir et je vous attends dans la salle à manger pour le déjeuner !

Sa cousine n'eut guère le temps de répondre, il s'inclina avec exagération – faisant sourire la jeune fille – et quitta la pièce aussi précipitamment qu'il y était entré. La chambre demeura quelques secondes silencieuses après le départ intempestif du jeune duc puis Caroline reprit ses esprits et éclata de rire. Un rire gai et spontané comme elle n'en avait connu depuis son départ pour sa patrie natale.

La toilette que lui avait faite faire sa tante se trouvait, après essayage, à peine trop longue. Quelques ajustements par sa servante aux doigts habiles et le vêtement lui correspondait parfaitement. Jamais elle n'avait porté de toilette si somptueuse et la jeune fille profita quelques secondes du luxe qu'on lui accordait. Après avoir été coiffée et fardée comme le voulait la mode de la cour de France, la jeune fille se regarda dans le miroir et grimaça. Non, elle ne se reconnaissait pas. Caroline avait la sensation d'être une poupée de porcelaine… la jeune fille retira une bonne partie de la poudre blanche qu'appliquait Delphine depuis de longues minutes ainsi que quelques-unes des perles qui ornaient ses cheveux. La domestique protesta mais la jeune fille la fit taire :

- Je n'ai guère été élevée à me peindre le visage telle une toile ! Je jouis en plus d'un teint assez pur pour me passer de toutes vos fanfreluches.

Lorsqu'elle descendit rejoindre son cousin celui-ci hocha la tête :

- Joli mélange entre nos origines royales et votre éducation sur le nouveau continent.

- Que dois-je comprendre de cette remarque ?

Le jeune duc haussa les épaules :

- Harmonieux, c'est tout ce que je dis. Maintenant, venez vous restaurer ma cousine sinon nous serons en retard pour votre présentation à la cour, ce que nous ne souhaitons ni l'un ni l'autre n'est-ce pas ?

L'espièglerie de son cousin l'amusait beaucoup. Retenant un gloussement, la jeune fille se mit à table.

Chapitre 2
La cour

Depuis qu'elle était enfant, dans le fond des forêts américaines, Caroline aimait jouer avec sa sœur à s'imaginer le Louvre, la cour et ses fastes. Cependant, maintenant qu'elle était proche de faire face à tous ces gens, la jeune fille ne riait plus. Son cœur battait beaucoup plus rapidement qu'il ne le devrait et son cerveau réfléchissait à toutes les éventualités qui pouvaient survenir.

Son cousin, assit à ses côtés dans le carrosse qui les emmenait à Saint Germain, a à peine une lieue de la demeure des Rambouillet, lui sourit, conciliant.

- Ne vous en faites point ! Je suis certain que tout va très bien se passer ! Après tout… vous êtes une cousine éloignée du roy… tout comme nous ! La reine ne peut que vous accepter.

- Mais justement ! s'affola la jeune fille. Imaginez que je ne fasse pas honneur à notre nom !

Le jeune duc éclata de rire :

- Mais qu'allez-vous chercher ma chère ? A la cour il n'existe que deux moyens de survivre : plaire au roy et vous taire.

- Plaît-il ?

- Il faut plaire à la cour. Or, vous êtes belle, jeune, nouvelle, exotique et de surcroît princesse royale. Vos moindres faits, gestes et paroles seront relevés et analysés par les quelques cent cinquante familles admises à la cour. Le mieux est donc de vous taire les premiers temps le temps de vous accoutumer aux… charmes de la cour si je puis dire.

Lasse d'avance, Caroline soupira et regarda passer le paysage, plus anxieuse que jamais.

Quelques instants après, la joyeuse voix de son cousin s'éleva de nouveau :

- Tenez, voici le château de Saint-Germain.

Le château de Saint-Germain était la nouvelle résidence royale. Achevée à peine une dizaine d'années auparavant, le grand-père du roy n'avait guère eut le temps d'y séjourner très longtemps puisqu'il avait quitté le monde terrestre deux années seulement après la fin de sa construction. Son petit-fils, l'actuel souverain prénommé Charles Henri, atteignait ses seize ans et avait ainsi pu prendre le pouvoir sans passer par une régence ce qui aurait été fâcheux. Orphelin depuis l'âge de cinq ans, le souverain avait perdu sa mère à la naissance de sa petite sœur (la « petite Madame », elle-même décédée à l'âge de cinq ans) et son père d'une péritonite deux ans après le trépas de son épouse. Charles Henri fut dès lors l'unique héritier direct de la couronne de France. Il avait une tante, Madame de Toulouse, prénommée Emma, qui avait épousé le comte de Toulouse et tous savaient à la cour que le couple aurait beaucoup apprécié prendre le pouvoir. Cependant, à cause de la Loi Salique, elle n'était nullement considérée comme une héritière potentielle…. Ses fils ne pouvaient donc prétendre s'asseoir sur le trône de France. Le couple avait pourtant trois fils qui vivaient à la cour : les comtes de Besançon, de Montloup et de Niort. Ces cousins royaux avaient tous à peu près l'âge du monarque. L'autre tante de Sa Majesté, Madame Adeline, de qui le monarque était plus proche car d'à peine dix ans son aînée, s'était mariée très jeune sur ordre de son royal père mais se trouvait veuve depuis très longtemps et elle se satisfaisait parfaitement de la situation. Ainsi, si le monarque venait à mourir, le premier héritier mâle direct serait le duc Paul de Rambouillet. On le murmurait, on le savait mais rien n'était officiel.

Le duc de Rambouillet et sa cousine arrivèrent devant le royal château blanc et l'angoisse de la jeune fille disparue lorsqu'elle vit l'édifice. La peur laissa place à la stupéfaction. Et dire qu'elle pensait avoir tout vu ! Evidemment, elle avait grandi dans des contrées lointaines et elle avait toujours cru que ce qu'il y avait de plus beau au monde étaient ces immenses forêts vierges du

Maine. Aujourd'hui elle découvrait que la civilisation et la vie citadine pouvait avoir aussi ses charmes. Son jeune cousin l'observait en souriant, émerveillé et amusé de sa candeur.

Ils passèrent par un pont pour entrer dans la cour intérieure du château, Caroline toujours à la fenêtre à contempler tout ce que pouvaient voir ses yeux.

De son entrée dans le château et des gens qu'elle avait pu y rencontrer avant sa présentation avec la reine, Caroline ne garda pratiquement aucun souvenir tant le château et sa décoration l'émerveillaient.

Paul la guidait et parcourait rapidement les couloirs, connaissant sans doute tous les recoins des palais royaux. Ils finirent par entrer dans les appartements de la reine et son cousin l'amena à sa mère.

- Avez-vous bien dormi ? lui demanda sa tante.

Caroline sortit de sa torpeur et sourit à la duchesse de Rambouillet.

- Oui madame.

- Ne soyez pas si nerveuse ! Sa Majesté est une femme exceptionnelle. Elle a un cœur en or et elle est d'une douceur étonnante.

Le roy Charles Henri avait épousé cinq années auparavant l'infante d'Espagne Isabel. Depuis, la reine avait fait trois fausses couches et un petit garçon mort-né mais aucun enfant n'avait encore vu le jour dans la maison royale. Cependant, le roy ne se décourageait pas et continuait avec une régularité étonnante d'accomplir ses devoirs conjugaux malgré la tristesse de la reine de ne pouvoir enfanter. Le souverain avait alors dit à une épouse en larmes ces célèbres paroles que le monde entier connaissait après la mort de l'enfant un an auparavant « *Vous et moi sommes encore jeunes Madame, et avec la grâce de Dieu, nous aurons bientôt des fils* ». Toutefois, depuis la naissance de ce petit garçon mort-né, la reine ne semblait plus pouvoir porter la vie. D'après les rumeurs, ses menstruations même étaient aléatoires.

- Calmez-vous ! lui ordonna son cousin. Souvenez-vous que la reine a seulement cinq années de plus que vous.

Caroline ferma un instant les yeux pour se calmer et parla à sa sœur

Charlotte, aide-moi s'il te plaît ! J'ai besoin de ta force ma sœur !

Phénomène étonnant qu'ils virent pour la première fois, le duc et la duchesse virent Caroline, les yeux fermés, se détendre d'un seul coup, se redresser et, lorsqu'elle rouvrit ses étonnants yeux bleus violets, un éclair de détermination passa dans son regard. Cependant, Paul aurait juré que ce n'était pas Caroline, l'espace d'une fraction de seconde, qui se tenait en face de lui.

La jeune fille avait senti la force de sa sœur l'envahir malgré la distance. Elle sentait que sa jumelle la soutenait et était près d'elle même si personne ne les croirait.

- Je suis prête.

- Alors venez mon enfant.

Caroline sentit le bras de sa tante se poser sur ses épaules sans doute pour la réconforter. Après quelques traversées de pièces toutes richement meublées, le trio s'arrêta devant une grande porte à double battant.

- Derrière cette porte, il y a la reine qui nous attend avec une bonne partie de la cour. Du moins, celle qui n'est pas à la chasse avec Sa Majesté.

- La reine ne va donc pas chasser avec le roy ? s'étonna la jeune fille.

- Ciel ! Non ! s'indigna sa tante. Sa Majesté à une chasse ? La voyez-vous assise derrière un homme pour se tenir ? Ou alors préféreriez-vous qu'elle monte seule et risque de chuter ?

Caroline se tut et baissa les yeux, gênée. Certes, il ne fallait pas risquer que la reine tombe mais pourquoi tomberait-elle plus que le roy ? Cependant, Caroline comprit qu'il y avait plus de différences encore qu'elle ne l'avait songé entre les Amériques et l'Europe. Ainsi maintenant elle ferait ce qu'elle faisait le mieux en attendant de tout savoir : elle se tairait.

- Evidemment non ma tante. Pardonnez ma sottise.

La duchesse soupira, exaspérée, mais reprit rapidement son visage de circonstance.

- Bien, laissons cela ; mais je vous conseille de vous taire à l'avenir. Princesse ou non, mademoiselle, vous risquez de me nuire ainsi qu'à mes enfants alors taisez-vous ou c'est moi qui vous ferez taire !

Caroline tressaillit et croisa le regard soudain froid et glacial de sa tante. La jeune fille comprit qu'elle ne plaisantait pas.

- Oui madame.

- Bien, allons-y maintenant.

Avant d'entrer dans la pièce où l'attendait la reine et la cour de France, la duchesse lui rappela une dernière fois le protocole, heureusement guère très compliqué.

La duchesse entra d'abord et Caroline entendit qu'elle la présente. Inspirant profondément, la jeune fille entra à son tour.

La pièce était grande mais peu meublée car destinée à recevoir les invités de la reine. La souveraine se tenait sur un trône au fond de la pièce avec deux personnes de part et d'autre de sa royale personne. A sa gauche sa tante et à sa droite – elle l'apprit plus tard – son amie d'enfance qu'elle avait eu droit d'amener en France. Il n'y avait que des femmes dans la pièce mais cela n'étonna guère la jeune fille car elle n'était après tout qu'une nouvelle dame d'atours. Devant la reine, Caroline fit une profonde révérence avant de se redresser et de fixer la reine.

Effectivement, Isabel était à peine plus âgée qu'elle. Mais si Caroline symbolisait le soleil avec sa peau blanche, ses profonds yeux bleus et ses magnifiques cheveux blonds, la reine elle, représentait plus la nuit.

On ne pouvait pas dire que la reine de France était belle mais elle avait quelques joliesses dans les traits du visage. Brune, cheveux frisés, yeux marrons, elle pouvait sembler banale mais brillaient dans ses profondes prunelles noires une gentillesse et une résignation qui bouleversèrent la jeune fille. Vêtue à la dernière mode, Caroline se fit cependant la réflexion que ces toilettes ne la mettaient pas du tout en valeur. Un peu potelée, les rondeurs de la reine avaient quelque chose d'étonnant qui l'embellissaient. La jeune fille songea toutefois qu'un peu d'exercice journalier ne pourrait point lui nuire.

Sa Majesté parla alors, avec un fort accent espagnol :

- Eh bien eh bien, je rencontre enfin un des anges des forêts canadiennes. Car c'est bien ainsi que l'on vous surnomme avec votre sœur ?

- Oui Votre Majesté, rougit Caroline.

Elle se souvenait effectivement qu'on les surnommait ainsi, les jumelles de Lusignan, deux anges des forêts.

- Avez-vous fait bon voyage ?

- Oui, Votre Majesté.

- Fort bien. Vous m'avez l'air d'une enfant timide, n'est-il point ?

- En... en effet Majesté.

La reine lui sourit :

- Nous tenterons de vous conserver votre caractère candide. Mademoiselle de Lusignan, bienvenue à la cour.

Caroline se plongea de nouveau dans une profonde révérence et recula, comprenant que l'entretien était terminé.

Quelques heures plus tard, Caroline avait pris sa place auprès de la reine et rencontré plus de personnes qu'elle n'en croyait possible en si peu de temps. La moitié des noms lui sortirent d'ailleurs de l'esprit et elle se promit de tous les retenir rapidement.

L'été à présent bien implanté dans le royaume, il faisait suffisamment chaud pour que la reine décide d'aller se promener dans les jardins du château tôt le matin, avant la messe.

C'est pendant cette promenade que la jeune fille croisa de nouveau son cousin. Elle ne l'entendit pas arriver si bien qu'elle sursauta lorsque sa voix jaillit au-dessus de son épaule.

- Alors, la reine ?

- Seigneur, Paul ! Vous m'avez fait une de ces peurs ! La reine… est une des femmes les plus douces qui m'ait été donnée de rencontrer.

- Venant de vous, le compliment a d'autant plus d'importance.

- Que voulez-vous dire ? le questionna la jeune fille, les sourcils froncés.

- Ne vous mettez point martel en tête, simplement vous êtes une jeune fille très douce et gentille à ce qu'il me semble…

- Ho… eh bien merci.

- Je suppose que vous viendrez au bal de demain ?!

- Euh… à vrai dire, je ne sais. Sous le regard perplexe de son cousin, la jeune fille expliqua : ma tante ne m'a rien dit depuis la présentation ni la reine alors…

- En tant que dame d'atours de Sa Majesté, vous ne pouvez guère ne point vous présenter aux réceptions officielles.

Caroline haussa les épaules.

- Nous verrons, j'ai encore vingt-quatre heures.

- Votre tempérance et votre calme m'époustouflent.

La jeune fille haussa les épaules.

- Je ne vois pas en quoi, ce n'est qu'un bal. Un jour, je me suis retrouvée avec Charlotte en face d'un ours. C'était la fin de l'hiver et nous venions à peine d'avoir neuf ans.

- Et… vous êtes encore vivante ?

Caroline éclata de rire.

- Evidemment ! Les Amériques ne sont guère tendres monsieur, ne pensez point que j'ai eu une enfance comme la vôtre ! Je pense même que la cour est moins sauvage que les forêts de l'Amérique.

- Humm, permettez-moi d'en douter mademoiselle.

- Soit, admettons.

- Mais… comment vous en êtes-vous sorties avec votre sœur ?
- Avec l'ours ?
Son cousin acquiesça. Caroline haussa les épaules et mademoiselle de Blois l'appela à cet instant. La jeune fille lui répondit en s'éloignant comme s'il s'agissait de la chose la plus banale qui soit :
- J'avais mon arc et ma sœur ses poignards… nous l'avons tué.
Abasourdi, Paul vit sa cousine s'éloigner en songeant qu'elle n'était peut-être pas si naïve que cela finalement. Malgré lui, un sourire naquit sur ses lèvres.

Le lendemain du bal, Caroline s'installa à son bureau, tailla sa plume et s'apprêta à écrire à sa sœur, sa jumelle, la moitié de son âme. Sans avoir besoin de réfléchir, les mots se suivirent car elles ne se cachaient rien et elles se comprenaient toujours même à mi-mots.

« *Ma chère Charlotte,*
Je me demande si je n'aurais pas mieux fait finalement d'épouser ce vieux croûton de Saint-Savin (désolée de parler de ton époux en ces termes ma chérie). La France est un pays magnifique. Toutefois, si les paysages sont beaux, ils sont plus - comment dire ? - petits que ceux du Maine, du Canada et de l'Acadie. Nous sommes en été et il fait une chaleur non pas insupportable comme à Québec même si tout le monde soutient autour de moi que c'est insoutenable mais il y a un petit vent frais qui me permet de ne pas succomber. Bref, je te parlerai des paysages et de la chaleur plus tard, lorsque mes premières sensations du pays de nos ancêtres seront assimilées. Tu verrais Saint Germain ! Et rien que le manoir de notre tante aux environs du palais royal est incroyable ! Quant au château royal, il n'a rien avoir avec le château à Québec. Je n'ai point été à Paris encore mais cela ne me manque pas encore tant les beautés et les nouveautés de la ville de Saint Germain me

suffisent pour le moment. Paul - notre cousin duc de Rambouillet - s'amuse de me voir si infantile devant ces choses qu'il connaît depuis sa plus tendre enfance.

En parlant de notre cousin, c'est quelqu'un d'exquis et je suis certaine que tu l'adorerais ! Notre autre cousin, Thibault, est beaucoup plus réservé surtout à mon égard mais je ne pense pas que ce soit une mauvaise personne. Quant à notre tante, je ne sais si elle est juste ou non. Je crois discerner en elle deux visages. La façade, celle des convenances puis le visage officieux, son côté sombre, ce qu'elle est vraiment. J'ai l'impression qu'elle ne m'aime pas beaucoup. Mais rassure-toi, je ne suis pas comme toi, il ne m'arrivera rien parce que je ne le provoquerais sous aucun prétexte.

Le lendemain de mon arrivée, il y a à peine une semaine et pourtant j'ai l'impression d'être là depuis un mois !, j'ai été présentée à la reine. C'est une femme très gentille et je l'apprécie énormément J'ai beaucoup de respect pour elle malgré le fait que je ne la connaisse que depuis quelques jours. Elle m'a prise sous son aile parce qu'elle sait qu'il est difficile d'arriver d'un autre pays et d'être le sujet de tous les regards qui n'attendent qu'une seule chose : que vous commettiez un impair. Je n'ai point encore rencontré le roy, je ne l'ai aperçu que de loin, hier, pendant le bal. Il est grand ! Tellement grand ! C'est amusant mais je ne le l'imaginais pas du tout ainsi. Il était avec sa maîtresse du moment, la demoiselle d'Abbeville. Je l'ai rencontrée : cette jeune fille est une chipie qui profite de sa faveur ! Mais tout le monde sait que le roy ne s'attache pas longtemps à ses favorites, et que c'est pour cette raison que la reine les tolère avec autant de... majesté. Je sais, tu vas dire que je ne te parle que de la cour au lieu de te parler de moi mais nous savons toutes les deux que tu ressens ce que je ressens au moment où je le vis. Alors ce n'est pas la peine que je prenne la peine de l'écrire.

Le bal d'hier... le bal donné pour la Saint Jean, je pense que je m'en souviendrais toute ma vie ! Tant de lumière ! Tant de richesse, de nourriture ! Seigneur, Charlotte ! Nous sommes tellement ignorantes de tout cela ! Je portais une magnifique robe verte brodée de fils d'or, tu n'as jamais vu cela et moi non plus ! J'avais l'impression d'être... une princesse ! Non pas une princesse pour nos parents et notre entourage mais dans mon cœur, tu saisis ? Oui je sais que toi tu comprends ce que je veux dire même si mes mots ne sont pas très clairs.

Je vais te laisser, il faut que je me rende maintenant à Saint Germain pour prendre mon service auprès de la reine (j'ai dû sauter le déjeuner pour ne pas être en retard et prendre le temps de t'écrire).

Avec tout mon amour et toute ma tendresse,

Caroline »

Chapitre 3
Le roy

Bientôt à la cour, la présence de mademoiselle de Lusignan devint une habitude. On s'accoutuma fort rapidement à cette jolie jouvencelle et les gentilshommes de la cour s'amusaient à la faire rougir dès qu'ils en avaient l'occasion. Cependant, on demeurait courtois et respectueux car il ne fallait point oublier qu'elle était la protégée de la reine, la filleule de la duchesse de Rambouillet et enfin – et non des moindres – mademoiselle de Lusignan était une cousine du roy. Eloignée certes, mais elle appartenait tout de même à la famille royale.

Caroline se rendit rapidement compte que la cour était encore pire que ce qu'en disait sa mère. Elle était trop jeune et cette réalité la heurta de plein fouet. On ne l'approchait pas pour sa gentillesse ni par amitié mais simplement par intérêt : parce qu'on désirait approcher la reine ou simplement voir de plus prêt la petite « Indienne ». Oui, à la cour, on la surnommait la belle Indienne. Parce qu'elle avait vécu toute sa vie en Amérique. Mais était-ce de sa faute ? Non, mais les courtisans n'en avaient cure, cela les divertissait, c'était tout ce qui importait. Heureusement, Caroline se lia d'une amitié solide avec son cousin Paul et une des dames de compagnie de la reine en la personne de la comtesse Christelle de Harcourt.

La comtesse de presque vingt-deux ans avait épousé le comte de Harcourt – une des plus anciennes familles de la noblesse française de Picardie – depuis presque trois ans. Les deux jeunes femmes s'entendaient très bien, à tel point que la reine remarqua leur complicité et les félicita.

Caroline rencontra le roy à plusieurs reprises tandis qu'il croisait la reine dans les couloirs ou pour se rendre à quelques réceptions. La jeune fille demeura subjuguée par le monarque lorsqu'elle le vit pour la première fois de près, soit quelques heures à peine après la lettre qu'elle écrivit à sa jumelle.

Celle-ci se rendait dans les jardins, accompagnée de Caroline et la comtesse de Harcourt, les autres étant demeurées dans les appartements de la reine ou bien déjà dans les jardins – telle la duchesse de Rambouillet – à organiser la sortie de Sa Majesté. Christelle lui donna un coup de coude et lui montra d'un signe de tête le monarque qui s'avançait dans leur direction. Il était suivi d'un homme que Caroline avait déjà vu mais elle ne put se souvenir son nom. Elle savait qu'il était duc… et il y avait un de ses ministres avec lui. Le roy était très grand et très musclé. Il pratiquait divers sports et ne mangeait jamais à l'excès. Voilà presque tout ce qu'elle savait du dirigeant du pays. Les deux dames de compagnies de la reine se plongèrent dans une profonde révérence et la reine interpella son époux tandis qu'elles se relevaient.

- Mon époux, ne deviez-vous point être à la chasse cet après-dîner ?

Le monarque s'arrêta, salua son épouse par un baisemain comme il en avait l'habitude mais ne lui sourit pas comme à l'ordinaire. Il était préoccupé.

- Non point madame, j'ai dû annuler mon projet, les affaires de l'Etat me retenant.

Il sembla à Caroline que soudain l'atmosphère devenait pesante.

- Que se passe-t-il, Sire ? s'inquiéta la reine. Rien de grave j'espère ?!

- Vous m'en voyez marrie, Madame, mais je suis obligé de vous décevoir. Le Saint Empire germanique vit ses derniers instants et il semble que nous allons bientôt entrer en guerre.

Le souverain posa à cet instant pour la première fois son regard sur la première des jumelles de Lusignan qui demeurait abasourdie par la nouvelle. Il fronça les sourcils. Une nouvelle dame de compagnie de son épouse ? Le monarque ne put s'empêcher de détailler une longue seconde son visage ce dont elle ne s'aperçut guère. Elle était belle, il lui semblait que nulle autre femme à la cour n'était aussi adorable. Soudain il comprit, il s'agissait de Caroline de Lusignan. Sa cousine. Une très belle cousine en vérité. Son épouse le ramena à la réalité.

- Mais… et l'Espagne ?
- L'Espagne traite avec l'Autriche et la Hongrie, donc nous traiterons avec l'Autriche et la Hongrie. Mais l'Allemagne qui va certainement devenir un pays indépendant refusera de traiter avec nous. Ils ont l'Alsace, ils veulent la Lorraine. Mais s'arrêteront-ils seulement là ?

Il y eut un long silence.

- Bon, finit par reprendre le roy, retournez à vos activités madame et ne vous tracassez point, peut-être la guerre n'éclatera-t-elle pas.
- Espérons-le. Je prierai pour vous.

Le roy hocha la tête, salua son épouse et reprit sa route.

La reine en fit de même mais Caroline ne les suivit pas. Elle était trop choquée par la nouvelle, la guerre ! Elle rentrait en France pour y rencontrer la guerre ! N'avait-elle pas assez connu la mort depuis sa petite enfance ? Christelle l'appela discrètement mais la jeune fille ne bougea pas. Les larmes coulaient sur son visage beaucoup trop pâle. La reine remarqua alors aussi l'inquiétude de sa suivante et avec sa bienveillance naturelle retourna sur ses pas.

- Caroline, vous permettez que je vous appelle Caroline n'est-ce pas ?
- Ce… Ce serait un honneur pour moi Majesté.
- Que se passe-t-il ?
- Je ne veux pas déranger Votre Majesté avec mes… problèmes.
- Ne vous en faites point, je suis là aussi pour veiller sur mes dames de compagnie. Alors ?
- Madame ! Sa Majesté… la guerre ! Je ne rentre en France que pour y connaître la guerre ! Seigneur, n'ai-je point suffisamment souffert de la mort depuis ma naissance ?

Soudain, Christelle et la reine virent ce qu'avait dû être l'enfance de la jeune fille. L'inconfort, la peur quotidienne, parfois peut-être aussi la faim et le froid… La reine fronça les sourcils :

- Vous avez déjà tué n'est-ce pas ?

Caroline acquiesça gravement.

- Les Amériques ne sont guère comme ici Majesté. Là-bas c'est tue ou meurt. Les intrigues de la cour ne sont que des bagatelles face à cela… c'est pour cela que je pourrai survivre sans ma sœur à la cour parce que, quelque part, la vie est plus facile.

- Vous ne parlez jamais de votre sœur.

- Majesté, sourit la jeune fille, je ne suis avec vous que depuis une semaine et Votre Majesté ne m'a pas beaucoup parlé depuis. Mais pourtant… si, je parle tout le temps de ma sœur et pour une raison simple que peu de personne arrivent à comprendre. Elle est moi et je suis elle. Lorsqu'elle a besoin de se calmer, elle pense à moi et lorsque j'ai besoin de force je vais en puiser en elle.

- Malgré la distance ? s'étonna Christelle.

La jeune fille acquiesça. Les regards incrédules et dubitatifs de la reine et de son amie firent sourire Caroline qui parla à sa sœur par la pensée « *Elles ne me croient pas non plus… mais nous avons l'habitude* » alors elle eut l'impression qu'elle entendait sa sœur lui répondre. Etait-ce parce qu'elles se connaissaient parfaitement qu'elle savait ce que sa sœur allait lui répondre ou y avait-il quelque chose de plus ? Caroline n'aurait jamais la réponse. « *Et alors ? Nous savons toutes les deux que c'est vrai, qu'importe les autres !* »

Tandis que Caroline entendait dans son esprit sa sœur, une étrange lueur traversa les prunelles alors plus violettes que bleus de Caroline. L'espace d'une seconde, la reine et Christelle virent une autre personne à la place de la jeune Caroline qu'elles connaissaient.

La reine se reprit la première et sourit :

- En tous les cas, ne vous en faites point ma chère. Faites confiance au roy.

Caroline ne dit rien, la gorge serrée et les trois femmes rejoignirent les jardins en silence.

Quelques jours plus tard, la cour partait pour le palais du Louvre où l'on demeurerait jusqu'à la fin de l'été.

Caroline adora Paris, enfin les beaux quartiers. Parce qu'ailleurs régnaient une puanteur et une misère qui rendirent malade la jeune fille. Elle adora le Louvre et la cathédrale de Notre-Dame. Fascinée, la belle Indienne ne put se concentrer sur la messe à laquelle elle assistait en la compagnie de la reine.

Le palais du Louvre était… sombre, grand mais magique. Caroline adorait ses jardins et le pont de change qui venait d'être construit sur ordre du roy afin de relier près du Louvre les deux rives de la Seine.

Le seul problème dans Paris était son manque de forêt. Or, Caroline avait grandi dans la forêt et la jeune fille ne pouvait se revigorer et se retrouver qu'en la présence rassurante des arbres. La reine demanda à la duchesse de Rambouillet de laisser Caroline dormir près d'elle, soit au Louvre. Mademoiselle de Lusignan prit alors aux yeux des hommes une charge plus importante que celle de dame d'atours, celle de confidente. Avec la comtesse Luisa de la Violada, Christelle de Harcourt, la reine et bien entendu Caroline, les quatre femmes formèrent un petit groupe de jeunes dames où l'amitié et les liens devinrent de plus en plus importants. La belle Indienne savait que cela ne plaisait guère à sa tante mais elle ne disait rien. Qu'aurait-elle pu lui dire ? De désobéir à la reine ? Cela ne se pouvait sans risquer sa réputation.

C'est cependant trois semaines après leur arrivée au Louvre que Caroline provoqua sans le savoir l'événement qui allait bouleverser à jamais sa vie. Sans savoir que cet impair allait à jamais changer son destin.

La reine s'était retirée dans ses appartements et désirait être seule. Ainsi n'y avait-il auprès d'elle que Luisa et la duchesse de Rambouillet. Les autres dames de la Maison de la reine étaient… où bon leur semblait car le soir il y avait un souper où presque toute la cour était conviée. La plupart se préparaient sans doute pour l'événement, surtout celles qui ne logeaient point au palais. Le roy chassait avec une partie de la cour, dans le bois de Boulogne d'après ce que l'on disait. Les monarques n'étant point au Louvre à se balader, la cour s'ennuyait mais était plus détendue car le protocole d'assouplissait.

Mademoiselle de Lusignan se promenait dans les jardins en compagnie de son cousin Paul et de son amie la comtesse de Harcourt.

- On dit que la cour était bien plus drôle il y a quelques années !

- Certes, Caroline, en convint son cousin, la stérilité manifeste de la reine est une entrave à la joie des courtisans.

- Chut ! Surveillez vos paroles tous les deux ! La duchesse a des espions partout ! Vous devriez le savoir mieux que personne, Paul !

- Des espions ? s'étonna Caroline, en retenant son rire, mais quelle duchesse ?

- Pas une duchesse, LA duchesse ! Votre tante, ma mère, la renseigna en souriant son cousin.

- Caroline, vous n'êtes plus aux Amériques mais à la cour de France ! se moqua gentiment la comtesse.

Paul répondit en faisant une révérence exagérée :

- En effet madame, ici chacun espionne son voisin.

Caroline sourit en songeant à la tête qu'ils faisaient, tous, lorsqu'ils la voyaient passer seule ou avec la reine. Certes ils espionnaient. Elle ne put s'empêcher de rire.

- Décidemment, elle est bien triste la plus grande cour d'Europe !

Ses amis rirent avec elle mais se figèrent soudain avant de se plonger dans une profonde révérence de cour. Caroline ne les vit pas, trop concentrée sur les façades du palais qu'ils longeaient tant pour se protéger du soleil qu'à la demande de la jeune fille pour admirer les architectures.

- Le pensez-vous vraiment mademoiselle ?

Paul, qui s'était relevé, fit une grimace. La pauvre ! Si elle savait ! Mais il avait ordre de se taire. Il échangea un regard inquiet avec Christelle.

- Mais regardez-les tous, quel ennui ! Avec leurs mines de circonstances, ils ressemblent à des pantins... ou des marionnettes !

Caroline pouffa de sa propre image.

- Vous êtes bien sévère.

- Mais qui êtes-vous, monsieur, pour ne point vous en apercevoir ? Un espion de ma tante ?

Alors qu'elle se retournait le sourire aux lèvres, il répondit :

- Que nenni damoiselle, je ne suis que le roy des pantins.

Caroline croisa alors le regard amusé du souverain et les visages fermés de ses amis. Sur l'instant elle ne comprit pas, ou trop bien, ce qu'il venait de se passer. Heureusement, le monarque se trouvait seul face à eux. Le crime était sans témoin. La jeune fille devint livide et se laissa tomber sur le sol plus qu'elle ne se plongea dans sa révérence.

- Votre Majesté !

D'un pas nonchalant, le souverain s'approcha et prit la main de la jeune fille pour la relever.

- Relevez-vous ma chère.

Les yeux noisette du monarque se plongèrent dans le regard bleu violet de la jeune fille. Un très long moment, ils demeurèrent ainsi, le roy tenant sa main, leur corps proche l'un de l'autre et se regardant dans les yeux. Le cœur de Caroline battait à une vitesse incroyable sans vraiment qu'elle sut pourquoi. Ce n'était plus de la peur à cause d'une franchise excessive à la cour mais un sentiment étrange et naissant qu'elle n'identifia pas. Finalement, le roy se détourna et Caroline baissa les yeux, tentant de reprendre ses esprits.

- Ainsi, la cour est plus sauvage que La Nouvelle-France ? sourit le monarque.

- Je… je le pense, Sire.

« Charlotte ! Aide-moi ! Je ne comprends pas ce qu'il m'arrive. Insuffle-moi ta force ! »

- Qu'est-ce qu'une demoiselle comme vous sait faire et que les dames de ma cour ignorent ?

Caroline sourit. Mais ce n'était pas vraiment son sourire, remarqua le duc de Rambouillet, les sourcils froncés.

- Ho Votre Majesté n'a aucune idée de ce dont je suis capable ! Amusé, le monarque se tourna de nouveau vers la jeune fille.

- Comme par exemple ?

- Je suis certaine que je monte mieux à cheval que n'importe lequel de vos hommes.

Le roy s'étonna.

- Seule sur une monture ? Sans homme à qui vous tenir ? Mais comment tiendrez-vous ?

Caroline hocha la tête puis sourit au monarque :

- Mais comment Votre Majesté, avec mes cuisses.

Le souverain éclata de rire.

- Je veux voir cela, mademoiselle, vous serez de la prochaine chasse qui aura lieu dans deux jours. Et ceci est un ordre. Monsieur le duc, vous serez aussi de la partie.

Paul s'inclina sans un mot et le souverain se détourna immédiatement de lui, retournant à Caroline.

- Et ?

- Et quoi ?

- Que savez-vous faire d'autre ?

- Tellement de choses que les personnes ici en France ne se doutent même pas faisables, encore moins pour une femme.

- Vous n'en direz guère plus, n'est-il point ?

Caroline eut un pâle sourire. Elle savait d'expérience que son éducation et celle de sa sœur n'était guère conventionnelle surtout pour une jeune fille de son rang. On le lui avait reproché. Maintenant elle taisait ses capacités.

Le souverain sourit et dit avant de s'éloigner du petit groupe :

- Je vous vois après-demain à sept heures trente dans la cour. Mademoiselle de Lusignan, vous emprunterez un de mes chevaux.

Ils s'inclinèrent très profondément pour toute réponse. Christelle murmura alors à Paul sans que Caroline puît l'entendre :

- Je crois que nous avons devant nous la prochaine conquête de Sa Majesté.

- Ma mère va détester ça, soupira le duc en chuchotant lui aussi.

Les deux jours suivants, Caroline les passa comme dans un état second, inquiète de ce qu'il se passerait lors de cette chasse. Evidemment, bientôt toute la cour savait que la jeune Lusignan participait à la prochaine chasse de Sa Majesté. Caroline alla dans les écuries dès le lendemain et demanda un palefrenier.

- Bonjour, je suis George Largo et je suis le responsable des chevaux de Sa Majesté.

- Bonjour monsieur Largo, je suis Caroline de Lusignan. Je viens vous apporter ma propre selle pour la chasse de demain. Si cela ne pose pas de problème évidemment.

L'homme s'inclina :

- Si Son Altesse veut bien me suivre.

Caroline tressaillit mais le suivit. Il était rare qu'on lui rappelât son titre de princesse mais cela arrivait fréquemment surtout chez les domestiques mais elle ne s'y accoutumait guère. Il l'emmena jusque devant une stalle où se trouvait un jeune cheval magnifique. Sa robe était baie brune et il semblait vif mais élégant.

- Il s'agit d'un présent du Sultan du Maroc pour Sa Majesté. Il répond au nom de Barbe à cause de…

Il s'arrêta, remarquant que la jeune fille ne l'écoutait guère. Elle s'était approchée et caressait à présent les naseaux de l'animal à qui cela ne semblait guère déplaire. Au bout de quelques secondes de silence, Caroline continua :

- Je sais à cause de quoi on lui a donné son nom. Mais je vous écoutais Monsieur Largo. Toutefois, ma selle sera nouvelle pour lui, ne risque-t-il point de paniquer ?

- Je pense que cela devrait aller, mademoiselle. Cette race est réputée pour sa vitesse et son endurance mais aussi parce qu'ils ont les pieds sûrs. Je pense aussi que c'est pour cette raison que Sa Majesté tient à ce que vous le montiez.

- Sa Majesté vous a dit qu'Elle désirait que je prenne ce cheval ? s'étonna Caroline en se tournant vers lui.

- Oui princesse. Sa Majesté est venue en personne hier pour me demander de vous préparer Barbe. Elle s'est assurée elle-même que vous risquiez le moins possible de chuter.

La jeune fille fit la grimace et songea que Charlotte se serait offusquée de la démarche du roy. Elle, non, il était touchant de la part du monarque de prendre ainsi de son temps pour veiller à sa sécurité. Il se rendrait compte demain de ses talents de cavalière.

- Je vous remercie du temps que vous m'avez accordé. Je vous fais apporter ma selle. Si vous avez quelques difficultés à la mettre, faites-moi quérir chez la reine.

- Je pense que nous y parviendrons Votre Altesse.

- Nous verrons, merci et bonne journée.

Caroline s'éloigna tandis que le palefrenier s'inclinait profondément.

Chapitre 4
La chasse

Le lendemain matin, Caroline se leva avec le soleil et se prépara en silence dans le palais encore endormi du Louvre. Son cousin le duc avait réussi à lui faire faire une tenue de chasse en moins de deux jours, ce qui relevait de l'exploit. Caroline ne serait pas au levé de la reine et la jeune fille avait présenté ses excuses la veille au soir lors du coucher de Sa Majesté car elle avait conscience de manquer à son devoir.

- Veuillez me pardonner Madame, Votre Majesté sait que je suis invitée à la chasse de Sa Majesté le roy demain et je partirai avant le réveil de…
- Ne vous excusez pas Caroline, je sais. Les désirs du roy passent avant tout. Faites ce que vous devez faire mademoiselle de Lusignan, tout ira bien.

Caroline fronça les sourcils en s'éloignant du royal lit. En dehors de la mine soudain lasse et résignée de la reine, la jeune fille sentit que celle-ci ne parlait pas uniquement de la chasse. La peur l'envahit sans qu'elle ne comprît pourquoi.

Mais la peur de la veille s'était dissipée, il n'y avait plus que l'excitation de monter à nouveau. Elle arriva avec un quart d'heure d'avance mais les chiens, les chevaux et la plupart des courtisans étaient déjà dans la grande cour. Alors elle aperçut George Largo qui tentait d'ordonner ce qu'il pouvait.

- Bonjour monsieur.
- Votre Altesse, s'inclina-t-il.
- Où se trouve Barbe ?
- Je vous l'apporte tout de suite mademoiselle.
- Cela peut attendre, je suis en avance et le roy n'est pas encore là.
- Mademoiselle a-t-elle quelqu'un pour faire suivre ses affaires ?
- Quelles affaires ? s'étonna Caroline.

- Eh bien, pour la chasse. Elle dure quatre jours et vous rejoignez directement le château de Madrid ensuite.

La jeune fille blêmit.

- Mais… mais je n'ai jamais entendu parler de cela !

Le palefrenier fronça les sourcils.

- Je pensais que madame la duchesse vous aurait avertie.

- Il semble que non, j'en aurais souvenance tout de même !

- Ne paniquez point mademoiselle. Je dois rejoindre l'escale de ce soir plus tard avec d'autres domestiques. Je m'occuperai de faire porter vos affaires si cela vous arrange.

Caroline posa un regard empli d'espoir et de reconnaissance sur le domestique.

- Vous feriez cela pour moi ?

- Je suis au service de Son Altesse, dit-il en s'inclinant.

Caroline respira de nouveau et elle reprit des couleurs.

- Je vous en serais éternellement reconnaissante ! Mais n'en parlez point à ma tante, demandez à la comtesse de Harcourt ou au duc de Rambouillet éventuellement… ha bah non, songea-t-elle soudain, il nous accompagne… bon il faudra vous contenter de Christelle.

- Bien mademoiselle.

- Merci beaucoup. Et la selle ? Elle ne vous a point posé trop de soucis ?

- Je dois avouer que je n'avais jamais vu une telle selle.

- Elle vient d'Italie je crois. Il en existe déjà en Angleterre mais d'après ce que j'ai pu constater guère point en France encore. Pourtant il est beaucoup plus commode de chevaucher ainsi avec nos longues toilettes.

Il n'y avait aucune autre femme et la jeune fille fronça les sourcils. On l'épiait du coin de l'œil et elle était certaine qu'on parlait d'elle.

- Votre Altesse ne doit pas faire attention à ce que disent ou font les courtisans.

- Vous avez raison mais je n'ai pas encore l'habitude d'être observée de la sorte.

Un homme s'approcha alors de Caroline ; le palefrenier s'inclina et s'éloigna, tête basse. La jeune fille dévisagea le nouvel arrivant, elle l'avait déjà vu très souvent aux côtés du roy… son meilleur ami. Voyons quel était son nom ?

- Monsieur le duc ! Le salua-t-elle d'une petite révérence, que me vaut l'honneur de vos paroles ?

En effet, jamais encore il ne lui avait adressé la parole. Le duc était en tenu de chasse et tenait un cheval alezan foncé. Caroline reconnut cette nouvelle race de chevaux et écarquilla les yeux d'étonnement. Etonné à son tour, le duc passa de sa monture à la jeune fille.

- Comment avez-vous eu un Frederiksborg ?

Il fronça les sourcils :

- Comment connaissez-vous cette race ?

La jeune fille sourit :

- Mon père traite avec la Hollande et la Prusse. Le roy de Prusse nous a offert l'an dernier à ma sœur et à moi un frederiksborg.

- Le roy m'a offert le mien il y a quelques mois. Je me présente, Alphonse de Laroque la Tour, duc de Guyenne. Le roy m'a demandé de vous servir d'escorte pendant la chasse… au cas où.

Caroline soupira, désespérée. Comprenant plus ou moins ce qu'elle pensait, son compagnon sourit :

- Sa Majesté vous fait confiance, bien plus qu'en la plupart des femmes puisqu'il vous a convié à la chasse et, comme vous pouvez le voir, ce n'est point la place des femmes de la cour.

- Mais je ne suis point une courtisane !

- Si-fait Mademoiselle, nous ne vous connaissons qu'à la cour.

- Mais j'ai été élevée telle une Indienne non comme une princesse ! Je me doute que mes propos vous choquent mais c'est ainsi et je n'y puis rien.

- Nous verrons cela. Où est votre monture ?

- Monsieur Largo s'en occupe.

- Je vais vous la chercher.

- Merci monsieur.

Il inclina brièvement la tête et s'éloigna. Caroline soupira, cette chevauchée ne serait pas si reposante que prévue.

Lorsqu'il revint, le duc l'interrogea sur sa selle et Caroline lui répondit tandis qu'il lui faisait la courte échelle. Une fois installée, la jeune fille plaça convenablement les plis de sa robe avant de regarder le duc, toujours à terre :

- Voyez, les femmes peuvent monter aussi bien que les hommes !

Le duc sourit et monta à son tour. Presque tout le monde était en selle et le roy arrivait. Il passa à côté du duc qu'il salua d'un hochement de tête et sourit en apercevant Caroline. On l'aida à monter à son tour à cheval et il dit à la jeune fille qui se trouvait non loin de lui.

- Est-ce une nouvelle technique perfectionnée aux Amériques ?

- Non Sire, il s'agit d'une selle italienne. Ma mère l'a importée de ce royaume.

Il sourit franchement et dit encore en s'approchant de la jeune fille :

- Eh bien mademoiselle, espérons que vous saurez serrer les cuisses.

Caroline ne put s'empêcher de rougir devant l'allusion du monarque qui, magnanime, ne s'esclaffa guère, même s'il en mourait d'envie.

- Bien, dit-il de sa voix forte. Nous partons.

Et le souverain lança sa monture au galop, en tête de cortège.

En arrivant dans la forêt du bois de Boulogne, Caroline sentit l'excitation des hommes et des chevaux augmenter. Alors qu'elle voyait les hommes s'armer tant d'arc que des nouvelles armes à feu, Caroline eut la sensation de revivre parmi la végétation florale. Lorsque le soleil atteignit son zénith, on s'arrêta pour se restaurer un peu et Caroline passa la jambe par-dessus les pommeaux de sa selle. Certes, il était beaucoup plus aisé de monter comme les hommes mais Caroline était maintenant accoutumée à cette selle. Le duc de Guyenne se présenta devant elle et lui tendit les bras pour l'aider à descendre.

- Alors, lui demanda-t-il tandis qu'ils marchaient un peu pour trouver de quoi s'abreuver, pas trop endolorie ?

- Monsieur le duc, soyons clairs, j'ai passé ma vie à cheval, littéralement. Si je n'étais point à cheval, j'étais sur un bateau alors, non, je vous assure que je ne ressens aucune douleur. Calmez-vous. Votre mission de surveillance auprès de moi sera très aisée.

Il lui sourit.

- Venez, Sa Majesté vous veut près d'elle.

Devant le roi, la jeune fille lui fit sa plus belle révérence.

- Vous êtes la seule femme céans, il est normal que vous déjeuniez à ma droite. Chère cousine, cela vous siérait-il de vous restaurer en ma compagnie ?

- J'en serais honorée, Votre Majesté.

Cependant, le fait qu'il lui parlât de leur lien de parenté déstabilisa Caroline.

Le roy avait sa propre table où Caroline et le duc furent les seuls hôtes à s'asseoir. Les courtisans se restauraient assis sur des souches d'arbres ou à même le sol.

- Alors, comment trouvez-vous la promenade ?

- Calme Majesté.

Le souverain haussa un sourcil puis rit.

- Décidemment vous m'amusez. Comment calme ?

- Eh bien Sire, pour l'instant nulle menace, et je trouve que cela manque de piquant.

- Préféreriez-vous être avec l'équipe d'éclaireurs ?

La jeune fille hésita une seconde, perdue dans le regard du roy.

- Je ne voudrais déplaire à Votre Majesté.

- Répondez simplement.

- Je pense que oui Sire, ou tout du moins avoir de la compagnie.

- Celle de monsieur de Guyenne ne vous suffit guère ?
- Monsieur le duc faisait partie des éclaireurs de ce matin, lui rappela Caroline.

Le roy porta son attention sur son ami qui acquiesça.

- Vous étiez donc seule ce matin ?
- Mais oui Majesté.
- Vous auriez pu vous blesser !

Caroline soupira. Elle comprit alors que pour le roy elle était et resterait une petite fille fragile. Elle reprit son repas en silence, sans un mot.

La chasse reprit une demi-heure plus tard. Tandis qu'elle remontait en selle avec l'aide d'un domestique – qui s'occupait des chiens – Caroline entendit murmurer son nom. On la cherchait. Elle se tourna et vit que tous avaient les yeux braqués sur elle alors que le comte de Trétinville s'approchait au petit trot.

- Mademoiselle de Lusignan, Sa Majesté vous fait l'honneur de vous demander à Ses côtés pour la suite de la chasse.

La jeune fille fronça les sourcils et le suivit. Comment dire non au roy ? Ainsi chevaucha-t-elle le reste de la journée aux côtés du roy de France.

Ils demeurèrent quelques minutes,silencieux. Caroline parce qu'elle était agacée de la surprotection du souverain et le roy parce qu'il sentait sa colère.

- Je ne désirais point vous offenser.
- Je ne le suis pas.
- Alors que me reprochez-vous ?
- Rien Majesté.
- Je ne vous crois pas.
- S'il plaît à Votre Majesté, je puis me retirer.
- Cessez donc de dire des sottises. Si je vous promets de ne plus m'inquiéter pour des bagatelles, me pardonnerez-vous ?
- Je ne suis point ici parce que vous voulez garder un œil sur moi ? demanda-t-elle avec espoir.

- Pas du tout. Seulement je me sens un peu seul moi aussi… et je pense que vous êtes la personne la plus agréable de cette compagnie.

La jeune fille rougit doucement et baissa la tête sans répondre.

- Alors, vous n'êtes plus fâchée ?

- Je ne l'ai jamais été.

Le roy était une personne caractérielle, forte, impulsive et difficilement impressionnable. Il faisait beaucoup de sport parce qu'il aimait ça mais aussi pour évacuer sa colère et canaliser son énergie. Il aimait les femmes et peu lui résistait. Si elles lui résistaient. Parce qu'il était beau, charmeur, jeune mais surtout roy de France. Il avait vraiment aimé une fois, il avait alors quinze ans et elle dix-sept. Cependant, elle venait d'une petite noblesse et le destin d'un monarque ne lui appartient pas. Ce fut une des dernières choses que lui apprit son grand-père et mentor avant de mourir : un roy ne s'appartient pas, il appartient au peuple. Il n'était qu'un pion de Dieu pour élever les Hommes le plus haut possible avant leur mort. Les rêves, les espoirs, les attentes de l'homme qui est roy ne sont rien. Un roy est seul car il a le pouvoir et l'argent. Un roy est sans ami, sans conseiller. Il écoute, entend, s'inspire mais, à la fin, il prend ses décisions seul. C'est ça, le destin d'un roy.

Charles Henri avait compris. Il s'était résigné. Plus rien depuis n'atteignait son cœur. Il n'avait confiance en personne, sauf une : sa tante Adeline. Il avait confiance parce qu'avec elle il pouvait quitter son rôle de souverain, avec elle, il n'était qu'un homme. Revenant à la réalité, il demanda à Caroline :

- Pourquoi votre sœur ne vous a-t-elle point accompagnée ? On vous dit inséparables.

- Charlotte a épousé le marquis de Saint-Savin en octobre dernier. Je devais l'épouser mais ma sœur…

Caroline soupira et ferma les yeux en se souvenant du sacrifice de sa sœur. Charlotte n'était pas d'une nature tendre ni soumise.

Or, elle avait dû promettre de se comporter comme il convenait pour persuader le marquis de l'épouser à la place de sa jumelle.

- Pourquoi cette mésalliance ? s'étonna le roy.

- Parce qu'il s'est allié d'amitié avec des Indiens et possèdent maintenant une bonne partie du Canada. Ainsi, pour rendre ces terres au royaume de France, je devais l'épouser. Enfin, c'est une longue histoire et mon père a préféré laisser Votre Majesté dans l'ignorance tant que cette affaire n'était guère dangereuse pour la couronne. Les Abénakis sont maintenant nos alliés et ma sœur est enceinte. Elle venait de l'apprendre quand j'ai pris la mer.

- Resterez-vous en France ?

- Sans doute. Ma tante doit me trouver un époux. Sachant que ma dot est le duché du Maine, je pense que cela ne devrait pas poser trop de problème.

- Un courtisan ne vous déplaît pas mais Saint-Savin si ? Pourquoi ?

Caroline le regarda dans les yeux, soudain sombre.

- Le marquis a soixante-cinq ans. Il est vieux, moche, ne se lave pas et je pense même que c'est un pervers. Je n'ose même pas imaginer ce qu'il a fait à ma sœur pour la mettre enceinte. Elle frissonna et reprit, les yeux perdus dans le lointain. Elle a refusé que je la vois pendant dix jours après sa nuit de noce. Sire, vous ne me croirez pas, comme tout le monde, mais… je ressens ce qu'elle ressent. Nous sommes une seule âme dans deux corps. Elle souffrait tellement !

Pourquoi était-elle si honnête ? Que lui prenait-il de raconter tout cela au roy ? Et pourtant, cela lui semblait si naturel…

- Et maintenant ? murmura le roy, comment va-t-elle ?

- Il ne la touche pas depuis le début de sa grossesse.

- Vous le savez parce que… ?

- Parce qu'à chaque fois qu'il la touchait je ressentais… son angoisse et sa terreur. Et ma sœur n'est pas comme moi pour ça, elle n'a peur de rien ni de personne.

- Elle vous manque beaucoup n'est-ce pas ?

Caroline hocha la tête.

- Désirez-vous que je fasse rapatrier le marquis ? Votre sœur serait obligée de venir non ?

- Vous feriez cela ?

Le regard plein d'espoir de Caroline coupa le souffle du monarque. Qu'elle était belle !

- Tout ce que vous voudrez.

Un large sourire éclaira le visage de la jeune fille. Visage qui, quelques secondes après, redevint sombre.

- Non, Charlotte ne viendra pas, pas enceinte. Je sens qu'elle aime déjà son fils.

- Son fils ?

- Oui, elle est persuadée que ce sera un garçon, elle m'en a fait la confidence. Et puis, Saint-Savin est le gouverneur de l'Acadie Française Sire, vous ne pouvez le faire revenir.

- Et pourquoi donc ?

- Euh… eh bien en fait je ne sais pas.

- C'est le gouverneur de Québec qui ne peut revenir. Celui de l'Acadie peut demeurer à la cour mais il sera de son devoir de faire quelques séjours aux Amériques. Dailleurs, comment se fait-il que le marquis soit devenu le gouverneur de l'Acadie ? Cette charge n'était-elle pas à votre père ?

- Si-fait. Mais pour apaiser les tensions, mon père lui a vendu cette charge…

- Et a également proposé le mariage avec votre sœur.

- Oui et non… Saint-Savin lui a plutôt forcé la main.

Le roy fronça les sourcils. Les intrigues de l'autre côté de l'océan semblaient aussi périeuses que celles de la cour.

- Sire, ne vous donnez pas cette peine, Charlotte adore – tout comme moi – les Amériques. Il faudrait que je meure pour qu'elle revienne.

- Même sur ordre du roy ?

Une étrange lueur traversa les yeux bleus de Caroline et un sourire sarcastique figea ses lèvres :

- Surtout sur ordre du roy ! Enfant, elle n'aimait déjà pas les ordres alors maintenant…

- Etes-vous certaine qu'elle est votre jumelle ? ironisa le monarque.

- Ho Sire ! Si vous saviez pourtant comme nous nous ressemblons. Même notre mère nous confond. Combien de fois nous sommes-nous faites passer l'une pour l'autre ? Nos parents et les domestiques devenaient fous. Ils ont fini par nous mettre des bracelets différents qu'on ne pouvait retirer.

Sous le regard perplexe du roy, Caroline sourit :

- Charlotte en avait un en or au poignet gauche et moi un en argent au poignet droit. Nous étions tout de suite reconnaissables. Sauf que nous les avons cassés plusieurs fois et notre mère s'est lassée de vouloir nous différencier.

- Pourquoi à différent poignet ?

- A la naissance, ma sœur et moi étions encore attachées par le petit doigt. De sa main gauche à ma main droite. Nous avons encore une petite cicatrice au bout du doigt.

- Montrez-moi.

 Toujours en selle, Caroline prit les rênes d'une main et retira son gant de la main droite. Malheureusement, elle se tenait à la droite du souverain.

- Attendez, je fais le tour.

Il passa de l'autre côté de la jeune fille avant de s'en approcher. Caroline lui tendit la main.

- Regardez en haut du doigt. Ma peau est parfaitement lisse et n'a pas les empreintes comme les autres.

- Votre peau est un peu plus claire aussi.

Caroline avait une grande main et des doigts fins qui l'aidaient beaucoup pour le clavecin et l'orgue. Elle avait cependant une main puissante et forte et ça le roy le devina aisément. Rendant sa main à la jeune fille, ils se turent quelques instants.

Chapitre 5
Amazone

Ils s'arrêtèrent avec le couché du soleil dans une grande clairière. Caroline fut surprise d'y trouver une dizaine de tentes déjà montées, trois grands feus au milieu et une quinzaine de domestiques bleu rois avec des fleurs de lys. Quelques soldats patrouillaient également.

- Etonnée très chère ? se moqua gentiment le souverain.

Caroline rougit.

- C'est que… je ne m'attendais point à voir tant de monde.

Le roy lui sourit tendrement.

- Tiens, justement, voici le duc de Guyenne. Je vous laisse à ses bons soins. Nous nous voyons pour le souper.

Sans rien ajouter, le roy s'éloigna.

Le duc, déjà pied-à-terre, aida Caroline à descendre.

- Au fait, lui demanda-t-elle tandis qu'il l'accompagnait à sa tente, savez-vous où se trouve mon cousin ? Je ne l'ai pas vu de la journée.

- Le duc de Rambouillet occupe la tente à côté de la vôtre, vous finirez forcément par le croiser.

- Certes. Je vous remercie pour votre compagnie.

- Je vous laisse vous changer pour le repas, je viendrai vous chercher pour le souper.

- Merci monsieur.

- Ce fut un plaisir, garantit-il en s'inclinant.

Caroline soupira et entra dans la tente. La jeune fille eut l'agréable surprise d'y trouver une servante qui lui avait fait chauffer un peu d'eau dans une bassine. On lui avait monté un lit et une malle emplie de ses effets se tenait à sa disposition.

- Bonjour mademoiselle, dit-elle en s'inclinant, je m'appelle Yvonne et je suis à votre service.

- Merci Yvonne. Il faut que je me change et me coiffe avant le souper avec Sa Majesté. Sortez-moi une de mes toilettes, choisissez. Mais d'abord dégrafez-moi s'il vous plaît que je nettoie un peu cette sueur et cette poussière.

Caroline laissa les longs cheveux blonds lâchés, après tout, elle n'était pas à la cour et n'était pas mariée. Elle mit une toilette assez simple bleu ciel et argent. La nuit n'était pas froide encore et elle ne mit rien sur ses épaules. Au moment où elle sortait, Caroline manqua de rentrer dans son cousin qui venait à sa rencontre.

- Ho ! excusez-moi, je ne vous avais pas vu…
- Moi non plus… il faut avouer je ne regardais pas où je mettais les pieds.
- Que me vouliez-vous ?
- Venez, marchons un peu.

Caroline suivit son cousin à la bordure de la clairière.

- Je devrai bientôt rejoindre la tente de Sa Majesté pour le souper.
- Ne vous en faites point, je suis aussi convié.
- C'est vrai ? J'en suis heureuse !
- N'oubliez point que je suis aussi son cousin.

Caroline rit.

- Evidemment !

Ils se turent quelques instants puis Paul inspira profondément.

- Je pense qu'il est de mon devoir de vous avertir.
- De m'avertir de quoi au juste ? s'inquiéta la jeune fille.
- Je…
- Je vous en prie, Paul, vous commencez à m'effrayer !
- Caroline, c'est difficile. Avez-vous remarqué que Sa Majesté… disons que Sa Majesté s'intéressait à vous.
- Je pense que le roy désire juste me connaître et être agréable.
- Non Caroline, non. Vous êtes bien trop naïve et vous ne connaissez guère le roy. Sa Majesté voudra certainement vous mettre dans son lit !

La jeune fille tressaillit.

- Veuillez m'excuser, je suis trop franc.

Toutefois, ce n'était pas le vocabulaire de son cousin qui choquait la demoiselle.

- Non… non c'est impossible ! Pas Moi !

- Caroline, vous êtes jeune, belle et étonnante, tant par votre enfance au Canada que par votre gentillesse. Il n'en faut pas la moitié pour attirer la faveur du roy.

- Mais… mais je ne veux pas !

- Je ne pense pas que vous ayez le choix. On ne dit pas non au roy, encore moins à celui-ci.

- Paul… Paul vous… vous ne pouvez pas m'aider ?!

- Caroline, la seule chose que je pourrais faire pour vous serait de vous épouser et de nous faire quitter la France pour les Amériques. Et même encore là-bas je ne suis guère certain que l'influence du roy ne pourrait vous ramener en France s'il le désire.

- Mais… mais…

- Ne paniquez point. Cependant, le roy est égoïste, puissant, souvent imprévisible et incontrôlable mais il n'est point méchant. A ma connaissance, il n'a jamais pris une femme contre sa volonté.

Il remarqua que sa cousine se détendait imperceptiblement.

- Ne vous en faites pas, je voulais simplement vous dire de faire attention. Ne soyez point surprise… mais peut-être que je me trompe.

- Vous… vous pensez que le roy a quelques affections pour ma personne ?

- Il ne faut rien exagérer Caroline. Le roy n'aime jamais ses maîtresses… enfin pas dans le sens où vous l'entendez, il les désire simplement.

- Pas même la reine ?

- Le roy respecte la reine mais il ne la désire même pas. Venez maintenant, sinon nous allons être en retard et Sa Majesté déteste attendre.

Malgré ses craintes, le repas se passa dans les meilleures conditions. Les courtisans soupèrent un chevreuil que l'on avait tué dans l'après-dîner et Caroline fit remarquer que c'était moins goûteux que l'ours. On l'interrogea alors et la jeune fille avoua qu'elle adorait l'ours au miel. Mets totalement inconnu en Europe, en tout cas dans cette partie du royaume.

- ... ce sont les Indiens qui nous ont appris ce plat. Avec ma sœur nous avons passé l'hiver de nos douze ans dans un camp MicMac.

Le marquis d'Ecrinville, grand veneur de Sa Majesté, lui demanda alors :

- Mais pourquoi ?

- Parce que, Monsieur, une tempête avait ravagée le chariot qui nous emmenait dans notre camp plus au cœur du pays. Je ne me souviens plus pourquoi nous devions nous rendre là-bas. Enfin, toujours est-il que des Indiennes nous ont trouvées avec ma sœur et elles ont veillé sur nous pendant tout l'hiver. Sans eux, sans leur générosité, nous serions mortes.

- Où étaient vos parents ? l'interrogea à son tour le monarque.

- Ma mère se trouvait alors à Montréal et mon père à Québec. L'été suivant, Maman nous mettait au couvent et nous n'en sommes sorties que l'été de nos seize ans.

- Vous étiez prisonnières de ces Indiens ?

- Bien sûr que non ! Le chef de la tribu nous a pris sous son aile et il nous a élevées pendant les longs mois d'hiver.

- Qu'avez-vous appris ?

La jeune fille sourit.

- Ceci, messieurs, est le secret de ma sœur et le mien.

Paul secoua la tête avec un sourire :

- J'adore votre côté mystérieux.

- Je suis d'accord avec vous monsieur le duc. Et nous tenons tous à mieux vous connaître alors nous serons amenés à vous revoir souvent, damoiselle.

Les autres courtisans rirent mais Caroline ne put que sourire. Jamais elle ne se donnerait au roy ! Elle avait bien trop de respect pour la reine. Et elle ne voulait pas perdre sa virginité avant le mariage… elle ne voulait se donner qu'à l'homme qui serait son âme sœur, l'amour de sa vie. Jamais à un autre. Mais si le roy le lui ordonnait, pouvait-elle dire non ? Evidemment que non. Elle ne pouvait se refuser au roy de France. Caroline soupira, elle aviserait avec le temps, pour le moment, rien ne laissait présager qu'elle serait un jour dans cette situation.

Finalement, alors qu'il était à peine vingt-deux heures passé, le roy s'exclama :

- Bon mes amis, il se fait tard et demain nous nous levons avec l'aube. J'ai quelques affaires à régler ainsi je vous souhaite une bonne nuit.

Le roy se leva et tout le monde le suivit avant de s'incliner profondément. Le monarque prit la main de Caroline et la baisa doucement avant de croiser son regard et de murmurer.

- Reposez-vous, demain sera une longue journée.

La jeune fille sourit et répondit :

- Que la nuit soit paisible à Votre Majesté.

Le roy quitta cette partie de la tente pour celle qui lui servait de chambre à coucher et les autres convives suivirent rapidement son exemple en s'éloignant par petits groupes en bavardant gaiement. Caroline quitta la tente escortée de son cousin et du duc de Guyenne.

- Monsieur le duc, mon cousin est là pour me protéger, rassurez-vous et allez vous reposer aussi.

- J'ai une mission, mademoiselle, et je me dois de l'accomplir même si j'ai une confiance absolue en la bonne foi de votre cousin, le duc de Rambouillet, et en ses capacités.

Les deux gentilshommes s'inclinèrent légèrement l'un et l'autre et Caroline leva les yeux au ciel devant cette hypocrisie mondaine à laquelle elle n'était guère accoutumée. En arrivant devant sa tente, la jeune fille les salua et les remercia avant de leur souhaiter une bonne nuit et de se retirer. Son cousin lui rappela qu'il occupait la tente à côté et que si elle avait besoin d'aide, il était là.

En entrant dans la tente, Caroline soupira et trouva sa servante assoupie dans son fauteuil. La jeune fille sourit et s'approcha doucement pour la réveiller.

- Yvonne... Yvonne.

La domestique tressaillit et se releva vivement, gênée et encore ensommeillée.

- Pardon... que mademoiselle me pardonne... je...

- Ne vous en faites point, ce n'est pas grave de s'assoupir ainsi. Aidez-moi rapidement à me changer et retournez dormir.

- Bien... merci mademoiselle.

Une fois changée et la servante retirée, Caroline soupira en pensant à sa sœur.

« *A croire que la cour et le paraître sont plus épuisants que les chevauchées dans la forêt !* » La jumelle Lusignan s'endormit en ayant l'impression d'entendre sa sœur rire.

Caroline se réveilla alors que la nuit était encore profonde. Cependant, elle avait grandi avec la forêt et le moindre bruit étranger ou suspect la réveillait. Ainsi, lorsque les domestiques commencèrent à s'éveiller pour préparer les animaux – chiens et chevaux – ainsi que le repas du matin, Caroline se leva. La jeune fille ne fit guère appelle à sa servante et se débrouilla seule pour revêtir sa robe de chasse. Elle tressa ses longs cheveux blonds dans son dos comme les Indiennes le faisaient et le lui avaient appris, soit une tresse qui partait du sommet du crâne. Le visage était ainsi parfaitement dégagé et les petits cheveux s'échappaient moins. La tresse ainsi faite lui arrivait presque à la taille. Il faisait un peu frais et Caroline sortit avec une étole passée autour de ses épaules. Le ciel était dégagé et déjà on distinguait le ciel plus clair. L'aurore n'était pas loin.

Elle se promena dans tout le camp et tous s'inclinaient silencieusement sur son passage. Caroline les observa s'affairer en silence aussi et elle n'aperçut aucun gentilhomme. Sans qu'elle n'y prenne garde, ses pas l'amenèrent près des chevaux et Caroline resta admirative devant le pur-sang anglais complètement noir que le roy chevauchait. Soudain, sa voix s'éleva de la nuit, la faisant sursauter.

- Il est magnifique n'est-ce pas ?

- Seigneur ! tressaillit-elle en posant une main sur son cœur. Votre Majesté a failli me faire mourir de peur.

- Je ne voudrais point briser un si joli cœur.

Caroline haussa un sourcil, dubitative.

- Que fait Votre Majesté si tôt et seul hors de sa tente ?

- Je pourrais vous poser la même question.

- Les domestiques m'ont réveillée.

Le souverain fronça les sourcils.

- Comment ont-ils osé ?

- Non Sire, en faisant leur travail, ils m'ont réveillée. Mais ne vous en faites pas, c'est normal pour moi. J'ai grandi dans la forêt, alors dès qu'il y a un bruit étranger, mon corps est en alerte. Mon instinct de survie pour ça est très développé.

- Je vois.

Ils restèrent ainsi quelques minutes en silence puis le premier valet du roy – qui n'était jamais très loin de son maître – sortit de l'obscurité.

- Que Sa Majesté m'excuse mais votre déjeuner est servi.

- Merci Lebel, puis se tournant vers Caroline. Mademoiselle, joignez-vous à moi.

Caroline s'inclina profondément.

- Je suis aux ordres de Votre Majesté.

Le monarque sourit et lui tendit son poing où elle ne manqua pas d'y poser sa main.

Ils traversèrent ainsi tout le camp, les chevaux étant nécessairement à l'opposé du roy pour ne pas l'indisposer. Forcément tous maintenant étaient réveillés et chacun put les voir. Caroline pria soudain pour que les rumeurs ne naissent pas de cet instant et surtout que ça ne parvienne pas aux oreilles de la reine.

Le déjeuner se passa pratiquement dans le silence et heureusement, ils partirent bientôt de nouveau pour la chasse.

La journée et le lendemain se passèrent bien ; le roy ne tenta rien. Ce fut lors du dernier jour de chasse que l'irréparable manqua de peu de se produire. Caroline était avec le roy et son cousin. On venait de tuer un cerf auquel le grand veneur de France – le duc de Penthièvre – venait de donner le coup de grâce.

- Bien joué mon ami, le complimenta le roy qui venait d'arriver. Bien, nous allons nous restaurer céans.

Suivant les gestes à sa parole, le souverain sauta à terre avant de se tourner vers Caroline qu'il avait pris l'habitude d'aider à descendre.

- Venez mademoiselle, j'aimerais m'entretenir quelques instants avec vous.

Inquiète, Caroline fronça les sourcils mais suivit le roy. Quel autre choix avait-elle ?

Ils s'éloignèrent suffisamment pour être certain que personne ne pouvait plus les entendre. Alors, la jeune fille attendit que le souverain parlât ; celui-ci semblait incertain et presque angoissé.

- Mademoiselle, quels sont vos sentiments à mon égard ? dit-il soudain en se figeant, plongeant son regard dans le sien.

- Je ne com…

- Caroline, vous savez pertinemment ce que je veux dire.

- Votre Majesté… une larme coula sur sa joue soudain pâle. Ne m'obligez point à faire cela.

Il s'approcha brusquement d'elle et l'attrapa par les épaules.

- Pourquoi ?

- Parce que… parce que je veux demeurer pure jusqu'au jour de mon mariage. Je ne veux m'offrir qu'à l'homme que j'aimerai du plus profond de mon âme.

Le monarque demanda, narquois :

- Vous pensez que vous épouserez un homme que vous affectionnerez ?

- Je l'espère en tout cas, Sire.

- Et si je vous l'ordonnais ?

Il la sentit trembler. La jeune fille baissa la tête et murmura :

- Je suis aux ordres de Votre Majesté.

Charles Henri se calma instantanément. Doucement, il lui releva le visage et la força à le regarder dans les yeux.

- Je vous désire il est vrai, mais j'accepte votre refus. Jamais je n'ai contraint une femme, je ne vais guère commencer aujourd'hui ? N'ayez crainte, je ne vous ferai rien. Si vous changez d'avis faites-moi prévenir mais je…

- Chut ! ordonna-t-elle, soudain sur ses gardes.

- Pourquoi, qu'est-ce que… ?

- Taisez-vous !

Il se tut, estomaqué qu'elle osât lui donner un ordre. Il remarqua alors qu'elle semblait inquiète, presque effrayée et qu'elle scrutait les alentours. Elle avait grandi dans la forêt, elle devait sans doute percevoir quelque chose que lui ne voyait pas. Soudain, le roy de France vit sa lointaine cousine remonter sa robe et sortir un couteau de chasse qu'elle avait fixé contre sa cuisse. « *Astucieux* » songea-t-il. Il se promit d'y penser pour ses soldats.

Son instinct lui hurla soudain qu'elle était en danger. Cependant, Caroline fut beaucoup plus rapide et elle se jeta sur le roy avant qu'il ait pu esquisser le moindre mouvement :

- Couchez-vous !

Un coup de feu retentit mais ne blessa heureusement pas le monarque. Caroline se redressa et, avant que le souverain ait pu esquiver un mouvement, partit en courant. Elle croisa le duc de Guyenne et son cousin ainsi que quelques autres qui venaient à eux, paniqués.

- Que se passe-t-il ?

- Où est le roy ?

Caroline ne s'arrêta pas de courir :

- On a voulu assassiner Sa Majesté ! Ecrinville, allez voir le roy. Messieurs de Penthièvre, Guyenne et Rambouillet, venez avec moi, nous pouvons encore le rattraper, il est seul !

Elle courait. Elle avait l'habitude des situations d'urgences. Avec Charlotte, elles avaient été habituées à conserver leur sang-froid, surtout face à mort. Et aujourd'hui elle l'avait suffisamment côtoyée pour être entraînée. A qui savait l'apprivoiser, la Mort n'était guère un ennemi, mais une Alliée. Et cela faisait déjà de très longues années que sa sœur et elle côtoyaient la Faucheuse.

Mademoiselle de Lusignan jeta instinctivement un regard à sa droite où se tenait toujours d'ordinaire sa sœur d'âme… avant de se souvenir qu'elle était seule dans cette partie du monde. Erreur, moins qu'une seconde après, son cœur se confla, une deuxième âme venait de rejoindre la sienne pour la soutenir : Charlotte.

Certaine, Caroline ordonna qu'on lui rendît son cheval, n'écouta ni n'entendit son cousin et les autres qui la suppliaient de rester au camp… elle arracha un arc des mains d'un domestique qui suivait à pied avec les chiens. Elle remonta en selle et fut la première à lancer son cheval au galop.

Chapitre 6
Blessée

Tenant sa monture d'une main et l'arc avec le carquois de l'autre, Caroline de Lusignan s'était lancée à la poursuite de l'homme qui venait de tenter d'assassiner le roy. La jeune fille ne songea pas un seul instant aux convenances qui régnaient ici ni à sa tante. Elle fit ce qu'elle faisait depuis qu'elle était venue au monde : survivre.

Alors qu'elle passait devant le roy, entouré de courtisans inquiets, tous se retournèrent pour la voir passer au grand galop. Ils se turent tous en l'apercevant et ne reprirent leurs esprits que lorsque les autres cavaliers passèrent à leur tour.

- Si ce n'est point votre sang, Majesté, alors cela signifie que…

Le gentilhomme ne termina pas sa phrase mais tous avaient compris. Caroline de Lusignan était blessée. Une lueur d'angoisse passa dans les yeux du monarque.

Les trois gentilshommes rattrapèrent bientôt l'Amazone et elle entendit son cousin lui crier :

- Etes-vous blessée Caroline ?

- Non ! Il s'agit du sang du roy ! Face à leur regard affolé, la jeune fille les rassura : la balle n'a atteint que son bras ! Maintenant il nous faut nous séparer ! Par deux ! Penthièvre et Guyenne partez sud sud-est, nous poursuivons dans cette direction. Si nous le trouvons… Vivant ou mort ? demanda-t-elle au duc de Guyenne.

- Vivant, il faut qu'il passe à la question.

Caroline hocha la tête. Et ils se séparèrent.

Ils avancèrent une dizaine de minutes seuls avant que Caroline ne descende de cheval et observe le sol. Elle regarda plus loin à l'est et plissa les yeux.

- J'ai une bonne et deux mauvaises nouvelles.

- Les mauvaises.

- Ils sont maintenant trois et à cheval.

- La bonne ?
- Ils sont passés il n'y a vraiment pas longtemps.

Caroline s'approcha alors de son cheval et commença à retirer sa selle.

- Mais… mais que faites-vous ?
- Monter en amazone n'est vraiment pas pratique pour aller vite. Nous repasserons la chercher plus tard. Aidez-moi à monter.

Ils allaient lancer leur monture au galop quand Paul lui demanda, sans cesser de l'observer.

- Ce n'est pas le sang du roy n'est-ce pas ?

Sans le regarder, Caroline répondit.

- Non.

Et elle lança sa monture au galop. Barbe était un cheval très rapide mais guère habitué à la forêt. Heureusement, ils trouvèrent bientôt un sentier et s'y engagèrent, les chevaux prirent de la vitesse et la jeune fille distança rapidement son cousin. Après une demi-heure de course poursuite, Caroline les distingua. Alors, sous le regard impressionné de son cousin qui se demandait déjà comment elle pouvait monter si bien avec sa robe et sans selle, Caroline murmura quelques mots aux oreilles du cheval en indien, lâcha les rênes, prit l'arc, le banda et tira. Un premier homme tomba, une flèche dans le cou. Pour le deuxième, la jeune fille visa la tête et le dernier, elle lui tira dans la cuisse puis une deuxième flèche dans le bras parce qu'il ne semblait pas vouloir s'arrêter. Caroline reprit les rênes, s'arrêta et se tourna vers son cousin qui la rejoignait.

- Pouvez-vous vous en occuper maintenant ?

Il acquiesça et alla voir l'homme. Paul le ligota avec les sangles de la selle de sa cousine – qu'elle avait eu l'ingénieuse idée de prendre. Il s'approcha alors d'elle et s'inquiéta :

- Comment vous sentez-vous ?

Elle sourit.

- Bien, ne vous inquiétez point.
- Comment savez-vous qu'il est le tireur ?

- Parce que c'est le plus petit.

- Et alors ?

- Et alors, pour ne pas vous faire prendre vous prenez qui ? Celui qui est le plus grand ou celui qui est le plus petit ? Mais il y a autre chose.

- Quoi ?

- C'est le seul dont l'arme est vide. Les deux autres allaient dégainer quand je… quand je les ai tués.

- Allons-y.

La jeune fille hocha la tête et il l'aida à monter à cheval.

- Tirez avec votre arme pour leur signaler notre position.

Paul prit son arme à feu, visa le ciel et tira.

Paul la regarda, elle était blême et tremblait. Il fallait vite rejoindre les autres.

Ils retrouvèrent les autres quelques minutes plus tard. Caroline ne se souvint pas de ce qu'ils disaient et alors qu'ils discutaient de… elle n'avait aucune idée de quoi, la jeune fille les interrompit.

- Excusez-moi… je… pourrait-on y aller… je me sens mal.

- Pardonnez-nous Caroline, lui sourit son cousin, nous y allons. Elle hocha la tête.

Quelques minutes après seulement, Caroline perdit connaissance. Paul la prit alors dans ses bras puis la posa devant lui sur son cheval.

- Seigneur, murmura-t-il lorsqu'il vit le sang qui maculait sa robe, il faut nous dépêcher !

Le temps qu'ils mirent à rejoindre les autres leur parut interminable. Le roy faisait les cent pas entourés par les gentilshommes silencieux. La plupart étaient rentrés avec les chiens. Lorsqu'il les vit, le roy blêmit. Elle était bien blessée ! Par sa faute ! Et elle lui avait sauvé la vie.

Le duc de Guyenne approcha l'homme ligoté du roy. Le monarque le scruta un long moment avant de secouer la tête.

- Pourquoi ?

- Mort au Roy ! répondit seulement l'homme.

- Emmenez-le !

Le roy aperçut alors Caroline, allongée sur le sol et inconsciente.

- Qu'est-ce qu'elle a ?

- La balle lui a perforé l'abdomen. Il faut la ramener au château le plus rapidement possible !

Et le cortège partit aussi rapidement qu'il le pouvait. Caroline reprit connaissance une demi-heure après. Elle tenta d'apaiser et de rassurer tout le monde mais ses sourires ne fonctionnèrent guère et personne ne la crut.

- A-t-on récupéré ma selle ? demanda-t-elle à son cousin qui la tenait.

- Je… ho… non. J'ai oublié, pardonnez-moi.

Caroline soupira.

- Ce n'est pas très important.

En arrivant au château de Madrid, Caroline ne put s'empêcher d'ouvrir de grands yeux émerveillés. Le roy, à ses côtés, la vit et sourit :

- Il s'agit de mon palais, enfin de mon œuvre. J'ai commencé à le faire construire lorsque je suis monté sur le trône il y a presque dix ans.

- Et il est achevé ? s'enquit-elle d'une voix rauque.

- Non, mais ce ne sont que les finitions. Le gros œuvre est terminé.

La jeune fille acquiesça.

Le roy fit installer Caroline dans des appartements pour l'unique usage de sa personne au lieu de la petite chambre à laquelle elle avait droit grâce à sa charge de dame d'atour de la reine. Le médecin du roy était déjà sur place et la reine s'inquiéta vivement de la santé de la jeune fille.

Heureusement, la balle n'avait pas atteint le poumon même si elle était passée très près. Malgré sa santé robuste, Caroline avait perdu beaucoup de sang et s'en trouvait très affaiblie. Caroline tomba alors malade car la plaie s'infecta et toute la cour retint son souffle. Le roy et la reine s'inquiétaient plusieurs fois par jour de la santé de la jeune fille qui elle n'avait guère conscience de tout cela, entre la vie et la mort. Paul et Christelle se relayaient au chevet de la belle adolescente. Trois semaines après sa blessure, alors que la cour devait quitter Madrid pour Vincennes, le roy décida que la Cour ne bougerait pas tant que mademoiselle de Lusignan ne serait en état de se déplacer.

Et une semaine après cette décision, la fièvre de la jeune fille baissa puis disparut totalement une dizaine après. Très affaiblie et fort amaigrie, Caroline reçut dans le même temps les premières lettres de sa sœur.

« *Ma chère, très chère Lina,*
Comme tu me manques ! Tu es encore sur le bateau qui t'emmène loin de moi et de notre famille car nous sommes en juillet. Je ne t'ai pas écrit avant parce que je n'en voyais pas l'utilité mais aujourd'hui… tu me manques petite sœur. Je t'enverrai mes lettres tous les mois parce que… eh bien, ce n'est pas tous les jours que des navires partent pour la France !
A bientôt Jumelle,
Avec tout mon amour,
                    Charlotte »

La deuxième datait de quinze jours après :

« *Chère Caroline,*
J'ai senti pour la première fois mon fils bouger cette nuit ! Te rends-tu compte ? Evidemment que oui, suis-je sotte ! J'avais rêvé de toi aussi la nuit dernière et tu étais magnifique auprès de la reine je crois. Tu souriais, tu semblais heureuse. Alors, j'espère que tout ira bien pour toi là-bas.
Je pense finalement que je ne me restrindrais pas à une lettre par mois. Je t'écrirai lorsque le besoin s'en fera ressentir,

comme aujourd'hui et j'enverrai tout un paquet de lettres ensemble.

Père et Mère sont à Québec et je vais les rejoindre pour l'hiver. J'y vais dès maintenant pour échapper à mon exécrable et tortionnaire époux mais aussi parce que je préfère être avec Maman le jour de la délivrance. J'attends de tes nouvelles avec impatience.

Je t'aime petite sœur, tu me manques

Charlotte »

La dernière datait du jour de son arrivée à elle en France.

« Caroline ! Ça y est ! Tu y es ! Je le sens ! J'ai ressenti ta soudaine joie et cela ne peut signifier qu'une seule chose : tu viens de poser le pied sur notre terre d'origine.
Ici tout va bien et rien ne se passe, notre vie s'écoule lentement et tranquillement. Quelques Indiens par-ci et par-là. Bref, rien d'extraordinaire quoi ! Mère ne veut plus que je monte à cheval à cause de l'enfant. Moi ? Ne plus monter ? Enfin bon, tu sais comment je suis…
Saint-Savin vient de me rejoindre à Québec. Il aurait pu s'en priver, je m'en serais fort bien remise.
Je suis toujours aussi douée pour t'écrire de longues lettres passionnées comme tu le vois. Mais je sais qu'il n'en est nul besoin entre nous.
Je t'adore, tu me manques

Charlotte »

Caroline sourit. Charlotte cachait toujours ses sentiments et même mieux qu'elle-même, exceptée entre elles. Les jumelles étaient incapables de se cacher quoi que ce fut de toutes les façons. Les deux sœurs ne pouvaient pas se mentir, c'était impossible. Cependant, en lisant les mots de sa sœur qui avouait lui manquer, Caroline sentit les larmes lui monter dans les yeux. Les prochaines lettres de sa sœur n'arriveraient que dans un mois, au plus tôt. Souriant, la jeune fille se leva, non sans quelques tremblements et incertitudes, puis s'assit devant l'écritoire de ses appartements. Il fallait qu'elle raconte à sa sœur la chasse du roy. Car Charlotte avait dû se trouver mal lorsqu'elle avait été blessée.

« *Ma très chère Cha*
Tout d'abord, rassure-toi, la blessure que tu as ressentie n'est pas aussi grave qu'il n'en al'air. J'ai simplement perdu beaucoup de sang, le reste ne résulte que de ce fait… et aussi parce que les médecins ici ne connaissent rien à l'art de soigner. Toutefois, c'est une autre question.
Non je t'écris d'abord pour te dire que je viens de recevoir tes premières lettres et qu'elles m'ont beaucoup touchée. Tu me manques aussi beaucoup… »
Caroline écrivit plus longuement qu'elle ne l'avait jamais fait à qui que ce soit. Pendant plus d'une heure, ses mots coulèrent sur le papier de parchemin, libérant ainsi son cœur.

Chapitre 7
Loca

Caroline se levait et sortait de ses appartements quelques jours après. Dehors, elle eut la surprise de se rendre compte que l'été se terminait véritablement. Lorsqu'elle demanda la date, la jeune fille fut stupéfaite d'apprendre qu'on atteignait presque la mi-novembre. Son cousin lui tenait compagnie dans les jardins de Madrid que Caroline appréciait particulièrement.

- Je crois qu'il s'agit de mon palais royal préféré.
- Votre ? se moqua gentiment son cousin.
- Hoo ! Ne plaisantez point, vous avez parfaitement saisis ce que j'ai voulu dire.
- Certes. Savez-vous que nous partons demain pour Saint-Germain où nous passerons l'hiver ?
- Je l'ignorais. Tant mieux. La reine adore ce château.
- J'aime votre grand cœur.

Caroline lui sourit.

- La reine est si gentille, même avec moi. Comment ne pas l'apprécier ?
- Vous avez sans doute raison.

Ils firent quelques pas en silence, bercés par le bruit des feuilles mortes.

- Au fait, lui sourit Paul, toute la cour ne parle que de vous.
- Et pourquoi dont ?
- Mais… parce que vous avez sauvé la vie du roy et que vous êtes une femme ! La reine et le roy s'inquiétaient de votre santé ! Que voulez-vous de plus ?
- Je n'aime pas qu'on parle de moi.
- Mais ma chère, j'ai l'impression que votre faveur ne fait que commencer.
- Que voulez-vous dire ? le questionna-t-elle, étonnée et presque inquiète.

- On murmure que Sa Majesté va vous récompenser pour votre… bravoure. Il est étrange de dire ça pour une femme mais c'est vrai.

- Pff, soupira Caroline, nerveuse, n'importe quoi !

Le duc s'esclaffa en guise de réponse. Décidément, sa cousine ne faisait rien comme tout le monde.

En effet, quelques jours plus tard, tandis que la cour arrivait à Saint-Germain, la reine lui demanda de l'accompagner.

La veille, Caroline s'était réveillée au milieu de la nuit, prise de violentes douleurs dans le ventre. Christelle, avec qui elle partageait sa chambre, s'inquiéta.

- Caroline ! Caroline ! Non, ne me dites pas que c'est votre blessure ! Je… je vais chercher de l'aide !

La jeune fille s'était calmée ainsi que sa douleur. Elle rattrapa le bras de son amie.

- Il n'en est nul besoin, je sais ce qu'il se passe. Christelle la dévisagea, incrédule et la jeune fille sourit : Ma sœur va enfanter.

La jeune comtesse fixa un long moment, perplexe son amie mais finit par acquiescer. Elle était elle-même mère d'une petite fille et elle reconnaissait les symptômes de l'accouchement. Si elle ne l'avait pas vu, elle n'y aurait pas cru. Caroline ressentait vraiment ce que sa sœur vivait.

- Je vais rester avec vous. Il faut que vous encouragiez votre sœur, vous êtes loin d'elle mais vous pouvez lui donner votre courage non ?

Caroline acquiesça. La première douleur avait été forte mais maintenant ce n'était plus qu'une sensation, une douleur lointaine qu'elle savait ne pas lui appartenir. Elle ne put cependant se rendormir et elle écrivit à sa sœur dès qu'elle eut la sensation que l'enfant était né.

La reine prit le bras de la jeune fille et celle-ci ne put écrire ce qu'elle ressentait.

La reine s'était vraiment inquiétée de la santé de sa damoiselle de compagnie. Elle lui était aussi vraiment reconnaissante d'avoir sauvé la vie du roy… mais une inquiétude naissait au fond d'elle parce qu'elle avait remarqué – comme tout le monde – l'angoisse du roy après la blessure de la jeune fille. Son intérêt pour Caroline était évident et elle succomberait comme toutes les autres. Son époux pouvait avoir toutes les femmes qu'il désirait, fallait-il qu'il lui prenne aussi ses amies ?

- Ma chère, lui dit la reine, Sa Majesté et moi vous sommes redevables. Ainsi, le roy tient à vous faire quelques présents.

- Ho non Majesté ! Cela n'est pas nécessaire, vraiment.

La reine eut un sourire las :

- Vous n'avez pas vraiment le choix Caroline. On ne sauve pas la vie du roy de France impunément.

La jeune fille eut un sourire triste mais ne répondit pas.

Le roy les attendait avec le reste de la cour. Comme à l'accoutumée, il avait le visage grave. Il sourit cependant en apercevant son épouse au bras de Caroline. Après avoir salué la reine, le souverain se tourna vers Caroline.

- Je suis satisfait de voir que vous vous remettez bien.

- En effet Majesté et je Lui suis reconnaissante de m'avoir prêté Son médecin et des appartements.

- C'était tout à fait normale mademoiselle. Vous m'avez sauvé la vie.

- Et je vous dois maintenant la mienne Sire, nous sommes à égalité.

- Oui mais non. Parce que vous avez été blessée par ma faute. Venez maintenant, que je vous donne votre premier présent.

Et comme des cannetons avec le canard et sa canne, la cour suivit le couple royal.

Ils se rendirent dans la grande cours et Caroline aperçut au loin George Largo qui tenait un cheval par la bride. Un magnifique cheval ébène, majestueux mais tranquille. Un pur-sang !

- Mademoiselle, laissez-moi vous présenter Loca, cette jument est la sœur de mon étalon, celui que vous avez admiré pendant la chasse.

- Vous avez récupéré ma selle !

- Non point madame, mais c'en est une nouvelle.

Caroline regarda le souverain avec étonnement. Elle vit de l'amusement briller dans ses yeux face à sa consternation.

- Sire… je… je ne sais pas quoi dire.

- Commencez par « merci », je pense que ce serait bien.

La jeune fille lui offrit un magnifique sourire et se plongea dans une profonde révérence.

- Merci Majesté.

- Essayez-la.

Caroline ouvrit de grands yeux effarés.

- Ne jouez pas les effarouchées.

La dame d'atour regarda la reine qui acquiesça avec sa bienveillance coutumière.

- Bien…

La jeune fille s'approcha de Loca et monta aisément avec l'aide de monsieur Largo. Elle fit quelques pas dans la cour.

- C'est une jument courageuse mais ombrageuse comme tous les purs-sangs. Mais vous avez prouvé que vous étiez de taille.

Caroline songea que sa jument caractérielle conviendrait mieux à sa sœur, ce qui la fit sourire. La jeune fille descendit et se promit de monter bientôt.

- Elle demeurera dans les écuries royales mais vous pourrez la prendre quand il vous plaira.

- Je remercie encore Votre Majesté pour ce somptueux présent.

- Mademoiselle, ce n'est que le début.

- Plaît-il ? s'étonna-t-elle.

Cela ne suffisait-il pas ?

- Vous m'avez sauvé la vie et vous avez sauvé la France d'une guerre de succession. Ainsi ne vous remercierai-je point qu'avec un cheval. Madame, dès aujourd'hui, vous voici comtesse d'Evreux.

Une exclamation de surprise jaillit dans un ensemble parfait de la cour parfaitement silencieuse. Caroline avait blêmi, tout comme la reine. Le roy n'avait encore anobli aucune femme. Pas même une de ses maîtresses.

- Je… merci Majesté mais je ne suis pas digne d'une telle confiance.

- Evidemment que si. La cérémonie aura lieu cet après-dîner à quinze heures. Lebel vous expliquera les détails. J'ai dit !

Sans un mot, le roy retourna au palais. La reine suivit peu après.

En fin de journée, après la cérémonie qui avait fait d'elle non plus simplement Caroline de Lusignan mais en plus comtesse d'Evreux, Caroline se retrouva seule avec la reine et Christelle en attendant l'instant du couché de la première dame de France. La nouvelle comtesse s'approcha de la reine et s'agenouilla à ses pieds. Elle ne lui avait pas adressé la parole de la journée et Caroline était désemparée. Elle aimait beaucoup sa souveraine mais comment pouvait-elle dire non au roy ? Elle n'avait rien fait.

- Majesté, je vous en supplie, pardonnez-moi !

- Vous excusez de quoi comtesse ?

Son ton glacial figea Caroline.

- Je n'ai rien fait Majesté et je ne ferai rien qui puisse nuire ou même simplement attrister Votre Majesté.

- Caroline… soupira la reine.

- Je vous en prie, ne m'en voulez pas ! Je n'ai rien demandé au roy ni rien fait qui puisse justifier son attention sur ma personne !

- Vous ne connaissez pas le roy aussi bien que moi Caroline… vous êtes-vous déjà offerte à lui pendant la chasse ?

Caroline tressaillit violemment et la reine insista.

- Je veux simplement la vérité.

- Non Majesté. J'ai dit au roy que je désirais rester pure jusqu'au mariage car je ne voulais m'offrir qu'à l'amour véritable.

La reine la regarda étrangement.

- Ne confondez point la réalité et les contes pour enfant.

- Je sais Majesté mais je ne puis m'empêcher de rêver. Non Majesté, je ne pourrais devenir maîtresse royale. J'ai trop de respect pour vous et le roy ne m'aime guère, il n'aime point les femmes, il les tolère et les désire seulement et je ne veux point de cela.

- Je vous crois. Merci…

- Non… non, merci à vous Majesté !

Des larmes de reconnaissance coulaient sur les joues pâles de la jeune fille.

Alors, le roy entra.

- Laissez-nous.

Comme chaque fois qu'il venait voir la reine le soir, il congédiait les dames de compagnie sans leur accorder un regard. Il était toujours aussi froid mais Caroline paniqua. Elle avait la certitude qu'il l'avait entendue. Sans oser lever les yeux, la jeune fille se releva et quitta rapidement la pièce. Comme l'on était à Saint-Germain, Caroline rentra chez elle, à l'hôtel particulier de sa tante.

Il faisait nuit mais elle ne voulait pas prendre le carrosse. Elle savait que si on la voyait, sa tante la tuerait pour le manquement aux convenances mais elle avait besoin de se retrouver. Aux écuries, la jeune fille ne prit pas la peine de demander à un palefrenier de s'occuper de sa jument et s'en chargea elle-même. Les larmes continuaient de perler sur son fin visage. Elle appela sa sœur à l'aide et bientôt sentit sa présence réconfortante et forte. Si Charlotte était là, tout serait mieux. Elle se promit de lui écrire dès le lendemain et de la supplier de venir en France la rejoindre. Même si c'était égoïste.

Loca était une bonne monture. Elle dut comprendre que sa cavalière était perturbée car elle se laissa mener aisément.

Toute la demeure était endormie lorsque la comtesse d'Evreux arriva. Sans un mot, elle dessella elle-même Loca avant de se rendre dans ses appartements. La jeune fille alluma une bougie et écrivit à sa sœur. Cela ne pouvait attendre.

Caroline parvenait maintenant difficilement à rester dans la même pièce que le monarque. Il suffisait qu'elle le voit pour aussitôt baisser les yeux. Elle se sentait mal vis-à-vis du roy et de ce qu'il avait pu entendre.

Quant à Charlotte, celle-ci lui écrivait au moins une fois par semaine même si ses messages n'étaient guère longs. Ils emplissaient Caroline de joie à chaque ligne, chaque mot.

La jeune fille délaissa quelques instants la reine qui cousait dans ses appartements, distraite avec les autres dames par un ménestrel mandé par la duchesse de Rambouillet. Sa tante avait d'ailleurs peut-être des défauts mais elle gérait parfaitement les loisirs et les heures d'oisivetés de la première Dame de France.

Profitant de cet instant de répit, la belle comtesse quitta les appartements de la reine afin de lire les lettres de sa sœur qu'elle avait reçues le matin même. La jeune fille avait découvert près des appartements du roy un petit banc solitaire et relativement caché des regards. Caroline s'appuya contre le mur, replia ses jambes contre sa poitrine puis sortit les lettres de sa sœur. Elle n'en avait pas lu une que les larmes se joignaient à son rire étouffé. Lorsqu'elle entendit des pas inconnus d'approcher, la comtesse d'Evreux releva la tête. Blême, elle lâcha la lettre sans pouvoir faire un seul mouvement.

- Je ne désirais point vous faire peur.

- Ma… majesté.

Elle allait se lever mais il prévint son geste et lui fit signe de ne pas bouger.

- Non, restez assise.

Il lui ramassa même sa lettre qu'elle récupéra sans un mot, la main tremblante.

- Pourquoi pleurez-vous ? s'inquiéta-t-il, un malheur ?

Caroline secoua la tête et répondit sans quitter la feuille des yeux.

- Simplement ma sœur, Sire.

- Puis-je ?

Caroline acquiesça et le monarque s'assit près d'elle sur le banc. Il y eut quelques instants de silence où le roy la regardait et où elle jouait avec la lettre de sa sœur.

- Pourquoi vous êtes-vous réfugiée ici ? murmura-t-il.

Lui toujours si vif semblait ce jour-là las et éteint.

- Je ne sais pas, j'aime cet endroit, cette petite pièce à l'abri des regards.

- Vous êtes dans mes appartements madame, l'informa-t-il.

Caroline se leva d'un bond et se confondit en excuse.

- Ho ! Seigneur ! Je l'ignorais ! Pardonnez-moi ! Je… je suis inexcusable… je…

Le monarque se leva à son tour et posa ses mains sur ses épaules, toujours calme.

- Calmez-vous. Je sais que vous ne l'avez guère planifié.

- Comment pouvez-vous en être certain ? chuchota-t-elle sans pouvoir détacher son regard des yeux brûlants du souverain.

Du dos de sa main gantée, le roy caressa sa joue et de la douceur apparut sur le visage implacable du monarque.

- On me ment sans vergogne toute la journée… on veut m'utiliser, me trahir. Je suis né avec cela et j'ai appris à décrypter les visages. Le vôtre… le vôtre est encore plus pur que celui de la reine et Dieu sait que je respecte cette sainte femme. Je ne me supporterais sans doute pas comme époux.

Caroline ne put s'empêcher de sourire. Ils se turent quelques instants et le roy reprit :

- Je vous ai entendu l'autre soir, à Saint Germain.

Un éclair d'angoisse d'animal traqué traversa les prunelles violettes de la jeune fille.

- … ne paniquez point. D'une autre que vous, j'aurais pris ombrage de ces propos mais non. Vous avez sans doute raison même si vous me jugez sans me connaître ce que je puis comprendre car je le fais quotidiennement. Dites-moi vraiment, suis-je si déplaisant ?

- Vous êtes roy, Sire, et un souverain n'est jamais déplaisant.

Il l'observa un long moment en silence avant de soupirer.

- Je suppose que même de votre bouche je n'aurai point d'autre réponse.

- Si un jour vous rencontrez ma sœur, demandez-le lui. Elle, elle répondra à Votre Majesté avec une franchise qui vous étonnera.

- Humm… soit, je garde ce judicieux conseil en mémoire madame. Sachez par ailleurs que je ne garde aucune rancune contre votre refus même si… vous m'êtes toujours aussi désirable.

Caroline sentit son cœur s'accélérer et soudain elle se mit à espérer que le roy l'embrassât. Il avait des lèvres pleines et une magnifique bouche… il portait la barbe courte, comme la mode masculine le préconisait et… la jeune fille secoua la tête et recula d'un pas. Le souverain aussi avait senti la soudaine attirance et désir qui les avaient traversés.

- En tout cas, madame la comtesse. Revenez céans quand vous le voudrez, ce banc est maintenant vôtre.

- Je remercie Votre Majesté, conclut-elle en se plongeant dans une profonde révérence. Lorsque la porte se referma sur le monarque, Caroline s'appuya au mur et ferma une seconde les yeux en posant une main tremblante sur son front. Elle inspira profondément en se demandant ce qui lui arrivait. Tombait-elle amoureuse sottement du roy comme tant d'autres ? Non ! Il ne fallait pas ! Agacée, mademoiselle de Lusignan récupéra ses lettres et retourna auprès de la reine en se promettant de ne jamais revenir.

Chapitre 8
Solstice d'hiver

Deux jours plus tard, la cour faisait un court séjour à Vincennes où le roy donna un bal masqué, en petit comité pour le solstice d'hiver. Caroline faisait évidemment partie des convives tant grâce à sa charge dans la maison de la reine que grâce à son sang. La reine portait une robe de velours vert avec un masque d'or tandis que toutes ses dames de compagnies étaient vêtues de la même façon soit une toilette rouge sang et un masque d'argent. Les quelques femmes blondes de l'entourage de la reine se firent foncer leurs cheveux. Ainsi, il était difficile de les reconnaître. On leur avait fait à toutes dans l'après-dîner une coloration au henné, produit exotique que la flotte du roy venait de ramener de Perse. On mélangea la plante avec du thé à la camomille – donnant normalement ainsi plus d'intensité à la couleur qu'avec de l'eau – avant de l'appliquer une demi-heure sur les cheveux des dames. A plusieurs dames ont dû répéter plusieurs fois le processus dont sur Caroline car la chevelure n'était toujours pas assez foncée. Le résultat était par ailleurs stupéfiant même s'il n'était que temporaire.

Les cheveux très bruns maintenant de la jeune comtesse d'Evreux donnaient un nouvel éclat à son teint pêche. Sa peau blanche et pure comme de la neige et sa chevelure brune faisaient d'autant plus ressortir le bleu tirant sur le violet de ses grands yeux.

On leur fonçait également les sourcils et, heureusement, ceux de Caroline étaient déjà plus foncés que ses cheveux. Caroline était méconnaissable. Sa beauté était d'autant plus éclatante mais elle semblait sortir des enfers. Un ange déchu d'une beauté aveuglante et presque scandaleuse. La reine eut un sourire las :

- Heureusement que votre visage ne sera guère voyant ce soir ma chère. Vous êtes telle Artémis.

- Qui est Artémis ? demanda Luisa.

- Une déesse grecque, répondit Caroline en souriant. Déesse de la nature sauvage et de la chasse. Je ne mérite guère ce compliment, Majesté.

La reine, à l'instar du roy, avait un masque qui n'était pas fixé sur son visage, comme le reste des courtisans, mais qu'elle tenait à la main. Chacun se devait de savoir où et qui étaient le roy et la reine. Une fois prête, la reine se tourna vers ses suivantes.

- Une dernière fois mesdames, je vous rappelle que nul ne doit savoir votre nom. Et à la fin de la soirée, l'on devra découvrir qui vous êtes. Mesdames, je compte sur vous !

Elles étaient six de la maison de la reine : la duchesse de Rambouillet, Luisa de la Violada, Christelle de Harcourt, Henriette de Blois, la vicomtesse Hélène de Foletier et enfin Caroline d'Evreux.

Mis à part la duchesse de Rambouillet qui était une femme très grande et excessivement mince, ainsi que la vicomtesse de Foletier qui était plus que potelée, les autres étaient trop semblables pour être reconnues. Caroline songeait à sa sœur. La reine aurait beaucoup apprécié, elle en était certaine, les deux sœurs ensembles. Personne ne les reconnaissait d'ordinaire, alors à un bal masqué…

Vincennes était un château froid mais agréable. La fête se passa très bien et Caroline s'amusa vraiment pour la première fois depuis la chasse du roy. Elle dansa avec beaucoup de monde même s'il lui était difficile de reconnaître ses cavaliers. A un moment, elle dansa avec son cousin – Thibaut – qui étonnement fut le seul à la reconnaître. Pendant une danse qu'il lui accorda, il baissa ses yeux et l'observa un long moment.

- Je pense que je vous préfère blonde, murmura-t-il.

- Restez tranquille, sourit Caroline, la couleur n'est pas permanente.

Il hocha la tête. La jeune fille ne quitta pas son sourire, son cousin s'ouvrait enfin à elle ! Ce n'était pas encore une grande amitié comme avec Paul mais elle avait de l'espoir pour la première fois depuis son arrivée. Paul lui avait expliqué que son frère était quelqu'un de très méfiant de nature. Il ne faisait que difficilement confiance aux gens car il était en réalité très sensible et que ce tempérament lui avait été hostile par le passé. Caroline avait alors patienté et avait attendu que son cousin décide de lui-même de s'ouvrir à elle. Aujourd'hui, la jeune fille en était récompensée.

Avec sa tante cependant, ses rapports se détériorèrent. En effet, alors que Caroline n'était que gentillesse et douceur, sa tante était en réalité froide et calculatrice. Elle voyait en sa nièce – et filleule – un danger pour son avenir et celui de ses fils. Toutefois, Caroline préférait ne pas prêter de mauvaises intensions à sa tante et de continuer à lui faire confiance.

Le roy, assis sur son trône, observait froidement les courtisans mais avec calme. Caroline songea qu'il semblait presque mépriser les nobles qui l'entouraient. Cependant, au fond de ses yeux, Caroline y vit de la solitude et une profonde tristesse. Oui, il est difficile d'être roy. Encore plus d'être un bon souverain.

Lebel murmura quelque chose à l'oreille du roy au milieu de la soirée et le monarque quitta la salle de réception. Tandis qu'il allait passer la porte, il se tourna vers l'assistance qui le regardait maintenant relevée de sa révérence :

- Continuez.

La musique reprit et la danse aussi.

La reine voulut prendre l'air quelques minutes plus tard, étourdie par le bruit et la chaleur étonnante qui régnait dans la pièce. Il faisait froid dehors mais ce fut vivifiant à la reine qui reprit des couleurs.

- Voulez-vous que je fasse quérir le médecin Majesté ? s'inquiéta la duchesse de Rambouillet.

- Votre Majesté a-t-elle froid ? demanda alors la vicomtesse.

En voyant la reine s'éloigner, ses quatre dames de compagnies qui dansaient quittèrent leur cavalier pour aller soutenir leur souveraine. La reine en tête de cortège, les sept femmes quittèrent à leur tour la salle de réception.

- Non je n'ai pas froid, et non ce n'est nullement nécessaire de faire venir le médecin, je suis juste un peu fatiguée. Cependant, si vous pouviez me trouver à boire…

- Caroline, ordonna sa tante en la cherchant parmi les dames, allez chercher à boire à Sa Majesté.

- Tout de suite ma tante.

Sans attendre un instant, la jeune fille quitta les jardins pour la salle de banquet que les domestiques n'avaient sans doute pas terminé de débarrasser. Le retour fut étonnement simple mais, tandis qu'elle repartait vers les jardins, elle croisa le roy. Sans doute venait-il d'apprendre une mauvaise nouvelle car il semblait dans une colère noire et face à un dilemme intérieur. Le monarque, suivi par le duc de Guyenne et Sébastien Le Prestre, marquis de Vauban qui était depuis peu Maréchal de France, faillit ne pas la voir. La jeune fille s'était décalée de la route du souverain pour le laisser passer et était plongée dans sa révérence. Le roy s'arrêta quelques pas plus loin puis fit demi-tour tandis que Caroline reprenait sa route en direction des jardins.

- La réception est dans l'autre direction madame.

Caroline se figea en comprenant qu'il s'adressait à elle et se retourna.

- Je le sais Sire. Mais Sa Majesté m'attend dans les jardins.

Le monarque fronça les sourcils.

- Que se passe-t-il ?

- Rien de grave, Votre Majesté ne doit nullement s'inquiéter, la reine désirait simplement prendre un peu d'air frais. Voulant se désaltérer, ma tante m'a envoyée chercher de l'eau pour Sa Majesté.

- Humm, je vois. Bien, reprenez votre chemin alors.

Puis, saisissant pleinement les paroles de la jeune fille, le souverain ouvrit de grands yeux écarquillés, la détailla un long moment avant de souffler :

- Madame d'Evreux ?

Caroline acquiesça de nouveau.

- Que puis-je pour Votre Majesté ?

Le duc de Guyenne et le marquis de Vauban demeurèrent aussi étonnés que leur roy de découvrir qui elle était.

- Mais… n'étiez-vous point blonde ? s'étonna le duc.

- Si-fait mais toutes les dames de Sa Majesté se sont teintes pour que nous soyons encore moins facilement reconnaissables.

- Mais c'est de la mystification !

- Pas du tout Majesté… Nous avons simplement joué parfaitement… maintenant, nous verrons si vous nous reconnaissez tout à l'heure !

Alors qu'elle reprenait sa route, le roy la suivit des yeux et sourit, surprenant plus encore ses deux amis.

Quelques heures plus tard, alors que la fête touchait à sa fin, le roy prit la parole.

- Comme vous le savez, un dernier jeu ce soir avant de nous quitter nous attend : celui d'identifier toutes les dames de compagnie de mon épouse, votre reine. Mesdames, ne bougez plus. Messieurs qui les entourez êtes chargés de les identifier. Vous avez droit à un nom chacun sans les faire parler. La dernière des Dames à être reconnue aura le privilège de danser avec ma personne lors du bal de la semaine prochaine à Saint-Germain. Quant à ceux qui reconnaîtront ces dames, vous pourrez leur demander une faveur.

Evidemment, la première à être reconnue fut la duchesse de Rambouillet. Sans parler, la reine lui retira son masque.

Hélène fut reconnue en suivant sans erreur non plus mais, après, les hommes hésitèrent. On prit Henriette pour Luisa et Christelle pour Henriette. Puis, un gentilhomme s'avança vers Christelle :

- Madame la comtesse de Harcourt.

La reine lui retira son masque en le félicitant.

- Malgré les cheveux bruns de votre épouse, vous l'avez reconnue.

- Je me flatte de tout connaître de mon épouse, Majesté.

- Bien, il reste Luisa de la Violada, Henriette de Blois et Caroline d'Evreux. Un seul essai, mettez-vous d'accord.

- Sire, l'interrompit la reine avec un magnifique sourire, et si Votre Majesté jouait aussi ?

- Qui voulez-vous que je reconnaisse Madame ?

- Caroline d'Evreux, évidemment, sourit la reine.

- Qu'y gagnerais-je ? répondit doucement le monarque, amusé d'avance.

- Une faveur qu'elle vous accordera Sire, comme aux autres.

- Je ne voudrais point priver les gentilshommes de ce privilège. Sauf que les courtisans avaient tous compris que Caroline d'Evreux était plus ou moins la chasse gardée du roy. Ainsi, s'ils pouvaient éviter de courroucer le monarque, cela les arrangeait. Ils étaient de plus curieux de voir si le roy la reconnaîtrait.

- Mesdames, ordonna la reine, fermez les yeux ! Puis murmurant à son époux. La partie serait trop facile et ne faites pas semblant de perdre.

- Que voulez-vous prouver ? s'agaça le monarque, les dents serrées.

- Vous comprendrez, mais faites attention à elle, Caroline est une enfant douce et gentille, ne la faites point souffrir.

Avant qu'il puisse répondre, la jeune femme descendit de l'estrade où se dressaient les trônes pour se mêler aux courtisans. Elle-même était incapable de reconnaître Caroline d'Henriette, surtout les yeux fermés. Luisa avait la peau plus mâte malgré les poudres.

Le souverain, froid et sévère, marcha lentement à travers la foule, ne jetant qu'un bref coup d'œil aux deux premières. Elle était là-bas, au fond de la pièce. Comment le savait-il ? Il le sentait, tout simplement. Doucement il s'approcha de la jeune fille aux yeux fermés ; les mains jointes sur le devant de ses jupes, elle était calme. Sans doute songeait-elle qu'il ne la reconnaîtrait pas. Il passa dernière elle et défit doucement le nœud de son masque en lui murmurant à l'oreille :

- Ouvrez les yeux.

Ils faisaient face à la cour et elle obéit tandis que son masque tombait. La cour applaudit le souverain qui y répondit d'un hochement de tête.

- Comtesse, dit la reine avec un sourire en s'approchant, vous devez une faveur au roy !

La cour rit de l'humour de la reine. En générale, les nobles sollicitaient des faveurs au roy. Un souverain ne demandait rien, il n'avait besoin de rien ni de personne. Ce que le roy désirait, Dieu le voulait et les sujets s'inclinaient.

- Je suis là pour satisfaire Vos Majestés.

- Madame, connaissez-vous la cuisine indigène ? s'enquit aussitôt le roy.

- Des Indiens ? Oui, évidemment. Mais lesquels précisément ?

- Peu m'importe. Vous allez nous préparer un repas des Amériques.

Caroline resta bouche bée. Elle était bonne celle-là.

- C'est impossible Sire.

- Et pourquoi donc ?

- Parce que je ne pourrais rendre justice à leur cuisine car je n'aurais pas ce qu'il faut. Les animaux et les végétaux sont différents.

- Comment cela ? s'étonna la reine.

- Nous n'avons ici ni caribou ni dinde, encore moins des ours !

- Je puis faire importer un ours des Alpes ou des Pyrénées.

- Certes. Mais vous n'avez pas de maïs et les Indiens se nourrissent pratiquement que de cela avec des fèves.

- Madame, débrouillez-vous ou mon autre faveur sera encore moins aisée pour vous !

- De quoi votre Majesté veut-elle parler ? s'inquiéta la belle comtesse.

- Je ne sais pas encore mais je vous assure que je trouverai. Vous donnerez la liste demain à Lebel pour qu'il fasse le nécessaire. Le repas se tiendra dans un mois, seulement pour la reine et moi. J'ai dit !

Caroline réfléchit toute la nuit, inquiète, mais elle finit par trouver quelques plats qu'elle pourrait faire depuis les cuisines du palais royal. Christelle, qui venait du Languedoc, lui apprit qu'il y avait depuis quelques années des champs de maïs un peu partout aux alentours de Bordeaux. Ainsi le lendemain, après avoir passé une nuit blanche à préparer la liste des ingrédients nécessaires à la fabrication de ses plats « de sauvages », la comtesse de Lusignan put remettre ladite liste à Lebel qui la parcourut rapidement du regard :

« Ingrédients nécessaires à la fabrication du plat en faveur de Sa Majesté :

- Riz
- pois
- fèves
- maïs (grande quantité)
- Saumon
- Ours
- Miel
- Loup
- Morue »

Caroline donnait encore quelques herbes et autres petites choses dont elle avait besoin. Le valet du roy la regarda, dubitatif.

- Du loup ? Vous êtes sérieuse ?

- Oui, soupira-t-elle. Pardonnez-moi si je vous ennuie mais je veux vraiment que cela plaise au roy et à la reine.
- Je comprends évidemment. Je ferai mon possible.
- Merci beaucoup !

Caroline reçut des lettres de Charlotte quelques jours plus tard tandis qu'on venait de rentrer au Louvre pour l'hiver. La jeune fille savait que c'était les dernières avant juillet parce que l'hiver à Québec était très long et les prochains bateaux ne pourraient quitter le port qu'au mois de mai, au mieux. Comme chaque fois, les lettres de sa sœur lui donnèrent un regain de confiance et d'oxygène, la vie retrouvant davantage de saveur le temps de quelques heures.

De manière plus pragmatique, les jours qui précédèrent le « souper de sauvage » comme on le murmurait à la cour s'annoncèrent et s'écoulèrent très lentement pour Caroline qui angoissait. Sa tante la prévint qu'elle ferait mieux de ne pas déplaire au roy et de se montrer à la hauteur de leur famille. Thibaut proposa son aide dans les cuisines et Caroline accepta sa compagnie car peut-être qu'en sa présence les autres cuisiniers lui obéiraient mieux. Deux jours avant le souper, Caroline vérifia qu'il y avait tout en cuisine. La veille, elle dut commencer à rôtir l'ours à la cendre et, le lendemain, la reine la dispensa de rester à son service pour qu'elle puisse aller en cuisine. Remerciant la souveraine, Caroline quitta le luxe des appartements royaux pour le monde des domestiques en cuisines.

Chapitre 9
Solitude

Caroline passa toute la journée dans les cuisines, donnant des ordres pour les tâches les plus aisées mais devant les fourneaux elle-même la plupart du temps. A la fin de l'après-midi, le roy lui rendit visite. A l'entrée de la pièce, il observa Caroline avec un sourire. Soudain, on s'aperçut de sa présence et tous s'inclinèrent, surprenant la jeune fille qui ne l'avait pas aperçu.
- Reprenez votre travail.
Ils restèrent un instant estomaqués avant de se reprendre et de poursuivre leur labeur. Quant à Caroline, elle s'essuya ses mains pleines de farine sur son tablier.
- Majesté ? Que faites-vous dans les cuisines ?
- Je désirais vous voir à l'œuvre… Le souper sera prêt dans les temps ?
- Je pense que oui, Sire.
Il s'approcha et montra sa joue :
- Vous avez… de la farine sur la joue.
- Ho… Caroline baissa les yeux et rougis en se frottant la joue.
- Attendez, laissez-moi faire.
Il sortit un mouchoir et lui prit son visage pour enlever la farine.
- Merci.
- Je vous laisse travailler.
- Merci, répéta la jeune fille, gênée.
Amusé de sa confusion, le monarque sourit encore et quitta les cuisines. Soulagée, Caroline finit par se détendre et inspira profondément.
- Ouf !

Les deux heures suivantes, et qui précédaient le souper, se passèrent dans une appréhension et une agitation peu coutumière. Thibaut s'approcha alors de sa cousine.

- Caroline, calmez-vous sinon vous allez commettre une erreur et il sera trop tard pour la réparer.

- Vous avez raison, excusez-moi.

Son cousin lui sourit et posa une main rassurante sur son épaule. Il y eut quelques instants de silence où ils regardaient des domestiques s'agiter dans la fièvre du moment.

- Mon frère vous apprécie beaucoup vous savez.

Caroline se tourna vers lui en souriant.

- Je l'apprécie beaucoup aussi. Nous nous entendons fort bien.

- Ma mère ne chérit guère cette amitié.

- J'ai la sensation qu'elle ne m'aime pas beaucoup tout simplement.

- Pour être honnête avec vous, elle pense que vous êtes une menace pour nous.

- Moi ? Mais pourquoi ?

- Parce que ce qu'elle redoutait le plus s'est réalisé, ou presque.

- Que voulez-vous dire ?

- Eh bien vous…

- Madame, voilà l'heure, vint la prévenir le cuisinier de chef de Sa Majesté.

- J'arrive, merci.

- Nous continuerons cette discussion plus tard.

- D'accord. Et merci encore pour tout. Allez-y, vous avez le privilège d'être grand chambellan ce soir.

- Malgré les heures harassantes, nous nous sommes amusés… Merci à vous. Bonne chance.

- Merci vous aussi.

Caroline ferma une seconde les yeux pour prier et penser à sa sœur une fois que son cousin eut quitté la cuisine. Son cœur battait à toute vitesse et elle avait quelques difficultés à conserver son sang-froid. Vérifiant elle-même une dernière fois les plats avant qu'ils partent, Caroline goûtait à tout avant de les envoyer.

Elle fit évidemment en plat principal de l'ours au miel avec une soupe de poisson et de maïs grillée sous les cendres, des galettes de maïs, du loup fumé et un plat qu'elle avait appris à faire à base de riz sauvage. Elle fit aussi en dessert des baies et des framboises mais nature comme ils les mangeaient. Caroline avait de merveilleux souvenirs de manger avec Charlotte des baies jusqu'à s'en rendre malade. Cependant, jamais elles ne s'en étaient lassées.

Lorsque le repas toucha à sa fin, Caroline remercia toute l'équipe de domestiques qui l'avait aidé ces deux derniers jours.

- Merci pour votre travail et votre soutien. Je n'y serais jamais arrivée sans vous. Merci pour tout ! Vraiment. Je vous souhaite une bonne continuation et peut-être nous reverrons nous bientôt. Bonne fin de soirée.

Caroline se retirait lorsque Lebel lui coupa la route.

- Mademoiselle est attendue dans la salle où soupent Leurs Majesté.

- Mais… je suis toute sale !

- Peu importe, Sa Majesté veut vous voir immédiatement.

- Ils vous ont dit quelque chose ? s'inquiéta la jeune fille. Qu'est-ce qu'ils ont pensé du repas ?

- Venez avec moi s'il vous plaît et vous verrez.

Se nettoyant comme elle le pouvait avec ses mains, Caroline tenta, tremblante, de retrouver figure humaine.

En arrivant devant la salle où le couple royal soupait en tête à tête, la jeune fille s'arrêta un instant, respira profondément afin de retrouver son calme puis reprit sa marche, prête à faire face au roy et à la reine.

- Vous voici enfin ! s'exclama le monarque en la voyant entrer.

- Ma pauvre amie, vous êtes couverte de farine, lui sourit la reine.

- Entre autres, Votre Majesté.

- Prenez soin de vous laver.

- J'en prends note, Sire.

- Bien, simplement pour vous dire que vous avez parfaitement et dûment rempli votre tâche.

- Et… hésita Caroline, comment Vos Majestés ont-elles… trouvé le repas ?

- Copieux, avoua la reine, mais savoureux.

- Enfin, cela ne vaut point notre cuisine.

La jeune comtesse n'osa rien dire et il y eut un long silence. Finalement, le monarque soupira :

- En tous les cas, merci de votre bonne volonté et de votre participation. Vous pouvez vous retirer.

Caroline s'inclina, ne dit rien et quitta la pièce.

La « belle Indienne » ne parvint pas à s'endormir. La chambre qu'elle occupait au Louvre était individuelle et heureusement parce que, cette nuit-là, la jeune fille ne désirait voir et parler à qui que ce fut.

Elle n'était pas indifférente face au roy, de cela elle était certaine. S'il lui souriait comme il l'avait fait le jour de leur rencontre, à Saint-Germain, Caroline sentait son cœur s'accélérer et elle rougissait sans trop savoir pourquoi. Pourtant, cela la mettait mal à l'aise mais quelque part, s'avoua-t-elle, elle aimait son regard brûlant se poser sur sa nuque ou ses yeux noisettes se plonger dans les siens… cependant, s'il était froid – comme avec tous les autres – la jeune fille se sentait encore plus mal. Elle n'aimait pas du tout lorsqu'il semblait indifférent, comme ce soir. C'était encore pire que lorsqu'elle avait la sensation qu'il la désirait.

Il fallait… qu'il se passe quelque chose. Elle ne savait pas quoi mais il devait se passer quelque chose ! Caroline prit alors toutes les lettres de sa sœur qu'elle conservait soigneusement et sortit de sa chambre pour parcourir le palais du Louvre endormi, en robe de chambre et pied nu.

Elle pleurait, Caroline s'en rendit compte uniquement parce qu'elle sentait sa vue se brouiller. Cependant, silencieusement, la jeune fille se rendit au seul endroit où elle se sentait bien dans le château, même si elle s'était promise de ne pas y revenir. Le banc des appartements du roy. Il n'était pas très tard, à peine minuit, mais elle ne pouvait pas le croiser... si ? Mais peut-être est-ce qu'elle ne l'espérait pas secrètement, un peu... Avec sa bougie, Caroline s'installa sur le banc, genoux repliés contre sa poitrine et serrant les lettres de sa sœur contre son cœur. C'était trop dur, la vie dans ce nouveau pays, ces conditions de vie tellement différentes de ce qu'elle avait toujours connu... et sa sœur ! Charlotte lui manquait terriblement ! Non, elle ne pouvait pas continuer à vivre ainsi ! C'est alors qu'elle le vit. Il était là, seul, au milieu de la pièce et il la regardait. Elle voulut se lever, partir en courant... se retrouver seule de nouveau mais elle ne put que pleurer plus encore. Alors, la statue de marbre qu'il était s'anima et il s'approcha d'elle. Il n'avait pas de lumière à la main et cela étonna Caroline. Tandis qu'il s'approchait du banc où elle était assise, le monarque vit les lettres qu'elle tenait en main. Il comprit simultanément qu'elle avait le mal du pays, tout simplement, et que sa famille mais surtout sa sœur lui manquait au même titre que les paysages de son enfance.

Alors, la jeune fille fit la dernière chose à laquelle il s'attendait ; elle se leva et se jeta littéralement dans ses bras, comme y cherchant du réconfort.

Il songea un instant à profiter de sa faiblesse... après tout, la chambre n'était pas loin... mais quelque chose le retint, son cœur se serra en même temps que celui de la jeune fille et il se rendit compte qu'il ne voulait plus simplement son corps mais aussi son âme, son cœur. Il désirait gagner sa confiance et son amour. Etait-ce parce qu'elle lui résistait qu'il la trouvait si désirable, si belle, si inaccessible ?

Toutefois, ses bras se refermèrent dans le dos de la jeune fille. Elle ne portait que sa robe de chambre, il sentait sa peau sous l'étoffe du fin vêtement de nuit ; le roy frissonna des pieds à la tête. Mais quelque chose se produisit. Soudain, il s'ouvrit à sa peine. Parce qu'il voulait la comprendre, la connaître, vraiment. Il ressentit la détresse et la solitude de Caroline. Doucement, sans la lâcher, il fit demi-tour et s'assit sur le banc. Caroline le lâcha en le regardant avec étonnement et incompréhension. Elle était comme absente tant sa détresse était grande. Puis elle secoua la tête et se mit à trembler.

- Ma… majesté… veuillez me pardonner… je… je ne sais pas ce qu'il m'a pris… Seigneur !

Il sourit. Il aimait la voir rougir ainsi ; lorsqu'elle était angoissée, elle bégayait un peu. Elle allait fuir, il le sentait. Prévenant son geste, il la prit par le poignet. La comtesse posa sur lui un regard effaré ; il plongea son regard dans le sien et ils restèrent quelques secondes ainsi, simplement à se regarder puis il l'attira contre lui, sur ses genoux. Le geste avait été vif et elle passa ses bras autour de son cou par réflexe.

- Je ne vais rien vous faire… je veux simplement être votre ami, si vous me le permettez. Pleurez sur mon épaule si cela peut vous soulager, je n'ai pas sommeil de toute façon. Vous n'êtes pas obligé de me parler, je ne vous demanderai rien…

Caroline posa les lettres de sa sœur à côté d'eux sur le banc, toujours pâle et tremblante, avant de se tourner vers le roy. Sans un mot, elle se blottit contre lui et enfouit son visage dans son cou. Patiemment, il lui caressa le dos, en lui murmurant des paroles réconfortantes.

Caroline ne revit pas le monarque de toute la semaine, ce qui l'arrangea. Le lendemain de sa rencontre nocturne avec le souverain, la jeune comtesse se réveilla en se demandant ce qu'elle faisait dans son lit. Puis elle s'était souvenue : certainement qu'elle s'était endormie dans les bras du roy… ELLE S'ETAIT ENDORMIE DANS LES BRAS DU ROY ! DU ROY !

Il fallait qu'elle écrive à sa sœur, elle seule pourrait comprendre et l'aider… mais sa réponse viendrait dans tellement de temps ! Elle se désespérait à nouveau lorsqu'elle sentit l'apaisement l'envahir. Caroline sourit… Charlotte n'était peut-être pas si loin.

Mais il y avait un problème autre que le roy : la reine. Ses sentiments pour le roy naissant, Caroline ne pouvait plus regarder la reine. Elle n'avait rien fait mais pourtant, la belle Indienne se sentait coupable. Le roy était marié et en plus à la plus sainte des femmes… non, il fallait qu'elle cesse de le voir, de lui parler… avant de tomber irrévocablement amoureuse. Oui, c'était ce qu'il fallait faire, c'était ce qu'elle allait faire même !

Sept mois à tenir sans nouvelle de Charlotte… sept mois ! Et elle aurait tellement aimé voir son petit neveu. Elle savait que sa sœur avait fait d'elle la marraine de son enfant, c'était le plus logique, c'était ce qu'elles s'étaient toujours promis. Si elle-même avait un enfant, Charlotte serait sa marraine. Logique. Bon pour le parrain, elle ne prendrait pas le marquis de Saint-Savin mais… peut-être que son cousin serait d'accord ? Oui, c'était un bon choix. Tout à coup, Caroline secoua la tête, pourquoi pensait-elle tout à coup à un enfant ? Son enfant ? Elle n'était pas enceinte et ne risquait pas de le devenir dans les mois qui suivaient. Alors elle rit. Elle rit de ce petit problème anodin et domestique qui pour une fois depuis longtemps lui faisait cesser de penser au roy… ou à la reine.

La cour devait rester jusqu'au milieu du mois de mars au Louvre avant de retrouver Fontainebleau pour le printemps. Caroline appréciait grandement Fontainebleau. Après réflexion, la jeune fille appréciait en premier lieu le château de Madrid avec Fontainebleau, ensuite venait le Louvre puis Saint-Germain et enfin Vincennes. Ce dernier était froid, antique… tellement féodal !

Caroline fut tentée de retourner devant ce banc, son banc mais elle se retenait. Elle savait qu'elle était sensible et fragile dans le domaine des sentiments mais elle ne pouvait pas s'en empêcher. Alors, elle accaparait son cousin et ils partaient faire de longues promenades à cheval dans Paris ou les environs. Loca était une très bonne jument. Guère très compréhensive ni très patiente mais véritablement agréable à monter. Paul était toujours là lorsqu'elle avait besoin de lui, il la traitait comme si elle était sa petite sœur et cela la rassurait de savoir que quelqu'un s'intéressait à elle et la surveillait. Thibaut aussi était présent mais sa réconfortante présence était plus discrète, plus intellectuelle que physique. Cependant, sa grande solitude avait quelque chose de plaisant surtout avec les tumultes de la cour. Souvent, il jouait du luth sous les arbres des jardins, même s'il gelait dehors, son jeune cousin n'en avait cure. Un jour elle lui avoua qu'elle jouait du clavecin et de l'orgue et il sembla surpris de l'apprendre. Lorsqu'elle lui demanda pourquoi, il lui avoua qu'il ne l'avait jamais vu devant un de ces instruments. Ce à quoi elle répondit simplement :

- Ne pensez point tout savoir de moi, nous cachons bien des mystères aux Amériques. Pour ce qui est du clavecin, il m'arrive fréquemment d'en jouer mais comme vous n'êtes guère avec moi dans les appartements de la reine, vous ne pouvez m'y avoir vue quant à l'orgue… je m'entraînais à celui de la cathédrale de Québec, nous en avions un aussi dans notre château d'Acadie et… elle se tut, je parle trop encore c'est ça ?

Il lui lança un sourire indulgent sans cesser de jouer doucement de son instrument à cordes pincées et elle s'assit à ses côtés en soupirant. Ils restèrent quelques secondes ainsi, avec seulement la musique pour les distraire.

- … nous jouons aussi de la harpe, ajouta-t-elle.

Pour toute réponse, Thibaut leva la tête et éclata de rire.

Le roy tenait compagnie à sa tante qui était surtout sa meilleure amie. Elle faisait de la tapisserie, probablement, le roy n'y connaissait rien à ces affaires de femmes et il avouait sans honte qu'il n'en avait cure. Enfin, il allait visiter Madame Adeline tous les jours à défaut de la croiser dans les couloirs du palais ou dans les jardins.

Présentement, le roy était assis en face de sa tante, dans ses appartements. Il était perdu dans ses pensées et elle, l'observait avec un sourire en coin, faisant toujours sa tapisserie néanmoins. Lorsqu'elle recevait le roy, la jeune femme faisait sortir ses trois dames de compagnies pour donner au monarque un peu d'intimité – ce que son statut ne pouvait guère lui offrir souvent.

- Bon, dit-elle en le regardant dans les yeux, maintenant vous allez me dire qui elle est ?

Le roy tressaillit.

- Que voulez-vous dire ?

- Qui est la femme qui occupe toutes vos pensées ?

- Mais qu'est-ce qui vous fait penser que…

- … que c'est à une femme que vous songez ? termina-t-elle à sa place. Simplement je vous connais… vous n'avez point eu cet air là depuis…

- Eh bien justement ! s'emporta le monarque en tapant du poing sur la table avant de se lever, irrité. Il ne faut pas ! Je ne peux pas, je n'ai pas le droit… regardez où cela m'a mené la première fois… je ne veux pas lui infliger cela…

- Qui est-ce ?

Le monarque regardait par la fenêtre. Il était droit, fier, altier mais quelque chose dans sa façon de croiser ses mains dans son dos indiquait à la jeune femme que son neveu était encore plus ''atteint'' qu'elle ne le soupçonnait.

- Je suis certain que vous le savez déjà.

- Si vous parlez des rumeurs de la cour, vous savez que je ne les écoute point, quant aux informations que j'ai moi-même recueillies, elles ne me permettent pas d'identifier la personne qui partage votre couche en ce moment.

- Je ne l'ai jamais mise dans mon lit.

Adeline en eut le souffle coupé. Cette fois, elle posa un regard inquiet sur son meilleur ami. Il se retourna alors et eut un pâle sourire :

- Pathétique n'est-ce pas ? Le roy de France tombe amoureux d'une femme qui ne veut pas de lui… je pourrais avoir toutes les autres mais elle… Il secoua la tête, désappointé.

- Vous intéresse-t-elle parce qu'elle se refuse à vous ou… ?

Il releva la tête et fixa les yeux noirs de sa tante.

- Au début, je pense qu'il s'agissait de cela. Elle m'attirait mais elle s'est refusée à moi, je comprenais son refus et je l'ai accepté. Mais après, la croiser dans les couloirs et surtout aux côtés de mon épouse… et l'entendre ! L'avez-vous déjà entendue Adeline ? Elle est tellement douce, tellement gentille et pourtant paradoxalement si forte, si expérimentée ! Elle a changé quelque chose en moi. Je rêve de la prendre dans les bras et de la serrer à l'en briser pour ne plus voir de tristesse briller dans son étonnant regard bleu violet. Je n'arrive pas à m'imaginer qu'il en existe une autre identique de l'autre côté de l'océan…

- Je pense qu'elle peut vous apporter des choses, surtout dans vos rapports vis-à-vis des femmes mais elle ne peut être votre âme sœur.

- Pourquoi donc ?

- Parce qu'elle est trop différente de vous. Elle se refuse à vous mais si vous le lui ordonnez, elle vous obéira, n'est-ce pas ?

- Effectivement, elle me l'a dit.

- C'est une enfant trop sage, c'est son côté exotique qui la rend si… incroyable à vos yeux. Cependant, si elle devenait votre maîtresse, elle sera certainement la seule femme du royaume à ne rien attendre de vous. Donc, vous n'avez rien à perdre.

- Que voulez-vous dire ?

- Courtisez-la !

Chapitre 10
Séduction

Les neiges du mois de janvier recouvraient les sols de Paris, donnant une innocence et une beauté singulière à la capitale française.

Dans les appartements de la reine, Caroline jouait de la harpe en compagnie d'Henriette de Blois qui jouait mieux qu'elle-même, elle l'avouait volontiers. Le silence régnait ailleurs dans les appartements royaux. La reine avait passé une mauvaise matinée et elle se taisait depuis qu'elle avait vu le médecin. Elle se pensait enceinte depuis quelques semaines, malheureusement, il n'en était rien. Le pouvoir de l'esprit sur le corps ou quelque chose comme ça avait dit le médecin. Depuis, les appartements étaient plongés dans la tristesse. Soudain, la reine se redressa et lança à Caroline :

- Allez prévenir le roy, je ne m'en sens pas la force.

Parce qu'évidemment, elle était tellement certaine de sa grossesse qu'elle en avait parlé au monarque. Il lui avait souri et lui avait conseillé le repos. Mais là, décevoir une fois de plus le souverain, elle ne le pouvait.

En dame de compagnie, Caroline savait que les menstruations de la reine se faisaient de plus en plus rares et c'était vrai que, depuis deux mois, la reine n'avait guère eu ses pertes mensuelles. La grossesse était donc envisageable.

La jeune fille blêmit et croisa le regard mécontent de sa tante. En soupirant, la comtesse d'Evreux s'inclina. Tandis qu'elle allait quitter la pièce, la souveraine lui dit :

- Il doit être dans ses appartements à cette heure-ci.

- Je le trouverai, que Votre Majesté ne s'inquiète pas.

La jeune fille ne se pressa point. Elle n'avait absolument aucune hâte de se retrouver seule avec le roy. Cependant, même aussi lentement qu'elle le pouvait, Caroline finit par arriver dans les appartements du monarque. Elle y était déjà entrée plusieurs fois

en compagnie de la reine mais les circonstances étaient toute autres. Caroline prit une profonde inspiration, ferma une seconde les yeux puis entra. La jeune fille frappa à ce qui pouvait être définis comme le bureau de travail du roy. Il y avait dans cette pièce une table relativement grande où une petite dizaine de personne pouvaient s'attabler. C'était là, ici, que le monarque recevait pour les affaires de l'Etat. On y trouvait aussi un fauteuil et des bibliothèques avec un bureau en bois massif au fond de la pièce. On murmurait qu'il y avait dans cette pièce un coffre-fort avec les bijoux de la couronne à l'intérieur. La reine n'avait guère accès à tous et les autres étaient dans ses appartements dans son propre coffre. La messagère royale frappa doucement et avec hésitation. Soudain, la jeune fille se surprit à prier que le monarque ne soit pas présent ou occupé et qu'on la renvoie. Mais la voix dure du roy lui répondit quelques secondes après :
- Oui, entrez.
Caroline rassembla tout son courage et pénétra dans une des pièces les plus secrètes du palaus. Il était assis à la grande table, des papiers éparpillés autour de lui. Il tenait une plume à la main et Lebel se tenait debout à ses côtés. Alors qu'elle se plongeait dans une profonde révérence, le monarque leva son regard sur elle. Surpris de la voir, et seule de surcroît, il fronça les sourcils.
- Que faites-vous dans mes appartements ?
Sa voix était dure, sévère, presque méchante et Caroline eut envie de s'enfouir sous terre. Elle blêmit, la jeune fille n'avait guère l'habitude qu'on la traitât de la sorte.
- Je… je ne désirais point déranger Votre Majesté… Je… je reviendrai… plus tard… lorsque Votre Majesté… sera moins… occupée.
Caroline s'inclina de nouveau en tentant de cacher ses tremblements et fit signe de partir. Remis de son étonnement, le monarque remarqua à quel point elle était fragile en réalité. Il échangea un regard avec Lebel et lui fit signe de quitter la pièce.

Récupérant les dossiers, le premier valet du roy quitta la pièce tandis que le monarque s'adressait à la jeune fille.

- Non, restez, pardonnez mon étonnement, je ne désirais nullement vous offenser.

Caroline se tourna vers le monarque et baissa la tête sans un mot. Par moment le roy la décontenançait réellement. Et à cet instant, elle ne sut pas quoi répondre. Le souverain se leva et se dirigea vers elle. Il lui prit tendrement la main avant de l'emmener vers le canapé où il s'assit à ses côtés.

- Bien, maintenant, que voulez-vous ?

- J'ai une mauvaise nouvelle Sire…

Pour toute réponse, le roy fronça les sourcils. Il attendait qu'elle parle mais elle se contentait de le regarder, alors il s'impatienta :

- Eh bien ?

- Pardonnez-moi Majesté, tressaillit Caroline. Sa Majesté vient de voir le médecin… et, je suis au regret, elle n'attend point d'enfant.

Le roy se détourna et passa sa main sur son visage.

- Je commence à ne plus avoir d'espoir. La reine est stérile.

Caroline ne put rien dire.

- Que vais-je bien pouvoir faire ?

- Je l'ignore, Sire.

- La reine est la femme la plus sainte qu'il m'ait été donné de rencontrer… je ne puis la répudier. On me dit cruel parfois mais je la respecte trop pour demander à l'église d'annuler notre mariage. Toutefois, si elle ne peut réellement donner aucun fils à la couronne, quel autre choix ai-je ? Seuls les enfants légitimes peuvent monter sur le trône…

- Vous êtes encore jeunes, Sire, il ne faut point perdre espoir.

- Vous êtes tellement gentille, sourit-il en lui caressant la joue. Vous êtes-vous remise de votre petite... solitude ?

- Oui Majesté… d'ailleurs, rougit-elle sans oser le regarder, je… voulais m'excuser auprès de Votre Majesté pour ma conduite inqualifiable envers Elle.

- Ne vous en faites guère, si j'ai pu vous être d'une quelconque aide, j'en suis ravi. Ecoutez, je sais que vous n'êtes pas d'accord mais je vais faire rapatrier votre sœur.

Caroline leva un regard étonné mais reconnaissant sur le monarque.

- Sire… vous n'êtes pas obligé… je ne vous ai rien demandé…

- Mais cela vous fait plaisir n'est-il point ? Je sais que votre sœur vous manque, comme une part de vous-même que vous auriez perdu. Je comprends cela, du moins je le pense.

- Que Votre Majesté ne se donne point cette peine, j'ai déjà écrit à ma sœur pour lui demander de me rejoindre en France.

- Bien, mais si elle ne revient pas parce que son époux l'en empêche je puis…

Sous le regard interloqué du monarque qui s'en arrêta de parler, Caroline éclata de rire.

- Pardonnez-moi Sire, rit-elle sans pouvoir se retenir, je sais que ce n'est guère approprié mais… Votre Majesté ne connaît guère ma sœur, ce n'est point son époux qui l'empêcherait de me rejoindre si elle l'avait décidé. Surtout si c'est pour moi.

- Vous avez de la chance d'avoir une telle sœur, madame.

- Je le pense aussi. Mais l'inverse est réciproque.

Le roy haussa un sourcil étonné.

- Vous iriez contre un de mes ordres pour retrouver votre sœur ?

Caroline tressaillit légèrement et plongea son regard dans le sien. La jeune fille réfléchit réellement à la question et le monarque sentit ses conflits intérieurs.

- Oui… si ma sœur en a besoin, j'irai contre l'avis de tous pour l'aider.

Charles Henri sourit.

- Mais promettez-moi que si pour une quelconque raison elle ne peut revenir, vous viendrez me visiter sur l'heure pour que je puisse vous aider.

- Je vous le promets Sire, dit-elle en se levant. Elle ajouta en se plongeant dans une profonde révérence : Je remercie Votre Majesté pour le temps qu'Elle m'a accordé.

- Je vous en prie, sourit le monarque en se levant à son tour pour la conduire à la porte. N'hésitez jamais à venir me voir, vous faites partie des personnes que je rencontre toujours avec plaisir.

- Je remercie Votre Majesté pour ce compliment que je ne suis guère certaine de mériter.

- Laissez-moi seul juge de ce que vous méritez ou non.

- Merci encore Majesté.

Elle quittait la pièce sans se retourner quand la voix du monarque s'éleva de nouveau dans son dos.

- Madame, jeudi prochain nous partons la journée pour une chasse au vol, désirez-vous être des notre ?

- Une chasse au vol ? l'interrogea-t-elle.

- Il s'agit de mon mode de chasse favori, avoua-t-il. Connaissez-vous les faucons madame ?

- Je connais mais n'en ai jamais vu.

- Eh bien dans la chasse au vol, il n'y a guère de chien. Que des oiseaux, ces magnifiques spécimens que sont les faucons. Nous avons aussi quelques éperviers pour le ''bas vol'' bien entendu mais le gros gibier reste notre priorité avec les faucons. Le grand fauconnier de la cour est le chevalier d'Anvers, que vous avez certainement déjà croisé. Alors madame, que pensez-vous d'une autre chasse en ma compagnie ?

Caroline sourit :

- Je suis là pour plaire à Votre Majesté.

- Bien ! Nous partons une heure avant le lever du jour, ne soyez point en retard !

- Evidemment Majesté, bonne journée.

Même si le prochain navire pour les Amériques ne partait pas avant la fin du mois de mars, Caroline écrivait toujours avec la même régularité à sa sœur. Elle rêvait souvent en ce moment de sa sœur et de leur enfance dans les forêts québécoises.

La veille de la chasse, Caroline était dans les écuries royales à brosser sa jument lorsqu'elle sentit une présence derrière elle. Par réflexe, la jeune fille se retourna vivement et fut surprise de voir Madame Adeline. Celle-ci lui sourit.

- Je ne désirais point vous faire peur, madame d'Evreux.

Caroline ne lui avait encore jamais parlé même si elle l'avait rencontrée et vue à de nombreuses reprises avec la reine. C'était une femme d'une trentaine d'année, assez petite, mais jolie. Elle avait de grands yeux noirs, de longs cils, une peau relativement pure et des cheveux châtain brillant que beaucoup de courtisanes lui enviaient. Caroline s'inclina.

- Votre Altesse m'a en effet surprise.

- Je ne vous dérange pas ?

Caroline posa la brosse.

- Je puis faire quelque chose pour Votre Altesse ?

- Non non, simplement je suis de la chasse de demain, j'ai persuadé le roy de me laisser venir. Cela fait longtemps qu'il me refuse ce privilège de peur que je ne me blesse mais, grâce à vous madame, j'ai pu le convaincre. Simplement… auriez-vous le temps de me faire essayer votre selle ? Je sais que c'est beaucoup vous demander mais…

- Je suis là pour Votre Altesse. J'ai fini par récupérer ma selle dans les bois de Boulogne et je l'ai faite restaurer alors je puis même monter en même temps que Votre Altesse maintenant pour lui montrer.

- Ho non, point ici, point à la cour, il ne faut pas que les courtisans me voient m'entraîner.

Caroline fronça les sourcils.

- Je vois, que Votre Altesse me pardonne.

- J'ai un hôtel particulier guère loin d'ici qui appartenait à mon époux. Je dois avouer que c'est la seule chose de bien que m'aient offert ces épousailles.

Caroline sourit doucement à la jeune femme. Elle comprenait. Charlotte ne trouvait rien de bon à son mariage avec Saint-Savin.

- Il… il faut que je demande à la reine si je puis m'absenter jusqu'à ce soir.

- Je me suis déjà permise d'aller la voir, elle accepte bien entendu. Etes-vous prête ?

- Oui, tout de suite madame.

Depuis ses appartements, la reine vit Caroline et Adeline monter dans un carrosse royal. La reine soupira et une larme coula sur sa joue.

- Isabel, lui avait dit Adeline en s'installant à ses côtés, je suis venue vous demander un service.

- Tout ce que vous voulez, répondit plaisamment la jeune reine.

Les dames de compagnies s'étaient retirées si bien que les deux femmes les plus puissantes du royaume se retrouvaient seules.

- Je voudrais que vous me laissiez pour la journée la comtesse d'Evreux.

- Caroline ?

- Oui, je veux qu'elle m'apprenne à monter avec sa nouvelle selle, j'ai convaincu Charles de me laisser participer à la chasse de demain.

- Le roy a enfin accepté votre requête ?

- Oui, grâce à votre dame de compagnie qui lui a prouvé que les damoiselles pouvaient se montrer aussi bonnes cavalières que les damoiseaux.

Regardant la tasse de thé qu'elle mélangeait, la reine murmura, la mort dans l'âme :

- Il l'a mise dans son lit, n'est-ce pas ?

- Pas encore, mais je pense que c'est pire ainsi. C'est pour cette raison aussi que je veux qu'elle m'accompagne, seule, hors de la cour. Je désire la voir sous son vrai jour afin de mieux la connaître.

- Elle ne survivrait point en favorite. C'est une enfant tellement gentille et naïve !

- Comme vous lors de votre arrivée, lui rappela gentiment Adeline avec un sourire.

- Peut-être mais moi j'avais été élevée pour devenir reine.

- Peut-être est-elle celle qui lui faut pour recouvrer son équilibre. Avez-vous remarqué combien il est plus doux et calme lorsqu'elle est près de lui ?

- Oui, j'ai remarqué, soupira la reine, la gorge serrée.

- Si elle est aussi douce que vous le prétendez alors ne vous alarmez point, elle ne tentera point de prendre votre place.

- Elle ne le voudra jamais, elle m'apprécie trop, elle m'en a fait la confidence cependant… j'ai l'habitude des infidélités du roy et cela ne me dérange plus mais maintenant que je suis stérile… et elle… je vous rappelle qu'elle est de sang royale, il peut tout à fait en faire son épouse légitime.

- Je ne sais que vous dire. Nous verrons.

- J'espère pour elle qu'elle ne tombera pas sous le charme du roy.

- Je pense qu'il est trop tard pour cela, avoua Adeline.

- Alors elle est perdue, elle finira par succomber, comme les autres.

- Peut-être que cela vaut-il mieux ?!

- Que voulez-vous dire ? s'étonna la reine.

- Eh bien, une fois son fantasme assouvi, peut-être se détachera-t-il d'elle.

- Et là, Caroline serait démolie. Je pense que je préférerais qu'il l'aime vraiment. Voir le roy vraiment aimer une femme, je pense que ce serait intéressant à voir, n'est-il point ?

- La seule fois où il a vraiment aimé, on lui a retiré son amour. C'est pour ça aussi qu'il a tant de mal à s'attacher.

- Je connais cette histoire, tout le monde la connaît.

- Même elle ? l'interrogea Adeline, sceptique.

- Certainement, je pense. Elle vient des Amériques, des nouvelles de la cour doivent leur parvenir.

Adeline emmena la jeune comtesse dans son hôtel particulier qu'elle affectionnait sans oser trop y aller. Il s'agissait de l'endroit où elle avait vécu avec son époux et si elle appréciait ces murs, les souvenirs de son mariage, eux, n'étaient guère réjouissants.

Comme promis, Caroline lui montra comment monter et descendre de selle ainsi que comment se tenir sur la selle en ''amazone''. Adeline eut quelques difficultés au début mais, après trois heures d'entraînement, la jeune femme pouvait galoper sans trop de problème. Caroline la félicita.

- Je demeurerai tout de même avec vous, lui avoua Adeline, essoufflée. On ne sait jamais.

- Je suis à l'entière disposition de Votre Altesse.

- Bon, il commence à faire nuit, nous ferions mieux de rentrer au Louvre. Demain, une longue journée nous attend. Je vous remercie encore du temps que vous m'avez consacré.

- Je n'ai fait que mon devoir, Madame.

Une fois en route pour le palais royal, Adeline observa la jeune fille tandis qu'elle regardait le paysage de Paris, perdue dans ses pensées. Cette jeune fille était tout à fait étonnante, il était compréhensible que le roy l'ait remarquée. Gentille, douce, patiente, calme et sage… peut-être un peu trop même. Mais il fallait avouer qu'elle n'avait guère une once de méchanceté ou même d'hypocrisie et de machiavélisme dans son sang. Elle était un… ange.

- Que pensez-vous de Sa Majesté ? lui demanda soudain Adeline.

Caroline ne tressaillit point et se tourna lentement vers sa compagne.

- La reine est une femme extraordinaire, il s'agit de la personne la plus sainte qu'il m'ait été donnée de rencontrer.

- Je ne vous parlais point de la reine mais du roy, lui sourit la jeune femme.

Caroline rougit et détourna les yeux.

- Ho ! Eh bien… le roy est… fier, froid et… je pense qu'il est un grand roy. Il ne pense guère à lui mais à ses sujets. Toutefois, il est parfois déconcertant.

- Comment cela ?

- Il… je ne sais comment m'expliquer. Il ne réagit jamais de la manière à laquelle je m'attends… ce qui est perturbant.

- Entendre que quelque chose est déconcertant de la part d'une fille qui a grandi avec les sauvages, avouez que c'est cela qui est perturbant.

- Pourquoi ? s'étonna Caroline. Je n'ai connu que cela, pour moi c'est ce qu'il y a ici, en France, qui est inaccoutumé et non l'inverse.

- Je puis comprendre.

Le reste du trajet se fit presque en silence. Une fois au Louvre, les deux femmes se séparèrent avec un sourire. Elles se reverraient dans quelques heures.

Adeline traversa alors le palais, la tête haute pour les appartements de son meilleur ami. Elle avait toujours ses affaires d'équitation sur elle et tenait à la main cravache et gants en cuir. Sans frapper – elle savait qu'il était toujours seul dans son bureau à cette heure – Adeline ouvrit la porte. Elle ne chercha pas le monarque du regard, elle savait où il était. Calmement, le souverain la fixait, ayant relevé la tête de ses papiers à son arrivée.

- Ne la faites point souffrir.

Et, sans attendre de réponse, la princesse royale quitta les appartements du roy pour y retrouver les siens.

Si elle avait voulu s'assurer de bon caractère de Caroline pour protéger le souverain, la princesse royale rejoignait à présent l'avis de la reine : dans cette histoire, il était beaucoup plus probable que ce soit Caroline qui souffre.

Chapitre 11
La guerre

Le lendemain matin, Caroline rejoignit la princesse Adeline tandis qu'elle s'apprêtait à monter à cheval.

- Votre Altesse se sent prête pour la chasse ? Pas trop de douleur à cause d'hier ?

- Je suis prête, sinon je suis un peu ankylosée dans les cuisses… mais ne vous en faites guère, je ne suis point téméraire au point de risquer ma santé pour une chasse.

Largo approcha Loca à Caroline et il l'aida à monter. Adeline la regarda faire en silence avant d'avouer, admirative :

- Vous avez une telle aisance ! C'en est presque scandaleux !

Caroline ne put retenir son rire qui éclata dans la nuit encore noire bientôt suivi par Adeline. Alors qu'elles riaient toujours, le duc de Guyenne s'approcha à son tour sur son magnifique Frederiksborg.

- Eh bien eh bien mesdames, dit-il en les saluant avec son sourire coutumier, vous voilà bien joyeuses.

- Pourquoi ne le serions-nous point ? demanda suavement Adeline.

- Certes, vu ainsi…

Quelques minutes plus tard, le roy arrivait et Caroline aurait juré que le monarque n'avait guère dormi de la nuit. Il se mit en selle sans un mot, sans un regard pour les courtisans. Puis le chevalier d'Anvers arriva avec d'autres fauconniers et les animaux dont ils étaient responsables. Presque tous les hommes présents portaient un étrange et épais gant en cuir sur leur bras droit et Caroline comprit rapidement qu'il servait pour que les oiseaux puissent se poser dessus.

Il n'y avait point autant de monde que lors de la dernière – et seule – chasse à laquelle Caroline avait participé. Il n'y avait guère de chien ni de personne à pied. La jeune fille, malgré la nuit encore profonde, pouvait mettre un nom sur presque tous les visages, ce qui la rassura. Ces messieurs d'Ecrinville et de Penthièvre étaient présents également, puis étonnée, Caroline vit son cousin, guère Paul mais Thibaut. Lorsqu'il l'aperçut, le jeune gentilhomme sourit et s'approcha d'elle. Il la salua avec exagération, exactement comme l'aurait fait son autre cousin :

- Comment vous sentez-vous ma chère cousine ?

- Fort bien et vous-même ?

- On ne peut mieux ! Alors prête ?

- Comme toujours lorsqu'il s'agit d'équitation ! s'esclaffa-t-elle.

Quelques instants plus tard, le monarque donna le signal du départ. Adeline fronçait les sourcils et fixait le souverain depuis son arrivée. Tandis qu'ils sortaient de l'enceinte du château, la jeune femme fronça les sourcils.

- Quelque chose ne va pas…

Caroline et son cousin tournèrent la tête dans la direction de la jeune femme et ils la virent regarder le roi. Avant qu'ils puissent répondre, elle ajouta en talonnant sa monture.

- Je vais voir, nous nous retrouvons tout à l'heure.

Thibaut et la jeune fille échangèrent un regard avant d'hausser les épaules et de reprendre leur route.

Ils n'allèrent pas vers le sud-est mais rejoignirent une forêt que Caroline n'avait encore jamais vue. Alors que le soleil atteignait son zénith, le roy ordonna une halte après l'achèvement d'un chevreuil et d'un cerf. Le monarque s'isola. Caroline vit Adeline tenter de le rejoindre mais son neveu la congédia. Celle-ci se tourna alors vers elle et la supplia du regard. Elle rejoignit la jeune femme.

- Que se passe-t-il Votre Altesse ?

- Je ne puis rien dire… le roy ne veut pas… pas maintenant… il ne doit cependant point s'éloigner seul ! Seigneur, lorsque je songe que l'autre fois il a failli mourir… Il a même refusé que le duc de Guyenne l'accompagne… Je ne sais plus quoi faire.

- Si je puis être d'une quelconque aide à Son Altesse, je suis à votre disposition.

- Vous êtes adorable, marchons un peu voulez-vous ? Je ne sens presque plus mes jambes.

Un quart d'heure plus tard, Caroline s'éloigna pour se soulager. Tout le monde attendait le retour du roy. Fréquemment, soit toutes les deux minutes, un courtisan allait voir si le monarque était toujours vivant, s'il était toujours là. On s'inquiétait, on s'ennuyait. La chasse n'était plus amusante.

La jeune fille s'éloigna doucement du rassemblement des autres. Elle trouva une petite clairière à une centaine de pas des autres où elle sortit son couteau de chasse qu'elle dissimulait sous ses toilettes depuis qu'elle était enfant. Une habitude lorsqu'on vit dans les forêts avec des ours. Il fallait qu'elle s'occupe. A une certaine distance d'un arbre, Caroline prit le couteau et le lança. Il s'enfonça sans problème dans l'arbre mais pas là où elle le prévoyait. Elle grimaça, elle avait perdu sa dextérité. La jeune fille soupira et recommença. Une dizaine de fois. Puis elle entendit une branche craquer et elle se retourna vivement, ce n'était que le roy.

- Il me semblait bien avoir entendu du bruit, Sire.

C'était le duc de Guyenne qui l'accompagnait.

- Certes mon ami…

Caroline plongea son regard dans celui du souverain. Ils demeurèrent quelques instants sans se quitter des yeux, silencieux, puis le monarque ordonna, sans qu'aucune émotion ne transparaisse dans sa voix.

- Laissez-nous.

Le duc s'inclina et s'éloigna.

- Vous ne faites jamais comme les autres, n'est-il point ? S=s'amusa le monarque.

- Ce que vous appelez différent était pour moi mon quotidien Sire, alors je m'excuse si mon éducation peut choquer Votre Majesté.

- Cessez donc de parler ainsi, nous sommes tous les deux.

- Mais vous n'en demeurez pas moins roy.

- Pas du tout, je suis juste un chasseur dans la forêt.
- Bien, alors moi je suis juste une princesse de la forêt.
- Jolie tournure, qui vous correspond.

Caroline sourit sans quitter son regard. En effet, elle et Adeline avaient raison : elle parce que le monarque n'avait certainement pas dormi de la nuit et Adeline parce que le roy semblait perturbé… ce qui n'était pas normal. Les seules émotions qu'il laissait apparaître étaient la colère, la frustration et l'indignation.
- Que puis-je faire pour aider Votre Majesté ? chuchota-t-elle réellement atteinte par le mal du roy.

Celui-ci tressaillit. Les autres ne désiraient que savoir pourquoi il était ainsi et non l'aider réellement à aller mieux, sauf Adeline mais elle voulait tout de même savoir. Caroline non, elle était la première à vouloir l'aider sans lui demander ce qu'il se passait.
- J'ai rêvé de vous la nuit dernière… vous étiez enfin à moi…

Caroline vit les yeux du monarque s'emplirent de larmes. Vous couriez dans une magnifique robe blanche en lin… vous étiez pied nu, souriante et vos cheveux blonds tombaient en cascade dans votre dos. Nous étions à Saint-Germain, dans les jardins, c'était l'été. Vous couriez pour m'échapper mais c'était un jeu alors je vous suivais… vous riiez, si vous saviez comme j'aime votre rire ! Je vous ai touché la main alors que vous contourniez un arbre… nous avons joué encore quelques instants autour de l'arbre puis je vous ai saisie par la taille…

Le roy se tut. Il baissa les yeux un instant.
- Ce n'est guère la première fois que je rêve de vous, madame, mais il s'agit de la première fois où j'ai autant de regret en me réveillant… j'ai de plus en plus de mal à me passer de vous. C'en est devenu absurde, lorsque j'entre dans une pièce pleine de monde, je ne puis m'empêcher de vous chercher. Seriez-vous là ? Sinon où pourriez-vous être ? Je suis jaloux, oui jaloux, de mon épouse qui vous côtoie toute la journée ! Je suis jaloux du duc de Rambouillet qui est plus qu'un ami pour vous ! Vous me rendez fou, voilà !

- Je ne désirais en aucun cas provoquer ces sentiments chez Votre Majesté… je suis sincèrement désolée !

La jeune fille était émue, elle était émue par le ton que le monarque avait employé empli de désespoir, de résignation mais pourtant de passion et de tendresse. Elle était touchée par ses propos et par les regards qu'il posait sur elle. Jamais encore quelqu'un ne l'avait regardée de la sorte.

- Cessez de toujours vous excuser, cela devient ridicule.

- Alors, demanda-t-elle timidement, c'est à cause de ma personne si Votre Majesté va si mal ?

Le roy posa un regard ahuri sur la jeune fille avant de s'en approcher à grands pas. Il l'attrapa par les épaules en plongeant son regard dans le sien.

- Ne dites point de sottises. Vous êtes certainement la meilleure chose qui me soit arrivé depuis des années, peut-être même de ma vie.

Puis, d'un geste passionné et protecteur, il la serra contre lui. Caroline resta un instant sans savoir quoi faire. Elle savait qu'elle devrait le repousser, l'obliger à se calmer puis retourner vers les autres mais elle en était incapable.

- Ne vous en faites point, murmura-t-il à son oreille. Je ne vous ferai rien… simplement aujourd'hui c'est moi qui ai besoin de votre soutien.

Caroline songea à l'autre nuit lorsqu'il l'avait trouvée en larme dans ses appartements, sur son banc. Alors, la jeune fille serra le monarque dans ses bras. Le roy ne pleura pas, il n'avait point le droit, mais c'étaient les larmes de Caroline qui coulèrent à sa place. Ils demeurèrent un long moment ainsi, sans bouger.

Ils retournaient vers les autres, l'un près de l'autre dans un profond silence mais point désagréable. Alors qu'ils se rapprochaient le monarque s'arrêta et prit la main de sa compagne.

- Je vous en prie, laissez-moi de l'espoir.

- Quoi ? Que veut dire Votre Majesté ?

- Caroline, laissez-moi croire, qu'il y a une chance pour qu'un jour vous soyez mienne.
- Mais… Sire…
- Embrassez-moi, une fois ! Je vous en prie !
- Non ! Non ! Majesté, ne faites point cela, vous le regretteriez.
- Je rêve de vous ! De vos lèvres ! Et même de votre corps ! Madame, si vous saviez à quel point vous m'êtes désirable !

Alors le roy fut pour la première fois victime du phénomène étonnant qui liait les jumelles. Une étrange lueur traversa les prunelles de Caroline. Ses yeux devinrent plus profonds, plus foncés et son visage se durcit.
- Majesté, je suis une belle femme, je le sais. Ce n'est nullement un manque de modestie de ma part mais la réalité. Ma sœur et moi avons reçu de Dieu une beauté qui ne nous a pas toujours aidées mais c'est ainsi. Je ne puis me laisser posséder par un homme qu'il fût roy ou non simplement parce que je suis désirable. Non Majesté, vous allez trop loin !

Caroline se détourna et retourna au camp seule, la tête haute. Cependant quelques secondes plus tard, la jeune fille regrettait ses paroles qui n'étaient d'ailleurs point tout à fait les siennes. « *Charlotte, que m'as-tu fait faire ?* ». Pour toute réponse, le vent caressa son visage et une profonde sérénité détendit son cœur.

La fin de la chasse se passa bien. On tua encore un chevreuil et le monarque ordonna que l'on retourne au Louvre. Ils arrivèrent tandis que le soleil s'était couché depuis des heures. Caroline n'était point fatiguée physiquement mais psychologiquement. Et comme pour ajouter à sa merveilleuse journée, la comtesse d'Evreux croisa sa tante dans les couloirs qui revenaient du couché de la reine.
- Etes-vous devenue la putain du roy ? lui demanda-t-elle sèchement.
- Non madame, répondit Caroline sur le même ton.

- Vous n'avez pas intérêt petite peste ! Si jamais j'apprends que vous devenez favorite… je vous fais épouser le premier crétin qui vous enverra sur vos terres où vous ne pourrez plus en bouger ! Ou même au couvent…

- Les familles ne sont-elles point supposées pousser les filles dans les bras du roy ?

- Pauvre sotte ! Si le roy meurt, c'est notre famille qui se retrouve en tête de succession ! Alors que si vous devenez favorite et que vous portez les enfants du roy, Sa Majesté finira par faire annuler son mariage avec la reine pour avoir des héritiers et…

- … et s'il le fait, vous ne pourrez jamais devenir reine mère.

- Paul n'est point assez intelligent pour gouverner, vous savez aussi bien que moi que je tirerai les ficelles officieusement. J'aurai tout pouvoir.

- Seigneur !

- Alors tenez-vous calmement et rien de fâcheux ne vous arrivera.

- Vous me faites peur, avoua Caroline.

- J'espère bien ! Cela prouve au moins que vous n'êtes point aussi sotte que vous n'en avez l'air.

Et sans un mot, la duchesse continua sa route.

Le lendemain, Caroline comprit ce qui avait tant assombri le monarque la veille. Elle-même fut vivement ébranlée lorsqu'elle l'apprit.

Le Saint Empire germanique vivait ses derniers instants et tout le monde le savait. Cependant, maintenant c'était officiel, l'Allemagne s'était détachée du reste de l'Autriche avec la Bavière et quelques autres contrées pour devenir un royaume. Et la guerre semblait inévitable.

Le roy ordonna que l'on recrute dans l'armée et que tout soit prêt pour un éventuel affrontement. La France résonna alors à coup de marteau des forgerons, des chevaux qu'on réquisitionnait pour les dragons…

Le mois de mars arriva et l'on s'installa à Fontainebleau. Caroline et Adeline discutaient maintenant fréquemment et la reine ne changea point son attitude vis-à-vis de sa jeune dame d'atour. Caroline ne revit guère le souverain seul mais chaque fois que son regard se posait sur lui, elle sentait son regard brûlant la transpercer. Chaque fois, la jeune comtesse ne pouvait s'empêcher de frissonner. Le roy se tenait toujours le plus loin possible de sa personne et elle en avait conscience. Elle savait aussi qu'elle avait sûrement brusqué le roy lors de leur discussion dans la forêt et cela la peinait réellement. Elle aimait le roy et elle désirait être bonne et juste mais… puis un jour, qu'elle le voyait danser avec la reine lors de l'ouverture d'un bal, elle comprit qu'en s'éloignant d'elle, le roy avait fait qu'elle tombe amoureuse de lui. Peut-être pas consciemment mais le fait qu'il soit soudain inaccessible et qu'il ne la regarde plus l'obligea à le regarder plus souvent et à s'en rapprocher. Elle avait de la peine pour le monarque, il était seul… tellement seul. Personne ne le comprenait, il évoluait hors du temps, hors des hommes qu'il devait pourtant diriger.

Avec le printemps vinrent les menaces de guerre. Ces dernières fragilisaient plus encore Caroline qui se sentait d'autant plus perdue. Le mois d'avril rafraîchissait la France après un hiver plutôt rude. Les fleurs commençaient à pousser et éclore, les arbres reprenaient leurs couleurs émeraude, les oiseaux chantaient de nouveau…

Et pendant ce temps, Caroline ne supportait plus les bals, elle ne supportait plus les réceptions officielles, les paraître et faux semblants. Elle en avait assez de toute cette hypocrisie, de devoir sourire, répondre aimablement. Elle souffrait de ses intrigues…

Charlotte lui manquait, ses forêts lui manquaient, sa famille, les Indiens, tout lui manquait. La jeune fille voulait retrouver sa vraie vie. Certes rude de prime abord, mais tellement plus calme pour l'esprit. Ici, la comtesse vivait en permanence sur le qui-vive, sur les paroles ou les gestes de chacun et surtout des siens. Se sentant mal, Caroline s'excusa auprès de la reine et sortit dans les jardins prendre un peu l'air.

Il faisait nuit et l'air était glacial. Sortant de la salle réchauffée avec les viandes rôties, Caroline eut froid mais ça la revigora un peu et lui permis de reprendre une respiration plus calme. A bout de force, la jeune fille se laissa tomber sur le sol. Elle salirait sa toilette mais elle n'en avait cure.

- Qu'avez-vous ?

La jeune fille releva la tête pour n'apercevoir qu'une ombre devant elle. Elle ne percevait guère les traits de son visage qui tournait le dos à la seule lumière des parages.

- Rien, laissez-moi.

- Sa Majesté m'envoie, insista-t-il.

Caroline reconnut alors le duc de Guyenne.

- Je… je… dites à Sa Majesté que je vais bien, je désirais simplement prendre l'air… et présentez-lui mes excuses.

- Venez manger.

- Je n'ai pas faim.

- Vous avez maigri depuis la dernière chasse madame.

La jeune fille savait que c'était vrai mais elle n'avait plus faim, presque jamais. Elle se sentait si seule ! Et les lettres de sa sœur qui venait juste de partir ou même étaient-elles encore à Québec. Soudain, la voix du monarque s'éleva :

- Laissez-nous.

Le duc s'inclina et quitta les lieux, Caroline toujours agenouillée sur les dalles glacées des jardins.

Chapitre 12
Bénédiction

Sans un mot, les mains croisées dans son dos, le roy l'observait à distance. Caroline se releva lentement, avant de croiser les mains sur le devant de ses jupes, évitant à tout prix son regard. Epuisée, mademoiselle de Lusignan était lasse de ce jeu. Doucement, Caroline finit par relever la tête et fit face au monarque.

- Pardonnez-moi si je vous ai offensé l'autre jour, je n'aurais jamais dû vous dire cela.

La dame d'atour de la reine s'inclina profondément et contourna largement le roy pour rejoindre la reine à l'intérieur.

- Vous êtes bien pâle madame. Etes-vous souffrante ?

Elle s'entendit murmurer.

- Seulement seule et désoeuvrée, Sire.

- Vous devriez manger, vous n'avez point touché à votre assiette ce soir, encore une fois.

- Comment… ? s'étonna Caroline en le regardant.

- Je ne puis m'empêcher de vous surveiller madame…

Caroline s'approcha de lui et leva un regard implorant sur lui.

- Pourquoi ? Pourquoi ?

Sans un mot, il l'attira contre lui.

- Pauvre petite Indienne qui ne se fait pas à la cour des grands… vous êtes bien trop douce pour vous accoutumer à pareilles mœurs.

Caroline le regarda de nouveau et ses joues inondées de larmes frappèrent brutalement le cœur du monarque.

- S'il n'y avait que cela Sire ! Si seulement ! Mon Dieu, pourquoi moi ? Qu'ai-je fait ?

- Madame, reprenez-vous, que se passe-t-il ?

Quelque chose céda chez Caroline, ses nerfs lâchèrent, et les larmes coulèrent.

- Je… vous vous êtes éloigné de moi et j'ai compris… mais je ne peux pas, je n'ai pas le droit ! Vous êtes le roy, elle est la reine, une sainte femme et moi… et moi. Elle plongea son regard dans le sien : je vous aime Sire.

Ces simples mots semblaient avoir été une torture pour la jeune fille. L'instant de stupéfaction passé, le monarque lui essuya ses larmes en souriant tendrement.

- Ce n'est point si grave, ma mie. Calmez-vous, je suis là maintenant…

- Non, non ! dit-elle en secouant la tête et s'écartant des bras du monarque. Je… je sais que maintenant je finirai par céder aux avances de Votre Majesté si elle se montre insistante, je ne pourrai être sage trop longtemps… mais un jour… bientôt, une fois que vous vous serez assez amusé, une fois que vous aurez eu ce que vous attendiez de moi, vous vous lasserez de ma personne et vous me rejetterez, comme les autres. Je ne vous en veux point Sire, vous êtes ainsi mais cela me détruira. Parce que maintenant je vous aime mais lorsque je me serai donnée à vous, corps et âme… vous me déchirerez à me renvoyer. Alors maintenant, je ne sais plus quoi faire, je suis perdue.

Se dégageant des bras du roy doucement, la jeune fille voulut retourner à l'intérieur sans croiser le regard du monarque.

Alors qu'elle lui tournait le dos, il lui prit le poignet sans que son regard ne suive son geste. Interloquée, Caroline regarda le souverain qui fixait maintenant le sol. Puis, en une seconde, il se tourna vers la jeune fille et la poussa contre le mur en passant une main derrière sa nuque et l'autre autour de sa taille. Sans laisser le temps à la jeune fille de protester ou de réagir, le roy posa ses lèvres sur les siennes. Caroline n'hésita pas longtemps et répondit aux avances du monarque avec plus de passion qu'elle ne le pensait possible. Lorsqu'ils manquèrent d'air, le roy recula un peu et caressa doucement ses lèvres.

- Je vous aime Caroline. Je vous aime vraiment.

Et sans un regard, il retourna à l'intérieur.

Nécessairement, à partir de cet instant, quelque chose changea entre eux. Les regards échangés furent discrets mais tendres. La première à remarquer que quelque chose avait changé fut la reine. La duchesse de Rambouillet la deuxième puis Adeline, les ducs de Guyenne et Rambouillet furent les suivants avant que toute la cour ne comprenne qu'il se passait quelque chose. Quoi ? C'était justement l'objet des paris.

Le lendemain, Caroline traversait un couloir lorsqu'elle fut attrapée par un bras qui la plaqua contre le mur, la main sur la bouche.

- Chut, ce n'est que moi ! la rassura le monarque en la lâchant.
- Majesté ? chuchota Caroline. Mais qu'est-ce que…
- Qu'est-ce que ça veut dire ?
- Si vous vouliez me voir il suffisait de…
- Caroline, qu'est-ce que ça veut dire ?

La jeune comtesse comprit alors les propos du roy et elle se tut.

- Je ne sais pas Sire. Je suis un peu perdue. Pour le moment… il faut que je réfléchisse et il ne faut surtout plus que je me retrouve seule avec vous…

Elle vit alors le roy se détendre et un fin sourire narquois naître sur ses lèvres.

- Et pourquoi donc ?

Il se rapprochait de la jeune fille qui ne pouvait reculer car déjà contre le mur.

- Justement à cause de ça ! murmura-t-elle. Vous…

Il l'embrassait déjà. Caroline sentit de nouveau la passion et le désir l'envahir. Leurs baisers se firent de plus en plus langoureux et… la jeune fille se reprit lorsque la main du monarque commença à délasser son corsage. Elle finit par s'éloigner, la tête haute pour retourner à ses tâches. Le roy la regarda partir en riant doucement.

Lorsqu'ils se croisaient, Caroline ne le regardait pas mais son regard à lui s'adoucissait chaque fois que ses yeux apercevaient son visage. Le phénomène était si rare que tous s'en aperçurent.

Alors, les rumeurs de la cour prirent de l'ampleur jusqu'aux oreilles de la pauvre reine. La reine était toujours aussi gentille, toujours aussi douce mais Caroline sentait bien qu'elle était malheureuse.

Un soir de juin, Caroline s'inclina devant la reine.

- Je suis venue présenter mon congé à Votre Majesté.

- Que dites-vous là ? s'étonna la reine avec une lueur d'inquiétude au fond des yeux.

- Je vois bien que Votre Majesté souffre en ma présence, j'en suis la première à le déplorer… alors je viens vous dire que je quitte le service de Votre Majesté.

La reine se détendit.

- Vous l'aimez réellement n'est-ce pas ?

Caroline s'agita, mal à l'aise.

- Je… je vous jure Majesté que je ne me suis jamais donnée à lui…

- Cela n'a aucune importance, Caroline, vous lui avez offert votre cœur et lui le sien, ce qui est sans doute pire que le péché charnelle.

Une larme coula sur sa joue.

- Je suis sincèrement désolée.

- Je le sais, comme vous aussi savez que ça ne suffit point. Et vous allez demeurer à mon service, c'est un ordre. Le roy serait furieux que vous quittiez la cour.

La reine devenait cynique. C'était mauvais signe.

Une autre larme coula sur la joue pâle de Caroline.

- Je ferai tout ce que je puis pour satisfaire Votre Majesté.

La comtesse d'Evreux s'inclina et s'éloigna.

- Je sais, murmura Isabel en la regardant s'éloigner.

 Le lendemain, la cour quittait Fontainebleau pour le palais de Madrid.

Quelques jours plus tard, après son retour d'une chasse qu'elle faisait maintenant à chaque fois avec Madame Adeline ; Caroline reçut les lettres de sa sœur. Il y en avait seize. VINGT-

SIX lettres de sa sœur pour elle tout au long de cet hiver. Certes, elle en avait elle-même envoyées plus d'une trentaine mais pour sa sœur qui n'écrivait que rarement, c'était un exploit et elle en pleura de joie.

La jeune fille avait évité le roy ces derniers temps et, pendant la chasse, il avait réussi à l'isoler pour lui demander ce qu'il se passait. Caroline avait alors murmuré les yeux emplis de larmes :

- Tout est terminé.

- Que… pourquoi ?

- Parce que nous faisons trop souffrir la reine et que je ne puis. Pardonnez-moi Sire mais je pense qu'il vaut mieux pour tout le monde que nous en restions là.

- Caroline, attendez !

Mais la jeune fille ne l'écouta guère et il se retrouva seul. Adeline arriva alors derrière son neveu. Le monarque murmura :

- Pourquoi la vie est-elle si cruelle ?

- Je ne sais mon ami mais vous devez vous reprendre.

- Elle m'aime, je l'affectionne beaucoup trop, à m'en rendre fou et… je suis roy, j'ai une épouse stérile… pourquoi Dieu est-il si ironique ?

- Je suis désolée Charles.

- Mon amour est mort à peine née… Alors non, je suis désolé ne suffira point cette fois.

Il s'éloigna à son tour.

Caroline posait chaque fois sur le monarque un regard blessé. On voyait briller dans ses yeux bleus de l'amour et une tristesse infinie. Le roy l'observait souvent aussi mais son regard – tout aussi passionné que celui de la jeune comtesse – était différent et exprimait de la tendresse et presque de la détresse. On comprit alors qu'il ne se passait rien entre le couple parce qu'ils respectaient les convenances. On admira la jeune comtesse qui était la première à résister aussi longtemps au monarque, surtout avec un amour aussi évidement que le leur. Même la reine était touchée. Comment ne pas l'être ?

Caroline ne parlait presque plus, même à son entourage. Elle qui avait repris du poids depuis l'hiver recommença à en perdre. Chaque fois que son regard croisait celui du roy ou de la reine, elle semblait s'excuser.

Charlotte avait bien donné naissance à un fils qu'elle avait prénommé Thomas. Elle racontait aussi que son époux n'était guère d'accord mais elle ne lui avait point laissé le choix. En représailles, il lui retiré son fils pendant près d'un mois où elle avait été enfermée à clef dans ses appartements mais elle n'avait pas cédé. Finalement, elle avait eu raison parce que le marquis s'était lassé et lui avait rendu leur fils.

Caroline apprit aussi que sa sœur s'était évanouie l'automne précédent lorsqu'elle avait été blessée en sauvant le monarque pendant la chasse. Elle avouait s'être beaucoup inquiétée. Sinon, Charlotte racontait sa vie avec le même esprit vif qui la caractérisait, avec la même ironie qui avait bercé son enfance. La fraîcheur et la franchise de sa sœur lui firent du bien un très long moment.

Et en août, l'inévitable se produisit : la guerre était déclarée.

Les troupes du roy partirent et le monarque aussi accompagnant ses troupes, tout du moins le temps du début des batailles. Il rentrerait rapidement avant d'aller certainement passer l'hiver avec ses troupes pour les motiver.

La cour devint triste. Chaque jour, on attendait et la reine, triste, présidait une cour, sombre qui s'ennuyait.

 Pour la guerre, il fut décidé qu'on resterait à Saint-Germain jusqu'à l'hiver tout du moins.

Au début du moins de septembre, Caroline reçut des lettres des sa sœur, quatre pour être exacte mais ce fut la dernière qui retint son attention.

«   *Ma chère Lina,*
Seigneur ! Comme je te sens souffrir en ce moment ! Oui j'ai reçu tes lettres, oui tout va bien pour moi mais pas pour toi à ce qu'il me semble. L'été commence et comme d'habitude il fait chaud ! J'ai lu quelques unes de tes lettres à maman, ne t'inquiètes pas, seulement les plus anodines, elle ne saura pas que tu t'es entichée du roy ! Enfin bref, elle et père s'inquiètent pour toi tout comme moi d'ailleurs.
Caroline, je vais venir, je te promets que je vais te rejoindre mais je ne peux pas, pas maintenant. Thomas est encore trop jeune et il ne résisterait pas à une telle traversée. Je sais que tu me comprends mais je suis vraiment désolée de ne pouvoir prendre le premier bateau dont je vois les voiles flotter au vent dehors pour te secourir, te soutenir ma chère sœur. Je n'aime pas te sentir mal et loin de moi, je suis une mauvaise sœur, n'est-ce pas ? Mais maintenant j'ai Thomas dans ma vie et je ne puis le laisser à son père… c'est au dessus de mes forces. Je vais essayer de venir par le dernier bateau avant l'hiver, celui qui part en octobre. Je sais qu'il s'agit de la traversée la plus dangereuse mais… je ferais tout pour toi ma chère sœur, mon âme…
Courage en attendant, je pense toujours à toi et tu me manques.
A très bientôt j'espère
Ta sœur préférée et inestimable,
Charlotte »

Elle allait tenter de venir ! Caroline sentit soudain un énorme poids quitter ses épaules. Avec sa sœur près d'elle, elle n'aurait plus à craindre leur tante, Charlotte lui ferait oublier le roy et la reine… elle demeurerait dans son cœur.

Tout le monde se rendit compte que Caroline dépérissait en s'inquiétant pour le roy. La reine elle-même n'était point si troublée par la guerre et les dangers que couraient les soldats.

Caroline savait ce qu'était la guerre, elle avait grandi presque avec ce danger quotidien.

Un jour, Christelle dit à la reine :

- Majesté, je sais que cela ne me regarde pas mais vous devez faire quelque chose pour Caroline. Elle va finir par mourir de faim ou d'épuisement !

- Le roy ne devrait pas tarder à revenir…

- Majesté…

- Je sais madame de Harcourt, je sais. Mais le jour où je le lui dirai, je dirai aussi adieu à mon mariage et à mon époux. Je n'aurai plus ma place céans.

- Votre Majesté fait erreur, vous savez comme moi que Caroline ne vous ferait jamais cela ! Elle ne le permettrait pas !

- Parce que vous pensez que le roy lui demandera son avis ? Ou le mien ?

- Il pourrait effectivement prendre son avis en compte. Regardez, il ne tente plus de l'approcher.

- Alors qu'il en meurt d'envie, soupira la reine. Tout le monde sait que les mariages ne sont que des arrangements entre les familles mais… j'espérais tellement faire une bonne souveraine.

Sans qu'elles ne l'aient entendue, Caroline s'était approchée.

- Votre Majesté est une bonne souveraine, aimée de son peuple adoptif. Vous êtes une bonne épouse… ce n'est nullement vous le problème, c'est moi.

Sans rien ajouter, la jeune fille s'éloigna, la mort dans l'âme.

Christelle et la reine échangèrent un regard peiné.

- Mais elle a raison quelque part Majesté, vous êtes la meilleure reine de France depuis la reine Elisabeth.

- Vous êtes adorables toutes les deux.

- Mais maintenant ? Qu'allez-vous faire ?

La reine posa son regard sur Caroline qui observait la pluie, lasse.

- Je ne sais pas, je ne sais vraiment pas.

Le monarque revint un jeudi matin. Il n'était pas blessé mais semblait épuisé. Caroline descendit à la suite de la reine accueillir le roy et elle ne put rester loin de lui. La reine et ses dames de compagnies ainsi que quelques amis du roy l'accompagnèrent dans ses appartements pour qu'il se change. On le retrouva une heure plus tard alors qu'il était propre et la barbe taillée. Il passa à côté de Caroline. Ce fut cet échange de regard qui fit prendre sa décision à la reine. Il ne la toucha pas, elle ne recula point. Elle plongea ses yeux bleus violets emplis de larmes – de joie de le revoir vivant et de désespoir de l'avoir pourtant si loin d'elle – et lui, il lui sourit, il l'encouragea.

Il repartit quinze jours plus tard avec le marquis de Vauban, toujours maréchal de France, et le duc de Guyenne. Thibaut, qui était colonel dans l'armée, était aussi de retour à la cour mais ne devait rejoindre le reste des troupes qu'une semaine plus tard. Le champ de bataille était au nord est et il y faisait encore chaud. Un matin du mois d'octobre, Caroline se réveilla en hurlant, en sueur. Elle venait de faire un cauchemar, affreux, horrible ! Elle n'était pas dans ce rêve, c'était sa sœur et elle se querellait avec le souverain. Elle menaçait même de le tuer. Alors qu'elle allait se réveiller, Charlotte se tournait dans sa direction et lui disait « *Et maintenant ? Tu vas encore attendre que je te dise quoi faire ?* »

Il y a des jours comme ça où l'on ferait mieux de ne pas se lever, la loi des séries. Quand un malheur arrive, un autre suit toujours. Ce jour-là faisait parti de ces jours. Dans la journée, un messager arriva – comme depuis le début de l'affrontement – pour donner des nouvelles. Cependant, ce n'était pas pour des nouvelles des champs de batailles. C'était le roy et il était blessé.

C'est la reine qui le reçut, comme chaque jour. Ses dames de compagnie dispersées dans la pièce.

- Majesté, s'inclina le jeune homme boueux et poussiéreux.

- Eh bien, quelles sont les nouvelles ? demanda la souveraine de France.

- Mauvaises, Majesté.

La France n'avait jusqu'à présent perdu aucune bataille.

- Plaît-il ? se redressa la reine ainsi que toutes les femmes présentes dans la pièce. Nous avons perdu beaucoup de soldats ?

- Non non Majesté mais nous avons dû nous replier…

- Que s'est-il passé ?

- Il s'agit du roy, Majesté, il a été gravement blessé.

Caroline sentit une sueur froide lui monter l'échine. Son cœur manqua d'exploser dans sa poitrine et la terre tourna anormalement vite… la jeune fille perdit connaissance.

Lorsqu'elle reprit ses sens, elle était sur un divan des appartements de la reine et celle-ci l'entourait de même que sa tante et Christelle.

- Seigneur, pardonnez-moi, je… je n'ai pas bien dormi la nuit dernière j'ai fait de mauvais rêves qui…

Elle était blême et elle tremblait. La reine, assise à ses côtés la regardait et finalement soupira en montrant la porte.

- Allez-y, allez le rejoindre.

Chapitre 13
Sauvetage

Caroline ne comprit pas. Elle était encore dans un état second, si bien que la comtesse d'Evereux mit quelques secondes avant de réagir.

- Quoi ? Je veux dire… je vous demande pardon ?
- Allez retrouver le roy.

Les yeux de la jeune fille s'emplirent de larmes.

- Mais… Majesté…
- Vous avez gagné ce droit il y a longtemps maintenant Caroline, simplement je ne l'avais guère accepté. Je suis désolée, je me suis montrée égoïste avec vous et le roy.
- Mais… répéta-t-elle.
- Allez-y vous dis-je ! Vous serez plus utile là-bas avec lui qu'avec moi à mourir d'inquiétude – au sens propre – ici. Caroline, vous êtes la femme la plus gentille qu'il m'ait été donné de rencontrer. Je sais que vous n'avez pas voulu l'aimer et encore moins vous faire aimer de lui. Mais Dieu doit avoir des projets pour vous alors… Allez-y et ramenez-moi mon époux vivant. Je vous donne ma bénédiction.

Des larmes de reconnaissance et de remords coulèrent simultanément sur les joues toujours trop pâles de la comtesse d'Evreux.

- Merci… merci !

Une heure et demie plus tard, Caroline quittait Saint-Germain-en-Laye pour la Lorraine escortée par son cousin le duc de Rambouillet et le messager du roy.

Caroline était infatigable tant par son éducation que par son inquiétude grandissante pour le roy ; les hommes qui étaient censés veiller sur elle peinaient à la suivre. Paul fut très impressionné par l'endurance de la jeune fille mais il ne pouvait pas s'empêcher de s'inquiéter pour elle. Ils mirent deux jours à peine pour atteindre les lieux de combats. Ils arrivèrent tard dans la nuit mais le camp ne dormait pas complètement même s'il était ralenti. On les conduisit devant la tente du roy qui était de loin la plus vaste et la plus belle. Elle était éclairée et Caroline devinait qu'il y régnait quelques agitations silencieuses à l'intérieur. Mademoiselle de Lusignan portait une tenue d'homme, la reine avait donné son accord afin qu'ils ne se fassent guère arrêter à l'entrée du camp et pour aller plus vite. Elle avait tressé ses longs cheveux dans son dos et, malgré ses vêtements masculins, elle ressemblait bien à une femme.

Sans attendre son cousin ou qu'on lui dise s'entrer, Caroline se précipita dans la tente que leur avait indiquée le soldat. A cet instant, le marquis de Vauban sortait de la tente, agacé à ce qu'il semblait.

- Mais qu'est-ce que… ? commença-t-il en apercevant Caroline et les autres. Puis il reconnut le duc de Rambouillet, toujours à cheval. Mais que faites-vous céans ? Votre frère nous a déjà rejoints il y a un moment…

- Le reine a donné sa bénédiction.

Le maréchal de France fronça les sourcils, visiblement ignorant, mais rentra dans la tente. Il avait vu une silhouette entrer mais n'avait guère eu le temps de reconnaître la comtesse d'Evreux dans la nuit et dans ses vêtements d'homme.

- Ho… s'exclama le marquis en tournant la tête vers la tente. Et…

- Oui, soupira le cousin de Caroline.

Tous deux savaient ce que signifiait la bénédiction de la reine. Les deux gentilshommes entrèrent à leur tour dans la tente du roy.

Le roy avait été blessé à la poitrine, ce qui était étonnant lorsqu'on savait qu'il portait son armure. Cependant, lorsque les joues inondées de larmes, la jeune fille en fit la remarque, les militaires présents dans la pièce lui expliquèrent que le monarque avait perdu son plastron et qu'il ne devait d'être toujours en vie qu'à sa cotte de maille. Les soldats qui entouraient le souverain n'osaient plus bouger tant ils étaient stupéfaits. Ils se figèrent d'effarement lorsqu'ils virent qu'une femme était entrée dans le camp mais maintenant ils s'agissaient des larmes de la jeune fille et de sa douleur manifeste ainsi que sa détresse face à l'homme qu'elle aimait et qui n'était plus un roy à ses yeux. Juste son essentiel, l'amour de sa vie. Caroline releva alors la tête et posa son regard sur chacune des personnes qui se trouvait dans la pièce et qui la regardaient.

- Il va vivre n'est-ce pas ? Dites-moi qu'il va vivre !

Caroline refusa de quitter le chevet du roy malgré les instances des militaires et de son cousin. Elle pleura de longues heures en silence, tenant la main du monarque qui luttait contre la douleur dans une semi inconscience. Cela faisait dix jours que le roy avait été blessé mais il avait perdu beaucoup de sang. La blessure s'était infectée et le souverain avait de la fièvre depuis deux jours. Le marquis de Vauban, comprenant que la jeune fille ne bougerait pas, ordonna que l'on quitte la tente et laisse le blessé avec Caroline. Avant de quitter lui-même les lieux, il lui dit qu'il sommeillait dans la tente à côté et que des gardes surveillaient l'entrée de la tente si elle avait besoin de quelque chose.

Alors que le jour se levait, le marquis de Vauban et quelques autres personnes de l'état major entrèrent dans la tente accompagnés du médecin royal qui venait faire sa première visite de la journée. Il haussa un sourcil perplexe en apercevant la jeune fille et le marquis s'expliqua alors.

- Ho ! Il s'agit de la comtesse d'Evreux.

- Je vois… il faudrait sans doute la réveiller, ne croyez-vous point ?

Maître Abzal Lichy était une personne très condescendante. Il était beaucoup plus intelligent que la moyenne et très rusé aussi et le médecin avait parfaitement conscience de ses atouts. La seule personne qu'il n'osait pas toiser était le roy. Sinon même sa propre mère faisait les frais de son arrogance et de ses sarcasmes.

Caroline ouvrit les yeux à cet instant et les aperçut la seconde suivante. La jeune fille se redressa précipitamment, à un tel point qu'elle en eut un vertige.

- Pa... pardonnez-moi, dit-elle encore ensommeillée, je... je ne vous avais pas entendus entrer.

- Madame, laissez-moi vous présenter le médecin de Sa Majesté, Maître Lichy. Maître, Caroline de Lusignan, comtesse d'Evreux.

Caroline sourit à l'homme de science avec gentillesse.

- Je suis heureuse de vous rencontrer.

Lichy haussa un sourcil. Elle était... différente des autres courtisanes. Elle était candide, naïve et surtout... gentille. Une étrange pureté se dégageait d'elle. Il renifla, dédaigneux, avant de s'approcher du monarque sans un mot.

Caroline, stupéfaite de son impolitesse, dévisagea le marquis qui haussa les épaules. La jeune fille reposa alors son attention sur le souverain qui se faisait ausculter par son médecin. Alors qu'il changeait les pansements du roy, Caroline fronça les sourcils. Il n'appliquait rien sur la plaie pour désinfecter ni aider à purifier... étrange. Alors, après une demi-heure d'auscultation, il fit quelque chose qui fit blêmir la jeune fille. Il sortit un scalpel.

- Mais... murmura la jeune fille atterrée, que faites-vous ?

- Cela ne se voit pas ? répondit sans la regarder le médecin avec un sourire sournois. Je tente de sauver le roy.

- Mais... que faites-vous avec cette arme ?

Cette fois, le médecin se redressa et le regarda, agacé.

- Bien, vous commencez à me... vous m'avez compris alors taisez-vous et laissez-moi faire mon travail... faites le vôtre qui consiste à être belle et laissez-moi !

Caroline fronça les sourcils, pour qui se prenait-il ? Et elle n'allait tout de même pas le laisser saigner le roy ! Mais dans quel pays barbare avait-elle atterri ? L'espace d'un long moment, Caroline eut l'impression que contrairement à ce qu'elle entendait depuis qu'elle était en France, c'était les

Européens qui étaient les barbares et les sauvages tandis que les Indiens étaient le salut de l'espèce humaine. « *Charlotte, soutiens-moi !* » Le cœur de Caroline se mit à battre à une folle allure mais son visage de porcelaine demeura parfaitement lisse. La jeune fille fit alors une chose à laquelle personne ne s'attendait, encore moins de sa part : elle défia le médecin.

- Lâchez ce scalpel.

Sa voix glacée surpris tout le monde. L'intention n'appartenait pas à Caroline. Ses yeux brillaient d'un étrange éclat violet.

Le médecin fit lentement volte-face avant de regarder Caroline :

- Je vous demande pardon madame la comtesse ?

Caroline nota toute l'insulte qu'il lui lançait avec sa voix mais elle s'approcha dignement. Se plaçant devant le roy, la jeune fille arracha des mains du médecin pétrifié de stupéfaction son outil de travail.

- Allez tuer le monde entier si vous le désirez avec votre scalpel mais je vous interdis de toucher cet homme.

- Pour qui vous prenez-vous petite insolente ? Je sais ce que je fais ! Et ce n'est pas une petite sauvage des Amériques qui va me l'apprendre !

- Il vous ferait peut-être du bien d'aller quérir chez eux quelques enseignements… Le roy a perdu beaucoup de sang et vous voulez lui en retirer encore ? C'est une tentative de meurtre pour moi !

- Vous n'y connaissez rien ! Les sangs sont gorgés de mauvaises humeurs qu'il faut purifier !

- Votre traitement ne semble pas bien fonctionner pour le moment.

Le médecin la gifla violemment.

Puis, tout se figea.

Pour la première fois depuis deux jours, le roy venait de reprendre conscience et il ne sembla pas *du tout* apprécier le geste du médecin. Ce dernier croisa le regard du monarque et il comprit. Instantanément. Il était en disgrâce. Pour une raison qui lui échappait, cette femme était la seule personne dans le royaume qui avait pu atteindre le cœur du souverain. Le roy ne dit pas un mot mais il comprit. En silence, il s'inclina et quitta la tente. Surprise, Caroline fronça les sourcils, se tenant toujours la joue. Alors elle remarqua les regards des uns et des autres. Tout ceci s'était passé en quelques secondes mais Caroline eut l'impression que des heures entières s'écoulaient… Son cœur se mit à battre tellement vite et tellement fort que la jeune fille avait la sensation qu'il n'avait jamais battu avant ce jour. L'espoir naquit. Elle crut comprendre ce que ces regards signifiaient mais elle n'osait pas espérer. Lentement, la jeune fille se retourna et son regard bleu croisa celui brûlant du monarque. La belle Indienne retint son souffle jusqu'à ce que ses réflexes lui fassent inspirer de l'air, des papillons de lumières commençant à danser devant ses yeux.

Alors le monarque fronça les sourcils.

- Vous… ne devriez pas être là… la guerre… dangereux…

- Je sais me défendre Sire… ho je vous en prie, battez-vous ! Je vais m'occuper de vous… je vous jure, Sire, que vous allez guérir.

Il lui prit tendrement la main et plongea son regard dans le sien avant de perdre de nouveau connaissance.

Il y eut une longue minute de silence durant laquelle tous l'observèrent sans oser faire un mouvement. Finalement, le marquis osa :

- Maintenant que vous avez renvoyé le médecin, comment va-t-on sauver le roy ?

Caroline reprit soudain conscience de ce qui l'entourait et tressaillit avant de se tourner vers le marquis.

- Je vais le soigner.

- Mais… rit avec arrogance un baron dont elle avait oublié le nom. Vous n'êtes qu'une femme.

- Je sais. Mais je ne suis qu' « une femme » qui a vécu toute sa vie aux Amériques.

- Et alors ? la questionna un autre.

- Et alors, soupira Caroline, les Indiens ont d'autres techniques plus efficaces que les vôtres en ce qui concerne la médecine.

- Eh bien sûr, vous connaissez tout cela ?

- J'en connais plus que ma sœur, cela est certain… mais guère autant que les guérisseurs. Je pense toutefois que mes compétences devraient suffire. Y a-t-il une forêt près d'ici ?

Le marquis, qui avait compris que ce n'était pas la peine d'essayer faire changer d'avis Caroline, soupira.

- Laissez messieurs, madame la comtesse est d'ores et déjà le nouveau médecin personnel du roy. Maintenant Madame, suivez-moi, je vais vous conduire. Mais auparavant, nous devons faire un petit détour par l'armurerie.

Tous le regardèrent comme s'il avait perdu l'esprit mais le maréchal de France n'y prêta aucune attention, entièrement concentré sur la jeune fille.

- … en effet damoiselle, dit-il, vous ne pouvez demeurer dans vos toilettes. Nous sommes en guère, vous devez changer et passer une armure !

Le maréchal fit faire à la jeune fille une armure… enfin un plastron simplement et une cotte de maille en dessous. Plutôt que ses robes de cour, le marquis lui proposa des vêtements d'homme mais la jeune fille lui offrit un étrange sourire avant de répondre :

- Que nenni monsieur, j'ai ce qu'il me faut.

Etonné, le jeune gentilhomme haussa un sourcil surpris et suivit la belle Indienne dans la tente qu'on lui avait donnée à côté de la sienne et de celle du souverain. Elle n'avait emporté que peu de choses dont sa tenue qu'elle utilisait pour voyager dans les vastes forêts américaines. Elle passa ses espèces de longues jambières faites en peau de cerf qui moulaient parfaitement son corps puis ses bottes de cuir doublées qui montaient jusqu'au milieu de ses cuisses. Elle ressortit ainsi, armée et parée, ses longs cheveux blonds attachés en une longue natte compliquée dans son dos.

- Eh bien, s'exclama joyeusement Caroline d'un magnifique sourire qui fit cligner des yeux le pauvre marquis. Vous ne vous imaginiez tout de même pas que je portais des robes aux Amériques ?

Le marquis entrevit une folle seconde Caroline dans un environnement différent, plein de sauvages, de bêtes féroces… non elle était trop douce c'était impossible. Pourtant, le regard et la personne qu'il affrontait là n'étaient plus tout à fait la belle comtesse qu'il avait appris à connaître. C'était une amazone, une guerrière qui ne connaissait pas la peur et savait vivre dans le danger.

- Je dois avouer que je suis surpris madame, je ne m'attendais certes pas à une telle métamorphose…

La jeune fille lui sourit de nouveau avant de se reprendre.

- Je vous remercie. Puis la jeune fille se reprit et tapa dans ses mains, faisant inconsciemment tressaillir le maréchal. Bon, maintenant escortez-moi monsieur que je puisse trouver les plantes qui sauveront notre roy !

Caroline fut surprise de retrouver à peu près la même flore qu'aux Amériques. La jeune fille trouva relativement facilement la plante dont elle avait besoin ou tout du moins des équivalents qui la satisfaisaient tout autant. Après quelques heures de recherche, ils retournèrent au camp. Les autres soldats et militaires en tout genre la regardèrent avec étonnement mais la jeune comtesse était tellement concentrée dans sa tâche de sauver le roy qu'elle ne s'en formalisa guère… pis, elle ne s'en aperçut même pas !

Elle fit en premier lieu une infusion de saule pour soulager la douleur du monarque ainsi que de la framboise pour désinfecter la plaie avec… d'autres plantes soignantes. Puis la jeune fille passa les heures suivantes à confectionner un onguent sous les regards à la fois interloqués et curieux de l'Etat major du royaume. Caroline ne cessa de s'activer et ne prit pas une seule pause, forgeant l'admiration des hommes chevronnés par la guerre qui l'entouraient. Ils étaient plus que sceptiques des capacités de la jeune comtesse, cependant, ils durent admettre tandis que la nuit tombait qu'elle avait certaines connaissances car la fièvre du monarque tomba et il sembla ne plus souffrir.

Le monarque ne reprit pas connaissance pour autant tant il était affaibli mais Caroline ne se découragea pas parce qu'elle savait qu'il allait vivre. La jeune fille avait côtoyé suffisamment de blessés et de morts pour reconnaître en quelques secondes si le blessé allait vivre ou mourir. Là, elle avait décidé que le monarque allait vivre. Même si elle en était intimement convaincue, il n'avait pas le choix !

Le lendemain aux aurores, le marquis suivi d'un quelconque général entrèrent dans la tente. Ils parurent surpris de trouver Caroline éveillée et le maréchal s'étonna :

- Que faites-vous déjà debout ?

Caroline leva un visage tiré par l'inquiétude des derniers jours et soulignés par de larges cernes noirs dus à la fatigue. Elle leur offrit un pâle sourire avant de répondre qu'elle n'avait en réalité pas sommeillé.

- Madame ! s'exclama le général, vous auriez dû vous reposer au moins quelques heures ! Nous aurions veillé sur le roy…

- Evidemment ! Madame la comtesse, le roy sera furieux contre nous si vous êtes épuisée ou que vous tombiez malade parce que nous n'avons pu vous assister comme il se doit !

Caroline secoua la tête :

- Ne vous en faites point messieurs, j'ai l'habitude de veiller… mais je ne veux pas manquer le réveil de Sa Majesté simplement parce que j'ai besoin de repos. Et imaginez qu'il arrive quelque chose pendant que je sommeille ? Non, cela ne se peut, je ne me le pardonnerais jamais ! Il devrait se réveiller d'ici ce soir ou demain au plus tard de toute façon.

- Bien... dit le marquis qui ne savait pas très bien comment réagir. Nous allons rester avec vous ce matin, si vous nous le permettez. N'hésitez point à nous solliciter.

- Je vous remercie, messieurs, de votre bienveillance auprès de Sa Majesté.

Le jeune maréchal comprit qu'il venait d'avoir la plus brillante idée de sa carrière en proposant son assistance à la presque maîtresse du roy... sans arrière pensée qui plus est, et il venait certainement de s'assurer un bel avenir... car Caroline ne manquerait pas de faire savoir au monarque les personnes qui étaient demeurés à ses côtés. Comme quoi, sa nature serviable lui serait un atout, contrairement à ce qu'avait toujours prétendu sa mère.

Son regard se posa sur la jeune fille qui veillait le roy. Malgré sa beauté extraordinaire et son air angélique, sa tenue de combat faisait ressortir son côté sauvage et le marquis se prit à penser qu'il n'apprécierait vraiment pas de se retrouver face à elle dans un combat singulier. Quelque chose dans son apparence laissait présager qu'elle savait un peu plus que se défendre. Il sourit : elle ferait une reine officieuse parfaite.

Chapitre 14
Ames retrouvées

Le jeune marquis parvint à convaincre Caroline en fin d'après-midi de prendre une heure pour se changer et se laver. Il veillerait sur le roy pendant son absence.

La fièvre du monarque remonta légèrement en fin de matinée mais retomba rapidement après la décoction de mademoiselle de Lusignan si bien que tous savaient qu'il ne tarderait pas à reprendre connaissance. Evidemment, c'est ce qu'il fit alors que la jeune comtesse d'Evreux s'était absentée. Le maréchal de France veillait avec le général et presque un quart de l'état major du pays lorsque le souverain ouvrit les yeux.

Charles-Henri avait mal. Depuis qu'il avait été blessé, il avait senti que ses forces l'abandonnaient puis, petit à petit, il avait perdu contact avec la réalité. Cependant, alors qu'il était tourmenté par la fièvre depuis des jours, quelque chose l'avait tiré de l'obscurantisme dans lequel il était plongé : une femme, ou plus exactement, la voix d'une femme. Evidemment, pas n'importe quelle femme. Avec le reste de ses forces, tout son courage et la plus grande volonté du monde, le monarque avait ouvert les yeux. Il n'avait aucune idée du temps que celui lui avait demandé comme effort. Quelques secondes, quelques minutes, quelques heures ? Celui lu avait quant à lui semblé des siècles de lutte. C'est alors qu'il avait vu son médecin *la* gifler. Elle ! Comment avait-il osé porter la main sur elle ? D'un regard, il l'avait congédié. D'un regard, il lui avait transmis sa haine. L'homme censé soigner les Hommes avait heureusement compris et était parti sous le regard du roy. Pourquoi était-elle là ? C'était trop dangereux ! Surtout pour elle, si naïve, si fragile ! Mais Caroline lui souriait… alors il perdit de nouveau connaissance.

Depuis, par moment, il sentait ses mains l'ausculter, il la sentait le soigner avec une volonté farouche et une habileté qui l'étonnèrent en plus d'une douceur et d'une délicatesse qu'il lui avait toujours soupçonnées. Il l'entendait discuter doucement avec des hommes, il crut même reconnaître le marquis de Vauban et le général de Tellier. Il appréciait son jeune maréchal, qui était de quelques années seulement son cadet. Le roy le soupçonnait d'être d'une nature gentille et attentionnée malgré les apparences. Il comprit qu'il avait raison mais il demanderait tout de même à Caroline ce qu'elle pensait de lui. Caroline… soudain il allait mieux. Rien que de prononcer son nom, le roy se sentait mieux, plus heureux et une bouffée d'air pur semblait le rasséréner.

Les voix se faisaient plus réelles à mesure que passaient les heures. Petit à petit, le monarque sentait de nouveau son corp. Les voix au début diffuses, prenaient contenance et réalité. Bientôt, il put suivre des brides de conversations.

Puis, d'un coup, ce fut le silence dans sa tente… où était-il déjà ? Que lui était-il arrivé ?

Charles-Henri ouvrit les yeux.

Le marquis était assis au côté du roy. Huit gentilhommes se tenaient sous la royale tente, pourtant un silence respectueux emplissait la pièce. Pour une raison qu'ils ne cherchèrent pas à comprendre, ils se taisaient depuis le départ de la petite comtesse d'Evreux. Etonnamment, elle les rassurait et… non : sans elle, on devait se taire pour veiller sur le roy.

Le maréchal fut le premier à s'apercevoir que le monarque avait repris connaissance. Il se leva et, les yeux rivés sur le souverain, s'approcha de lui. Sans un mot, le monarque le suivait du regard, tentant de reprendre ses esprits. Doucement, il murmura :

- Carcas, allez quérir immédiatement madame la comtesse, dites-lui que Sa Majesté vient de reprendre connaissance.

Tout le monde le regardait maintenant et tous avaient la même expression entre l'incrédulité, la joie et un soupçon d'inquiétude. Le soldat en question s'exécuta, sans pouvoir s'empêcher de regarder le souverain en passant les battants de la tente.

- Majesté, lui dit alors Vauban en tentant de rester calme et doucement pour ne pas le brusquer. Vous avez été blessé mais la comtesse d'Evreux vous soigne maintenant et elle est certaine que vous allez guérir. Tout va bien… il remarqua les sourcils du roy se froncer à l'évocation de la jeune fille et il comprit son inquiétude. Ne vous en faites pas, elle a une tente adjacente à la vôtre et je suis son garde du corps personnel ou son cousin Thibaut de Rambouillet s'en charge. Le roy voulut parler mais le marquis l'en empêcha : non, Sire, vous devez rester tranquille. Ne vous en faites pas, madame la comtesse arrive…

Mais le roy, épuisé, se rendormit une minute avant l'arrivée de Caroline.

Celle-ci fut évidemment très déçue mais elle était tout de même rassurée et contente que le roy ait repris connaissance. Cependant, elle se promit de ne plus le quitter avant qu'il ne reprenne connaissance devant elle.

Ce qu'il fit au milieu de la nuit suivante. Caroline était épuisée mais elle le veillait sans cesse. La jeune fille lui ordonna de ne pas parler et elle lui expliqua doucement ce qu'elle avait fait, pourquoi mais aussi qu'il fallait qu'il dorme encore pour se reposer et guérir plus vite, ainsi lui donna-t-elle une autre décoction de sa création, du dentura, pour le faire dormir.

Puis, les trois jours suivants, Caroline lui donna régulièrement des somnifères pour l'aider à se reposer mais surtout pour qu'il ne souffrît pas trop.

Le marquis et le jeune cousin de Caroline la voyaient s'épuiser à s'occuper de son royal patient mais rien ne la distrayait, et personne non plus ne parvenait à lui faire entendre raison pour la calmer. Donc, après trois jours à ce régime, Caroline estima que le roy avait recouvré assez de force et cessa de lui administrer cette médication le jour pour ne la lui donner que la nuit afin qu'il se reposât tout de même.

De sorte qu'il commença à s'éveiller de plus en plus longtemps mais Caroline ordonna qu'on le laissât en paix. Il ne devait parler à personne, pas même à elle, et personne ne devait venir l'indisposer. Ainsi l'accès de la tente du roy se vit-il restreint à la comtesse d'Evreux, le générale de Tellier, le maréchal de Vauban et le duc de Rambouillet. Une semaine après la reprise de connaissance du souverain, Caroline et le marquis organisèrent le retour du souverain à Paris. En effet, la jeune fille pensait qu'il valait mieux que le monarque retourne pour l'hiver au Louvre afin de reprendre des forces et terminer sa convalescence.

Cette nuit-là, le roy s'éveilla. Pour la première fois depuis des jours, il ouvrit les yeux alors que le soleil s'était couché. Il n'avait pas mal, enfin pas vraiment, mais quelque chose l'avait tiré du sommeil. Il y avait quelques bougies d'allumées et le souverain parcourut rapidement la pièce des yeux. Charles Henri aperçut Thibaut de Rambouillet qui s'inclina doucement :

- Bonsoir Sire, comment vous portez-vous ?

Le roy bougea sa main mais remarqua que quelqu'un la tenait. Alors, il baissa son regard et vit la plus belle dame qu'il n'avait jamais vue endormie sur son lit de fortune. En effet Caroline, assise au chevet du monarque, s'était endormie, la tête sur la couchette du roy, épuisée. Attendri, le souverain caressa doucement la chevelure de celle qu'il pensait être la femme de sa vie. Suivant son regard puis son geste, le jeune gentilhomme chuchota :

- Mademoiselle d'Evreux reste depuis son arrivée au chevet de Votre Majesté et elle ne vous quitte que rarement et seulement quelques minutes. Elle s'interdit le moindre repos pour mieux répondre à vos attentes. Cependant, elle est épuisée et elle s'est endormie. Je n'ai point eu le cœur de la réveiller pour la faire coucher.

Le monarque souffla sans quitter la jeune fille du regard.

- Vous avez bien fait.

Caroline ouvrit les yeux sous la caresse du souverain. Elle était pâle et des cernes lui rongeaient le visage… un ange gardien, voilà ce qu'elle était. La guérisseuse lui sourit puis fronça les sourcils.

- Votre Majesté ne devrait point être éveillé ! Je vais chercher un médicament pour vous aider à vous rendormir… avez-vous mal ? demanda-t-elle en commençant à lui palper les côtes.

- Non non madame, je vais bien, rassurez-vous. Cela fait même très longtemps que je ne me suis guère senti aussi bien ! Allez vous reposer.

- Mais Sire… je dois vous surveiller ! S'il vous…

- Madame ! Vous êtes épuisée et je vais bien… allez dormir en tout quiétude.

- Je resterai avec Sa Majesté, intervint Thibaut.

- Oui, renchérit le monarque. Monsieur le comte pourra s'occuper de moi, ne vous en faites pas.

- Monsieur le comte ? s'étonna Caroline.

Thibaut et le roy échangèrent un regard puis son cousin lui répondit :

- Oui Caroline, je suis comte de Toulouse…

- Attendez, vous voulez dire que je suis ici depuis maintenant plus d'un an et je ne savais pas que mon propre cousin était comte ?

- Enfin madame, sourit le roy, vous ne pensiez tout de même pas qu'un prince royal n'aurait aucun titre simplement parce qu'il était le second fils ?

Caroline ouvrit la bouche et le referma, elle n'avait rien à répondre.

La discussion revint rapidement sur le sujet initial. Caroline refusait d'être loin du roy, elle aurait la sensation de l'abandonner et de manquer à son devoir. Aussi trouva-t-on un compromis et la jeune fille dormit dans la pièce adjacente de la royale tente dans le lit initial du souverain.

Le lendemain, le roy resta conscient un peu plus longtemps encore, presque trois heures et le marquis de Vauban lui indiqua les différentes modalités de son retour, prévu pour le surlendemain. Après, son état major le réquisitionna pour un compte-rendu rapide de ce qu'il se passait depuis la blessure du monarque. Heureusement, ils avaient pu conserver un statut quo. Pendant que les maréchaux et généraux faisaient leurs rapports au souverain, Caroline faisait la cueillette dans les bois environnants afin de préparer des médicaments d'avance pour le roy et suffisamment de réserve afin d'assurer tout le trajet du retour. La jeune fille était épuisée mais tenait bon. Elle savait qu'elle avait besoin de sommeil mais elle n'ignorait pas non plus que la vie du monarque était plus importante que la sienne. Par ailleurs, elle n'était plus aux Amériques et, ici, même si elle était épuisée, la belle Indienne ne risquait pas vraiment sa vie, même si l'on était près des champs de batailles. Caroline n'était pas inquiète d'autant plus qu'elle savait qu'une fois de retour au Louvre, la reine la relayerait et elle pourrait enfin se reposer. Afin de laisser le monarque faire son devoir, la jeune fille prépara ses décoctions dans la propre tente en compagnie de son cousin et ne revint dans la chambre roayle que lorsque le soleil fut pratiquement couché. En entrant dans la tente, la jeune comtesse eut la surprise de ne pas voir le souverain. En effet, la salle principale était dans un bazar innommable et l'on s'activait autour de malles. Caroline resta quelques secondes, stupéfaite par le spectacle qui s'offrait à elle ; finalement, Vauban s'approcha et lui sourit :

- Madame la comtesse semble bien surprise…
- C'est que… ce matin tout était si calme !
- Le départ du roy est important.
- Certes.

La jeune fille leva un regard interrogatif sur le maréchal qui lui fit signe de le suivre.

- Venez, nous avons transporté Sa Majesté dans sa chambre, Elle désire vous voir.

Sans un mot, Caroline le suivit.

Le roy se reposait seul dans la petite pièce attenante à la pièce principale de sa royale tente. Le lit siégeait au centre de la pièce sans tenir contre aucun des pans de la tente, en cas d'intempéries pour limiter au maximum les risques d'inconfort du monarque. Caroline s'avança et se retourna, le maréchal lui sourit avant de rabattre le battant de la cloison de séparation, la laissant seule dans l'obscurité – à l'exception d'une simple bougie qui brûlait silencieusement sur une table de chevet à la droite du royale lit où l'on avait également pris soin de déposer de l'eau et une bible. Caroline n'entendait que son cœur battre à une vitesse effarante dans sa poitrine. Doucement, la jeune fille s'approcha de l'alcôve du lit. Lentement, à mesure que ses pas l'amenaient devant le lit royal, la jeune fille distingua la silhouette du monarque endormi. Il se reposait, tel un ange, du sommeil du juste. Charles Henri était torse nu malgré le froid et elle vit une partie du bandage qu'elle lui avait elle-même fait le matin. La comtesse d'Evreux sourit et posa les quelques plantes qu'elle avait gardées pour la nuit. Sans un bruit, elle prit une chaise qui se trouvait à côté de la cloison menant à la pièce principale et s'assit au chevet du roy en silence. Elle le veillerait, comme toutes les autres nuits. Cependant, la guérisseuse était épuisée. Maintenant qu'elle savait que l'homme qu'elle aimait allait survivre et même qu'il était en bonne voie de guérison, toute la tension nerveuse qu'elle avait accumulé jusque là retombait. Après une courte prière à la Vierge, Caroline s'endormit sans même s'en rendre compte.

Le roy s'éveilla et mit quelques secondes à émerger du sommeil. Durant quelques instants, il se sentit perdu et ne sut plus où il se trouvait. Dans un mouvement qu'il fit, il toucha un bras. Intrigué, le souverain baissa la tête et pour apercevoir Caroline qui dormait à ses côtés. Le coup que lui avait donné involontairement le monarque la réveilla et la jeune fille se redressa en soupirant. Alors, elle sembla doucement à son tour se souvenir de l'endroit où elle se trouvait et surtout ce qu'elle y faisait car son regard inquiet se posa sur le souverain qui ne la quittait pas des yeux.

- Ma…majesté, dit-elle encore enrouée par le sommeil, vous sentez-vous bien ?

Il lui prit la main et la baisa tendrement.

- Je n'ai jamais été aussi bien de ma vie, madame, reposez-vous un peu. Il me serait pénible que vous tombiez malade par manque de sommeil.

- Mais Sire, je me dois de veiller sur vous !

Il se tourna de l'autre côté du lit et tapota la place qu'il venait de quitter.

- Alors venez vous reposer à mes côtés.

Caroline le regarda avec suspicion et fronça les sourcils.

- Sire, ce ne serait guère convenable…

- Madame, je suis à la tête de ce royaume, je décide de ce qui est convenable ou non.

Ils pinaillèrent ainsi quelques instants avant que Caroline n'abdique :

- Vous avez gagné, je viens.

Le monarque éclata de rire tandis que la jeune fille se glissait dans son lit après avoir préalablement retiré son plastron, ses bottes et son pantalon afin d'être plus à l'aise. Le roy regarda ses jambes avec envie et la serra contre lui lorsqu'elle se glissa en soupirant dans les draps chauffés du monarque. Il l'attira contre son corps et la serra amoureusement en murmurant dans le noir :

- Voyez, vous êtes mieux ici.

Caroline fit doucement mais se cala contre l'homme qu'elle aimait, en faisant attention à sa blessure.

- Oui… oui, murmura-t-elle en s'endormant déjà.

Charles-Henri sourit et baisa tendrement l'épaule de la jeune comtesse en réprimant son désir. Lentement, il la serra d'avantage contre lui puis ferma les yeux à son tour.

Caroline rêva de sa sœur. Elle la vit avec son fils et son époux, aussi heureuse qu'elle le pouvait dans le château de Québec de leur père. Le petit chérubin d'âgé d'un peu plus d'un an courait dans toute la demeure en riant, ses cheveux blonds comme sa mère et bouclés volant derrière lui tout comme son rire angélique… Charlotte ou elle peut-être, elles se ressemblaient tant que même pour elles deux faire la distinction était parfois difficile, le suivait aussi en riant… le soleil brillait dehors et éclairait par moment leur visage tandis qu'elle les voyait parcourir un des longs couloirs du château. Soudain, l'enfant se prit les pieds dans ses petits chaussons et tomba. Caroline/Charlotte sursauta et la jeune fille se réveilla en sursaut. Caroline mit quelques secondes à reprendre ses esprits, à se demander où elle était. La jeune fille sentit les bras du monarque autour d'elle qui s'éveillait à son tour parce que ses mouvements le tirèrent du sommeil. La jeune comtesse se frotta le front et s'excusa en soupirant :

- Je… je suis désolée… je ne voulais point vous réveiller.

- Ce n'est rien… Venez, là… un vilain rêve ?

Caroline rit doucement en sentant les bras du roy autour d'elle mais surtout à l'exclamation de celui-ci.

- Non, au contraire : j'ai rêvé de ma sœur…

Le monarque, sentant la tristesse dans sa voix, s'éveilla complètement et caressa ses cheveux :

- Elle vous manque beaucoup n'est-ce pas ?

La jeune fille soupira :

- Oui Sire.

- Je vais la faire rapatrier.

- Mais…

- L'enfant est né non ? La jeune fille hocha la tête et il continua : alors je fais revenir le marquis de Saint-savin à la cour et son épouse suivra. Pour l'amour de vous et sur ordre du roy. Madame, au début du printemps, votre double sera à Paris.

Des larmes de joie coulèrent sur les joues pâles de Caroline et elle se jeta dans les bras du souverain :

- Merci Sire, Merci !

- Ouch ! Doucement, mes côtes.

La jeune fille se releva précipitamment en se confondant en excuses :

- Pardonnez-moi Majesté… je suis terriblement désolée.

Le roy rit doucement à son tour.

- Ne vous en faites pas, je suis plus robuste qu'il n'y paraît.

Caroline lui sourit tendrement. Alors, elle vit les yeux du monarque changer et une lueur qu'elle ne lui avait jamais vu apparaître… pourtant, elle savait ce qu'il voulait, la comtesse d'Evreux n'ignorait pas que le roy de France la désirait. La jeune fille frémit. Elle savait qu'était venue le moment pour elle de devenir pleinement une femme. Cependant, elle avait trop conscience des convenances et, lorsque le roy commença à frôler son corps, la jeune comtesse murmura :

- Sire, votre blessure…

- Je ne me suis jamais senti aussi bien… grâce à vous.

- Mais vos hommes… ils… ils pourraient nous entendre.

- Peu m'importe mes hommes… je vous aime Caroline.

La jeune comtesse se figea et regarda le roy dans les yeux. Ils demeurèrent une longue minute ainsi, à simplement se regarder puis elle lui répondit, émue.

- Moi aussi, je vous aime.

Délicatement, il l'embrassa. Ils se regardèrent en souriant de nouveau puis échangèrent un autre baiser mais plus passionné. Alors que Charles-Henri glissait sa main sous la chemise de la jeune fille, celle-ci rompit leur contact, mal à l'aise.

- Sire… je… n'ai encore jamais…

Il lui sourit tendrement en lui caressant la joue.

- Je le sais madame. Et je vous promets que je vous aimerai avec toute la douceur du monde.

Caroline respira profondément et lui sourit, confiante.

Sous les caresses du monarque, ses baisers et son souffle, Caroline oublia le froid de l'hiver qui s'abattait sur le royaume, les centaines de soldats qui campaient dehors, la blessure du roy… il n'y avait que le jeune couple et l'éveil de son corps… Leur amour naquit véritablement au cours de cette nuit-là.

Chapitre 15
Retour

Au lever du soleil, quelqu'un pénétra dans la « chambre » du roy, réveillant simultanément Caroline en sursaut malgré la discrétion dont il fit preuve. La jeune femme dormant contre son royal amant, le souverain s'éveilla brutalement à son tour quelques secondes après la jeune comtesse. Alors que le sommeil désertait rapidement Caroline qui s'inquiétait déjà de la personne qui se tenait en face d'elle, le monarque se rendormait déjà lorsque la voix de la femme qui l'aimait retentit, angoissée :

- Que faites-vous céans ? Que voulez-vous ?

Le roy comprit simultanément qu'ils n'étaient plus seuls… retour brutal à la réalité et Caroline qui était nue sous les draps ! Les dernières traces de sommeil disparurent alors qu'il s'asseyait à son tour dans le lit. Le roy reconnut le soldat La Tour et fronça les sourcils en ordonnant, peu amicalement il fallait l'avouer :

- Sortez !

Non, Caroline lui appartenait ! Personne ne devait la voir, à par lui ! Enfin, nue tout du moins. La jeune femme tourna vers lui un regard étonné et stupéfait tandis que le soldat La Tour quittait précipitamment la pièce sans demander son reste : il est des intonations du roy que tous connaissaient ; et celle-ci n'était pas du tout à la plaisanterie.

Le monarque haussa les épaules en se rallongeant :

- Vous êtes à moi !

Son air bougon et son caractère jaloux firent rire Caroline qui se leva pour se rhabiller. Alors qu'il ouvrait un œil intrigué, la jeune femme déposa un doux baiser sur ses lèvres avant de lui annoncer :

- Il vous faut vous apprêter aussi Sire, je vous rappelle que nous partons pour le Louvre ce matin.

Le roy soupira, fatigué d'avance, puis attira d'un geste vif Caroline contre lui, qui ne put s'empêcher de crier doucement avant de rire plus ouvertement.

Néanmoins, trois heures après, le carrosse royal s'ébranlait en direction de l'ouest pour le Louvre.

Ils voyagèrent lentement sur ordre de la jeune comtesse d'Evreux qui ne désirait prendre aucun risque quant à la santé du monarque. Celui-ci tempêtait contre la jeune femme et ordonnait – sans grande conviction non plus, ravi de l'intérêt de sa maîtresse – qu'on le traitât comme à l'accoutumée mais Caroline pouvait être très persuasive lorsqu'elle le désirait.

Ainsi, le cortège royal composé du carrosse tiré par six chevaux et une vingtaine de gardes suisses assurant sa protection ainsi que du marquis de Vauban (qui retournerait sur le champ de bataille dès qu'il se serait assuré de la sécurité du monarque et de sa jeune protégée) et du comte de Toulouse – leur cousin. Alphonse et Thibaut chevauchaient à cheval en compagnie des soldats affectés à la sécurité du monarque, laissant ce dernier seul avec la comtesse d'Evreux dans le somptueux carrosse royal.

Le cortège fit de longue halte car les blessures aux côtes du monarque l'empêchaient parfois de respirer et la douleur provoquée par les soubresauts du carrosse n'aidait pas les choses. Toutefois, grâce aux infusions de la jeune femme, le souverain passait de longues nuits paisibles. Elle dormit les trois nuits à ses côtés mais, contrairement à leur première nuit ensemble, ils ne firent rien d'autre que discuter et dormir car la jeune femme s'inquiétait réellement pour sa santé. Le voyage l'épuisait largement assez. Ce n'était par ailleurs pas la seule chose qui tracassait la petite princesse et le roy remarqua que l'angoisse de la jeune femme augmentait à mesure que leurs pas les rapprochaient de Paris. Il ne lui demanda rien, pas encore. Leur relation était encore fébrile et leurs liens guère assez solides pour qu'il prenne le risque de la voir se refermer de nouveau... il verrait plus tard comment évoluait les choses et comment lui se soignait.

En réalité, de nombreuses choses tourmentaient la princesse. La première était la reine. Maintenant qu'elle avait sauvé le roy, comment devait-elle agir auprès de la souveraine ? Elle s'était même donné au souverain et avait passé les nuits suivantes dans ses bras... elle ne pourrait plus dormir sans lui, c'était impossible ! Mais sa morale se manifestait toujours. Elle s'était non seulement donné à un homme avant le mariage, mais en plus à un homme marié. Qui était-elle pour se parjurer ainsi et salir la reine en détournant son époux ? Celle-ci lui avait certes donné sa bénédiction mais tout de même !

La deuxième chose qui la torturait – et non des moindres – était sa tante. Aux yeux de celle-ci Caroline avait certainement commis un double impair : elle avait soigné le monarque, le soustrayant ainsi à la mort, l'empêchant donc plus tôt d'accéder au trône de France qu'elle convoitait tant. L'autre abomination était sans nul doute qu'elle avait fait ce que sa tante redoutait le plus : elle était devenue la maîtresse du roy de France.

Etonnement, les craintes qui avaient étreintes Caroline quelques mois auparavant sur un éventuel abandon du monarque de sa personne avaient disparu. La jeune femme savait qu'il l'aimait vraiment et que jamais il ne lui ferait de mal. En tout cas, jamais intentionnellement. Sa naïveté juvénile lui laissait croire que jamais le monarque ne se lasserait de sa personne. Au moins une chose dont elle était certaine après la nuit d'amour qu'ils avaient passé sous une tente humide sur un champ de bataille.

La cour ne lui manquait pas... les intrigues, les chuchotements de couloirs, les messes basses, l'hypocrisie mondaine constante, la surveillance constante... non tout cela ne lui manquait vraiment pas ! Et si ce n'est la peur qu'elle avait ressenti tout au long de ces jours dans l'est de la France quant à la santé du roy, Caroline aurait avoué préférer vivre sur un champ de bataille au milieu des hommes, des odeurs de morts et de sang qui flottaient dans l'air entre deux forêts. C'est aussi donc pour retarder leur arrivée que la jeune comtesse retarda leur progression.

Ils finirent cependant par arriver au crépuscule du troisième jour de voyage. Contrairement à ce qu'avait imaginé la jeune princesse, on ne se rendit point au Louvre mais au palais de Madrid, à l'est de Paris.

Face à son regard étonné, le monarque eut un pâle sourire désabusé :

- Vous ne vous imaginiez tout de même pas que j'allais arriver ainsi, blessé, devant toute la cour ?

Certes, ce n'était guère très probable. Caroline lui sourit :

- J'admire Votre Majesté.

- Pourquoi donc ? se radoucit instantanément le souverain tandis que le carrosse entrait dans la cour principale.

- Vous êtes tellement seul. Au-dessus de tous. Alors que l'on ne voit qu'un ou deux coups d'avance, vous avez déjà imaginé chacune des avancées possibles et réagi en conséquence sans que l'on s'en doutât tout en conservant plusieurs coups d'avance.

Il lui caressa doucement la joue du revers de la main, une étrange lueur de tristesse voilant soudain son regard.

- C'est cela, madame, le destin d'un roy. On naît seul, on meurt seul mais au contraire des autres mortels, nous – souverains – n'avons guère la chance de pouvoir nous épanouir avec d'autres personnes. Nous vivons seuls aussi. Telle est ma destinée.

Caroline sentit des larmes couler sur ses joues. Alors que la voiture s'arrêtait, la jeune femme prit la main du souverain et en baisa tendrement la paume avant de croiser son regard :

- Je jure à Votre Majesté de tout faire pour alléger autant que possible son immense fardeau.

Le roy sourit pour toute réponse alors que Carcas ouvrait la porte.

Le duc de Guyenne les attendait au palais avec Lebel.

On transporta le monarque dans ses appartements mais Caroline ne les suivit pas. L'agitation s'intensifia maintenant que l'on retrouvait la civilisation autour du souverain tandis que la cour n'était point encore de retour, tel un vautour. Caroline se sentit étourdie. Son épuisement la rattrapa soudain. La fatigue, l'inquiétude, la peur des dernières semaines la submergèrent alors qu'elle ne savait quoi faire au milieu d'une grande cours du palais de Madrid, son château royal favori. La jeune femme fut saisie d'un vertige et, alors qu'elle se sentait soudain attirée par le sol, une poigne ferme la retint. Etonnée, elle releva la tête et croisa le regard impassible de son cousin. Thibaut ne dit rien, elle ne prononça pas non plus un mot et tous deux entrèrent en silence dans le palais encore calme de Madrid.

Lebel avait préparé des appartements pour elle et le comte de Toulouse l'y conduisit sans qu'elle ne protestât tant elle était épuisée. Cependant, sur la table de nuit de la chambre, alors que son cousin la remettait aux mains de servantes, la jeune comtesse eut l'agréable surprise de voir des lettres de sa sœur posées devant un bouquet de fleur. Elle s'endormit avant que sa tête ne touchât l'oreiller en songeant au bonheur que ce serait pour elle dans quelques heures lorsqu'elle prendrait possession de ces lettres.

Caroline s'éveilla au milieu de la nuit, inquiète et désorientée. La jeune comtesse mit quelques instants à se souvenir de l'endroit où elle se trouvait et quelques instants encore pour calmer les battements affolés de son cœur. Pourquoi battait-il si rapidement d'ailleurs ? Elle savait qu'elle avait fait un mauvais rêve mais impossible de se souvenir de quoi il traitait. Alors, son regard se posa machinalement sur la pièce qui l'entourait malgré l'obscurité et ses yeux se posèrent sur la table de chevet… elle oublia rapidement le décor luxueux de ses appartements lorsqu'elle vit les lettres. La comtesse d'Evreux les prit avidement et les parcourut sans attendre après avoir allumé une lampe.

Sa sœur lui parlait de tout et de rien, exposant ses sentiments et les petits événements qu'elle manquait à Québec… mais surtout, la jeune mère lui parlait de son fils. Caroline comprit aisément que celui-ci était la seule source de joie de sa jumelle. Caroline saisit également que sa sœur était tombée malade mais qu'elle se remettait doucement mais sûrement d'une mauvaise toux que les médecins avaient craint mais que ses parents l'avaient obligée à aller soigner chez les Indiens malgré les hurlements du marquis de Saint-Savin.

Bref, tout se passait presque au mieux à l'autre bout du monde mais Charlotte avouait que sa jumelle lui manquait terriblement. Caroline ne prit pas la peine de répondre deux heures après. Elle savait qu'elle n'était plus à quelques jours près ni à quelques semaines puisque la saison était déjà grandement avancée et qu'aucun navire ne partait plus pour les Amériques du nord. En effet, les glaces des glaciers étaient descendues et il aurait été téméraire voire suicidaire de mettre les voiles maintenant pour le port de Québec ou même de Boston.

La belle comtesse soupira et se leva. Elle devait visiter le monarque, elle avait déjà assez perdu de temps avec son égoïsme qui l'avait poussé à lire ses lettres avant d'aller s'enquérir de la santé du souverain.

Caroline ne prit le temps de se vêtir et passa simplement une robe de chambre qu'elle trouva sur le coffre au pied de son lit. La jeune fille n'avait aucune souvenance de s'être changée mais cela n'avait aucune importance ; il fallait avouer qu'elle était véritablement épuisée… même encore. Cependant, son sens du devoir l'avait éveillée et, maintenant, il fallait qu'elle assure la survie du souverain.

Encore déstabilisée par les confidences de sa sœur, Caroline mit quelques secondes à s'orienter dans le palais et fut surprise de constater qu'elle était très proche des appartements du souverain. Evidemment des soldats montaient la garde mais heureusement ceux-ci faisaient partis de l'escorte du retour et reconnurent sans mal la comtesse d'Evreux devant laquelle ils se mirent au garde-à-vous avant de lui ouvrir la porte des appartements privés pour la laisser entrer. La jeune femme les gratifia d'un sourire et passa sans qu'un mot ne fût échangé.

Le roy dormait mais Caroline vit Lebel qui sommeillait au pied du royal lit. Sensible à la moindre sollicitation, le premier valet du roy se leva d'un bond à l'entrée de la jeune femme qui lui fit signe de se taire en s'approchant telle une ombre du royal lit.

Lebel mit cependant quelques secondes à émerger du pays des songes et à aligner deux idées. Il ne comprit pas tout de suite que la belle comtesse d'Evreux venait d'entrer dans les appartements du monarque et auscultait présentement le souverain d'un œil critique alors que celui-ci s'éveillait sous les caresses de la jeune femme. Il ne dit pas un mot non plus lorsque le souverain chuchota :

- Vous avez une petite mine madame.

- C'est parce que je m'inquiète pour Votre Majesté, répondit-elle sur le même ton mais sans quitter la blessure qui cicatrisait sainement des yeux.

Le marquis de Vauban avait bien fait les choses car les sacoches et la malle contenant les médications de la belle Indienne trônaient à côté du lit royal. La jeune femme retrouva donc rapidement ses affaires et put refaire le pansement du souverain en quelques minutes.

Lebel ne réagissait toujours pas ; cependant, il sortit de sa léthargie lorsque le roy, qui tenait la main de la jeune comtesse maintenant assise sur le bord du lit, lui dit :

- Lebel, vous pouvez vous retirer. Soyez remercié pour vos services et allez vous reposer jusqu'à demain.

Toujours sans un mot, Lebel quitta les appartements du roy pour sa chambre de domestique. Apparemment, il s'était passé plus de choses qu'il ne l'avait imaginé en Lorraine…

161

Le lendemain en début d'après-dîner, la cour commença à envahir le château royal. La jeune comtesse était avec le souverain et le duc de Guyenne vint les avertir que la arrivait à l'instant. Caroline, qui souriait jusque-là, blêmit sous le regard inquiet du souverain.

- Il faut que j'aille reprendre mon service auprès de Sa Majesté…

Le roy lui prit la main pour la rassurer et sentit qu'elle tremblait. Il se tourna alors vers son ami :

- Faites-la entrer s'il vous plaît, mais seule.

Caroline ne prononça pas un mot entre la sortie du duc et l'entrée de la reine de France. Toujours plongée dans le silence, Caroline s'inclina profondément devant sa souveraine puis devant le monarque avant de prendre congé. Isabel regarda sa suivante avec étonnement mais ne bougea pas. Elle tressaillit lorsque la voix de son époux lui intima d'approcher.

Dans l'antichambre du roy, Caroline retrouva son amie Christelle, Luisa et les autres… mais également, à son grand désarroi, sa tante. Celle-ci la regarda avec haine et condescendance et sa filleule savait qu'elle allait passer un mauvais quart d'heure. Heureusement, les autres semblaient sincèrement réjouies de la revoir. En attendant le retour de la souveraine, la jeune comtesse leur raconta brièvement son séjour sur le champ de bataille sans trop non plus insister sur la blessure du souverain pour ne pas le faire paraître faible. Elle raconta comment elle l'avait soigné et combien elle avait craint pour sa vie durant de longues heures avant de sentir avec certitude qu'il allait survivre. Alors qu'on l'acculait de nouveau de questions, la reine sortit de la chambre à coucher de son époux et toutes ses dames d'honneurs se turent avant de se plonger dans une profonde révérence. Il n'y avait que deux hommes dans la pièce avec les dames de la maison de la reine : Lebel, qui attendait les ordres, et le duc de Guyenne qui patientait pour voir le souverain.

La reine posa son regard sur toute l'assistance avant de s'adresser à Caroline.

- Madame, vous avez une fois encore sauvé la vie du roy de France et, rien que pour cela, le royaume vous doit une faveur mais pour moi vous avez sauvé avant tout mon époux et, ainsi donc, je suis à jamais votre débitrice.

- Ho non Majesté ! protesta Caroline. Vous ne me devez rien ! Jamais ! Je n'ai fait que mon devoir et ce que ma conscience me dictait.

La reine la détailla un instant. Quelque chose avait changé en Caroline… elle était devenue une femme, dans tous les sens du terme. Quelque chose s'était éveillée en elle, lui donnant une autre beauté, plus sensuelle, moins candide… toujours aussi scandaleuse néanmoins. Cependant, si elle était très mince de nature, elle était presque trop maigre et pâle, sans compter les cernes noirs qui lui dévoraient le visage et faisaient briller ses yeux bleus violets de fatigue.

- Allez vous reposer Caroline.

- Mais…

- Dites à Christelle et à Lebel comment il convient de s'inquiéter du roy. Maintenant que ses jours ne sont plus comptés, il vous faut penser à vous et reprendre des forces.

La jeune femme ouvrit la bouche puis la referma : elle n'avait pas la force de lutter… elle avait oublié combien la reine était généreuse et douce. Lasse du destin qui se jouait d'elle et de toutes ces circonstances qui faisaient d'elle presque une paria, Caroline s'inclina : elle lutterait contre la fatalité plus tard. Pour le moment, la reine avait raison : elle devait refaire ses forces et rapidement.

La reine fronça les sourcils en apercevant la lassitude et le détachement soudain de la jeune comtesse. Son amour était en train de la briser. Il s'était passé quelque chose là-bas… elle ne savait pas quoi ni comment, peut-être même était-ce un amassement de situations plus éprouvantes les unes que les autres, mais quelque chose faisait que maintenant Caroline n'avait plus envie de lutter et qu'elle craignait l'avenir. Bien, elle devrait donc rapidement lui parler pour la remettre sur le droit chemin.

Caroline entra dans la chambre du roy et expliqua à Lebel, Christelle de Harcourt et au duc de Guyenne en leur montrant la blessure d'un monarque amusé comment il convenait de changer de pansement tous les jours, le matin après une toilette, comment lui appliquer un onguent qu'elle leur donna s'il souffrait trop et, enfin, l'infusion qu'il devait prendre trois fois par jour sans compter celle du soir pour l'aider à dormir et celle à prendre en cas de douleur. S'il survenait le moindre problème, ils durent jurer de la quérir sur l'instant, surtout qu'elle ne serait pas loin. Lors de cette dernière exclamation, le souverain avait ri ouvertement avant de rétorquer :
- Maintenant que vous êtes mienne, vous ne pensiez tout de même pas que je vous laisserais partir aussi aisément ?!
Trois visages se tournèrent simultanément vers Caroline, surpris, faisant rougir la jeune femme. Mais le roy n'avait pas dit son dernier mot et, d'un mouvement, il attira la belle comtesse dans son lit avant de l'embrasser passionnément.
Cependant, Caroline n'était pas d'humeur joyeuse et refusa de répondre à ses avances. Mais il n'était pas roy pour rien et, têtu, ne la lâcha que lorsqu'elle répondit à son étreinte. Lentement il caressa son beau visage en fixant ses étonnantes prunelles :
- Allez vous reposer maintenant, je me sentirai mieux lorsque vous serez vous aussi remise de cette blessure.
La jeune femme comprit et lui offrit un pâle sourire en baissant les yeux avant de se relever et de quitter les appartements du roy de France sans oser croiser le regard de ses amis.

Arrivée dans ses nouveaux appartements, Caroline s'écroula sur le lit avec un profond soupir de soulagement. Une servante lui apporta rapidement l'eau chaude qu'elle avait demandée sans qu'elle n'ait vu le temps passé. Après avoir laissé infuser de la verveine et de la camomille, Caroline se changea pour dormir malgré le fait qu'il était à peine trois heures de l'après-midi et but doucement son infusion…

Allongée dans son lit, la comtesse d'Evreux ferma les yeux avec bonheur et l'image du souverain lui souriant la suivit jusque dans son sommeil.

Chapitre 16
Favorite

Caroline s'éveilla au milieu de la nuit encore profonde. Elle était toujours fatiguée mais la faim et l'envie d'uriner l'avaient sortie du sommeil. Comme une somnambule, la jeune comtesse alla se soulager dans un pot de chambre avant de dévorer – plutôt que de déguster – un repas qu'on avait laissé à son intension sur une table du salon pendant son sommeil. Elle trouva du vin avec des fruits, du fromage, du pain, ainsi qu'une assiette de viande qui était maintenant froide, ce qui ne l'empêcha toutefois point de l'avaler elle aussi. Il lui semblait qu'elle dormait depuis des siècles. Rassasiée, la comtesse d'Evreux se recoucha avec aise et sans penser à autre chose qu'à elle-même et à son sommeil, pour la première fois depuis longtemps. Ainsi Morphé l'emporta-t-il de nouveau en quelques secondes.

Caroline ouvrit de nouveau les yeux alors que des voix filtraient à travers son sommeil. La jeune comtesse comprit qu'il y avait des personnes dans sa chambre et ouvrit les yeux. Elle s'étira et sourit, vraiment bien pour la première fois depuis des mois à ce qu'il lui semblait.
Elle profita des quelques instants entre l'insouciance du merveilleux pays des rêves et la réalité pour s'étirer, observer ce qui se trouvait autour d'elle avant de se demander ce qu'il se passait. La jeune femme resta couchée dans son lit en attendant d'en savoir plus ainsi ne se leva-t-elle que lorsque le calme fut revenu quelques minutes plus tard dans son salon. Caroline se leva donc et passa sa robe de chambre avant de se rendre de nouveau à son pot de chambre – qui avait été vidé – puis elle se rendit aux portes qui menaient à l'antichambre puis au salon de ses appartements. La jeune femme respira profondément, se donnant du courage, pensa à sa sœur quelque part de l'autre côté de l'Atlantique, puis sortit de son cocon. La lumière du jour

l'éblouit quelques secondes malgré le ciel gris et la pluie qui tombait. Impossible de deviner l'heure. Caroline aperçut ses deux cousins de Rambouillet, un (Thibaut) confortablement installé dans un de ses fauteuils à lire et l'autre – Paul – à faire les cent pas, visiblement inquiet. Thibaut leva la tête et lui sourit mais son frère ne sembla point l'avoir entendue. Caroline lui rendit son sourire et s'exclama avec un enthousiasme qui l'étonna elle-même :

- Bonjour !

Paul sursauta et se tourna vers sa cousine. Ses traits se détendirent instantanément.

- Caroline ! sourit-il. Enfin vous vous éveillez, je commençais sérieusement à m'inquiéter !

- Commençais ? le taquina son frère cadet.

Paul le fusilla du regard mais cela n'empêcha pas ce dernier de ricaner tout bas. Caroline répondit, faisant fi de leur querelle fraternelle.

- Ai-je dormi tant que cela ? s'étonna-t-elle.

Ce fut Thibaut qui répondit en éclatant de rire :

- Et comment, ma chère cousine, vous avez été dans les bras de Morphée près de cinquante heures !

- Deux jours ? s'écria Caroline soudain saisie d'un vertige.

- En effet madame, vous comprenez maintenant mon inquiétude ? sourit tendrement Paul.

Caroline dut s'asseoir, elle comprenait maintenant pourquoi elle avait si faim. Son ventre la trahit alors, gargouillant aussi fort que le tonnerre. Thibaut rit de nouveau aux éclats en se levant :

- Je vais vous faire préparer un repas.

Il riait toujours lorsqu'il passait la porte les appartements de la jeune femme.

Caroline fit la grimace mais il fallait avouer que ce n'était guère très féminin ce gargouillement… mais bon, ils n'étaient que ses cousins, ils étaient en famille.

Ils se turent quelques secondes avant que Caroline ne sortît de sa torpeur :

- Alors, dites-moi comment va le roy ?

Son cousin lui offrit un pâle sourire et une étrange lueur – qu'elle n'identifia pas – brilla dans ses yeux noirs avant qu'il ne se reprenne et réponde avec la même nonchalance qui le caractérisait :

- La cour est arrivée avant-hier et personne ne peut voir le roy sans votre autorisation ou celle du duc de Guyenne comme vous l'avez ordonné. Par conséquent, les courtisans font ce qu'ils font de mieux : ils spéculent, chuchotent… bref attendent avec impatience votre retour. Parce qu'évidemment votre histoire a fait le tour de la cour : que vous avez tenu tête au médecin, que vous avez vous-même soigné le roy avec des techniques indiennes… et que vous avez veillé sur lui jusqu'à l'épuisement. Vous êtes donc la nouvelle reine pour tous mais surtout la nouvelle favorite…

- Mais je…

Il lui fit signe de se taire.

- Je ne vous juge point, ce n'est guère à moi de le faire… cependant, je vous préviens qu'il y a déjà du monde qui sollicite ma tante et notre hôtel de Saint Germain en attendant votre retour pour vous implorer des faveurs.

- Mais mais… implora-t-elle complètement déboussolée.

Il s'approcha d'elle et lui prit les mains :

- Calmez-vous, ce n'est rien… vous êtes avec le roy maintenant, tout ira bien. Vous êtes assez forte, vous allez survivre à tout ceci. Vous allez même y parvenir avec toute l'habileté du monde. Courage madame, et n'oubliez pas que vous avez des amis.

Son visage retrouva ses couleurs et la jeune femme sourit alors que son cousin la prenait dans ses bras.

- Voilà, allez, courage.

Caroline fronça les sourcils dans les bras de son cousin. L'étreinte de celui-ci avait une touche d'adieu et de tendresse qu'elle ne comprit pas. Cependant, la jeune femme était trop troublée pour analyser les sentiments qu'elle croyait déceler chez son cousin.

Quelques minutes après, Thibaut revenait suivi par une servante qui lui apportait son repas. Etant lui-même prince de sang, demander un repas en plus aux cuisines ne posa pas trop de problème… non, ça n'en posa même aucun.

Caroline se sustenta en compagnie de ses cousins mais elle le fit avec autant de délicatesse que se le devait une jeune comtesse de son rang et pas comme la nuit d'avant… à s'empiffrer même si elle en mourrait d'envie. La jeune femme mangea tout de même tout ce que lui avait apporté son cousin et, à la fin de son repas qui se déroula en silence, Thibaut rit :

- On peut dire que vous aviez faim !

Caroline rougit et termina ce qu'elle avait dans la bouche avant de répondre :

- Oui, je suis désolée… j'ai l'impression de revivre pour la première fois depuis des siècles !

- Bon, maintenant, si vous êtes prête, je dois vous amener auprès du roy… il s'inquiète aussi.

Caroline eut un pâle sourire et retourna dans sa chambre pour se vêtir.

En sortant de ses appartements en compagnie de ses cousins, Caroline vit que presque toute la cour semblait s'être réunie dans le couloir devant ses appartements sans doute dans l'espoir de la voir sortir. Cependant, la jeune comtesse avait repris ses esprits et savait ce qui l'attendait en sortant : la fosse aux lions. Ainsi sortit-elle en souriant, parfaitement mise dans une magnifique toilette de cour mauve et pourpre : impériale.

La jeune femme, escortée par ses deux cousins, n'avaient que quelques pas à faire pour parvenir aux appartements royaux.

Sans un mot, les gardes la saluèrent et ouvrirent les portes pour la laisser entrer, comme si elle avait été reine de France, sous le silence médusé de la plus grande cour d'Europe.

Lorsqu'elle pénétra dans la chambre à coucher du monarque après s'être faite annoncer par Lebel, Caroline resta seule plus d'une heure avec le souverain. Celui-ci s'inquiéta de sa santé alors que sa jeune maîtresse s'occupait de la sienne. Elle le rassura et plaisanta avec lui, ce qui le fit sourire et, en effet, dissipa ses craintes. Ils restèrent ainsi tous les deux à parler de tout et de rien, comme le jeune couple qu'ils étaient, encore timide dans les balbutiements de leur relation amoureuse. Le souverain l'informa tout de même qu'il fallait qu'elle laisse ses ministres et conseillers entrer pour le consulter parce que le royaume tenait tout de même sur ses épaules et qu'il avait la nécessité des décisions importantes surtout que l'on était en guerre. Avec une moue désapprobatrice, Caroline avoua qu'il avait raison et qu'elle avait un peu tendance à le surprotéger.

Le monarque put ensuite travailler depuis son lit près de six heures par jour sous l'étroite surveillance de Caroline ou du duc de Guyenne. La jeune comtesse fut alors la première et seule femme du royaume à connaître les secrets de l'Etat. Dès qu'on le comprit, on regarda cette même comtesse avec une nouvelle déférence, surtout que son comportement demeura le même avec le reste de la cour et avec la reine officielle.

Après l'heure qu'elle passa avec le roy, Caroline s'en alla reprendre son service auprès de la reine qui fut tout de même heureuse de la revoir même si son cœur se serrait lorsqu'elle voyait la belle comtesse. Toutefois, comme toute la cour, elle comprit rapidement que Caroline de Lusignan, comtesse d'Evreux, était sans doute la meilleure chose qui était arrivée au roy et donc au royaume de France depuis que Charles-Henri était monté sur le trône dix années auparavant.

Les quinze jours qui se succédèrent alors se passèrent tous à peu près de la même manière. Caroline était la première le matin à entrer dans la chambre du souverain afin de prendre de ses nouvelles et de changer son pansement. Elle se rendait ensuite auprès de la reine pour son lever et demeurait à ses côtés jusqu'au repas de midi où la jeune comtesse s'éclipsait pour rejoindre le souverain et elle restait plus d'une heure seule en sa compagnie. Ensuite, la jeune femme reprenait son rôle auprès de la souveraine pour le reste de la journée. Enfin, la nouvelle favorite retournait auprès du roy pour lui signifier que la journée était terminée et que ses ministres devaient le laisser. Rapidement, chacun comprit que le souverain ne refusait rien à la belle comtesse mais que celle-ci de toute façon n'obéissait guère au roy lorsqu'il s'agissait de sa santé. Ainsi, lorsqu'elle entrait dans la chambre peu après le coucher du soleil et qu'elle disait, impassible « *Messieurs, voici l'heure* », même s'ils étaient au milieu d'un rapport important, tous se levaient et s'inclinaient devant la jeune femme, puis devant le roy avant de quitter la chambre à coucher du souverain en silence.

Le roy se releva bientôt et l'hiver s'installa. Des nouvelles de la guerre leur parvinrent : les batailles ralentissaient avec la neige même si cette dernière n'avaient cependant guère encore atteint la région parisienne.

Caroline se sentait gênée en présence de la reine et, si tous maintenant savaient qu'elle était la favorite officielle du souverain, la jeune femme ne s'en vantait guère et continuait d'être aussi humble qu'avant devant chacun, surtout la reine – les autres courtisans suivant son exemple.

Le roy fit d'elle la favorite en titre lorsqu'il reprit totalement ses activités malgré les instances de la jeune femme pour qu'elle demeurât dans l'ombre.

Peu après l'Epiphanie, Caroline eut une discussion avec la reine. La jeune femme jouait de la harpe dans les appartements royaux et celle-ci ordonna à ses dames de la laisser seule. Caroline s'apprêtait à sortir avec les autres mais la souveraine lui intima de rester avec elle, il fallait qu'elles discutent. Un peu inquiète, la jeune comtesse resta debout face à la souveraine en regardant sortir ses compagnes qui la dévisageaient tour à tour interrogatives, anxieuses, compatissantes ou simplement curieuses. Une fois seule, Caroline se tourna vers l'épouse de son royal amant, les yeux brillants. La reine lui sourit alors :

- Venez vous asseoir près de moi.

La jeune comtesse s'étonna mais obéit ; Caroline s'attendait à beaucoup de choses mais certes guère à cela. Silencieusement, la jeune femme s'installa aux côtés de la reine de France sans oser la regarder. Isabel patienta quelques secondes avant de prendre la parole. Maintenant, elle s'était fait une raison sur l'amour de son époux pour la jeune comtesse. Elle n'ignorait pas que Caroline était certainement la meilleure chose qui était arrivée au souverain depuis leur mariage. Elle savait aussi qu'heureusement le sort avait destiné Caroline comme âme sœur du souverain et non une autre courtisane. Parce que Caroline la respectait réellement et ne désirerait jamais prendre sa place… son statut de favorite lui pesait déjà tant ! Maintenant c'était à elle – Isabel – d'entrer en scène et de soutenir la jeune favorite pour l'aider à garder la tête haute.

- Regardez-moi Caroline.

La jeune femme releva doucement la tête et plongea son regard bleu dans les yeux noisette de la reine.

- Ma chère, je ne vous en veux pas. Souvenez-vous que c'est moi qui vous ai donné ma bénédiction.

- Votre Majesté était seulement inquiète pour le roy… Elle n'avait sans doute point réfléchi aux conséquences.

- Au contraire Caroline. Je sais exactement ce qu'il va se passer, peut-être davantage que vous-même. Si vous ne vous prenez pas en main, bientôt, les rapaces de cette cour n'hésiteront pas à vous détruire. Madame, quoi qu'il se passe, ma position ici est faite. Quoi que pensent les courtisans, je n'en demeure pas moins l'épouse officielle du roy de France et donc la première dame du royaume… cependant, sur bien des points, le rôle de favorite est beaucoup plus difficile. Parce que vous représentez d'une manière vous aussi la France et le roy. Cependant, vous n'avez pas les titres même si vous jouissez d'un prestige incroyable. Peu de femmes supportent ce fardeau. Mais je vous aiderai de mon mieux.

- Mais… pourquoi ?

Caroline était tellement étonnée et bouleversée qu'elle ne put formuler une question plus pertinente.

La reine sourit :

- Parce que je me retrouve un peu en vous. Votre calme, votre gentillesse, votre douceur. Nous ne sommes point faites pour ce monde de barbare. Cependant nous n'avons pas le choix et moi, contrairement à vous, j'ai été élevée pour devenir reine ; j'y étais donc préparée. Mais aussi parce que, Caroline, je vous aime presque comme la sœur que je n'ai jamais eu… que vous avez tout fait pour repousser votre amour, que vous avez lutté contre votre destin, pour moi… par respect. Rien que pour cela, je désire vous aider. Alors maintenant madame la comtesse, reprenez-vous ! Faisons face au monde ensemble et cessez de culpabiliser sinon elle vous rongera et vous détruira.

Pour toute réponse, la jeune femme sentit deux larmes de reconnaissance couler sur ses joues.

Débuta alors une nouvelle ère pour le royaume de France. Les mois qui suivirent furent les plus prospères et heureux depuis des années pour la couronne de France donc pour la cour et le reste du royaume.

Caroline avait maintenant trouvé sa place au sein du couple royal. La jeune comtesse partageait équitablement ses journées entre le roy et la reine et, en réalité, agissait presque sans aucune contrainte. Caroline partageait pratiquement toutes les nuits le lit du souverain même si elle persuadait celui-ci de continuer de visiter la couche de son épouse au moins deux fois par semaine. Mademoiselle de Lusignan se vit attribuer des appartements dignes de son rang de princesse royale et favorite en titre dans toutes les demeures royales. Ainsi, lorsqu'on se rendit en février pour Saint-Germain, la jeune femme eut droit à des appartements normalement réservés à une hypothétique Dauphine.

Une nuit, le roy, qui reposait nu au creux de l'épaule de la jeune femme, lui annonça :

- J'ai dépêché un messager en Nouvelle-France pour faire rapatrier le plus rapidement possible le marquis de Saint-Savin, le sommant d'amener aussi sa famille à savoir son épouse et son fils.

Caroline poussa un cri de joie et bouscula le souverain pour se jeter dans ses bras, en larmes :

- Merci Charles, merci !

Cependant, aucun navire ne partait plus pour les Amériques en cette saison, les dangers étaient trop grands et nombreux… mais qu'importe, la jeune comtesse savait maintenant qu'elle verrait sa sœur pendant l'été.

Le mois de février s'annonçait donc bien. Toutefois, le souverain n'était guère tranquille. Ainsi prit-il une décision et fit-il venir son cousin – le duc de Rambouillet – dans son bureau un après-dîner enneigé.

- Sire, lui dit celui-ci en s'inclinant alors que Lebel refermait la porte les laissant seuls.

- Monsieur le duc, il faut que nous discutions.

Il lui fit signe de s'asseoir ce que son cousin fit sans un mot. Une fois installés, les deux princes de sang se jugèrent quelques instants sans mot dire. Puis le souverain s'exprima :

- Vous n'êtes pas sans savoir que la reine est sans doute stérile.

- Majesté, les rumeurs le prétendent mais je ne juge point les choses par ce qu'on raconte à la cour, vous connaissez comme moi les médisances qui naissent de ses ragots de couloirs.

- En effet mon cousin, cependant pour une fois, j'ai bien peur que l'opinion publique ait raison : en cinq années de mariage, un mort-né et de nombreuses fausses couches, la reine ne montre aucun signe de prédisposition pour l'enfantement.

- je suis au regret, Sire.

- Guère autant que moi.

Ils se turent quelques instants. Paul se demandait ce que lui voulait le souverain mais surtout où il voulait en venir en parlant de son épouse. Le roy semblait chercher ses mots et son cousin respecta son silence et sa méditation. Finalement, le monarque releva la tête :

- Enfin… je ne me vois guère répudier la reine. La pauvre est tellement douce, tellement gentille… je ne puis m'y résoudre simplement parce qu'elle ne peut enfanter.

- Pourtant, Majesté, la naissance d'un fils est le premier devoir d'une reine…

- Ce n'est point à moi que vous l'apprendrez monsieur le duc… mais mon épouse… je ne puis, pas encore tout du moins.

Paul hocha la tête.

- Je comprends.

Charles-Henri dévisagea son cousin. Derrière sa façade joviale et son humour se cachait un gentilhomme brillant et loin d'être niais. Oui, il savait depuis longtemps qu'il pouvait avoir confiance en son cousin.

- Vous vous demandez certainement pourquoi je vous ai fait venir.

- …

Le roy eut un pâle sourire :

- C'est pour unifier l'avenir, la France et nos familles, Monsieur.

- Plaît-il ? s'étonna Paul soudain très curieux.

- Monsieur, vous allez épouser la comtesse d'Evreux.

Chapitre 17
Duchesse de Rambouillet

Un silence abasourdi répondit au souverain. Finalement, le duc se reprit et se leva :

- Je vous demande pardon ?

- Je vous demande d'épouser notre cousine, Caroline de Lusignan.

- Mais… mais…

- Calmez-vous et asseyez-vous que je vous explique.

- Que vous m'expliquiez ? s'emporta le jeune prince. Votre Majesté a perdu-t-Elle la tête ?! Moi ? Epouser Caroline ? Alors qu'elle est votre favorite en titre ?

- Justement.

La réponse posée et froide du souverain calma instantanément le jeune duc qui se rassit. Le roy laissa passer quelques secondes avant de reprendre.

- Caroline est ma maîtresse et non mon épouse. Que se passera-t-il si elle me donne des enfants ? Ils seront illégitimes, bâtards et sans nom…

- Sans nom, sans nom… marmonna Paul.

- Certes, sourit le souverain, je pourrai les titrer mais cela ne changera rien, je ne puis les reconnaître devant Dieu, sinon devant les hommes.

- Et vous comptez sur moi pour les légitimer ?!

- Entre autre. Vous ne toucherez point à votre épouse, cela va sans dire.

Paul était maintenant livide. Il devrait épouser sa cousine, la plus belle femme du royaume, favorite en titre de leur cousin, légitimer leurs enfants sans lui-même pouvoir jamais toucher à son épouse. Pour n'importe quel courtisan cela aurait été un honneur mais, pour lui, c'était une torture. Mais il ne pouvait dire non au roy qu'il soit ou non son cousin.

Le souverain le laissa quelques instants réfléchir à ce qu'il venait de lui annoncer avant de reprendre :

- Maintenant, il faut aussi que je vous dise en quoi ces épousailles vous avantageront…

Le duc releva la tête :

- Je ne désire rien en échange, Majesté.

- Et pourtant vous subirez cette contrainte de plus, ordonna le souverain.

- Mais… vous avez parlé davantage.

- Beaucoup penseront qu'il s'agit d'un immense honneur mais vous et moi savons que ce n'est pas le cas.

- Vous parlez du mariage avec Caroline ?

- Entre autres monsieur, mais je parle surtout de votre rôle d'héritier.

Paul resta complètement sans voix. Le monarque s'autorisa un fin sourire avant de conclure :

- Vous savez comme moi qu'en l'absence d'héritier, vous deviendrez le nouveau roy de France à ma mort…

Paul comprit alors tout instantanément. Le plan du souverain était… brillant. Il ne perdit plus sa voix à cause de ce que lui imposait le souverain mais face à son géni stratégique. Ainsi, il termina à la place du roy :

- … ainsi ce seront vos héritiers qui prendront la tête du royaume même si officiellement ce seront les miens !

- Vous avez compris, acquiesça lentement le souverain.

- Et, dans le même temps, tout cela reste dans la famille.

Charles Henri acquiesça gravement. Il n'avait pas tant craint la réaction de son cousin, parce qu'il savait que celui-ci le comprendrait et qu'il se plierait à la raison d'Etat. En somme, Caroline était le moyen d'unir une famille royale qui se dispersait un peu trop tout en contournant la stérilité manifeste d'une reine pourtant parfaite dans son rôle… brillant et parfait.

Pour toute réponse, Paul s'inclina devant son roy.

Le monarque et son nouvel héritier officiel discutèrent quelques instants de menus détails avant que le souverain ne fasse quérir Caroline par Lebel. En attendant leur cousine, Paul se dit que sa mère allait détester la tournure que prenant les événements… puis un fin sourire étira ses lèvres. Finalement ce n'était pas si mal. Il ricana intérieurement en imaginant la tête que ferait la duchesse. Déjà qu'elle n'appréciait pas du tout le rôle d'intouchable de Caroline en tant que favorite mais maintenant que lui aussi bénéficierait de cette protection étant l'héritier officiel du trône et l'époux de la favorite en titre… l'avenir s'annonçait plutôt bien. Depuis petits, faire rager leur mère trop aigrie était un passe-temps qu'ils affectionnaient particulièrement avec son frère.

Caroline entra en souriant comme à l'ordinaire dans le bureau du souverain et parut un instant surprise d'y trouver aussi le duc de Rambouillet. Cependant, la jeune femme ne dit rien et se plongea dans une profonde révérence. Le roy s'en agaça d'ailleurs :

- Caroline, je vous ai demandé mille fois il me semble de ne point vous incliner de la sorte devant moi lorsque nous sommes seuls !

- Mais notre cousin est là ! répondit malicieusement la jeune femme en riant.

En réalité, elle ne pouvait s'en empêcher. Il était le roy ! Qu'il soit son amant ou non, elle devait s'incliner devant lui. Il secoua la tête, désabusé.

- Je ne sais ce que je puis faire de vous…

Paul haussa un sourcil perplexe devant le tableau qu'ils offraient. Ils auraient pu ne pas être de sang royal, n'être que comme le commun des mortels, amoureux tout simplement. Paul sourit : ils étaient touchants. Son cœur se serra.

- Que me vouliez-vous, Sire ? s'installa la comtesse dans un fauteuil aux côtés de son cousin.

Le sourire du roy se fana. Il savait comme Paul que Caroline n'allait pas du tout apprécier son initiative.

S'ensuivirent l'annonce et le courroux de mademoiselle de Lusignan. Si tant est que la jeune comtesse puisse se mettre en colère. Elle finit toutefois par se calmer lorsque Paul convainquit le roy de lui expliquer les aboutissants de leurs épousailles. Caroline consentit finalement à écouter et, après plusieurs dizaines de minutes de plaidoiries, elle admit qu'il s'agissait certainement de la meilleure solution.

Le roy fit donner un somptueux bal la semaine suivante où il annonça officiellement les fiançailles de Caroline de Lusignan, comtesse d'Evreux, avec son cousin le duc Paul de Rambouillet. Celui-ci devenait aussi son successeur officiel en attendant que le roy et la reine de France procréent. Peu de personne avaient été mises dans la confidence ainsi seuls la reine et le duc de Guyenne ne furent pas surpris par l'annonce. Caroline et Paul avaient insisté pour ne pas révéler la nouvelle à la duchesse de Rambouillet et le monarque finit par accepter dans la mesure où l'on ne dirait rien à Thibaut. Les jeunes fiancés en étaient marris mais pour leur tranquillité d'esprit – à cause de la duchesse – acceptèrent de ne rien révéler au comte de Toulouse.

Après le choc de la cour, on se mit à discuter de ces bouleversements.

La reine, résignée, avait étonnement bien pris la chose. En somme, ainsi, Caroline aurait elle aussi sa place de future reine, tant qu'elle-même n'aurait pas d'enfant, et la cour détournerait les yeux de son ventre quelques temps… hum, intéressant. Et simultanément, le souverain annonçait officieusement qu'il ne comptait pas la répudier, ce qui était une bonne nouvelle.

Adeline prit mal cette révélation. Certes, elle appréciait grandement la comtesse d'Evreux mais il ne lui semblait guère… convenable les manigances du roy envers le duc de Rambouillet. Ce qui l'avait surtout agacée, mais la princesse royale ne l'avoua jamais, c'est qu'elle n'avait point été dans la confidence avant l'annonce officielle.

Caroline prépara son mariage avec le duc de Rambouillet avec la complicité de son amie la comtesse de Harcourt et l'approbation de la reine. Le roy avait laissé carte blanche au jeune couple pour que les épousailles soient les plus somptueuses possibles. Sauf que ce n'était guère dans les goûts de la future épousée qui préférait largement la sobriété et la simplicité. Sauf qu'avec le mariage devait avoir lieu la cérémonie qui ferait du duc de Rambouillet le Dauphin de France. Le duc de Guyenne, prince de Valois – un sien cousin du roy – le duc de Rambouillet et l'archevêque de Paris s'occupèrent des détails.

La reine et ses dames de compagnies aidèrent Caroline pour ses toilettes de noces. Pour le mariage, elle choisit une robe bleue de la même teinte que ses yeux avec un mélange de bleu roy. Incrustée de diamant et de saphir, sa toilette se composa en velours et en soie avec des draps d'or, somptueuse évidemment. Bref, tous ces préparatifs prenaient du temps et toute la cour s'émoustillait face à l'événement. Tout le royaume fut en émois les longues semaines, puis mois, nécessaires aux préparatifs.

Caroline n'était guère très enthousiaste mais elle se devait d'obéir au souverain ; ainsi se résigna-t-elle à faire ce que toute courtisane faisait : faire semblant, paraître.

Les épousailles eurent lieu à la cathédrale de Notre-Dame de Paris tandis que la cour séjournait au palais du Louvre à la fin du mois de mars, pour le premier jour du printemps. On apprécia beaucoup le symbole de cette union sous le joug des beaux jours, et la France festoya deux journées entières. La première pour les épousailles du duc de Rambouillet et de la comtesse d'Evreux puis le second pour l'adoubement du nouvel héritier de la couronne et de sa jeune épouse.

Les courtisans finirent par comprendre le stratagème du souverain et de son cousin pour l'avenir de la couronne quant aux raisons du mariage du duc et de la duchesse, cependant, cela ne resta qu'au stade des rumeurs et des chuchotements.

Les cérémonies furent somptueuses.

Pour le mariage, Caroline se présenta en bleu, couleur de la royauté ce qui mit son teint d'albâtre en valeur ainsi que ses étonnants yeux clairs entre le bleu et le violet. Son cousin, et époux, avait revêtu pour l'occasion un costume noir cousu d'argent et d'autres pierres précieuses mettant sa beauté marmoréenne en avant.

La cérémonie fut vraiment émouvante et toute la cour y assista même si chacun se doutait que ce n'était qu'un mariage de convenance, encore plus que la plupart des épousailles faites

Le soir, évidemment, Caroline ne rejoignit point le souverain dans ses appartements et passa la seule nuit de sa vie en compagnie de Paul, pour les apparences. On les avait laissés dans les appartements et le monarque les avait quittés, comme s'il était déjà officiellement le Dauphin et elle la Dauphine de France.

Une fois que le silence fut retombé dans la grande chambre à coucher, Caroline et Paul ne surent quoi se dire. En effet, ils n'avaient jamais abordé ce qui allait se passer maintenant même si le roy avait promis à Caroline que jamais son cousin ne devait poser la main sur elle. La jeune femme se détourna et rougit.

Paul se reprit alors avant de s'incliner devant elle :

- Madame, venez vous reposer dans ce lit, nous avons une longue journée qui nous attend demain.

- Paul, vous êtes mon époux devant Dieu, appelez-moi au moins comme avant par mon prénom.

Son cousin lui sourit.

- Il est vrai. Venez maintenant, vous savez que je ne vous ferai jamais rien qui puisse vous nuire ou simplement vous déplaire.

La jeune femme acquiesça en souriant.

- Vous savez que je n'ai jamais souhaité cette situation, s'enquit-elle en s'approchant du lit.

- Je le sais, ne vous en faites point. Ce mariage ne change rien ni pour vous ni pour moi, ce n'est que lorsque nous serons devant Dieu que cela pourra avoir de l'importance.

Ils étaient maintenant l'un en face de l'autre simplement séparés par un lit. Ils se regardèrent, longtemps. Comme jamais encore ils ne s'étaient scrutés. Puis, sans un mot, ils s'allongèrent en silence dans les draps froids du grand lit, éteignirent respectivement leur lumière et s'endormirent…

… sans un mot…

… sans un geste.

Le lendemain, la cérémonie fut encore plus grandiose et magnifique que le mariage princier de la veille. Cette fois, tout le monde put assister à la cérémonie à Notre-Dame. La cathédrale, le parvis et même la ville s'était empli et ne désemplissait pas. Puis le roy, la reine, le Dauphin et la Dauphine firent le tour de Paris à cheval. Le monarque, Caroline et Paul montaient de splendides montures et ils étaient suivis en carrosse par la reine en compagnie de la duchesse de Rambouillet mère ainsi que de Madame Adeline.

Caroline portait alors une robe d'un blanc immaculé qui faisait d'elle un ange avec ses grands yeux bleus et ses longs cheveux blonds. Son époux arborait les mêmes couleurs blanches cousues d'or et de diamants. Il fallait avouer que Caroline et le jeune duc formaient un couple magnifique, peut-être davantage que Caroline et le roy…

Celui-ci paradait en tête dans un habit noir, cramoisi et or. Pour les Parisiens qui les acclamaient, la monarchie n'avait jamais été aussi somptueuse et grandiose.

Caroline mit quelques jours à s'habituer à son statut de duchesse. Elle était passée en une année de demoiselle de Lusignan, fille d'un marquis exilé en Nouvelle-France, à celui de comtesse puis à celui de favorite pour terminer maintenant duchesse de Rambouillet et future reine de France.

Il ne lui manquait que sa sœur sinon son bonheur eût été parfait. Le duc de Rambouillet, son cousin, était aussi difficile à vivre qu'avant leur mariage, soit il ne la contraignait en rien. Paul ne lui rappelait en effet son statut d'époux qu'en de très rares occasions ; seulement lorsque, par exemple, ils devaient arriver ensemble lors de réceptions officielles et où elle se devait d'être la plus belle dame de France.

Caroline continuait cependant de marcher dans le palais aux côtés du souverain, à dîner ou souper seule en sa compagnie… il n'était guère rare pour les jeunes gens de rester plusieurs heures à discuter dans le bureau du monarque. Caroline restait parfois pendant des réunions ultra secrètes mais le monarque avait besoin d'elle pour se calmer lorsqu'il savait qu'il pouvait déborder car la situation était délicate. Caroline s'asseyait au bord d'une fenêtre et cousait en silence. Si elle levait la tête et fronçait les sourcils en observant le souverain, celui-ci savait qu'il allait trop loin et il se calmait instantanément.

Au contact de la jeune femme, le souverain perdit son caractère fougueux et téméraire qui faisait de lui un monarque craint mais respecté. Il perdit une facette de sa personnalité pour devenir plus tendre, plus doux, plus gentil. Et l'on ne savait point si cela était une bonne ou une mauvaise pour le royaume.

Alors que l'on atteignait la moitié du mois d'avril, Caroline rêva encore de sa sœur. La scène lui parut tellement réelle que la jeune femme eut la sensation de la vivre à la place de sa jumelle.

Charlotte tenait une lettre de sa jumelle dans ses mains. Celle-ci racontait quelques aventures de sa sœur. Dans son rêve,

Caroline se souvenait parfaitement l'avoir écrite. Sa jumelle pleurait. Une larme de désespoir coulait sur sa joue. Alors, son fils entra en riant et se jeta dans les bras de sa mère qui le reçut sur son cœur avec un élan d'amour étonnant et un sourire magnifique. Cependant, le bambin était suivi par une ombre que Charlotte n'était guère heureuse de voir : son époux. Il tenait lui aussi une lettre dans la main mais elle, contenait encore un ruban bleu royal avec le sceau de Sa Majesté. Caroline SAVAIT qu'il s'agissait de la lettre qui devait rapatrier sa sœur en France, auprès d'elle ! Cependant, c'était oublier l'esprit malsain et machiavélique de son beau-frère.

- Thomas, ordonna le marquis, va-t-en.

Charlotte, sans quitter le regard de son époux, fit signe à l'enfant de quitter la pièce. Caroline comprit qu'il écoutait étonnement plus sa mère que son père...

- Que me voulez-vous ? demanda sèchement la jeune marquise.

- Hoho ! Vous allez me parler sur un autre ton !

Charlotte croisa les bras et haussa les sourcils, dédaigneuse. Agacé, son époux serra les poings mais finit par s'écrier :

- Je ne sais comment votre sœur s'y est prise mais nous avons ordre de retourner en France.

Le visage de Charlotte se détendit et une lueur de joie et d'espoir y naquit.

- Je vais revoir Caroline ?

- C'est un ordre du roy et même si cela ne me plaît guère j'ai une lettre signée de sa main et je ne puis passer outre. Je pars donc demain avec Thomas.

- Mais... je viens avec vous ?!

Son époux eut un rire carnassier.

- Après tout ce que vous m'avez fait subir, vous ne vous imaginez tout de même pas que je vais vous faire ce plaisir ?

- Mais... il s'agit d'un ordre du roy !

- Charlotte, son grand-père m'a exilé aux Amériques, vous pensez réellement que je lui dois une quelconque allégeance ?

Il quitta la pièce en riant, tant de sa propre plaisanterie que du visage décomposé de son épouse.

Charlotte se laissa tomber sur son lit, abasourdie. Cependant, il n'était point dans sa nature de se laisser abattre et, quelques minutes après, elle relevait la tête, déterminée. Caroline frissonna face à la détermination de sa jumelle qui n'augurait rien de bon. Avec un calme déconcertant, la belle marquise se leva et quitta sa chambre tel un ange vengeur.

Chapitre 18
Crépuscule

Caroline s'éveilla en sursaut. Les larmes lui montèrent aux yeux et coulèrent sans qu'elle puisse les retenir sur ses joues pâles. Sans réfléchir, la jeune femme courut dans les appartements du souverain et le réveilla. Celui-ci s'alarma lorsqu'il comprit que Caroline pleurait. Il la prit tendrement dans ses bras et la berça un long moment avant de lui demander ce qu'elle avait.

- Je… vous demande pardon… je… je n'aurais pas dû vous réveiller en pleine nuit… se désola-t-elle entre deux crises de larmes.

- Chutt, vous avez bien fait… là, ce n'est rien… calmez-vous…

Finalement, après une demi-heure de cajolerie, il réussit à la faire parler.

- Le marquis de Saint-Savin refuse que Charlotte prenne le bateau avec Thomas pour la France.

- Comment pouvez-vous le savoir ? La lettre doit tout juste arriver, murmura-t-il.

- Oui Charles, elle est arrivée mais le marquis dit qu'il ne doit point allégeance à Votre Majesté qui l'a exilé en Nouvelle-France et il désire encore moins satisfaire son épouse qui ne rêve que d'une seule chose : revenir auprès de moi.

- Mais comment savez-vous cela ?

- Parce que… parce que je l'ai rêvé.

Un long silence lui répondit.

Caroline avait vraiment hésité à lui dire la vérité mais elle ne pouvait pas lui mentir, pas à lui.

- Cela vous rassurerait-il que j'envoie quelqu'un chercher votre sœur ?

La jeune duchesse leva un regard empli de larme vers le souverain qui la tenait par la taille :

- Vous feriez cela ?

Il baisa doucement son front en souriant :

- Il n'y a rien que je ne ferais pour vous madame.

Alors elle s'endormit dans les bras du monarque, rassurée.

Si Caroline se doutait que ce qu'elle avait vu était la réalité, elle était toutefois loin d'imaginer que ce qu'elle venait de voir à Québec n'était que le commencement.

La nouvelle duchesse de Rambouillet avait gardé de nombreuses cicatrices de son enfance et le roy s'émerveillait souvent de la voir encore vivante. En effet, avec Charlotte, Caroline avait vécu mille dangers et nombreux étaient ceux qui avaient laissé des traces. Et donc, souvent, le souverain découvrait une nouvelle cicatrice qui balafrait le corps de sa bien-aimée. La dernière qu'il découvrit se trouvait au milieu du dos. Il passa le doigt sur la fine cicatrice alors qu'elle était allongée sur lui :

- Que vous êtes-vous fait cette fois-là ?

En sentant les doigts du souverain sur sa peau nue, Caroline comprit et réfléchit une seconde :

- Je suis tombée d'une falaise.

- Je vous demande pardon ?

La jeune femme rit.

- Oui, avec ma sœur, nous jouions à un jeu des Indiens : ils sautent en haut des falaises pour atterrir dans les vagues de l'océan. Jamais nous ne nous sommes fait mal en jouant mais une fois mon pied à glissé et je suis tombée le long de la falaise. Il y avait certainement un rocher coupant car, dans l'eau, je saignais. Ma sœur et deux de nos amis Mic macs ont sauté pour me secourir.

- Vous êtes stupéfiante.

- Je suis certes courageuse Sire mais point téméraire, je laissais cela à Charlotte… mais étonnement c'est elle qui a le moins de cicatrices. Le monde est parfois injuste.

Le souverain rit doucement avant de lui baiser tendrement le front. Il avait étrangement hâte de rencontrer le double de son amour.

La duchesse de Rambouillet se faisait un devoir de côtoyer son époux chaque jour au moins une demi-heure. Ainsi, ils discutaient de tout et de rien, comme lorsqu'ils n'étaient point mariés, ce qui leur convenait à tous deux, tout du moins à ce que qu'il semblait à la jeune femme.

Sans qu'elle ne voit le temps passé, on atteignait déjà le début du mois de mai. Et c'est là qu'elle comprit : elle attendait un enfant.

Caroline commença par être malade tous les matins, prises de nausées matinales caractéristiques. Sa fatigue se fit plus grande et elle se rendit compte qu'elle n'avait point eu de perte depuis plus de deux mois. Toutefois entre les préparatifs du mariage, les épousailles en elles-mêmes… Caroline avait perdu la notion du temps.

Lorsqu'elle comprit qu'elle attendait un enfant, Caroline sentit tout le désespoir du monde tomber sur les épaules. La première chose à laquelle elle pensa fut la réaction de la reine. Puis, la jeune femme posa sa main sur son ventre et elle s'imagina tenir un petit garçon avec le même visage que le roy ; elle sourit…

Cependant, à qui devait-elle se confier d'abord ? Son époux, qui devrait légitimer l'enfant du roy, ou son véritable père ?

Caroline passa le reste de la nuit assise sur le sol froid à réfléchir. Ce fut Christelle qui la trouva le lendemain, assoupie sur le sol. La jeune comtesse s'inquiéta mais se réjouit lorsque son amie lui annonça la nouvelle.

- Mais vous devriez être heureuse Caroline !

- Le problème est que je ne sais pas quoi faire.

- Expliquez-vous !

- Qui dois-je avertir en premier lieu ? Le roy ? Mon époux ? Que va penser la reine ?

- Allez parler au roy, il est le souverain et le père de l'enfant, vous en parlerez à votre époux plus tard. Quant à la reine, elle est étonnée que vous ne vous soyez point fait engrosser auparavant.

Caroline tressaillit et posa un étrange regard sur son amie qui rit aux éclats.

- Oui ma chère, ne vous en déplaise ! Nous aussi parlons de vous dans la cour de la reine !

La jeune duchesse sourit et embrassa son amie sur les deux joues.

- Merci !

Caroline se vêtit rapidement avec l'aide de son amie puis se rendit directement dans la salle du trône où le souverain était en doléance. La duchesse n'entra pas par les grandes portes mais à côté du trône directement et se plaça derrière le roy comme elle en avait pris l'habitude depuis des semaines maintenant. Alors qu'un paysan se plaignait, le souverain – qui l'avait entendue arriver – tendit tendrement sa main en arrière et la jeune femme s'en saisit. Ils demeurèrent ainsi le temps que dura le reste de la séance, soit jusqu'au repas de midi. Lorsque le dernier solliciteur quitta la salle, le monarque voulut ordonner qu'on servît le dîner mais Caroline se pencha à son oreille :

- J'aurais aimé vous parler, murmura-t-elle.

Sans bouger, le monarque ordonna au duc de Guyenne, à son premier ministre ainsi qu'aux deux soldats en faction de part et d'autre du trône et aux quelques courtisans qui traînaient dans la salle.

- Laissez-nous seuls.

Personne n'eut besoin de demander avec qui le monarque désirait s'entretenir, on savait.

La salle se vida rapidement des dernières personnes. Le couple ne bougea que lorsque les lourdes portes se refermèrent. Charles-Henri se tourna en souriant vers la jeune duchesse qui faisait le tour du trône pour s'asseoir sur ses genoux.

- Alors madame ? Pourquoi tant de mystère ?

Elle lui offrit un sourire étincelant avant de lui répondre avec sa douceur coutumière :

- Je porte votre enfant.

La joie et la stupeur laissèrent place à l'amour sur le visage du souverain. Il se leva, saisit la jeune femme par la taille sans quitter son regard.

- En… en êtes-vous certaine ?

Caroline, qui ne cessait de sourire, hocha la tête.

- Oui Sire, aussi certaine qu'une femme puisse l'être. J'aurais dû m'en apercevoir auparavant mais… disons que j'ai été distraite par le mariage et mon nouveau statut.

Il la serra dans ses bras.

- Si cela est vrai madame, vous faites de moi le plus heureux des hommes.

- J'en suis certaine… mais attendez sa naissance Charles, ce pourrait être une fille !

- Une fille, un fils, les deux, que m'importe ! Nous aurons ensemble un enfant !

Caroline rit et le roy l'embrassa.

Toutefois, le souverain ne voulut pas vraiment y croire ; il se méfiait depuis la grossesse nerveuse de la reine l'année précédente. Ainsi ne laissa-t-il éclater sa joie que lorsque le médecin lui confirma en fin de journée la grossesse de la duchesse de Rambouillet.

Caroline avertit le soir même son époux puis le lendemain la reine. Elle demanda cependant à tous deux de ne rien dire pour le moment, elle préférait garder sa grossesse secrète le plus longtemps possible.

Les courtisans n'étaient cependant guère sots et se rendirent rapidement compte que quelque chose se passait. Le souverain redoublait de prévenance à l'égard de sa favorite, le duc la surveillait étrangement et une nouvelle lueur de tristesse brillait au fond des yeux de la reine. Sans parler de la joie manifeste du monarque et de la belle duchesse. Les rumeurs d'une potentielle grossesse royale commencèrent à circuler à peine une semaine après que Caroline l'eût annoncée au roy.

Avec les premiers jours de l'été, Caroline fut étonnée de ne recevoir aucune nouvelle de sa sœur. Elle n'osa questionner le monarque, elle n'osait le solliciter car il avait déjà beaucoup de pression sur les épaules, surtout avec la guerre. Son royal amant dut même repartir au milieu du mois de juillet et ne put revenir qu'à la fin du mois de septembre, les batailles s'enchaînant.

Pendant ce temps, Caroline la terrible nouvelle de la mort de l'époux de sa jumelle, le marquis de Saint-Savin. La belle duchesse l'apprenait tandis que la rumeur se répandait dans Paris. Elle reçut simultanément une lettre de sa sœur :

« *Ma chère Lina,*
Je sais qu'à cette heure, je devrais être à tes côtés – encore plus lorsque tu recevras mes mots… je n'ai pas la force de t'écrire des excuses dont tu n'as que faire et qui de toute façon ne serviraient à rien. Pardonne-moi simplement de ne pouvoir être présente.
Mon exécrable époux est mort, je te raconterai comment cela s'est passé lorsque je serai en face de toi, je n'ai guère la force de le faire ici et on ne sait jamais qui pourrait lire notre courrier. Tout ce que je peux te dire : n'écoute pas les rumeurs, tu sais aussi bien que moi que peu se raccrochent à la vérité.
Ainsi, je dois m'occuper de tout… mais je viendrai ne t'en fais pas.
Ah oui, j'ai oublié de te dire : les Indiens ont enlevé Thomas. Il s'agit de la raison principale de mon non-retour à tes côtés. Je sais que tu me comprends. Je ferai tout pour le retrouver, tu me connais.
Je pars dans les forêts canadiennes avec Père et quelques-uns de nos alliés pour une durée indéterminée, aussi, ne sois point

surprise si tu ne reçois plus de mes nouvelles avant un certain temps.
Ne t'en fais pas pour moi,
Bien à toi
Ton irremplaçable sœur,

Charlotte »

Caroline était inquiète. Pour sa sœur, pour son neveu, pour son père… et le soir, lorsque Charles Henri la retrouva à quelques jours de son départ pour les campagnes militaires, le roy ne manqua point de s'en apercevoir et elle lui raconta tout.

- Si je puis vous aider… proposa-t-il aimablement.

La jeune duchesse lui sourit dans la nuit et l'embrassa doucement.

- Vous ne pouvez malheureusement rien faire mon ami. Même si vous dépêchiez des troupes maintenant, le temps qu'elles arrivent, il sera certainement trop tard et vos hommes ne connaissent rien ni au Canada ni aux Indiens, ils encombreraient plus qu'ils n'aideraient.

Le roy la serra contre lui.

- Je suis désolé.

Caroline ne répondit pas mais elle ne put fermer l'œil de la nuit. Toutefois, elle se concentra et envoya toute sa force ainsi que tout son amour à sa sœur.

On n'eut plus des nouvelles des Amériques les mois qui suivirent et Caroline commença à être véritablement inquiète. Tout se passait bien pour elle : mariée, enceinte du roy qui lui vouait toujours autant de tendresse, toutefois, la duchesse de Rambouillet savait que de l'autre côté de l'océan se déroulait des événements tragiques, auxquels elle ne pouvait rien. Par le dernier bateau du nouveau monde pour l'ancien, Caroline reçut une lettre de sa sœur. La seule depuis l'enlèvement de son fils.

Alors qu'elle devait accoucher d'ici la fin du mois suivant, Caroline reçut la nouvelle comme un bon présage.

« Caroline, nous y sommes arrivés !
Nous l'avons retrouvé !
Je te passe les détails que je te narrerai en personne lorsque j'arriverai auprès de toi.
J'ai appris que tu étais maintenant duchesse de Rambouillet, dauphine de France, favorite en titre et enceinte ? Eh bien ma chère sœur, tu n'as pas pris le temps de te reposer dis-moi, pendant mon expédition dans les fins fonds du pays.
Bon, j'en reviens à Thomas : il est sain et sauf, fort heureusement. Je dois t'avouer que j'ai failli devenir folle, j'ai craint plus d'une fois de le perdre et de ne jamais le revoir... là, j'en frissonne encore. Il est épuisé mais l'hiver va lui permettre de se remettre.
Il est prévu que nous prenions tous les deux le premier bateau en mars pour La Rochelle. Je suis désolée de manquer la naissance de ton premier enfant ma chérie mais tu comprendras que la santé de mon fils passe avant tout.
Tu me manques et j'ai hâte de revoir,
Garde ta fille au chaud en attendant sa marraine !
Je t'aime

Charlotte »

Une fille ? Caroline sourit puis caressa son ventre. Charlotte avait raison, ce serait une petite princesse.
Le bonheur transcenda la belle duchesse et, la grossesse n'aidant pas, la jeune femme pleura de joie. Ainsi son époux la trouva-t-il assise devant son secrétaire, une lettre serrée contre son cœur, pleurant à chaudes larmes. Il lui parla de longues minutes sans parvenir à la sortir de son mutisme puis, en désespoir de cause, alla trouver son frère, qui à son tour alla quérir la comtesse de Harcourt. Ce fut finalement elle – femme qui avait déjà eu un

enfant – qui compris qu'elle n'avait rien de grave, simplement une nouvelle qui l'avait émue. L'hyperémotivité était bien connue chez les femmes enceintes. Les hommes laissèrent donc les deux femmes seules.

Lorsqu'il vint la visiter, le souverain fut étonné de la trouver les yeux encore brillants, le nez rouge et les joues bouffies. Christelle salua alors prestement son amie avant d'aller trouver le monarque pour lui murmurer.

- Votre Majesté ne doit pas s'inquiéter, Caroline est juste heureuse pour sa sœur… elle vous racontera.

Puis la comtesse s'éclipsa.

Le roy fut en effet heureux d'apprendre que la jumelle de Caroline avait retrouvé son fils.

Pendant ce temps, la duchesse de Rambouillet mère bouillait de rage tant après le roy que son fils aîné mais la majorité de sa haine se tournait vers celle à la source de tous ses problèmes : sa pestiférée de belle-fille et filleule, Caroline.

Depuis des mois, elle préparait son coup, méditait sa vengeance… certes, le plan avait changé lors de l'annonce de la grossesse de la jeune femme. Au début la dame de compagnie de la reine de France avait voulu tuer la mère et l'enfant mais cela aurait été un mauvais calcul. Non, elle devait attendre la naissance de l'enfant, l'élever elle ! Etre la mère qu'il n'aurait jamais. Certes, en espérant que ce soit un fils. Son plan avait une petite faille.

La duchesse douairière espérait que la chance serait de son côté. Ainsi, lors des premières contractions de la future mère, la duchesse empoisonna-t-elle la favorite.

Caroline dînait en compagnie du roy, de la reine, de son époux, de la duchesse de Rambouillet mère, du duc de Guyenne, en bref avec tous les grands du royaume, lorsqu'elle ressentit les premières douleurs de l'enfantement. Elle ne dit rien la première heure mais soudain lâcha sa petite fourche et blêmit. Le roy se tut instantanément et se tourna vers elle bientôt suivi par le reste de la cour.

- Madame ? demanda le roy.

La jeune femme leva un regard interloqué et perdu sur son amant. La mère de Paul fut la première à comprendre et se leva prestement en se dirigeant vers sa belle-fille.

- Sire, je pense que le moment est venu.

Des chuchotements s'élevèrent dans toute la salle tandis que le souverain blêmissait à son tour.

- Tout va bien Caroline, vous allez venir avec moi et tout va bien se passer d'accord ? lui murmura suavement la mère de son époux.

La jeune femme, qui sentait maintenant ses jambes trempées, acquiesça sans un mot, terrifiée.

Elles quittèrent la salle de banquet, accompagnées de Madame Adeline et de la comtesse de Harcourt.

Tout aurait dû très bien se passer. L'enfant se présentait bien, la matrone et les médecins trouvaient la future mère dans de bonnes dispositions… mais la duchesse mère fit boire à la favorite un verre de… infusion « pour la détendre » soi-disant sur ordre du médecin.

Cependant, dès l'instant où elle avala le poison, Caroline comprit : elle était condamnée.

Certes, la jeune femme n'avait su détecter le poison avant qu'il n'entrât dans son organisme mais maintenant, elle le sentait : lourd, aigre, âpre…

La jeune duchesse de Rambouillet jeta un regard halluciné sur sa tante qui lui souriait.

- Tout va bien se passer, répéta-t-elle.

Caroline fronça les sourcils :

- Pour vous, murmura Caroline.

La duchesse fronça les sourcils en comprenant que sa fillieule savait. Elle reprit rapidement ses esprits et posa un doigt sur sa bouche pour la faire taire.

Soudain, la naissance de son enfant, du produit de son amour avec le roy passa au second plan. Il fallait qu'elle avertisse sa sœur, il fallait… qu'elle mette au point un plan. Pour l'avenir, pour son enfant, pour que sa sœur la venge.

Il était trop tard pour elle…

- Charlotte ! Charlotte ! C'est notre tante !

La jeune marquise se réveilla en sursaut : c'était déjà presque le matin. Son cœur battait vite et elle se passa une main tremblante sur son front pour tenter de se calmer. Alors, une douleur qu'elle connaissait la traversa : la douleur d'enfantement… ainsi, le moment était venu pour sa sœur…

… mais ce n'était guère ce qui l'avait sortie des songes. Soudain, l'appel au secours revint :

- Charlotte ! Aide-moi ma sœur ! J'ai besoin de toi !

La jeune femme s'allongea de nouveau dans son lit, s'obligea à se calmer, à respirer doucement et se concentra sur sa sœur, sa jumelle, l'autre part de son âme…

Ce ne fut pas vraiment un dialogue qu'elles échangèrent mais plus des vagues de sentiments, d'images, de sensations…

Charlotte comprit immédiatement elle aussi : sa sœur allait mourir ! La symbiose manqua de peu de se rompre sous le choc.

- Calme-toi ! J'ai besoin de toi !

- Mais tu.. il faut…

- Tu ne peux rien faire, moi non plus, c'est comme ça je vais mourir mais je veux que tu me venges… et que tu élèves mon enfant comme s'il était le tien.

- Caroline…

- Non, pour une fois, tu vas m'écouter ! J'aime le roy mais je tiens plus encore à toi alors écoute-moi : ne décharge pas ta haine sur lui. Il n'y est pour rien… c'est notre tante qui désirait

ma mort. Il faut que tu vives ! Pour ton fils, pour mon enfant !
Pour moi qui ne vieillirai jamais !
- Mais…
- Charlotte !
- Lina ! Je t'aime ! Courage ! Tiens bon ! Je t'en prie !
- Je t'aime aussi…
- Essaie quand même de vivre ! Lutte, prends ma force ! Fais
tout ce que tu peux, je t'en supplie !
- Je ne partirai pas sans me battre, je te le promets.
- Lina, je suis là ! »

La symbiose se rompit et Caroline se rendit compte qu'il faisait nuit. Elle savait que son enfant était né. La jeune mère tourna la tête et vit son époux à ses côtés qui la veillait, inquiet.

- Caroline, enfin vous vous éveillez. Le médecin disait qu'il n'avait jamais vu ça… vous étiez comme somnambule.

- Mon enfant ? murmura-t-elle la voix enrouée.

Elle savait que la symbiose avec sa sœur avec accéléré le processus du poison mais elle devait le faire.

- Une magnifique petite fille, sourit-il pour la première fois, Sa Majesté dit que c'est à vous que revient le droit de choisir son premier prénom.

- Catherine, répondit-elle sans hésiter.

- Caroline…

Son timbre était grave et soudain soucieux et Caroline se tut pour le regarder.

- Je pense qu'il faut que vous sachiez : vous allez mourir.

Caroline aurait voulu tendre la main, prendre la sienne, le rassurer mais elle était déjà trop épuisée.

- Je sais.

- Les médecins pensent à un empoisonnement.

- J'en suis convaincue.

La jeune femme vit une larme couler sur sa joue.

- Ne vous en faites pas, sourit-elle, je ne souffre point. S'il vous plaît, allez me chercher ma fille.

C'était vrai, elle ne souffrait pas, elle était juste… épuisée, lasse, lourde. Donc, madame la Dauphine n'avait pas mal. Pas encore. Lorsqu'elle fut seule, une larme coula sur sa joue et elle s'en remit à Dieu.

La jeune femme dut toutefois perdre connaissance car, lorsqu'elle rouvrit les yeux, les premiers rayons du soleil perçaient par la fenêtre. Le roy s'assit à ses côtés avec leur fille qu'il tenait au creux de ses bras. Elle voulut parler, mais elle ne put que tousser. Le souverain était pâle lui aussi et n'avait certainement pas dormi de la nuit. Sans un mot, son amant lui plaça sa fille dans ses bras et la jeune mère sut placer son nourrisson d'instinct. A son tour, le monarque la prit dans ses bras. Ils ne parlèrent pas, le moment n'était plus aux mots mais ils savourèrent les derniers instants qui leur étaient accordés.

Caroline s'endormit de nouveau dans les bras du roy. Lorsqu'elle rouvrit les yeux, on avait tiré les rideaux et elle ordonna d'une voix mal assurée qu'on les laissât toujours ouverts. Personne n'eut le cœur de le lui refuser. La reine était là. Elle pleura. Caroline lui sourit et la remercia pour tous les bienfaits qu'elle lui avait prodigués et lui promit de prier Dieu pour elle. Caroline lui avoua aussi qu'elle était heureuse d'avoir mis au monde une fille et non un fils. La reine lui dit qu'il s'agissait là d'une question bien insignifiante. La Dauphine soupira en affirmant que, pour elle, cela ne l'était pas : elle n'avait guère pris la place de la souveraine. La reine lui baisa tendrement le front en lui disant adieu.

Caroline avait peur, très peur, mais elle sentait sa sœur la soutenir, elle sentait Charlotte qui se battait avec elle, qui prenait une partie de son épuisement et de sa douleur pour qu'elle puisse lutter un peu plus longtemps contre le poison… le courage de sa sœur l'aida beaucoup, sans parler de sa force.

La belle duchesse se rendormit quelques instants après le départ de la reine. Lorsqu'elle reprit connaissance, deux médecins discutaient à voix basses dans un coin de la pièce alors que le roy et son époux se trouvaient de part et d'autre de son lit. Caroline ne remarqua qu'à cet instant qu'il n'y avait plus aucune trace de l'accouchement. Paul fut le premier à s'apercevoir qu'elle avait les yeux ouverts et il lui prit la main, elle la trouva étonnement froide. Le roy s'assit sur le bord de son lit et lui caressa le front ; la sienne aussi était glacée. La jeune femme comprit qu'elle commençait à avoir de la fièvre. Le duc lui expliqua lorsqu'il capta son air perplexe en fixant les médecins :

- Ils ne comprennent pas pourquoi vous êtes encore en vie. On a retrouvé la tasse avec les plantes infusées sous votre lit qui vous ont empoisonnée et tous les médecins s'accordent à dire que c'est un poison très violent qui tue en quelques heures seulement. Ainsi, on aurait pensé qu'il s'agissait d'un mauvais accouchement…

- Ma sœur… parvint-elle à articuler malgré sa gorge sèche.

Elle se racla la gorge et son époux l'aida à boire. Une fois désaltérée, le roy l'interrogea :

- Qu'a-t-elle votre sœur ?

- Elle m'aide à lutter contre le poison. Si elle était à côté de moi, je parviendrais sûrement à survivre… elle fit une moue dubitative : quoique non, même avec elle, le poison est trop fort.

Le roy et le duc échangèrent un regard sceptique puis se rendirent compte que la jeune femme avait de nouveau perdu connaissance.

Au cours de la nuit suivante, Caroline reprit connaissance pour la dernière fois. Elle avait tenu assez longtemps, elle n'en pouvait plus. Elle demanda à ce moment-là de recevoir les derniers sacrements et, malgré l'heure avancée de la nuit, personne au palais du Louvre ne dormait. Le roy fit amener la princesse Catherine à sa mère qui la garda une demi-heure dans les bras sans cesser de la scruter avant de la donner à sa nourrice. Caroline regarda l'enfant partir et une larme de chagrin coula sur sa joue terne.

Puis elle posa un regard suppliant sur le souverain qui vint s'installer dans le lit pour la prendre dans ses bras. Caroline lui chuchota :

- N'oubliez point que ma sœur est la marraine de l'enfant.

- Et je suis officiellement le parrain.

- Cela n'a aucune utilité puisque son père est vivant... ne laissez point ma tante l'élever, s'il vous plaît.

- Tout ce que vous voudrez.

- Je vous aime.

- Moi aussi.

Il la tenait contre lui. Elle ne parla plus si bien qu'il crût qu'elle avait de nouveau perdu connaissance ; toutefois elle reprit après plusieurs minutes :

- Il vous faudra aimer de nouveau.

- Je ne le pourrai.

- Je n'ai été que de passage, Charles. Je n'ai été là que pour ouvrir de nouveau votre cœur.

- Caroline... soupira-t-il.

- Peut-être dans une semaine, dans un an, dix... qu'importe, mais promettez-moi de refaire votre vie.

- Je... je vais essayer.

- Je ne vous en demande guère plus.

Elle se tut de nouveau, plongeant la pièce dans un étrange silence.

- Et n'en voulez guère à ma sœur.

- Pardon ?

- Soyez bon avec elle, comme vous l'avez été avec moi.

- Je ne...

Mais la duchesse mourante lui coupa la parole.

- Elle en voudra à Votre Majesté de ma mort… mais donnez-lui une chance Sire, n'oubliez jamais qu'elle et moi sommes liées plus que vous ne pourrez jamais l'imaginer.

- Mais votre sœur est loin, ne vous en faites point pour elle.

- Hoo, non Sire, elle est déjà en route.

- Avec l'hiver ? s'emporta-t-il. Mais cela est impossible voyons ! Qu'est-ce…

Le souverain se tut, il allait trop loin pour son esprit malade. Cela le calma aussitôt.

- Sire, reprit la jeune femme, elle est autant moi que je suis elle, pourtant nous sommes très différentes… elle sera dévastée par ma mort. Ne la laissez point sombrer.

- Oui.

Il ne put rien dire d'autre. Il ne s'imaginait guère vivre avec une autre Caroline mais… il ne pouvait rien lui refuser, surtout maintenant.

- Merci… Caroline respira profondément et se détendit comme s'il venait de lui ôter un poids. N'oubliez pas votre promesse… maintenant, embrassez-moi.

Lentement, le roy ferma les yeux et approcha ses lèvres de celles de sa compagne.

Ils échangèrent un doux baiser, mais froid.

Elle expira alors qu'il allait se reculer.

Ils avaient échangé un dernier baiser.

Le baiser de la mort.

Charlotte
Hiver 1547

Chapitre 1
Aurore

Le soleil sur sa peau était étrangement froid. La caresse du soleil brûlait habituellement agréablement sa peau, mais guère ces derniers-temps ; encore moins ce matin-là. Ses prunelles bleues se fixèrent sur l'astre lointain sans qu'elle n'en éprouve aucune gêne. Elle expira profondément. Lasse.

Il n'y avait plus d'émotions, plus de sensations, plus d'un grand gouffre qui s'ouvrait sur une douleur sourde et infinie.

Six semaines de navigation. On lui avait affirmé que c'était tout de même rapide et qu'ils avaient eu de la chance mais elle n'avait rien écouté.

Elle n'entendait plus rien, elle ne voyait plus rien, ne sentait plus rien.

Une part d'elle était morte six semaines auparavant et elle aussi avait en quelque sorte quitté le monde des vivants.

Il n'y avait que deux choses qui l'avaient empêchée de sauter au fond de l'océan : la première était que son fils avait besoin d'elle.

Il ne la rejoindrait certes que le printemps suivant ; présentement il était avec sa grand-mère à se soigner de son séjour chez les Indiens.

Maudit Saint-Savin !

Jamais elle n'avait appelé son époux par son prénom de son vivant et elle n'allait certainement pas commencer maintenant qu'il était mort !

Comme elle ! Elle était simplement la marquise… elle n'autorisait personne à l'appeler madame de Saint-Savin, pas même son époux.

La deuxième chose qui lui permettait de rester debout était l'enfant de sa soeur, de l'autre côté de l'océan ainsi que la vengeance qu'elle devait accomplir. Elle devait venger sa Lina !

La jeune femme avait soudoyé un navire pirate pour la déposer en France. Elle les paya une fortune mais leur fit mener un train d'enfer jusqu'au royaume de ses ancêtres.

On était à la fin de la première semaine de février et donc encore en plein cœur de l'hiver mais ce n'est guère ce qui pouvait arrêter Charlotte la Téméraire !

- Voilà madame, lui dit le capitaine du navire pirate en l'approchant : la France.

Charlotte regarda s'approcher les côtes françaises avec une émotion inattendue. Ce ne fut cependant pas le paysage qui l'attendrit mais le souvenir de ce qu'avait pu ressentir sa sœur en arrivant.

- Où allez-vous me déposer ?

- A la Rochelle.

- Tant mieux.

C'est exactement là qu'elle avait prévu d'arriver.

La jeune marquise s'était fait une place au sein de l'équipage malgré son sexe. Le premier jour, lorsqu'elle les avait accostés, les pirates lui avaient hostilement ri au nez, jusqu'au moment où le capitaine s'était retrouvé avec une lame sous la gorge sans trop savoir comment. Ils avaient rapidement compris qu'elle n'était pas du genre sensible et qu'elle savait mieux se battre que la plupart des hommes. Charlotte de Lusignan, marquise de Saint-Savin, fut donc rapidement respectée et elle eut même droit au « madame », titre qu'ils ne réservaient pas même à leur mère.

- On peut vous demander ce que vous comptez faire en France ?

- Retrouver de la famille.

Ils ne savaient pas qui elle était. Ils ignoraient qu'elle était la jumelle de la favorite en titre du roy de France, ils ne savaient pas qu'elle était princesse de sang… elle était téméraire mais non point suicidaire ! Ils ne connaissaient que son prénom : Charlotte.

- Vous ne m'en direz pas plus hein ?

Charlotte se détourna alors du paysage pour le fixer :

- Vous ai-je demandé, moi, la raison qui vous a poussé dans l'illégalité ? Non, alors ne vous faites pas plus sot que vous ne l'êtes, chacun ses secrets.

Le pirate inclina la tête en silence puis s'éloigna doucement, étrangement humble.

Ils la déposèrent sur une plage à une demie lieue des remparts de la ville alors que le soleil terminait de se lever pour une nouvelle journée.

Sans un mot, ils se quittèrent et jamais elle ne les revit.

Sa mère lui avait donné de l'or, son père aussi, et la marquise avait également pris tout ce qu'elle pouvait de ce que son époux lui avait laissé. Après sa mort « accidentelle », Charlotte était devenue une sorte d'intendante du rôle de gouverneur de l'Acadie avant que son père ne reprenne gentiment les rênes. Cependant, elle avait eu le temps de comprendre deux ou trois trucs importants comme les gisements d'or et d'argent qui existaient dans les sols insondés du Canada.

La jeune femme portait ses vêtements de voyage à savoir les mêmes que sa jumelle lorsqu'elle vivait encore dans le nouveau monde : une chemise en lin (avec évidemment un corset en dessous pour ne point faire hurler sa mère) et un… euh… pantalon comme on appellerait ça beaucoup plus tard en cuir de bison (ou de cerf suivant les chasses) tanné par les Indiens avec des bottes de cavaliers qui lui montaient au-dessus des genoux.

Il faisait froid, ainsi la jeune femme portait-elle sa longue cape en hermine blanche (animal rare en Europe mais encore abondant aux Amériques) et en ours. Charlotte mit aussi des gants en cuir.

La jeune femme n'avait point pris la peine ni le temps d'apporter des toilettes féminines, il s'agissait là du dernier de ses soucis. Par ailleurs, elle n'était guère sotte au point de penser que celles qu'elle possédait suffiraient pour le raffinement parisien. De plus, elle avait maigri. Elle prit l'or, l'argent et les bijoux en priorité, les lettres de sa sœur, deux tenues complètes de rechange et une autre cape.

Charlotte tressa ses longs cheveux blonds à la manière des Indiennes avant de glisser la capuche devant ses yeux, puis vérifia ses armes : épée en place, les deux pistolets aussi, la dague, le poignard... tout se trouvait bien là, rassurant. Ha ! La jeune femme glissa sa main dans son dos et sourit : son arc dans le carquois était bien en place aussi. La jeune marquise baissa les yeux et sourit. Deux loups reniflaient partout autour d'eux, interloqués par tant de nouvelles senteurs.

Ces deux mammifères étaient des présents d'un chef Indien à Caroline et à elle quelques années auparavant. Les jeunes filles les avaient alors élevés mais leur mère avait refusé que Caroline emporte le sien en France. Les deux sœurs s'étaient consolées en se disant qu'au moins, eux, ne seraient pas séparés.

- Althaïr, Azénor !

Les deux loups blancs levèrent la tête, attentifs, et se précipitèrent vers la jeune femme qui prenait la direction de la ville.

Pour plus de sécurité, Charlotte avait confectionné deux harnais pour les loups. Elle se doutait que les villes qu'elle allait voir étaient beaucoup plus grandes que Boston et Québec réunis. Et les deux animaux seraient très enthousiastes... bref, elle ne voulait prendre aucun risque. La marquise les avait habitués durant la traversée et, si au début ils rechignaient, à la fin, ils s'accommodaient parfaitement de leur laisse.

Ainsi frappa-t-elle à une porte des remparts de la ville. Une voix goguenarde lui répondit alors qu'elle patientait depuis plus de temps que la bienséance le prescrivait... bon, il fallait aussi avouer qu'elle était loin d'être patiente.

- Ouais, ouais... j'arrive !

Il ouvrit le judas et s'exclama, les yeux à demi fermés :

- C'est pour quoi ?

Charlotte recula sous les effluves d'alcool qu'elle reçut.

- Je voudrais entrer dans la ville.

- Les portes ouvrent à sept heures l'hiver…

- Il est plus de huit heures.

Elle n'en avait en réalité aucune idée mais cela importait peu, elle n'était aucune envie de se battre.

- Pas possible y'a la relève à 7 heures !

Ce qu'il l'agaçait ! Charlotte soupira et sorti une livre de sa bourse :

- Il est déjà huit heures disais-je…

Son visage grassouillet devint plus rouge encore et il loucha sur la pièce, claquant sa langue pâteuse. Il voulut se saisir de la pièce mais Charlotte recula.

- Quelle heure est-il ?

- Il est 8 heures, baragouina le soldat en ouvrant la porte.

Elle laissa passer les loups et jeta la pièce à un homme stupéfait qui se promit de ne plus jamais autant boire…

… Et s'il avait su qu'il avait devant lui une princesse !

- Merci monsieur, vous êtes bien aimable.

La jeune silhouette encapuchonnée lui lança habilement la pièce. Lorsque le garde la rattrapa, il redressa la tête mais il n'y avait plus personne.

Charlotte se promena un long moment sur le port à regarder la mer et les allers et venus des livreurs, domestiques, pêcheurs, douaniers manutentionnaires, marins… le port lui rappela étrangement Boston ce qui la fit sourire. Lorsque l'activité devint trop intense, la jeune femme s'éloigna comme à regret pour trouver un cheval à vendre… et des vivres à acquérir pour le voyage.

Madame de Saint-Savin était aussi bonne comédienne que négociatrice ainsi se fit-elle presque offrir un magnifique pur-sang anglais. La bête était aussi sombre que ses loups étaient blancs. Le contraste l'amusa.

Bien avant midi, la jeune marquise avait quitté la Rochelle.

Charlotte n'avait pas peur, elle ne craignait pas grand-chose en réalité. Sans vraiment hésiter, la jeune femme se rendit à Niort puis passa par Poitiers avant de remonter vers Tours afin de rejoindre Orléans, puis Chartres avant d'atteindre enfin sa destination : Paris. Elle était seule, une femme, jeune, belle mais son regard froid dissuadait la plupart des gens et, pour les autres, son épée l'en débarrassait. Dans la plupart des auberges où elle s'arrêta, on la regarda avec étonnement, stupeur, et presque avec inquiétude mais jamais avec ressentiment ni méchanceté, ce qui surprit grandement la jeune marquise.

Chaque fois, elle arrivait tard, après la plupart des clients, et partait tôt, avant le lever du jour et donc de la plupart des voyageurs.

Elle ne s'attarda pas dans les grandes villes ni les villages pour mieux apprécier ses racines, elle n'avait pas les temps.

Il fallait qu'elle arrive vite au Louvre.

Il fallait qu'elle sache, enfin, il fallait qu'elle l'entende.

Non ! Cela ne se pouvait ! Elle faisait un mauvais rêve et bientôt Caroline la réveillerait en lui souriant pour la rassurer…

Mais alors pourquoi ce sentiment d'urgence ?

Charlotte ne savait pas ce qui l'attendait à Paris mais elle savait qu'elle devait s'y rendre.

Et vite.

Ses loups ralentirent sa progression mais cela lui permis de conserver la même monture tout au long de sa chevauchée à travers la France.

Pendant ses escales, la jeune femme gardait sa capuche sur son visage. Charlotte savait d'expérience que sa beauté attirait et que sa sœur et elle étaient très aisément reconnaissables. Ainsi se gardait-elle de montrer son visage. Elle ne désirait pas qu'on sache qu'elle était en France, pas pour le moment.

La première fois qu'elle entendit parler de la mort de sa sœur, Charlotte faillit s'évanouir. Mais elle serra les poings, calma les battements désordonnés de son cœur puis monta précipitamment se coucher, sans terminer son souper dont elle rendit le peu qu'elle avait ingéré à peine arrivée dans sa chambre. Assise sur le sol, Charlotte ramena ses jambes contre sa poitrine et resta ainsi prostrée toute la nuit.

Charlotte apprit, par la force des choses, que tout le monde dans le royaume appréciait sa sœur. La jumelle de Caroline sourit, ce n'était guère étonnant. Caroline avait toujours été une enfant douce et gentille. Elle était aimée de tout le monde et ce depuis leur naissance.

On n'avait jamais su laquelle des deux jumelles était l'aînée. Née à à peine six minutes d'intervalle, le médecin avait été incapable de dire lequel des deux poupons étaient venus au monde le premier. Cela les avait souvent amusées.

La belle Américaine apprit également que le duc de Rambouillet se remettait difficilement de la mort de son épouse, étonnement moins bien que le souverain. Certains affirmaient que depuis la mort de sa favorite, le roy avait retrouvé son caractère implacable, imprévisible fougueux et impulsif mais peut-être plus encore dans l'extrême qu'auparavant. Cependant, il faisait face et avait reprit son rôle de monarque avec diligence. Malgré toute la haine qu'elle lui portait, Charlotte devait bien admettre que, de toute façon, le roy n'avait pas le choix de se remettre vite et/ou de ne rien en laisser paraître. Il s'agissait de son rôle en ce monde.

La cour avait retrouvé ses habitudes même si le souvenir de la belle princesse hantait toujours les sombres couloirs des palais royaux.

Charlotte sut aussi en entrant dans Paris que la cour n'était guère retournée au Louvre depuis que Caroline y était décédée plus d'un mois et demi auparavant. La cour s'était depuis installée à

Saint-Germain et le souverain devait bientôt repartir pour les champs de batailles.

Charlotte avait eu tout le temps de préparer son plan… sa vengeance. Par précaution la belle marquise savait qu'il valait mieux deux plans qu'un seul. Et donc, au cas où son premier plan échouerait, elle en prévit un autre…

… mais tout comme sa sœur en arrivant, la jeune femme n'était guère préparée à la cour ni à ce qui l'attendait. Son plan aurait parfaitement fonctionné dans le nouveau monde, mais pas dans le royaume de France.

Charlotte entra à cheval dans la capitale et… se figea. La capitale était immense, dense, bruyante et sale. La téméraire jeune femme mit son cheval au pas et ne put s'empêcher de regarder autour d'elle avec un visage d'enfant qu'on emmène pour la première fois à la mer. Mais Charlotte connaissait la mer, c'était la ville qu'elle ne connaissait point. La marquise savait le monde vaste et les Amériques vides mais elle ne s'imaginait guère qu'il puisse y avoir tant de monde dans un seul et même endroit. La jeune femme regarda les gens avec incrédulité. Elle se promena un long moment dans les grandes pavées puis boueuses de la capitale. Avant de mettre son plan à exécution, Charlotte visita un peu et se rendit jusqu'à la tristement célèbre place de grève. Là, elle descendit de cheval et parcourut les échoppes qui s'étendaient le long de cette place. La jeune femme, suivie de ses deux loups, de son cheval et encapuchonnée, était visible de loin. Il y avait de tout dans la capitale et les Parisiens étaient rarement surpris mais ils ne pouvaient s'empêcher de se retourner sur le passage de la belle jeune femme. La plupart la prenaient pour un homme mais ce qui déconcertait surtout c'était ses deux loups immaculés qu'elle promenait avec elle, tels des gardiens.

Charlotte acheta une pomme qu'elle dégusta avant de remonter en selle : il était temps de commencer sa mission.

La marquise de Saint-Savin se rendit dans les beaux quartiers de Paris où elle se détachait encore plus de la populace – moins nombreuse – qui s'y promenait. Toujours cachée sous son manteau d'hermine et d'ours, on ne distinguait que sa bouche, et encore. Elle demanda à des passants où se trouvait l'hôtel d'Evreux.

En effet, par les lettres de sa sœur, Charlotte savait que sa jumelle avait acquis lors de son anoblissement des terres mais aussi un hôtel particulier dans la capitale où elle ne s'était rendue que rarement et jamais depuis son mariage. Endroit idéal donc pour faire croire à une revenante…

Elle mit plus d'une heure à trouver l'endroit. Le bâtiment n'étant pas très souvent fréquenté, personne ne savait vraiment avec précision où il se situait. Finalement, elle se retrouva devant l'hôtel. Il n'était pas très grand ni très récent mais Charlotte trouvait qu'il correspondait bien à sa sœur. Le lichen montait le long de la façade visible, donnant une touche de nature dans une capitale sale et pleine de monde.

Charlotte inspira profondément et s'arrêta devant la loge du gardien. La jeune marquise sonna une dizaine de fois avant qu'un homme ne se présente à la porte.

- Oui oui, j'arrive, deux minutes. Il dévisagea la silhouette avec étonnement et presque avec mépris. Que voulez-vous ?

Pour toute réponse, la jeune femme abaissa sa capuche.

Charlotte se rendait à Saint Germain, seule, sans ses loups.

Le vieux gardien, abasourdi, lui avait ouvert, la reconnaissant comme étant son ancienne maîtresse, qu'il croyait décédée. Craintif et stupéfait, il laissa la jeune femme pâle et impassible entrer dans l'hôtel d'Evreux. Charlotte avait alors rapidement parcourut les lieux en faisant bien attention à ne pas paraître surprise dans un lieu inconnu. Elle reprit en quelques heures seulement la domestiqué qui cependant n'osa point s'opposer à ce qu'ils pensaient être une revenante. Charlotte ne démentit pas : s'ils étaient assez stupides pour croire au fantôme tant pis pour leur crédulité !

Ce fut le maître d'hôtel qui comprit qui elle était. Lorsqu'il lui servit son souper, il lui déposa son plat en s'exclamant :

- Madame la marquise…

Charlotte le regarda et lui sourit gentiment. Elle se souviendrait de son intelligence.

Le soir, elle lui expliqua qu'elle était venue vengée sa sœur qui avait été empoisonnée. Mais lui affirmait que la duchesse de Rambouillet était morte à la suite de ses couches. C'était en effet la version officielle et Charlotte ne tenta pas de le convaincre : peu lui importait de ce que pensaient les autres.

Le lendemain, sur les indications du maître d'hôtel, la belle marquise toujours vêtue en femme du nouveau monde, prit la direction de Saint Germain.

La jeune princesse laissa son cheval à côté des jardins et entra aisément dans le palais. Telle une ombre, elle passa par l'entrée des domestiques qui était peu surveillée – une grosse erreur d'après elle. On était en milieu de matinée et Charlotte parcourut le palais de long en large trois fois avant de parvenir à se repérer. Elle savait que sa nièce – oui, elle venait d'apprendre que l'enfant de sa sœur était bien une fille – se trouvait près des appartements du roy et étonnement plus loin que de ceux du duc de Rambouillet.

Avant même de l'avoir rencontré, Charlotte détestait le roy.

Elle le haïssait de n'avoir pas su protéger sa sœur.

Elle le détestait d'avoir obligé Caroline à épouser leur cousin tout ça pour des raisons politiques… simplement pour que leur bâtard montent sur le trône ! Charlotte trouvait ça limite plus insultant pour la reine que de se faire répudier.

Quelques uns finirent par la voir et la regardèrent passer avec étonnement.

Qui était-il ? Que faisait-il là ? Comme il semblait sombre ! Les femmes en eurent des frissons… mais comme cela était excitant !

Charlotte se rendit dans les appartements de la petite princesse d'un pas décidé. Il y avait un petit page qui berçait l'enfant endormie. Charlotte sortit un pistolet alors que l'enfant se levait, effrayé :

- Un geste, un son, et tu es mort, est-ce clair ?

Il acquiesça plusieurs fois du chef.

- Bien, alors maintenant, elle lui lança une petite fléchette de sarbacane, plante-toi ceci dans le veine du cou, là. Elle lui montra.

- Mais… mais…

- Ce n'est qu'un somnifère, le tranquillisa-t-elle. Allez, vas-y.

Le page fit ce qu'elle lui disait d'une main tremblante et s'écroula moins d'une minute après. La jeune marquise eut juste le temps de le retenir pour qu'il ne s'écroule pas trop violemment sur le sol. Alors qu'elle allait attraper la petite princesse, une femme de chambre entra et voulut crier mais Charlotte fut la plus rapide et dégaina son épée qu'elle posa sur le cou de la jeune servante :

- Silence ! ordonna-t-elle.

Charlotte suivit le regard de la servante qui fixait avec terreur le petit page et haussa les épaules.

- Il dort simplement. Elle sortit une autre fléchette et se précipita vers la femme qui tremblait de terreur en concluant : et vous allez faire de même…

La domestique voulut crier mais, déjà, elle se sentit lourde et s'endormit en apercevant le visage de son agresseur qui la retenait…

Charlotte soupira et prit l'enfant.

Sans un mot, elle quitta le palais royal.

Chapitre 2
Fantôme

La nourrice en chef de la princesse Catherine était une femme corpulente qui avait déjà cinq enfants. Elle avait été choisie par le roy lui-même grâce à une recommandation d'une grande dame de la cour alors qu'il y avait une centaine de postulantes. Elle était fière d'avoir été choisie parmi toutes les autres ainsi prenait-elle très au sérieux son rôle de gouvernante et nourrice royale. Il était exactement onze heures lorsqu'elle pénétra ce jour-là dans les appartements de la petite princesse. Cependant, elle se figea en entrant. Une servante était allongée sur le sol, un page aussi était assoupi mais lui près de la berceuse… et celle-ci était vide. Soudain affolée, la forte femme se précipita dans l'autre pièce où la petite princesse avait son lit mais rien, elle n'y était pas non plus. A la limite de la panique, elle parcourut tout le palais à la recherche de la princesse, en vain.
Alors, elle donna l'alerte et on avertit le roy : la princesse avait disparu.

Le roy dépêcha le duc de Guyenne en personne pour les recherches de sa fille. Le lieutenant général de la police arriva et les recherches débutèrent. On commença par interroger les domestiques qui n'avaient rien vu d'inhabituel puis les soldats de garde et enfin les courtisans. En effet, les deux personnes endormies dans les appartements de la princesse n'avaient toujours pas repris connaissance mais d'après le médecin royal qu'on avait fait mander, ils ne risquaient rien, il suffisait d'attendre qu'ils se réveillent. Toutefois, il était dans l'impossibilité de prédire quand cela arriverait.
Le premier point étrange que l'on rapporta fut la présence d'un étrange gentilhomme. Il marchait bizarrement et avait déambulé pendant plus d'une heure dans le palais. Il avait un long manteau-cape tel qu'on n'en avait jamais vu en France… ni

même en Europe. En peau de bête… d'ours à ce qu'il semblait et des hermines blanches en doublure. On n'avait guère vu son visage mais il avait un capuchon rabattu sur son visage, ainsi personne n'avait pu distinguer ses traits. On lui avait vu une épée sur le flanc gauche et certain affirmaient même avoir vu des pistolets… cependant, cela eut été étonnant car les armes à feu étaient prohibées dans l'enceinte du palais royal, hormis évidemment dans la salle d'arme.

Le duc de Guyenne fut prévenu que la servante s'était éveillée en milieu d'après-midi. Cependant, la femme tenait des propos incohérents. Le duc entra dans la petite mansarde qu'occupait la domestique alors qu'elle était avec le médecin royal et une autre servante du palais qu'on avait dépêché pour la surveiller. La domestique répondant au nom d'Anastasie, posa un regard fou sur le duc :

- C'est elle ! C'est elle ! Je l'ai vue !

- Qui ? demanda calmement Guyenne. Qui était-ce ?

- Mais… *ELLE* ! C'était sa mère ! La duchesse est revenue d'entre les morts pour récupérer sa fille ! Seigneur !

Elle se signa plusieurs fois et le duc haussa les sourcils perplexes. Une histoire de revenante maintenant… il sentait que retrouver la princesse allait être simple. Il poussa un soupir d'exaspération en songeant à la longue nuit qui l'attendait.

Il mit près de quatre heures avant de pouvoir obtenir une réponse claire et détaillée de ce qu'il s'était passé.

- … et elle m'a planté une petite aiguille dans le cou. La servante montra l'endroit de la piqûre et en effet un petit point de sang attestait ses dires. Elle m'a rattrapée avant que je ne touche le sol. Avant de m'endormir, j'ai levé les yeux et je l'ai vue… c'était elle ! Je vous assure… je n'ai distingué qu'une partie de son visage sous sa capuche mais ses yeux sont tellement reconnaissables ! Cependant, elle était pâle et froide… il n'y avait plus cette bienveillance qui la caractérisait…

Le duc tenta de la convaincre que ce n'était pas possible, que les revenants n'existaient pas mais la domestique ne voulut pas en démordre : elle avait vu la duchesse de Rambouillet enlever sa fille.

Le lendemain, la servante quittait Paris pour ne jamais y revenir.

Le page, quant à lui, reprit connaissance seulement lorsque le soleil se coucha. Il demeura parfaitement calme et expliqua les événements avec une sérénité qui stupéfia le duc. Néanmoins, lui n'avait guère aperçu le visage de leur agresseur même s'il aurait juré que c'était la voix d'une femme.

En conséquence, le duc de Guyenne partit sur la piste d'une femme vêtue en homme et portant les armes qui ressemblait peut-être à feu la favorite.

A quatre heures du matin, le gentilhomme alla faire son rapport au roy qui ne dormait pas. Le duc de Rambouillet se tenait à ses côtés, inquiet tout autant que le souverain. Ce dernier ordonna à son ami d'aller se reposer quelques heures avant de continuer les recherches.

A sept heures quelques trop courtes heures de sommeil agité, le duc quitta le palais car les policiers du lieutenant général avaient avancé de leur côté dans l'enquête : des gardes en faction d'une porte sud de Paris avait vu l'avant-veille un cavalier entrer dans la capitale. Il portait un manteau en peau d'ours et en hermine blanche, montant une bête aussi noire que l'ébène et escorté par deux loups aussi blancs que la neige.

Une piste en amenant une autre, le duc se retrouva en milieu d'après-midi devant l'hôtel particulier de la comtesse d'Evreux. Il entra sur ordre du roy et remarqua que les domestiques ne semblaient guère à l'aise. On ne lui parla pas et il monta aux étages. Le duc arriva dans les appartements qui avaient dû être ceux de feu la comtesse. Dans la chambre à coucher, il se figea : un couffin était déposé à côté d'un majestueux lit à baldaquin. Il parcourut la pièce des yeux : vide. Cependant, il remarqua un tas de lettres sur le secrétaire et une malle ouverte presque remplie. Guère rassuré pour autant, il s'approcha à pas de loup du berceau, son cœur battant très fort contre sa poitrine… la petite fille reposait là, innocente.

Il respira profondément : au moins personne ne semblait l'avoir maltraitée.

Le duc se pencha et prit doucement la petite princesse qui gesticula, n'appréciant guère d'être dérangée dans son sommeil. Alors qu'il la serrait contre lui, pendant qu'il se redressait, il sentit le canon froid d'un pistolet se poser sous son oreille.

- Un geste, fit une voix qu'il connaissait bien, et vous êtes mort. Une voix de femme, aucun doute… mais était-ce celle ce Caroline ? C'était possible, le timbre de voix ressemblait à celui dont il gardait le souvenir mais l'intonation changeait.

Cependant, l'apparition ne lui laissa pas le temps de réfléchir ; elle poursuivit, froide :

- Reposez cette enfant dans son berceau. Tout de suite.

- La maison est encerclée, tenta-t-il de la raisonner. Vous ne pourrez pas vous échapper, encore moins avec l'enfant.

- Laissez-moi juge de ce qui est faisable ou non… maintenant déclinez votre identité et posez Catherine avant que je ne perde patience.

Ainsi, ce n'était pas Caroline… la jeune femme l'aurait forcément reconnu…

- Je… suis le duc de Guyenne… maintenant, soyez raisonnable, laissez-moi repartir avec la princesse… je m'arrangerai pour que vous ne soyez pas condamnée à mort. Laissez-la retourner auprès des siens.

- M'éviter la mort ? ironisa-t-elle avec un rire sombre, trop aimable. Reposez l'enfant, dernier avertissement.

- Pensez à son père… il est fou d'inquiétude !

- Lequel ? demanda sévèrement l'ombre, l'officiel ou l'officieux ?

Le duc comprit que Caroline, ou qui que ce soit, ne le laisserait pas partir avec l'enfant.

- Que voulez-vous ? la questionna-t-il tant pour gagner du temps que pour comprendre.

- Je vais l'élever comme si elle était ma fille. Je vais la ramener chez moi où elle pourra grandir en s'épanouissant et non dans un monde hypocrite où son père refuse de la légitimer et où son grand cousin est son père officiel pour que l'officieux puisse continuer de régner après sa mort. Caroline ne voulait pas de ça ! Sauf qu'elle aimait trop le roy pour s'opposer à lui ! Elle était trop gentille et sérieuse pour ne pas faire ce qui est convenable ! Mais je n'ai guère ses scrupules ! Catherine vient d'être baptisée, et je suis sa marraine… devant Dieu sinon devant les hommes ; elle est sous ma responsabilité et personne ne peut prétendre le contraire.

Le cœur du duc manqua un battement. Il comprit. Lentement, il déposa l'enfant dans le berceau, leva les mains et fit lentement volte-face, le cerveau empli de questions sans réponse.

Charlotte le vit se raidir et déposer Catherine. Enfin il avait compris ! Elle connaissait le duc de Guyenne au travers des lettres de sa jumelle. Elle savait que c'était un homme bien. Pour cette unique raison, elle avait répondu à ses questions. La marquise se recula d'un pas alors qu'il lui faisait lentement face comme s'il craignait de l'apercevoir véritablement. La jeune femme garda l'arme pointée vers lui, on n'était jamais trop prudent, et le vit blêmir. Son visage froid se radoucit et un fin sourire naquit sur ses lèvres.

- La marquise de Saint-Savin ! souffla-t-il, hébété.

Seigneur ! Elle lui ressemblait tellement ! Le duc de Guyenne scruta la jumelle de Caroline un long moment. La femme qui lui faisait face portait certes des vêtements peu communs – surtout pour une femme – mais ils mettaient sa fine silhouette en valeur. Ses cheveux étaient tressés dans son dos d'une drôle de manière comme souvent Caroline pendant les chasses du roy. Blonde, des yeux aussi bleus tirant sur le violet, une peau d'albâtre, des lèvres roses… elle aurait pu être Caroline. S'il n'avait pas vu lui-même le corps de la jeune femme, il aurait pensé qu'on lui jouait une farce. Cependant, quelque chose dans son attitude marquait une différence avec la défunte favorite. Il chercha un moment avant de comprendre : ce visage-ci n'était pas heureux. La jeune femme qui lui faisait face ne dégageait pas la bonté ni la gentillesse de Caroline. S'il pouvait comparer, Caroline ressemblait à la reine alors que sa jumelle pouvait plus aisément être comparée au roy : elle était froide, sans expression, en un mot implacable.

Lorsqu'il prononça son nom, encore sous le choc, il vit son visage se transformer… et là, elle était Caroline ou Caroline était sa sœur… hooo, elles étaient tellement semblables ! Il ne put s'empêcher de songer que le roy risquait de ne pas apprécier beaucoup cette nouvelle version de Caroline…

- Pourquoi ? demanda-t-il simplement.

Son sourire se fana et elle baissa son arme en lui faisant signe d'approcher.

- Que savez-vous de la mort de ma sœur ?

- Je… eh bien…

Il ignorait s'il devait lui fournir ou non la version officielle. Remarquant son hésitation, Charlotte but une bonne rasade de rhum avant de le couper :

- Savez-vous qu'elle a été empoisonnée ou allez-vous croire comme les autres qu'elle est morte à la suite de la naissance de Catherine ?

- Comment ?

La jeune femme eut un faible sourire face à son ébahissement.

- Comment, moi, qui étais aux Amériques, peux le savoir alors que cela a été classé confidentiel par le roy ? Elle laissa filer quelques secondes avant de répondre simplement : ma sœur a déjà dû vous parler de notre lien ? Eh bien grâce à lui j'ai su qu'elle mourait empoisonnée. Je sais même de qui il s'agit. Une lueur terrifiante de volonté brilla aux fonds de ses yeux, faisant frissonner le duc. Je suis là pour la venger.

- Qui madame ? murmura-t-il.

La seconde jumelle de Lusignan le dévisagea un long moment et il crut même qu'elle ne lui répondrait pas.

- Ma sœur ne m'a dit que du bien de votre personne. Ai-je votre parole monsieur, que vous n'en ferez part à personne, surtout pas à Sa Majesté ?

- Mais pourquoi… si…

- Parce que je veux me charger moi de la vengeance alors que le souverain sera contraint par les lois et la morale ! Jurez monsieur ou je me tais.

Il s'inclina, trop curieux :

- Vous avez ma parole de gentilhomme, madame.

Charlotte s'assit alors et se passa une main tremblante sur le front. C'était la première fois qu'elle le disait à quelqu'un. Elle n'avait pas osé le dire à ses parents…

- Il s'agit de notre tante, la duchesse de Rambouillet.

Passé la stupéfaction de la révélation, la jeune femme lui expliqua pourquoi sa tante avait osé un tel geste. Elle lui raconta tout : son ambition démesurée, sa haine pour sa sœur… Le duc l'écouta sans un mot. Puis il finit par lui demander.

- Et comment comptez-vous vous venger ?

- Eh bien, maintenant que vous savez que je suis céans, cela va grandement me compliquer la tâche et mon plan tombe à l'eau. Je comptais mettre Catherine en sûreté quelques temps certainement chez une nourrice en province puis revenir sur Paris, terrifier ma tante en lui faisant croire que ma sœur la hantait… jusqu'à ce qu'elle devienne folle.

- Pas mal… mais cela n'aurait certainement pas fonctionné.

Elle fit une moue déçue.

- Oui, je m'en suis doutée en récupérant Kate au palais... le Vieux Monde est très peuplé dites-moi !

Il sourit :

- En effet. Puis se souvenant de la façon qu'elle avait nommé la petite princesse s'étonna : Kate ?

Elle hocha la tête :

- Oui je trouve ce surnom plus affectueux... Mais ne vous en faites point, je poursuivrai ma vengeance. J'avais un autre plan au cas où l'on me retrouvait... comme c'est le cas... j'espère simplement éviter la Bastille...

- Vous êtes la marraine de l'enfant, je ne puis guère vous arrêter pour cela. Personne n'a imaginé que vous puissiez être céans aussi rapidement ! La nouvelle n'est même pas encore parvenue en Nouvelle-France que vous êtes déjà parmi nous !

Il la vit soudain blêmir, si tant est qu'elle puisse être plus pâle. Elle respira difficilement et il s'inquiéta :

- Vous sentez-vous mal ?

La marquise de Saint-Savin releva un regard halluciné sur lui et il eut soudain pitié d'elle.

- Trois jours, murmura-t-elle.

- Je vous demande pardon ? s'étonna-t-il.

Charlotte respira avec difficulté en retenant ses larmes avant qu'un rire nerveux ne la secoue.

- J'ai perdu connaissance plus de trois jours après la mort de Caroline. Je lui avais donné ma force, toute mon énergie et mon amour pour l'aider à lutter mais en vain : le poison était trop fort... j'ai failli mourir en même temps qu'elle mais j'ai survécu. Cependant, une part de moi est morte... j'ai cet énorme vide... je ne suis sur Terre que pour mon fils, ma filleule et ma vengeance. Lorsqu'on n'aura plus besoin de moi, je ne sais si je survivrai bien longtemps.

- Je suis désolé.

Madame de Saint-Savin se redressa et s'approcha du berceau où la fillette commençait à s'éveiller. En passant devant lui, elle secoua la tête :

- Il n'est guère utile que vous le soyez. Cela ne me ramènera pas ma sœur et vous n'en serez point plus heureux.

Il la vit s'installer confortablement en tenant parfaitement la petite princesse, comme si elle avait fait cela toute sa vie. Un domestique entra alors et, sans un regard au duc, déposa un biberon de lait dans la main tendue de la marquise qui fixait l'enfant. Alors qu'elle le nourrissait avec douceur, il ne put s'empêcher de la contempler et, pour la première fois de sa vie, ressentit l'envie de se marier. Il resta ainsi à la regarder, partager ce bonheur simple de la vie. Elle était peut-être froide en apparence mais elle ressemblait tout de même à sa jumelle : gentille, douce… elle devait être une excellente mère.

Rien que pour avoir tenté de soustraire la fillette à la cour, cela connotait une gentillesse incroyable, ainsi qu'un petit côté téméraire.

Il revint à sa mission alors qu'elle changeait elle-même la fillette.

- Madame…

- Monsieur ?

- Vous savez que je ne puis vous laisser partir en emmenant la princesse ?!

- Oui. Comme vous avez saisi qu'il est hors de question que je la laisse repartir sans moi ?

Le duc de Guyenne sourit et s'inclina.

- Alors madame la marquise va me suivre jusqu'à Saint-Germain.

Elle le regarda et secoua la tête :

- Je ne sais pas pourquoi monsieur le duc, mais j'ai le sentiment que nous allons bien nous entendre.

En accord avec elle, Guyenne s'inclina profondément devant elle, un sourire aux lèvres.

Et pour la première fois depuis qu'il l'avait rencontrée, Charlotte éclata de rire.

La jeune femme appela son maître d'hôtel pour faire atteler le carrosse car il était hors de question qu'elle montât à cheval avec la princesse dans ses bras et la marquise refusait de se séparer de l'enfant.
- Comment avez-vous fait pour venir de Saint-Germain ?
- A cheval. Comment pensiez-vous que je m'y étais prise ?
- Mais… mais… vous auriez pu tomber !
- Moi ? Tomber de ma selle ? J'aimerais bien voir cela ! Monsieur, si Caroline ne vous en a jamais parlé, je vais vous le dire moi : nous avons grandi à cheval ! C'est presque comme si nous savions monter avant de savoir marcher ! Les Amériques ne sont guère tendres monsieur le duc.
- La cour non plus.
Son visage se referma instantanément.
- J'avais cru comprendre.
Il sentit qu'il avait rouvert sa blessure et se tut quelques secondes.
- Vous devriez peut-être vous changer, lui conseilla-t-il.
- Non.
Face à son air stupéfait et presque inquiet, elle tenta de lui expliquer sa réponse :
- Je n'ai pris que le strict minimum en partant de chez moi. Ainsi, je n'ai aucune toilette féminine, encore moins de vêtements de cour… bon maintenant, nous y allons ?
L'envoyé du roy hocha la tête et lui ouvrit la porte pour lui céder le passage. Charlotte mit son magnifique manteau, ses gants, rabattit sa capuche en dissimulant ainsi son visage et prit l'enfant contre elle avant de quitter l'hôtel d'Evreux.

Chapitre 3
Farouche

Elle monta ainsi dans le carrosse aux armoiries de la maison d'Evreux en compagnie du duc de Guyenne. Les soldats qui suivaient le duc et qui patientaient dans la cour virent une étrange silhouette sortir de la maison, la même qui avait parcouru Saint-Germain quelques jours plus tôt. Ils frissonnèrent sans trop savoir pourquoi.

Le duc de Guyenne ne prononça pas un mot mais ils remarquèrent qu'il ne semblait pas du tout inquiet de la personne qu'il escortait. Il ne la traitait pas davantage comme une prisonnière mais comme un gentilhomme envers une personne de haut rang. Sur son ordre, on partit et ils convoyèrent le carrosse jusqu'à Saint Germain.

Quelques minutes auparavant, le duc avait envoyé en éclaireur un soldat afin de prévenir le souverain qu'il avait retrouvé la petite princesse et qu'elle allait bien.

Alors que la voiture s'ébranlait, le gentilhomme observa sa compagne de route tandis qu'elle observait les paysages par la fenêtre. Il ne distinguait pas son visage mais il sentait qu'elle était songeuse.

- Voulez-vous que nous causions ?

La marraine de Catherine se tourna vers lui sans lever la tête, cachant toujours son visage.

- S'il vous plaît monsieur… je suis désolée de ne pas être de meilleure compagnie.

- Que redoutez-vous ?

- Ma confrontation avec le roy.

- Mais…

- Je le déteste ! Et encore je pense que le mot est faible pour désigner mon ressentiment à son égard.

- Mais… tenta-t-il encore.

- Ho ! s'emporta-t-elle, ne vous en faites guère, je ne toucherai point à votre précieux souverain ! Mais j'estime qu'il est autant responsable de la mort de ma sœur que ma tante… et il a beau être roy, il n'en demeure pas moins un homme qui n'a pas su protéger ma sœur et je vous jure que je vais le lui faire regretter !

- Madame ! se scandalisa le duc, vous parlez du roy !

Elle releva la tête et il aperçut ses prunelles qui brillaient de colère.

- Et alors ? Ma sœur était ce que j'avais de plus précieux.

Le duc en eut le souffle coupé. Il comprit que la mort de sa jumelle l'avait plus troublée qu'il ne l'imaginerait jamais. Et il savait aussi qu'elle avait grandi aux Amériques, où l'influence du souverain était lointaine ; elle n'avait donc pas grandi avec cette crainte et cette révérence envers la famille royale… dont elle faisait partie. Le duc de Guyenne soupira. Les prochains mois à la cour risquaient d'être chaotiques. Puis il sourit : comment son royal ami allait-il s'en sortir ? Pour la première fois, quelqu'un – une femme de surcroît ! – lui tiendrait réellement tête. Pour rien au monde il ne voudrait manquer cela.

Soudain, elle parla, de nouveau parfaitement calme, une étrange émotion lui serrant la gorge :

- Parlez-moi de ma sœur.

- Plaît-il ?

- Racontez-moi comment elle était à la cour.

Alors, avec bienveillance, l'homme envoyé pour l'arrêter, s'exécuta et lui parla de sa sœur.

Comment son arrivée avait donné un nouveau souffle à la cour de la reine, puis au reste de la cour grâce au roy. L'amour avait existé rapidement entre le jeune couple qui respecta tout de même les convenances très longtemps par amour de la reine qui l'avait prise sous son aile… il lui parla de la guerre et de la blessure du roy…

Il lui parla de tout, jusqu'à sa mort.

- Elle parlait souvent de vous madame… mais depuis sa mort, la cour est restée en deuil près de trois semaines ce qui est exceptionnel. Le roy était inconsolable. Il a changé avec l'amour de votre sœur. Il était… froid, implacable, pulsionnel… il s'est posé grâce à Caroline mais depuis sa mort… je crois qu'il est encore pire qu'auparavant.

- Pourquoi me dites-vous cela ?

- Parce que, madame, je veux que vous sachiez à quoi vous allez vous confronter.

Charlotte releva la tête et s'approcha autant que possible du duc installé sur l'autre banquette.

- Monsieur, la première fois que j'ai tué un homme j'avais sept ans. Ma sœur et moi avons affronté un ours seules alors que nous en avions neuf. Je viens de traverser un dangereux océan au plein cœur de l'hiver sur un navire pirate parce que ma jumelle, mon âme sœur, est morte empoisonnée. Que voulez-vous que je craigne de votre souverain ?

Le duc ne sut que répondre et il se contenta de scruter cette curieuse version de Caroline.

Le carrosse entra finalement dans le palais royal où le lieutenant général de la police les attendait avec une revue de gardes. Une haie d'honneur armée les menait à la salle du trône où toute la cour patientait avec le roy et la reine. Le monarque, renfermé comme dans ses mauvais jours, insista pour que tous fussent présents, afin que la sanction soit exemplaire et publique. Ainsi attendait-on dans un silence relatif, les souverains en silence mais la foule, curieuse, chuchotait… Puis ils furent annoncés. Le roy releva la tête et fixa la porte, sombre. A côté du roy se tenait évidemment le duc de Rambouillet, en tant qu'héritier et père de la petite disparue. Si la reine paraissait inquiète et le roy dans une colère noire, l'héritier du royaume, pour sa part, n'affichait qu'inquiétude.

Le duc de Guyenne entra, suivi d'une silhouette que certains courtisans reconnurent. Le roy fronça les sourcils… magnifique manteau d'hermine et d'ours. Très coûteux… ça sentait la noblesse et la richesse, pas bon. Le duc s'avançait, calme, et le Charles Henri s'étonna de le trouver si serein. Quelque chose lui échappait. Son ami s'inclina mais pas l'autre… ce qui l'agaça plus encore.

- Mon ami, lui dit le roy froidement alors que ledit ami se relevait. Expliquez-nous, avez-vous retrouvé la princesse ?

- Oui Sire.

Il se tourna vers la silhouette blanche qui hésita une seconde puis sortit de sous les pans de sa cape la petite princesse toujours profondément endormie. Chacun sentit une légère hésitation de la part de du mystérieux individu lorsque Guyenne lui tendit les bras. Finalement, le duc prit la princesse et la posa dans les mains du roy.

- Bien, dit celui-ci. Il s'assura que sa fille allait bien puis la passa à son cousin et héritier. Il regarda la silhouette et fronça les sourcils. Gardes, arrêtez-le !

- Sire, l'interrompit le duc de Guyenne.

- QUOI ?

Sans se démonter, son ami se tourna vers la silhouette encapuchonnée qui s'approcha.

- Il n'est nulle utilité que je connaisse son identité. Il sera écartelé après être passé à la question.

- Fort aimable.

Alors, tout le monde se tut. Instantanément. Une voix de femme… et pas n'importe quelle femme. Mais on hésitait, on n'était guère certain. Le roy blêmit puis se leva.

- Caroline ? murmura-t-il.

La silhouette ricana.

- Tiens tiens, on m'écoute maintenant, on ne se moque plus de mon identité ?

Le monarque s'approcha doucement et le duc de Guyenne s'écarta… maintenant, cela allait devenir intéressant. Le souverain s'approcha d'elle et, presque tremblant, retira la capuche du visage de la jeune femme. Charlotte eut un sourire cynique et posa son regard bleu sur le roy :

- Bouh !

Il recula, plus pâle qu'il ne l'avait jamais été de son existence.

- C'est… c'est impossible ! Je vous ai tenue dans mes bras !

Charlotte ne bougea pas et secoua la tête.

- Seigneur, et dire que vous êtes le souverain de ce royaume… c'est affligeant.

Le duc de Rambouillet murmura alors :

- Charlotte.

Celle-ci leva son regard vers son cousin, toujours près des trônes, et hocha la tête.

- Bonjour mon cousin, vous au moins, vous méritez votre statut d'héritier.

Le roy s'était ressaisi. La jumelle. Charlotte de Saint-Savin qui était revenue des Amériques. Elle lui ressemblait tant ! Charles ne s'étonna plus que leurs parents ne parviennent point à les différencier. Il recula, de nouveau froid.

- Madame, vous avez enlevé une princesse royale.

- J'en suis une aussi monsieur. Et je suis sa marraine. Légalement j'ai tous les droits concernant cette enfant… peut-être même davantage que vous.

Alors le roy perdit patience.

- Dehors ! Sortez tous !

La cour s'empressa d'obéir ; il est des ordres du roy, suivant son intonation, qu'il vaut mieux exécuter avec diligence et, surtout, promptement. Ne restèrent que la reine, ses dames de compagnies, le roy, madame Adeline, le duc de Rambouillet, le comte de Toulouse et, évidemment, la marquise de Saint-Savin. Le roy et la jumelle de la favorite se faisaient face, très proches l'un de l'autre, et se fixaient avec colère.

- Que voulez-vous ?

- Récupérer ma nièce, me venger et partir.

- Vous venger de qui ?

- De la personne qui a assassiné ma sœur et de vous de n'avoir su la protéger.

Sa franchise étonna le souverain qui se tut quelques secondes.

- Je suis le roy, madame.
- Je le sais, merci de cette précision.
- Vous me devez obéissance et respect.
- Je ne respecte que ce qui est respectable. Quant à l'obéissance… je n'ai jamais été très docile.
- Je puis vous mettre en prison.
- Pour quel crime ? Ressemblance avec ma sœur ?
- La lettre de cachet me dispense de justification.
- Vous ne me faites pas peur.
- Vous devriez pourtant.
- C'est vous, Sire, qui devriez-vous méfier. Je ne compte pas repartir sans Catherine… et je vais donc vous hanter jusqu'à ce que justice soit rendue !
- Qu'est-ce que vous croyez ? s'emporta le roy en laissant éclater sa colère. Que je n'ai pas voulu la venger ? Que je ne cherche pas qui l'a tuée ? J'aimais réellement votre sœur.

Tout le monde avait reculé d'un pas sous l'éclat du souverain, sauf Charlotte qui avait simplement haussé un sourcil. Elle le fixa de nouveau dans les yeux et répondit, acerbe :

- Pas assez.

Et le roy lut aisément dans son regard ce qu'elle n'ajouta point à haute voix « *Vous ne la méritiez point !* »

Sans rien ajouter, elle s'inclina devant la reine, échangea un regard avec son cousin et le duc de Guyenne à qui elle prit même le temps d'offrir un sourire. La marquise de Saint-Savin tourna hostilement le dos au monarque puis quitta la pièce, droite, fière, froide.

Tandis que les portes se refermaient sur le fantôme de Caroline, le roy poussa un cri de rage qui fit trembler tout le palais.

Charlotte passa devant toute la cour qui se taisait et s'inclinait sur son passage. On ne put s'empêcher de se dire qu'elle était la réplique exacte de sa sœur… mais elle était plus pâle, plus froide, plus déterminée. Un ange vengeur. Les courtisans, et même tous ceux qui la croisèrent, comprirent également que rien ne l'arrêterait et personne ne souhaita à cet instant se retrouver sur sa route.

Le roy hurla de rage.

La cour tressaillit : la seconde des jumelles de Lusignan ne semblait guère aussi tendre que la première. La suite promettait d'être intéressante.

Charlotte quitta le palais sans se retourner et l'on n'entendit plus parler d'elle pendant une semaine.

- Alors ? demanda le monarque à son lieutenant de police.

- La marquise de Saint- Savin s'est installée dans un appartement avec trois chambres. Elle a une écurie avec trois cheveux : un pur-sang anglais ainsi que deux camarguais pour tirer une voiture. Elle a également deux loups blancs. Elle se fait faire des toilettes et acquiert des bijoux.

- Mais… où trouve-t-elle l'argent ?

- D'après ce que je sais Majesté, elle paie en or, en Louis d'or. On l'a aussi vue vendre des pierres précieuses et quelques lingots purs.

- Mais d'où les sort-elle ?

- Je ne sais Sire. Certainement qu'elle les a emportés avec elle des Amériques.

- Humm. Merci monsieur. Laissez-moi seul.

Le lieutenant général de la police s'inclina bien bas et quitta le bureau du roy. Son ami le duc de Guyenne entra à son tour. Le roy avait les deux poings posés sur son bureau et semblait plongé dans ses songes.

- Sire ? osa son ami.

- Je ne sais pas ce qu'il convient de faire.

- Majesté, n'avez-vous point promis à feu la duchesse de Rambouillet de prendre soin de sa sœur ?

- Si-fait… mais elle m'est tellement insupportable.

Le duc se retint de rire.

- Sire, il faut qu'elle vienne à la cour.

Le roy se tourna précipitamment vers son ami :

- Mais je ne désire point du tout l'avoir près de moi !

- Sire, vous savez comme moi que c'est inéluctable. Elle ne demeurera guère longtemps dans l'ombre : elle tient trop à Catherine. Sinon vous ne l'auriez point ainsi surveillée.

- Hum…

- Autant que l'invitation vienne de vous plutôt qu'elle débarque ainsi à la cour et ne bouleverse encore tout.

- Vous avez sans doute raison.

Le duc ne répondit pas et le laissa dans ses pensées. Finalement, le monarque se tourna vers lui :

- Vous irez vous-même la voir demain pour lui demander de se présenter officiellement à la cour. Je demanderai à la reine de lui octroyer la place de dame d'honneur de Caroline.

- Madame la duchesse était dame d'atour…

- Peu importe.

Le lendemain, le duc se présenta donc au domicile de la jeune femme. Alors qu'il toquait à la porte, il entendit un grognement de l'intérieur et songea qu'il fallait être fou pour entrer sans invitation. Une servante lui ouvrit. Elle était proprette et bien mise même si elle ne semblait point avoir plus de quinze ans.

- Bonjour, je suis le duc de Guyenne, j'aurais aimé voir madame la marquise.

- Monseigneur, madame la marquise n'est point à la maison mais elle m'avait prévenue de votre visite. Entrez s'il vous plaît, elle ne devrait plus tarder.

Il fut étonné qu'en une semaine, la jeune femme se fut si bien installée. L'appartement était plus que convenable. Il dénombra trois domestiques, enfin quatre puisque le cocher conduisait la jeune femme. Deux servantes et un cuisinier. Le duc de Guyenne patienta dans un joli salon et une servante lui apporta de quoi se restaurer. Il aperçut les deux loups blancs dont il avait entendu parler et ils le regardèrent un long moment avec suspicion avant de s'allonger à l'entrée de la pièce sans le quitter du regard. Et l'invité comprit rapidement que s'il faisait un geste de travers, il ne quitterait pas cet appartement vivant.

Une demi-heure plus tard, la porte de l'entrée s'ouvrit sur la marquise elle-même. Une servante se précipita pour la décharger de son manteau – il neigeait dehors – alors que les loups se précipitaient vers elle, visiblement très heureux de son retour. Il l'entendit rire avec les deux animaux puis demander quelque chose à la jeune servante qui la prévint que le duc de Guyenne l'attendait dans le salon depuis un peu plus de vingt minutes. La jeune marquise la remercia et entra quelques pas après dans la pièce.

Il se leva et demeura stupéfait. Ce n'était plus la femme des forêts, la sœur vengeresse, qu'il avait devant lui, mais Caroline. A cet instant, dans cette robe somptueuse et féminine, il était impossible pour lui de ne pas s'imaginer qu'il avait en face de lui la comtesse d'Evreux, favorite du roy de France. Alors elle lui sourit, le même sourire gentil et jovial que Caroline.

- Bonjour monsieur le duc, mais installez-vous je vous en prie.

Elle lui désigna un fauteuil alors qu'elle-même s'installait dans un autre siège en face de sa personne. Le duc se reprit et s'assit une fois que son hôtesse eut pris place.

- Comment saviez-vous que je viendrais ?

- Pourquoi vous et pas un autre ? Parce que je sais que le roy n'est guère aussi sot qu'il ne le laisse paraître.

- Mais… vous saviez que vous étiez suivie ?

- Monsieur, je sais lorsqu'on m'épie. J'ai l'habitude.

- Intéressant.

- Si l'on veut. Maintenant, que me vaut l'honneur de votre visite ?

Il lui sourit, il ne se ferait pas avoir cette fois.

- Ho madame, vous le savez parfaitement.

- Je m'en doute, oui monsieur, mais je tiens à ce que vous me le disiez vous-même.

- Bien… alors madame la marquise, Sa Majesté vous invite à la cour et vous offre même une charge, celle de votre regrettée sœur : celle de dame d'atour de la reine.

Charlotte avait blêmi. Sa respiration s'accéléra et elle dut se lever pour mieux respirer.

- Il… il ne s'imagine tout de même pas que…

- Madame, s'inquiéta-t-il, qu'avez-vous ?

Elle se reprit et se tourna vers lui, furieuse :

- JAMAIS ! Jamais je ne prendrai la place de ma sœur ! Me donner sa charge ? Et puis quoi encore ? Epouser mon cousin et devenir sa maîtresse ? Je retire ce que j'ai dit, le roy n'est pas sot, il est fou !

- Madame ! se scandalisa le duc en se levant à son tour.

- Non monsieur. Pour ma nièce, oui je viendrai à la cour, oui je me tiendrai aussi bien que possible mais… vous ne pouvez pas me demander de remplacer ma sœur… c'est au-dessus de mes forces.

Etrangement, il comprenait. Cela ne lui avait pas traversé l'esprit lorsque le monarque lui avait donné ses instructions, la transition lui semblant même logique. Se retrouver en face de Charlotte changea sa vision des choses. Même si elle semblait forte, Guyenne sentit sa profonde détresse. Humble, l'ami du roy s'inclina devant la jeune femme.

- Il vous faudra l'expliquer à la reine, cependant je suis certaine qu'Elle comprendra… le roy, ce sera plus difficile.

- Que m'importe les sentiments de votre roy !

Le gentilhomme songea que sa haine envers le monarque l'aidait à tenir. Sa vengeance avait besoin d'un point d'encrage, sa colère de repère. Malheureusement, le souverain en faisait les frais. Ou peut-être heureusement… tous les deux pourraient peut-être s'aider dans leur deuil de cette façon.

- Madame la marquise, acceptez-vous que je vous serve d'escorte jusqu'à Saint-Germain ?

Charlotte lui sourit tristement avant de quitter la pièce en première.

Chapitre 4
Différences

Charlotte se rendit donc à la cour.
Elle n'était pas inquiète, ni anxieuse, ni triste… non, la dernière des jumelles ne ressentait plus rien. Elle avait même presque hâte de se confronter au roy. Car, la dernière fois, l'espace de quelques minutes, elle avait eu la sensation de revivre à nouveau. Charlotte pensa quelques secondes à son fils en se demandant ce qu'il faisait à cet instant. Alors comme chaque fois qu'elle songeait à son petit ange, son visage s'illumina et elle devint sa sœur… heureuse, rayonnante, gracieuse, douce, gentille… plus une once de colère, de haine ni de tristesse ou de mépris. Elle était juste… belle.
- La cour restera à Saint-Germain jusqu'à la fin des neiges. Ainsi, vous devriez peut-être vous installer dans l'hôtel de votre tante avec vos cousins.
- Je ne demanderai rien à ma tante, jamais. Si elle ne me le propose pas… je ne veux pas qu'elle sache que je sais, pas encore…
- Ho, fit simplement le duc en se souvenant des révélations de la jeune femme quelques jours plus tôt.

Arrivés à Saint-Germain, le duc lui fit visiter les lieux à sa demande. Oui, quand on savait où aller, il était beaucoup plus facile de se repérer. A la suite de quoi le duc l'amena officiellement devant la reine. Celle-ci préparait, dans ses appartements, le bal masqué de la semaine suivante.
En vérité, la reine s'ennuyait et, avec l'aide de Caroline et de Madame Adeline, elle était parvenue à convaincre le roy de lui donner quelques responsabilités minimes mais qui lui permettraient de mieux passer le temps tout en étant utile.
Ainsi le roy, dans sa grande bonté, laissa-t-il la gestion des buffets, bals, réceptions, dîners officiels et diplomatiques sous la

régence de son épouse ainsi que tout ce qui touchait au palais royaux : jardins, linge de maison, domestiques, gestions des appartements, chambres… Caroline l'aidait auparavant. Maintenant, Isabel se retrouvait seule et son amie lui manquait. Elle en était là de ses réflexions tout en choisissant l'orchestre qui jouerait quand le duc de Guyenne s'annonça pour lui amener la marquise de Saint-Savin. La reine n'était guère ravie de cette nouvelle arrivée. Le roy l'avait prévenue qu'il la priait de lui donner l'ancienne charge de sa jumelle. Cependant, elle était présente lors de l'éclat entre la marquise et le souverain… il était très étrange de voir Caroline mais de sentir que c'était une autre qui parlait… et elle avait lu dans le regard de la jeune femme derrière sa colère et sa haine, une profonde détresse. La reine soupira et reprit son visage royal.

- Faites-la entrer.

La porte s'ouvrit alors sur la seconde des jumelles de Lusignan. La reine eut une seconde le souffle coupé, comme toutes les personnes présentes dans la pièce. La comtesse de Saint-Savin portait une robe de cour, magnifique. Elle n'était plus vêtue en amazone des Amériques… certes, à quoi d'autre s'attendait-elle ? Puis, la réplique de Caroline s'inclina sans un mot devant la souveraine, avec la même déférence, la même douceur, la même grâce, que sa jumelle.

- Relevez-vous.

La jeune femme s'exécuta.

Lorsque la reine croisa son regard bleu violet, elle perçut la différence entre les deux sœurs : leur expression du visage. Charlotte était froide, impassible… la reine comprit surtout que la mort de sa sœur l'avait elle aussi tuée ; elle ne restait en vie que pour venger la mort de sa jumelle. La reine ne savait pas d'où lui venait cette certitude, mais elle le savait.

- Alors madame, vous voici ma nouvelle dame d'atour…

- Justement Majesté…

- Plaît-il ? s'étonna la reine en la fixant.

- Majesté… je suis honorée de votre proposition mais je ne puis accepter.

Un silence assourdissant laissa place à l'exclamation de la jeune femme qui s'expliqua :

- Majesté, je vous supplie de ne point prendre ombrage de mon refus mais je ne puis prendre la place de ma sœur… cela est au-dessus de mes forces.

Quelque chose passa sur son visage, et la reine eut de nouveau le souffle coupé. Caroline lui avait souvent parlé du lien puissant qui liait les jumelles : une âme dans deux corps, avait-elle affirmé. Aujourd'hui, la souveraine comprenait pleinement ce qu'avait voulu dire sa défunte amie. Se levant de son trône, Isabel s'avança doucement vers la marquise qui la regarda s'avancer droit dans les yeux. La reine lui murmura de telle sorte que la belle marquise fut la seule à pouvoir l'entendre :

- Que s'est-il passé à sa mort ?

Des larmes de désespoir noyèrent les profonds yeux bleus de la jeune femme qui baissa la tête. Elle secoua ses magnifiques boucles blondes.

- Je suis morte… j'ai perdu une part de moi-même lorsqu'elle a été tuée… je… je l'ai soutenue du mieux que je le pouvais mais j'étais trop loin ! Seigneur ! Je l'ai tuée au même titre que…

Elle se tut et baissa de nouveau les yeux, les mains serrées à s'en blanchir les falanges.

La reine lui releva doucement la tête pour l'obliger à la regarder.

- Vous ne prendrez point la place de votre sœur, je comprends… mais demeurez auprès de moi, au moins vous serez moins seule.

- Merci Majesté.

- Charlotte, c'est cela ?

- Oui, Votre Majesté.

- Bienvenue à la cour.

Charlotte sourit.

L'heure suivante, la jeune femme faisait connaissance avec les dames d'honneur de la reine. Elle rencontra surtout Christelle de Harcourt qui était une très bonne amie de sa sœur.

- Caroline ne me disait que du bien de vous, madame.

- Appelez-moi Christelle.

- Si vous consentez à m'appeler Charlotte.

La jeune comtesse éclata de rire :

- Je suis d'accord.

- Il me faut quelqu'un pour me servir de guide à la cour.

- J'en serais enchantée.

- Alors qu'il en soit ainsi ! rit Charlotte.

Mais la marquise rencontra surtout sa tante.

Caroline la lui avait décrite dans une de ses lettres si bien qu'elle la reconnut aisément. Il s'agissait surtout de la personne la moins… jeune de la pièce et qui semblait la plus imbue de sa personne.

- Ma chère Charlotte, lui dit-elle en la prenant dans ses bras, comme je suis contente que vous soyez là ! Elle l'embrassa sur les deux joues avant de la tenir par les épaules. Je suis sincèrement désolée pour Caroline.

- Votre sollicitude me touche, ma tante… Caroline ne m'a dit que du bien de votre personne mis à part le fait qu'elle vous craignait un peu… merci pour tout ce que vous avez fait pour elle.

- Vous êtes un ange comme votre sœur, ma chère… où logez-vous donc ?

- A Paris.

- Vous n'avez rien de plus proche ?

- Je crains que non, madame.

- Eh bien venez vous installer à la maison… parce que ayant refusé la charge de dame d'atour, vous n'aurez point de logement au palais.

- Je vous suis reconnaissante ma tante de tous vos bienfaits… madame, est-ce que vous m'aiderez aussi dans la tache qui m'incombe auprès de Catherine ? Je suis une jeune mère et votre expérience me sera des plus utiles.

- Evidemment mon enfant, j'apprécie votre franchise, si vous avez besoin de moi, je serai là : n'importe quand, n'importe où.

Charlotte se plongea dans une profonde révérence de gratitude.

- Merci madame.

- Bien, dit la reine émue, ma chère duchesse, accompagnez votre filleule voir la petite princesse. Vous lui présenterez votre fils en même temps.

- Oui Majesté.

Alors qu'elle passait à côté d'un duc de Guyenne médusé, Charlotte lui fit un clin d'œil complice qui l'étonna plus encore que le comportement de la jeune femme vis-à-vis de sa tante. Il s'inclina devant la reine et quitta ses appartements pour suivre la jeune marquise qui l'intriguait au plus haut point.

Devant les appartements de la petite princesse, Charlotte se tourna vers sa tante et s'inclina devant elle. Elle lui promit de se rendre à leur hôtel de Saint-Germain le lendemain. La jeune marquise lui demanda toutefois si elle pouvait conserver ses propres domestiques, elle n'avait guère le cœur de les renvoyer après une semaine. Elle assura de plus à sa tante qu'elle se chargerait elle-même de payer leurs gages. Celle-ci, avec le plus beau sourire hypocrite que Charlotte ne verrait jamais, lui répondit qu'elle n'y voyait aucun inconvénient, au contraire. Lorsque sa tante fut loin, le duc la prit par le bras alors qu'elle allait entrer dans les appartements de sa nièce.

- Mais que diable faites-vous ? murmura-t-il.

Madame de Saint-SAvin répondit, tout sentiment ayant de nouveau quitté son visage :

- Sois proche de tes amis, plus encore de tes ennemis. Confucius.

- Je vous demande pardon ?

Mais elle était déjà entrée dans la chambre.

Le gentilhomme soupira. Cette version de Caroline était incontrôlable… puis, sans trop savoir pourquoi, le duc de

Guyenne se mit à rire. Si ! Il savait : les prochains mois à la cour promettaient d'être amusants.

Dans la chambre de la petite princesse se trouvait le page de l'autre fois. Charlotte lui sourit alors qu'il reculait, un peu effrayé.

- Ne t'en fais pas, je ne te veux pas de mal. Excuse-moi pour la dernière fois, j'ai été un peu… excessive.

Il se détendit un peu mais demeura tout de même sur la défensive.

- Je suis Thomas d'Abzac.

- Mon fils aussi s'appelle Thomas. Mais il est bien plus jeune…
Je suis Charlotte de Saint-Savin.

- La sœur de la duchesse de Rambouillet… oui vous vous ressemblez mais…

- Tu n'imaginais pas que je puisse ressembler autant à ma sœur ?

- Eh… bien… en effet.

- Tu sais quoi jeune Thomas ? Je t'apprécie… en plus tu t'occupes de ma nièce et rien que pour ça, je te suis reconnaissante. Mais je voudrais que tu fasses quelque chose pour moi… une sorte de mission secrète.

Ses yeux s'agrandirent l'excitation avant de se plisser de méfiance.

- Qu'est-ce que j'y gagne ?

Charlotte haussa les épaules.

- Je ne sais pas, que désirerais-tu ?

Il sembla réfléchir un moment.

- Mon père, le baron d'Abzac n'est point très riche et je suis le cadet de trois fils et deux sœurs…

- Et donc, devina-t-elle, tu… es déjà heureux d'avoir obtenu cette charge de page à la cour ?

- En effet madame.

- Et ?

- Et je voudrais entreprendre une carrière militaire, comme ça, eh bien… je pourrai prendre des galons grâce à mes compétences… je ne me vois pas terminer prêtre.

- Oui, je comprends… tu voudrais que je te paie un bataillon ?

- Quand j'aurai quinze ans, oui.

Thomas n'en espérait guère autant.

- Tu sais te battre au moins ?

- Euh… et bien, je connais bien quelques rudiments à l'épée mais…

- Si tu veux entrer dans l'armée sans argent petit monsieur, il va te falloir apprendre à te battre, sinon, tu ne seras jamais repéré… tu as de la chance – si je puis dire – la guerre avec l'Allemagne te donne cette perspective… parce qu'à mon avis, cette guerre ne fait que commencer.

- Pourquoi ?

Elle lui offrit un doux sourire. Un instant, le petit page se retrouva avec Caroline et lui rendit son sourire… même s'il savait que Charlotte, quelque part, était une femme qui s'habituerait plus vite à la cour. La marquise prit la petite princesse dans ses bras avant de répondre.

- Parce que la France veut demeurer le premier royaume du monde et montrer qu'elle est toujours la plus grande puissance… elle ne peut se laisser battre par un Etat aussi jeune ! Quant au nouveau royaume d'Allemagne avec la Prusse… il s'agit du meilleur moyen pour eux de prendre de l'importance et de s'imposer en Europe. Comment être pris plus au sérieux qu'en battant la plus grande puissance du monde ?

Une voix s'éleva derrière Charlotte.

- Vous feriez un excellent ministre de la guerre, madame.

Charlotte ferma les yeux et se leva… le roy ! La jeune femme s'inclina, toujours la petite princesse dans ses bras.

- Je vois que vous avez appris les convenances, madame.

Le petit page recula d'un pas. Il vit sa nouvelle mentor trembler d'agacement et de rage mais elle se contint. Charlotte répondit, les dents serrées.

- Je les connais, Sire.

Charles ne répondit pas et la détailla. Seigneur, elle était strictement identique à Caroline, c'était extraordinaire... et terrifiant. Il n'y avait que l'expression de leur visage qui différait. Et leur démarche aussi n'était pas tout à fait identique. Charlotte était plus froide, mais pourtant moins posée que sa jumelle. Charlotte en fit de même et le détailla. Le roy de France était beau, il n'y avait aucun doute, et il dégageait un petit quelque chose qui impressionnait et qui faisait de lui un grand homme. Le monarque dégageait de la majesté et sa démarche ainsi que ses traits étaient impériaux. Quelque part, Charlotte comprenait que sa sœur se fût entichée du roy. Sa force, loin de repousser, attirait. Un vertige la saisit, comme souvent depuis la mort de sa sœur. Pour tenter de cacher son malaise, la marquise demanda en posant Catherine dans son berceau.

- Que... que désirait Votre Majesté ?

- Je venais voir ma fille.

Charlotte releva la tête, blême, et fusilla le roy du regard :

- Elle n'est point votre fille !

- Bien sûr que si ! Tout le monde le sait !

- Alors elle est aussi la mienne !

- N'y songez même pas !

Charlotte montra du doigt la petite princesse d'un geste impérieux mais empli de colère sans lâcher le monarque du regard :

- Regardez-la ! Regardez ses traits et osez me dire qu'elle ne pourrait pas l'être !

Le souverain respira profondément, évidemment, qu'elle pourrait être sa mère... il secoua la tête et murmura.

- Vous m'indisposez, sortez.

Le petit page, terrifié, ne se le fit pas dire deux fois, même si l'ordre ne s'adressait guère à lui. Cependant, Charlotte se redressa et le défia du regard.

- J'étais avec Kate avant vous. Si ma présence vous indispose, partez. J'ai autant le droit que vous de me trouver ici.

Le roy perdit patience, il referma sa main autour de son cou gracile et l'accula contre le mur d'en face. Il devait lui reconnaître qu'elle était difficilement impressionnable. Son visage demeura inexpressif et elle ne quitta pas son regard. Rien dans son apparence ne connotait ne serait-ce qu'une petite once de peur mais il sentait que son cœur s'était accéléré.

- Vous oubliez à qui vous vous adressez madame.

- Je ne l'oublie nullement.

- Par amour de votre sœur, vous êtes tolérée céans. Mais faites bien attention madame, ma patience a des limites !

A l'évocation de sa sœur, le cœur de Charlotte s'arrêta de battre. Elle savait ! Caroline savait avant de mourir qu'elle en voudrait au roy ! Caroline avait su et elle avait prévenu le souverain.

La tendresse mêlée de chagrin qui apparut sur le visage livide de la jeune femme calma le souverain qui la lâcha. Charles Henri baissa la tête pendant qu'elle portait la main à son cou certainement douloureux. Il lui tourna le dos.

- Maintenant sortez et laissez-moi seul avec ma fille.

Il l'entendit s'éloigner à pas lents et, alors que la porte allait se refermer, elle murmura :

- Notre fille.

Charlotte referma la porte et s'éloigna. Quelle brute ! Et dire qu'il était roy ! Quoiqu'il valait mieux un monarque impulsif mais fort qu'un faible. La jeune femme haussa les épaules. Puis son épuisement dû à son malaise la rattrapa et elle manqua de percuter un courtisan – elle était trop troublée pour s'étonner qu'on se promène dans les appartements royaux.

- Oula, la rattrapa-t-il. Vous allez bien ?

Elle ne connaissait pas cette voix, elle devrait se lever, paraître… au moins le regarder, après tout elle était en milieu hostile et ne pouvait faire confiance à personne.

- Oui… oui, merci monsieur, je suis juste un peu lasse.

Charlotte se redressa sans trop savoir comment mais elle ne fit que quelques pas avant de perdre connaissance, la perte de Caroline étant trop lourde.

Son cousin la rattrapa juste avant qu'elle ne se heurte au sol.

Madame de Saint-Savin ouvrit les yeux un quart d'heure après. Elle était dans un salon et on l'avait allongée sur un divan de repos. La jeune femme distingua deux voix qui discouraient tout bas à quelques pas. Elle se redressa et remarqua que la pièce où elle se trouvait était richement décorée… hum, certainement un salon royal. Charlotte se leva, elle allait mieux. Cependant ses malaises commençaient à être inquiétants. Jamais encore elle ne s'était évanouie à cause d'eux… certes, il faudrait qu'elle se nourrisse plus… qu'elle dorme plus, qu'elle… bref, qu'elle vive un peu plus sainement.

C'est alors que les deux gentilshommes la virent et s'approchèrent. Ses cousins lui sourirent. La deuxième fille des Lusignan rencontra alors ses deux cousins officiellement, Paul de Rambouillet et son frère Thibaut, comte de Toulouse.

Chapitre 5
Confrontation

C'était Thibaut qu'elle avait rencontré dans le couloir avant son malaise. Ainsi, elle apprit que ses cousins – surtout le comte – s'étaient méfiés d'elle après l'enlèvement de Catherine. Charlotte leur expliqua alors sa décision et ils comprirent qu'elle n'était pas folle, enfin pas à ce point tout du moins.

Ils passèrent le reste de l'après-dîner ensemble et l'héritier du trône les convia à souper en sa compagnie. Heureusement, Paul ne devait pas souper en compagnie du roy et de la reine ce soir-là. Charlotte s'entendit très bien avec ses deux cousins. Malgré la tristesse manifeste de Paul, la belle marquise apprécia beaucoup sa compagnie et son humour.

Le jeune prince alla se coucher alors que Thibaut raccompagnait leur cousine à sa voiture, rentrant lui aussi. Cependant, si elle se rendait à Paris, lui retournait dans son hôtel de Saint-Germain où la jeune marquise devait emménager le lendemain.

- Il l'aimait n'est-ce pas ? demanda Charlotte alors qu'ils avaient laissé Paul retourner à ses appartements.

- Oui.

Thibaut avait compris que Charlotte parlait de Caroline.

- Il l'aimait plus que le roy…

Thibaut s'arrêta et posa un étrange regard sur sa cousine. La jeune femme le remarqua et eut un sourire las :

- Cela se voit… peut-être parce qu'elle est ma sœur mais… ils allaient beaucoup mieux ensemble que Caroline avec le roy… son caractère est trop aux antipodes de celui de ma sœur.

- Mais elle tempérait ses ardeurs et le rendait plus… calme.

- Il n'empêche. Je ne doute point qu'il l'eut aimée mais… elle n'était guère son âme sœur.

- Charlotte, faites attention à ce que vous dites.

- Le roy a failli m'étrangler tout à l'heure, je pense que j'ai gagné le droit de dire ce qu'il me plaît.

- Caroline n'a jamais su.
- Je n'en doute pas. Caroline est trop gentille, trop naïve.
- Etait.
Il vit Charlotte pâlir plus encore.
- Non monsieur, tant que je vivrai, elle vivra.
- Etes-vous certaine de ne point vouloir que je vous raccompagne à Paris ?
- Et qui vous escortera, vous, monsieur ? sourit-elle. Rassurez-vous, je sais me défendre.
- J'avais cru comprendre.
Charlotte haussa un sourcil puis éclata de rire.
Le roy accompagné du duc de Guyenne sortirent d'une pièce adjacente au couloir que venaient de traverser la marquise de Saint-Savin et le comte de Toulouse. A la mine sombre du monarque, le duc n'osa rien dire. Il songea toutefois que Charles n'avait pas beaucoup apprécié le fait que Charlotte ne juge pas le roy assez bien pour sa sœur… surtout en comparaison avec leur cousin commun. Sans un mot, son royal ami les observa sans bouger, le regard brûlant, quitter le couloir. Le rire de Charlotte résonnait encore dans la pièce lorsqu'ils la quittèrent à son tour.

Le lendemain, Charlotte ne se rendit guère à la cour car elle s'installa chez sa tante. Cette dernière obtint l'autorisation de la reine pour demeurer auprès de sa filleule lors de son installation. Tandis que l'on déchargeait ses affaires, Charlotte prit les mains de sa tante.
- Je vous serai toujours redevable madame.
- Mais c'est tout naturelle voyons ! Au fait, Sa Majesté m'a demandé de vous avertir que vous êtes officiellement invitée au bal masqué de la semaine prochaine.
- Moi ? Mais c'est un honneur !

- En effet. Surtout que c'est la première réception privée de la cour cette année. Seuls quelques privilégiés y ont droit. Nous serons à peine une centaine.

- Seigneur ! Mais… comment dois-je m'habiller ?

- Avec votre plus belle toilette et un masque… vous devez être le plus méconnaissable possible.

La jeune marquise fit la moue.

- Cela va être difficile avec mes cheveux blonds…

- Mettez une coiffe.

Soudain, une idée traversa Charlotte, une idée qui n'avait absolument aucun rapport avec le bal, et la jeune marquise sourit.

- Ma tante, vous venez de me donner une excellente idée ! Merci !

Sans un mot, elle la quitta. La duchesse sourit en songeant qu'il serait finalement encore plus facile de se débarrasser de Charlotte que de Caroline… Elle avait craint un temps Charlotte à cause de son arrivée intempestive ; mais son caractère incontrôlable n'allait guère plaire longtemps au roy… et elle allait justement aider la jeune femme, la poussant dans ses retranchements, attisant doucement sa haine pour le souverain. Soudain, l'idée la traversa : si Charlotte savait que sa sœur avait été empoisonnée… humm… il fallait qu'elle fasse quelques petites recherches. Dans le doute. Toutefois, après plusieurs instants de réflexions, la duchesse secoua la tête. Non, sa deuxième filleule l'ignorait, sinon, jamais elle ne l'aurait accueillie avec un tel sourire et une telle reconnaissance.

Le lendemain, Charlotte retournait à la cour. Elle croisa le duc de Rambouillet qui désirait un entretien. Lorsqu'ils furent seuls, la jeune marquise remarqua qu'il était fatigué.

- Charlotte je…

- Oui ?

- Je voudrais que vous preniez toutes les affaires que j'ai en ma possession et qui appartenaient à votre sœur.

La jeune femme fronça les sourcils :

- Comme ?

- Sa jument offerte par le roy, son hôtel d'Evreux, ses toilettes, bijoux… tout !

- Souvenirs trop douloureux ?

- Charlotte… murmura-t-il, las.

- Pardonnez-moi, posa-t-elle instinctivement sa main sur son bras, et si c'est ce que vous désirez vraiment, je les reprendrai.

- Merci.

- Et les donnerai à votre fille lorsqu'elle sera en âge de comprendre.

- Merci, répéta-t-il. Il est vrai que vous pourriez aisément passer pour sa mère.

Charlotte embrassa la joue son cousin.

- Allez, courage ! La vie est devant vous ! Et… elle l'obligea à la regarder : nos plus belles années sont celles que nous n'avons point encore vécues !

Paul la serra dans ses bras.

- Je pensais que vous voir me détruirait, chuchota-t-il en la serrant contre lui. Mais finalement, heureusement que vous êtes là.

- Je suis heureuse si je puis vous aider au moins un petit peu… n'oubliez point que je suis près de vous si vous avez besoin de soutien, de parler ou simplement d'une étreinte amicale et fraternelle.

- Merci, chère cousine.

Le lendemain, Charlotte se rendit dans Paris pour y faire une commande spéciale, mettant en application la première phase de son plan qu'elle avait eu grâce à sa tante deux jours plus tôt. Le jour suivant, ma marquise de Saint-Savin mit sa tenue d'« amazone américaine » comme la surnommait le duc de

Guyenne et se rendit dans les écuries royales. Les palefreniers présents la regardèrent avec étonnement passer et entrer dans la stalle où une plaque indiquait LOCA. La jeune femme commença alors à panser la bête avant de la seller. Puis, un homme entra et s'exclama :

- Je puis vous aider ?

Charlotte se retourna et elle vit l'homme blêmir.

- Non, je vous remercie.

- Mais… mais…

- Je suis juste venue prendre Loca pour une petite promenade.

- Mais… mais… répéta le palefrenier.

Charlotte lui offrit un sourire indulgent avant de lui expliquer :

- Je suis Charlotte de Lusignan, marquise de Saint-Savin. Caroline est ma jumelle et j'ai hérité de sa jument.

La compréhension éclaira son visage et il s'inclina :

- Pardonnez ma surprise madame la marquise. Je suis George Largo et je suis le responsable des chevaux de Sa Majesté.

- Enchanté, monsieur Largo.

- Puis-je vous aider ? Il n'est pas convenable que…

- Laissez-moi juge de ce que je peux ou ne peux pas faire… m'occuper de chevaux me détend.

- Madame si la prochaine fois…

- Oui monsieur, pardonnez mon manque de civilité. La prochaine fois, je vous ferai prévenir que je souhaite monter.

- Merci madame.

- Non, merci à vous.

Charlotte monta comme les hommes, à califourchon, sur la magnifique jument à qui elle murmura quelques mots en indiens avant de lancer sa monture au galop. Ainsi quitta-t-elle Saint-Germain sous les yeux ébahis et émerveillés de quelques courtisans.

La jeune femme profita de son évasion pour retrouver son sentiment de plénitude lorsqu'elle galopait. Soudain, les souvenirs de sa sœur l'assaillirent et elle dut s'arrêter près d'une heure avant d'avoir de nouveau assez de courage pour affronter la vie sans sa jumelle.

Lorsqu'elle rentra, évidemment, le roy l'attendait. Et il ne semblait pas de bonne humeur. La cour se tenait « discrètement » dispersée alentour. En l'apercevant, Charlotte soupira et descendit de sa monture. Le souverain fit un bref geste de la main et un palefrenier vient prendre la monture à la jeune femme.

- La balade s'est bien passée ? ironisa le roy.

- On ne peut mieux, je remercie Sa Majesté de Sa gentillesse, dit-elle en s'inclinant.

- Tant mieux… parce qu'il s'agissait de votre dernière.

- Et pourquoi ? Les femmes ne peuvent point monter ?

- Les autres, non, mais votre sœur et vous semblez être les exceptions qui confirment la règle.

- Et alors ? Cela ne vous dérangeait point lorsqu'elle montait dans votre lit !

- Madame ! Je ne vous permets point !

- Et moi je refuse que vous régentiez ma vie !

Le ton montait, la cour était attentive et presque amusée. En discutant avec tant d'amabilité, ils s'étaient rapprochés l'un de l'autre et Charlotte remarqua pour la première fois combien il était grand.

- Pourquoi avoir pris une jument qui ne vous appartient point ?

- Si-fait Sire, Loca est à moi.

- Et depuis quand ?

- Depuis que je l'ai reçue en héritage. Autre chose ?

- Je… qu'est…

Le roy était tellement en colère qu'il ne trouvait plus ses mots. Alors, il prit le bras de la jeune femme avec force et l'entraîna loin des oreilles indiscrètes dans les écuries royales. Il traînait littéralement la jeune femme qui se mordait la joue pour ne pas crier de douleur tant le roy la serrait fort. Charles Henri hurla aux domestiques qui vaquaient tranquillement à leurs occupations :

- Dehors !

En moins d'une minute, les grandes écuries royales furent vides. Le souverain poussa alors la belle marquise devant lui qui se retourna, furieuse :

- Mais vous êtes complètement fou ! Vous m'avez fait mal ! Qu'est-ce que vous croyez ? Que je ne suis qu'une chose dont vous pouvez disposer comme il vous semble ?

Il se rapprocha d'elle et Charlotte vit une lueur étrange traverser les prunelles noires du souverain :

- Vous êtes un de mes sujets madame et, à ce titre, je puis faire ce que je veux de vous.

- Cessez donc de me menacer, cela va devenir lassant !

- Et regardez-moi cet accoutrement ! On ne vous a jamais appris à vous vêtir décemment ?

- En quoi cela vous intéresse-t-il ?

- Comment pouvez-vous être si différente de votre sœur ? On ne vous a jamais parlé des convenances ?

- Et vous de la courtoisie envers les femmes ?

- Vous n'êtes point une femme !

- Dans ce cas j'imite à la perfection la gente féminine…

- Vous êtes une femme du diable !

- Roy des sadiques !

- Enfant sauvage !

- Capricieux et dictateur !

- Je vous déteste !

- Pas autant que moi !

Sans un mot elle tourna dos au souverain pour quitter les écuries. La discussion ne menait ç rien, et ils ne faisaient que provoquer plus de haine et d'agacement chez l'autre. Cependant, la marquise fut rattrapée par le roy qui la poussa contre une stalle lui faisant mal involontairement (ou pas). Son visage touchait presque le sien lorsqu'il siffla :

- Jamais personne ne m'a tourné le dos madame ! Et ce n'est pas aujourd'hui que cela va commencer.

- Que voulez-vous faire pour me dompter Sire ? M'attacher ? Me mettre au couvent ?

- Vous êtes tellement… hargneuse !

- Vous n'avez point eu ma vie et l'on n'a guère assassiné votre moitié !

- Caroline est…

La jeune marquise le repoussa violemment, avec une force qui le surprit. Son expression changea, elle devint blême.

- Ne me parlez jamais plus de ma sœur ! Vous ne la méritiez point !

- Je suis le roy ! Cessez de me parler de la sorte !

- Si je ne le fais point, personne ne le fera ! Calmez-vous aussi, vous n'êtes point Dieu, tout ne vous est pas permis ni dû !

- Bien sûr que si ! Je n'ai qu'à l'ordonner et vous serez soit réduite à la misère soit la nouvelle reine de cette cour !

- Vous pouvez toujours essayer !

- Ne me tentez point madame.

Ce fut elle qui se rapprocha alors de lui, provoquante.

- Sinon quoi ?

Le roy lui prit les poignets et la plaqua de nouveau contre la stalle derrière elle.

- Je puis faire de vous ma chose…

- Je suis une femme, guère une chose ! Et je préfèrerais coucher avec tous les hommes de cette cour plutôt que de vous donner cette satisfaction !

- J'aimerais bien voir ça, dit-il avec un sourire caustique.

Charlotte plissa les yeux :

- Je vais devenir votre pire cauchemar !

- C'est déjà le cas.

Alors qu'elle allait répondre, une voix féminine se fit entendre :

- Sire, l'on a besoin de vous.

Le souverain se raidit, se redressa et posa son regard sur sa tante et meilleure amie. Elle était calme et posée.

- Je viens, marmonna le roy.

Il savait que personne ne l'attendait mais que ce n'était qu'un moyen de terminer sa dispute avec la marquise. Il se tourna une dernière fois vers la jeune femme qui le regardait avec provocation avant de quitter les écuries sans un mot. Alors qu'il passait à côté d'Adeline, celle-ci arborait un étrange sourire mi-satisfait mi-amusé qu'il ne comprit point.

Une fois le monarque parti, la princesse s'avança vers Charlotte qui la regardait approcher avec suspicion.

- Je sens tellement de colère, de haine et de tristesse en vous… vous devriez vous ménager madame… le roy n'est point méchant, il faut simplement apprendre à le connaître.

Charlotte ne répondit pas et se plongea dans une jolie révérence avant de quitter les écuries à son tour sans un mot.

Les jours qui suivirent furent à peu près calmes. En effet, la cour avait encore la gorge chaude de la confrontation de la belle marquise et du souverain. Toutefois, chacun se doutait que le monarque n'entreprendrait rien contre la sœur de Caroline car elle ressemblait bien trop à celle-ci.

Charlotte évitait autant que possible le monarque et passait le plus de temps possible avec la reine ou ses deux cousins de Rambouillet Toutfois, la jeune femme passait la plupart de ses longues journées d'hivers avec la petite princesse Catherine qui faisait le ravissement de la cour.

Le roy attendait généralement qu'elle ramène la petite princesse dans ses appartements avant d'aller la visiter à son tour. Ni l'un ni l'autre ne désirait se voir, encore moins se disputer. Donc, pour éviter les confrontations, une sorte de statut quo se mit en place de lui-même. Pourtant, le roy sentait qu'il allait s'en agacer et lasser très vite.

Le jour du bal masqué arriva et Charlotte n'avait point reparlé au souverain.

Chapitre 6
Le bal masqué

Charlotte se préparait en silence dans ses appartements de l'hôtel des Rambouillet. Sa tante se trouvait déjà au palais, Paul ne l'avait point quitté, ne restait que Thibaut et elle.

La jeune femme était étrangement calme et les domestiques respectaient son silence presque avec révérence. Charlotte songeait au premier bal masqué auquel Caroline avait assisté avec la cour. Elle lui avait raconté comment le roy l'avait reconnue alors qu'elle était teinte en brune. La jeune femme sourit en se souvenant des mots que sa sœur avait employés. Caroline lui semblait tellement… heureuse mais aussi triste et incertaine !

Cependant, ce soir serait fort différent. Parce que Caroline était morte, qu'elle-même n'était point dans la maison de la reine, que toutes les dames de compagnies de la reine étaient vêtues comme elles le désiraient mais, surtout, parce qu'il s'agissait d'un bal privé : donc le roy et la reine seraient eux aussi masqués.

Charlotte avait choisi une toilette blanche pour l'occasion. Elle avait longtemps oscillé entre une toilette noire et une autre blanche avant de se décider pour cette dernière. Elle avait relevé ses cheveux et on y avait déposé des perles et des diamants au-dessus d'un voile de dentelle noire qui la couvrait jusqu'aux épaules. Son masque camouflait son front ainsi qu'une bonne partie de l'arête de son nez. Charlotte choisit de ne porter aucune poudre ni fard. Elle mit de longs gants noirs, un collier de perles des caraïbes avec un pendentif en perles et rubis, des boucles d'oreilles assorties et… fut prête à partir.

A l'instant où elle se faisait cette réflexion, on frappa à sa porte. Sophie, une de ses domestiques, entra et s'excusa :

- Monsieur le comte m'a priée de vous avertir qu'il était prêt.

- Je viens, merci.

Et joignant ses gestes à sa parole, la marquise de Saint-Savin quitta ses appartements sans un regard pour son miroir. Elle vit son cousin qui patientait en bas des escaliers du grand salon. En l'entendant, il sourit et lui tendit galamment la main :

- Ma chère cousine, vous êtes resplendissante.

- Merci, mais vous êtes fort bien vous aussi… laissez-moi vous admirer !

Il effectua un gracieux demi-tour qui fit rire sa cousine.

- Bien, maintenant, nous ferions peut-être mieux de nous mettre en route, ne pensez-vous point ?

- Je suis tout à fait de votre avis mon cher ami !

Ainsi, ils quittèrent leur demeure pour le palais du roy.

Les deux cousins arrivèrent finalement assez tôt et un bon tiers des invités manquait encore. Les deux premières heures furent relativement calmes mais Charlotte s'amusa tout de même. La jeune femme eut le temps de faire le tour des pièces préparées par la reine pour l'événement. Elle eut le temps d'admirer toutes les moulures et les peintures, ce qu'elle n'avait jamais vraiment eu le temps de faire jusqu'à présent. Caroline avait raison : rien n'était comparable dans le Nouveau Monde. La marquise admira le travail des artisans avec fascination, sans parvenir à décider ce qu'elle préférait.

La jeune femme rejoignit finalement le début de la fête et commença à boire. N'ayant point un gros appétit, Charlotte oublia, comme souvent depuis la mort de sa sœur, de se nourrir. Elle devint rapidement joyeuse et son rire cristallin attira rapidement de nombreux regards. Quelques uns retinrent son attention et elle dansa plus en une heure que durant toute sa vie aux Amériques.

La jeune femme avait un peu l'habitude de boire, tout comme Caroline, elle avait grandi entouré d'hommes plus primitifs les uns que les autres et les jumelles à l'incroyable beauté avaient rapidement compris que, pour tenir tête aux hommes, il fallait les blesser dans leur orgueil et la boisson en faisait parti.

Cependant, si elle était habituée au rhum, elle ne l'était guère des grands vins ni du Champagne qui, quoique moins forts, n'en demeuraient point moins néfastes lorsqu'ils sont mélangés… Et inconsciemment, Charlotte désirait oublier… tout oublier juste quelques heures, le temps de retrouver son univers et ne plus ressentir cette douleur qui lui broyait sans cesse la poitrine depuis la mort de sa jumelle deux mois et huit jours auparavant. La marquise voulut visiter Catherine mais songea qu'elle se ferait démasquer. La jeune femme demeura donc dans la salle avec les autres convives.

Au milieu de tout ce luxe, un gentilhomme retint particulièrement son attention et elle crut même un long moment qu'il s'agissait de son cousin Paul. Grand et musclé, trop pour son cousin, elle n'y songea qu'après, avec des yeux brillants et un fin sourire railleur. Lui aussi semblait avoir trop bu. Lorsqu'elle lui en fit la remarque, il se pencha à son oreille pour murmurer :

- L'alcool inhibe les sens et vous fait oublier.
- Votre épouse ?
- Entre autre.
- Des problèmes ?
- Que voulez-vous oublier d'autre ?
- Le chagrin, répondit-elle sans réfléchir.

Et l'alcool n'aidant pas, la marquise sentit les larmes lui monter dans les yeux et menacer de couler. L'homme lui redressa tendrement le visage avec une délicatesse qui ne s'accordait point avec sa corpulence et sa démarche guerrière.

- Que diriez-vous de rester en ma compagnie quelques heures, le temps d'oublier ?

La jeune femme lui sourit, reconnaissante, et leva son verre :

- A l'abandon !
- A l'abandon ! répondit-il.

Et ils burent d'une traite le reste de leur coupe.

Plusieurs coupes de vin et quelques danses plus tard, Charlotte perdit son cavalier, elle ne sut trop comment. Il fallait aussi avouer qu'elle avait beaucoup trop bu et qu'elle n'avait aucune envie de réfléchir. C'est alors qu'elle vit la reine. Elle sut que c'était elle car elle était entourée de son amie d'enfance et de sa tante... cette dernière étant reconnaissable même avec son masque avec son air guindé et ses lèvres serrées par le mépris. La reine se tenait près d'une fenêtre, elle avait trop chaud dans cette salle pleine de monde et l'air glacé de la nuit sembla lui faire du bien. La jeune femme hocha la tête et partit à la conquête d'une autre coupe de Champagne.

- Bonsoir, lui dit un gentilhomme.
- Bonsoir monsieur.
- Vous êtes seule ?
- Je... il semblerait en effet.
- Désirez-vous que je vous tienne compagnie ?

Charlotte rit.

- Si vous êtes bon conteur et que vous avez de merveilleuses choses à me dire, je suis toute à vous...
- Toute entière ?

La jeune femme ne put s'empêcher de rire à nouveau.

- Cela ne dépendra que de vous.

Elle se moquait d'offrir son corps, si cela lui permettait auparavant de s'amuser un peu.

Il lui passa la main autour de sa taille et murmura, l'haleine chargée d'alcool :

- Venez avec moi, il y a quelques coins sombres dans ce palais où l'on peut y aimer tranquillement.
- Eh bien monsieur, on peut dire que vous êtes direct !
- Je sais que vous êtes belle.
- Parce que vous savez qui je suis ?
- Nul besoin.
- Hum...

Charlotte se souvint des mots qu'elle avait prononcés au roy quelques jours plus tôt puis fronça les sourcils : mouais, peut-être pas tous les hommes de la cour finalement. Maintenant, elle devait s'en débarrasser.

- Je suis honorée de votre intérêt pour ma personne mais je suis au regret de décliner votre offre.

- Pourquoi ma jolie, vous n'en avez point envie ? Ou peur d'un époux peut-être ?

- Ecoutez, j'ai dit non, allez chercher une autre proie.

- Ou alors une petite vierge ! s'enthousiasma-t-il.

Charlotte soupira :

- Une vierge qui a déjà un fils.

- Donc un époux trop protecteur ? Le vilain garçon qui ne veut pas partager…

Charlotte recula d'un pas et sentit un bras chaud et rassurant lui enserrer la taille. Elle se retourna à demi et leva la tête pour retrouver son cavalier de la soirée. Elle lui sourit avant de regarder l'autre gentilhomme. Rassurée, elle allait rétorquer mais il la devança :

- Vous avez trouvé monsieur, un époux trop protecteur, fit froidement son gentilhomme bienfaiteur. Avouez qu'entre vous et moi, les femmes – même s'il s'agit de la mienne – me préfèrerons à vous.

- Bien, s'inclina l'autre, madame, je vous laisse entre les mains de votre protecteur. Monsieur… au plaisir.

Lorsqu'il se fut éloigné, Charlotte se retourna et son cavalier la lâcha, agacé à ce qu'il semblait.

- Merci monsieur, dit-elle avec un magnifique sourire à faire pâlir une étoile, je ne savais comment m'en débarrasser.

- Je vous en prie. J'espère simplement que vous me pardonnerez ainsi que votre époux mon grossier mensonge.

- Mon époux n'en aura que faire (il était vrai, mort et enterré, peu lui importait les excentricités de son épouse) et moi je vous suis reconnaissante. Monsieur, je vous dois une faveur.

- Je ne comprends pas comment de tels personnages peuvent encore être à la cour… puis il la regarda avec étonnement : une faveur ?

- C'est le soir de toutes les folies ! Alors demandez-moi ce que vous voudrez, je suis à vous corps et âme.

La jeune femme le vit hésiter et quelque chose au fond d'elle espéra qu'il l'embrasse… ce qu'il fit. Là, au milieu de la salle de réception, près du bar où l'on servait les boissons. Il s'approcha doucement et lui passa un bras autour de la taille. Sa poigne ferme, la peau chaude malgré les tissus de leurs vêtements, ses muscles… la jeune femme frissonna. Ce que c'était bon de sentir que l'on pouvait avoir confiance en l'étreinte d'un homme !

- Tout ce que je veux ? murmura-t-il en plongeant son regard dans le sien.

- Tout, sourit-elle. Allez, rajouta-t-elle après quelques secondes de silence. Embrassez-moi, je sens que vous en avez envie.

- Et vous madame ? susurra-t-il en se penchant vers elle.

- Je ne sais même pas pourquoi vous posez la question.

Il plaçait son autre main dans sa nuque alors qu'elle refermait ses bras dans son large dos.

Doux baiser, un premier baiser timide mais pourtant plein d'ardeur, de sensualité mais aussi de nostalgie.

Alors qu'il l'embrassait, son compagnon songea que peut-être, oui peut-être, il pourrait aimer de nouveau.

Il se redressa et vit les quelques regards qui les épiaient. Heureusement, les autres étaient trop accaparés par eux-mêmes pour les remarquer.

- Allons danser voulez-vous ?

Elle lui sourit et posa sa fine main gantée dans la sienne.

Elle demanda à retourner boire un peu avant de poursuivre et, alors qu'elle terminait en sa compagnie une autre coupe de champagne, il se pencha à son oreille :

- Vous plairait-il que nous nous éclipsions quelques instants ?

Pour toute réponse, la jeune femme lui sourit et reposa sa coupe de vin blanc pétillant. Tendrement, le gentilhomme masqué la prit par la taille et la dirigea au travers de la foule.

Ils parcoururent quelques pièces du palais éteint pour se retrouver dans une chambre. Vaste, richement décoré… certainement celle d'un prince… tant mieux ! Il referma la porte et ils retrouvèrent dans le noir, presque total puisque les rideaux n'avaient point été fermés pour la nuit. Charlotte souffla sur l'unique bougie qui les avaient suivis dans le palais et elle sentit quelqu'un la prendre par derrière et commencer à lui mordiller le cou. La jeune femme se retourna et prit ses lèvres avec ardeurs.

- Voulez-vous retirer votre masque ? demanda-t-il.
- Seulement s'il fait complètement noir.

Il la lâcha alors doucement et ferma lui-même les rideaux. Soudain, il fit noir. Elle ne voyait plus rien. Charlotte sentit son cœur s'accélérer et elle entendit le souffle de son cavalier. Une main se tendit dans la nuit et un murmure s'éleva :

- Approchez.

C'était un ordre mais doux. Elle fit ce qu'il lui dit et il lui retira doucement son masque… et les masques ne furent point les seuls à tomber sur le sol. Pour ne point qu'il sache qu'elle cachait une dague contre sa cuisse – on ne savait jamais – elle pensa à retirer l'objet en même temps que ses bas.

Et il l'aima. Elle n'avait aucune idée de son identité mais c'était mieux ainsi… pour la première fois, Charlotte faisait l'amour avec un homme presque par désir, parce qu'elle l'avait décidé. Son époux n'avait été que violence avec elle et ses amants… qu'un moyen de se débarrasser de son époux. La jeune femme sentait que lui aussi profitait de l'obscurité, que lui aussi avait des problèmes et qu'il prenait une sorte de nouveau départ avec elle… ou plus exactement qu'il tournait une page.

Ils restèrent quelques instants immobiles après. Simplement à profiter de ce qu'ils leur arrivaient. Leur rencontre masquée

263

n'était point une simple aventure d'un soir, ils le savaient, c'était beaucoup plus : le destin.

Charlotte se releva sans un mot et se rhabilla comme elle put dans le noir, aidée par son amant. Ils agirent en silence mais cela était bon, doux… juste… rien, le présent sans que le passé ne tourmente, sans avenir pour inquiéter.

Alors qu'elle allait partir, elle se tourna vers la nuit :

- Merci, murmura-t-elle.

L'ombre nue ne bougea pas et murmura à une amante déjà partie :

- Adieu Caroline.

Une unique larme perla au coin de sa joue, mais il savait maintenant : Caroline n'était plus et il devait continuer de vivre. Il pouvait aimer de nouveau.

Charlotte soupira et respira profondément avant d'entrer dans la salle de réception encore noire de monde malgré la nuit bien avancée. En réalité, c'était la première réception depuis la mort de Caroline de Rambouillet où l'on pouvait vraiment s'amuser… ainsi donc, on en profita.

Alors qu'elle entrait dans la pièce, la marquise fut éblouie un instant par les lumières aveuglantes mais surtout nombreuses.

Charlotte ne but plus d'alcool ce soir-là, elle songea qu'elle avait assez profité de la fête. Elle s'approcha d'un domestique et lui demanda de faire atteler sa voiture, elle désirait rentrer.

Quelques instants plus tard, madame de Saint-Savin aperçut Thomas d'Abzac se faufiler à travers la foule, déboussolé, complètement terrorisé et à la recherche de quelque chose… ou de quelqu'un. La jeune femme – qui s'était prise s'affection pour l'enfant – l'interpella :

- Oula, petit page, où cours-tu donc ainsi ? Ne devrais-tu point dormir à cette heure ?

- Madame la marquise ! d'exclama-t-il visiblement soulagé de la voir. Je vous cherchais.

Charlotte fronça les sourcils :

- Que se passe-t-il ? Rien de grave ?

- Si madame ! Un assassin est entré dans le palais !

- Que dis-tu là ? souffla-t-elle.

- On a retrouvé Alain, un serviteur, ligoté et bâillonné dans la réserve. Heureusement qu'on a dû y retourner pour…

- Je m'en moque Thomas ! Va à l'essentiel !

- Il a dit qu'un homme armé avait pris sa place…

- Mais… peut-être que ce n'est pas un assassin ?

- Madame !

- Oui, d'accord… c'est fort peu probable.

- Il faut que vous fassiez quelque chose.

- Pourquoi moi ?

- Parce que vous êtes celle qui est visée !

- Pardon ? Comment sais-tu cela ?

- Parce que tout à l'heure un domestique que personne ne connaissait à demander où vous étiez… soi-disant, il avait un pli à vous remettre d'urgence mais personne ne s'est alarmé sur le coup… il y a eu des recrutements mardi dernier…

Charlotte soupira :

- Mais qu'est-ce que j'ai ENCORE fait ?

Charlotte frissonna. Le corps entier en alerte, son regard parcourut la foule et perçut en une fraction de seconde, une arme se lever, puis une deuxième. La première lui était destinée sans nul doute, cependant, la seconde visait la reine. Charlotte ne réfléchit point. D'un mouvement fluide, elle dégaina sa dague et le lança sur le second tireur qui visait la reine ; on cria, on se bouscula, on se poussa… les deux coups de feu retentirent. Charlotte vit que son arme avait atteint sa cible : l'œil du tireur de la reine. Cependant, ce qu'elle n'avait guère vu, c'était un troisième tireur, là pour le roy, heureusement absent – ou trop bien masqué. Celui-ci se reconvertit rapidement et visa la reine. Le premier tireur visait mal et n'avait atteint que le bras de la belle marquise qui traversa rapidement la foule pour se jeter sur la reine…

… le dernier coup de feu retentit.

Il ne s'était passé que six secondes.

- Majesté… Majesté !

Lebel entrait et réveillait le roy en allumant les lumières.

- QUOIIIIII ????? marmonna le roy ensommeillé et nu sous ses couvertures.

- Des attentats, Sire !

Le monarque ouvrit instantanément les yeux :

- Des attentats ?

- La reine était visée ainsi que Votre Majesté, heureusement absente, et aussi la marquise de Saint-Savin.

- Mais… pourquoi ? s'étonna le roy en s'habillant prestement.

- Nous ne savons pas, Sire… mais ils étaient trois. La marquise a sauvé la reine mais elle s'est prise deux balles des autres tireurs.

- Cette famille ! murmura le souverain en se souvenant de ce que Caroline avait fait pour lui.

Lebel lui racontait la scène alors qu'ils parcouraient rapidement les couloirs pour se rendre dans la salle de bal.

Quelle soirée !

- Les agresseurs ont-ils été appréhendés ?

- Oui Sire et les invités se faisaient évacués lorsque j'ai été vous chercher.

- La reine va bien ?

- Oui Votre Majesté, seule la marquise de Saint-Savin a été touchée.

Il ravala son amertume car son orgueil ne pouvait se satisfaire du sort : elle avait sauvé son épouse… Fichtre ! Pourquoi n'était-ce point une autre dame de la cour qui eut été élevée aux Amériques ?

Il entrait alors que Lebel partait chercher le médecin royal et le chirurgien. Le monarque se figea et blêmit en apercevant la scène.

- Non ! C'est impossible !

Chapitre 7
Vivre ou mourir

Le roy demeura quelques instants sous le choc. Ce ne fut point de voir son épouse couverte du sang de Charlotte et le visage ravagé d'horreur, ni le duc de Rambouillet tenter d'arrêter l'hémorragie de la jeune femme qui le bouleversèrent… non, c'était la robe de Charlotte… blanche. Ses gants et son voile : noirs. Alors il comprit, il faillit vomir rien que d'y songer mais la vérité était là.

Il avait fait l'amour avec la sœur, la jumelle de sa favorite. Un instant, le roy songea au hasard qui l'avait poussé dans les bras de la jeune femme et du plaisir qu'il y avait pris… non !

Il revint à la réalité lorsque son cousin l'aperçut :

- Sire ! Votre Majesté va bien ?

Les quelques personnes présentes se tournèrent vers le roy. Sans réfléchir, il avait repassé son costume de la soirée… si elle le voyait maintenant elle comprendrait… il savait que cela la choquerait et, pour le moment, elle n'avait nul besoin de cela. Et il n'assumait pas encore ses actes. Il ne voulait pas voir ses yeux.

Soudain, Charlotte se redressa presque seule et commença à convulser. Sans trop savoir comment ni pourquoi, alors que son cœur avait manqué un battement avant de s'emballer, Charles Henri se retrouva à tenir la jeune femme dans ses bras. La marquise ne sembla guère le reconnaître, ni en bien ni en mal. Puis du sang commença à couler de sa bouche et son nez et il comprit que une des balles avait atteint ses poumons.

- Non ! se récria le roy.

Il ne lui restait que quelques minutes à vivre si personne ne réagissait. Tout le monde se tourna vers lui.

- Pas vous aussi ! Puis il regarda le reste des courtisans : tout le monde dehors ! Je ne veux plus voir qui que ce soit !

On quitta la pièce en silence alors que la jeune femme respirait avec de plus en plus de difficulté.

- Il faut… retirer la balle…

Elle parla si bas qu'il ne l'entendit guère. Le monarque approcha donc son oreille de sa bouche alors qu'elle peinait à répéter sans ouvrir les yeux :

- Il… vous faut… retirer la balle.

- Mais… mais je ne puis !

- Vous êtes ma seule… chance de… vivre. Dans… les… appartements de… Paul…

Il comprit, instantanément.

- Tenez bon, nous y allons.

Le roy prit la jeune femme dans ses bras et frissonna un instant en voyant la robe blanche immaculée maintenant cramoisie… Doucement mais rapidement tout de même, il l'emmena dans les appartements de son cousin qui les suivit sur son ordre. Le souverain la posa dans le lit :

- Alors madame, que devons-nous faire ?

- Ma robe…

Il hésita un instant mais finit par mettre la poitrine à nue de la jeune femme.

- Ensuite ?

- Paul… les… de Caroline.

Son cousin, quelques pas derrière, comprit et sortit d'une armoire des onguents, cataplasmes qu'il conservait d'abord à la demande de Caroline puis celle de Charlotte.

- Un couteau… du feu. Bouillir eau et linge.

Ce qu'ils firent.

- Après ?

- Elargissez la blessure.

- Seigneur ! Vous êtes folle !

Elle ne répondait pas, elle était déjà presque inconsciente.

- Caroline, murmura-t-elle.

Le cœur du roy se serra.

- Après madame ?

- Il… retirer vite la balle, me donner… elle fit un geste mou vers un pot d'herbes médicinales. Mettre, elle effectua un autre geste pour un autre pot. Puis ce cataplasme et… bander.

Elle tenta de reprendre son souffle mais ne réussit qu'à tousser. Le roy lui releva rapidement la tête et lui essuya la bouche mais elle avait perdu connaissance.

- Que fait-on ?

- Ce qu'elle a dit, répondit sévèrement le roy, croyez-vous que nous ayons vraiment le choix ?

Ils commencèrent… voulurent commencer.

- Allez-y, ordonna le souverain, je ne puis.

Paul plissa le nez et prit le canif des mains du roy. A cet instant entra le duc de Guyenne qui blêmit en les apercevant.

- Vous avez perdu la tête ?

- Venez donc ici au lieu de hurler, marmonna le monarque.

- Mais… que lui faites-vous ?

- Ce qu'elle nous a dit ! s'exaspéra le duc. Bon, j'y vais.

Sous la douleur et malgré la perte de sang, Charlotte hurla et reprit brutalement connaissance. Paul recula et pâlit plus encore.

- Non ! cria le monarque, vous devez continuer !

- Mais… mais ça saigne !

- Quoi, ironisa le souverain, vous vous attendiez peut-être à y trouver du lait ?

- Mais non !

- Bon, donnez-le moi ! Guyenne, préparez la tisane, Rambouillet, montrez-lui les plantes qu'il doit prendre et venez tenir la marquise, elle va bouger je pense…

Ils obéirent tant par habitude que profondément choqués. Autant à la guerre… c'était différent. On ne trouvait que des hommes sur les champs de batailles et… bref. Mais là ! Une femme et quelle femme !

Le roy ouvrit la peau puis se tourna vers ses amis :

- Et je fais quoi ?

- Il faut retirer la balle.

- D'accord mais comment je m'y prends ?

Ils s'approchèrent de la jeune femme et la regardèrent tous les trois sans trop savoir quoi faire. Charlotte, blême et rouge de sang, chuchota dans un souffle rauque :

- Mettez votre main dedans pour récupérer la balle... pas le temps d'aller chercher un outil.

- Madame ? Vous êtes consciente ?

- Non, soupira-t-elle, vous parlez tout seul à cet instant.

Il soupira. Message reçu : question stupide.

- Dépêchez-vous... s'il vous plaît. Les deux autres doivent me tenir sinon je vais me débattre.

- Je m'en doutais madame.

- ... excusez-moi...

Et elle perdit de nouveau connaissance.

- Bon, tenez-la, ordonna le souverain, quand il faut y aller...

- ... il faut y aller ! termina son ami.

Ils échangèrent un regard complice en se souriant avant de se concentrer de nouveau.

Le nouveau médecin royal et le chirurgien entrèrent alors que le roy sortait la balle de la jeune femme.

- Quand même messieurs ! enragea le monarque, vous voilà ! Mais c'est bon, nous n'avons plus guère la nécessité de vos services.

- Sire, laissez-nous la panser et soigner son bras...

Le duc de Guyenne se tourna vers son ami :

- Vous en avez assez fait pour ce soir. Allez vous reposer, je me charge de superviser... je viendrai vous faire un rapport demain.

- Vous ne l'avez guère entendue lorsqu'elle nous a dit comment nous y prendre, se souvint le roy.

- Mais moi si, Majesté, et elle est présentement dans mes appartements, je me fais fort de m'occuper de ma cousine Sire, allez vous reposer en paix.

- Bien. Messieurs, dit-il aux hommes de sciences. Je vous la laisse, Paul, venez me faire un rapport demain dès que possible. Il n'est pas question de la changer de chambre pour le moment donc je chargerai Lebel de vous en attribuer d'autres dès aujourd'hui. A plus tard messieurs.
- Je remercie Votre Majesté.

Le roy fit demander dès le lendemain si un gentilhomme de la cour était présent lors de sa blessure plus d'une année auparavant et présent lors des soins que lui avait prodigué Caroline. Ce ne fut point un gentilhomme qui se présenta (les deux principaux, le comte de Toulouse et le marquis de Vauban, étaient tous deux de nouveau sur le front) mais un soldat que le monarque se souvenait avoir déjà vu effectivement à plusieurs reprises et qui gardait aujourd'hui ses appartements : le jeune Carcas.

Le souverain l'amena au chevet de la jeune marquise qui n'avait guère repris connaissance pour lui demander :
- Vous souvenez-vous du traitement que la duchesse de Rambouillet me prodiguait au début de ses soins ?
- Je… ne suis point certain Sire…
- Je ne vous demande point le traitement exact mais simplement la fréquence.
- Elle vous donnait une infusion cinq fois par jour et quatre fois par nuit. Cependant, je crois me souvenir que celle du soir n'était pas la même que les autres.
- Vous souvenez-vous d'autre chose ?
- Elle changeait votre pansement tous les jours mais le cataplasme deux fois par jour. Elle appliquait également un onguent le matin après une toilette préalable de Votre Majesté qui permettait d'après elle d'aider à une cicatrisation plus rapide. Le cataplasme évitait les infections et la douleur… tout comme vos infusions.

Le roy était au pied du mur. Ainsi, il prit la décision – avec le soutien des ducs de Rambouillet et de Guyenne – de mêler ce

271

que leur avait dit la jeune femme avec l'expérience du médecin royal. Toutefois, celui-ci avait ordre de ne point contredire la jeune femme dans ses traitements.

Cependant, cela ne lui réussit guère et la fièvre gagna la jeune marquise la nuit suivante. Le point positif est que sa fièvre lui colora les joues, le problème était que cela s'accompagnait d'un sommeil agité et de délires. Bientôt, les cris de souffrance de Charlotte envahirent les couloirs. Elle hurlait le nom de sa sœur…

Le roy devait repartir pour le front à la fin de la semaine suivante tandis que la cour attendrait son retour au château de Vincennes. La reine pria tout de même son époux de la laisser gérer le transfert de la cour mais seulement lorsque Charlotte de Saint-Savin serait en état d'être transportée chez sa tante. Le roy fut secrètement soulagé de cette requête et, faussement magnanime, accepta.

Toutefois, les cris et les délires de Charlotte hantaient le palais. La jeune femme ne cessait d'appeler sa sœur.

Sans que l'on sache trop pourquoi, Charlotte reprit un peu de force trois jours après sa blessure mais elle était toujours délirante. Ceux qui étaient chargés de veiller sur elle avouèrent qu'elle était d'une force peu commune et qu'elle semblait la proie de souvenirs d'enfance particulièrement traumatisants où elle était confrontée à la mort avec sa sœur. Plusieurs fois, on l'entendit s'exprimer dans différentes langues indigènes ainsi qu'en anglais, allemand et espagnol.

Puis, à l'aube du cinquième jour, la marquise de Saint-Savin échappa à ses gardiens. Ses vêtements d'amazone disparurent et les gardes finirent par alerter le duc de Rambouillet qui alla prévenir à son tour le souverain.

- Comment ? hurla-t-il. Ces incapables ont laissé une femme seule, blessée et malade leur échapper ? Que l'on m'arrête ces imbéciles ! Et dire que le royaume repose sur des personnes comme eux ! Mais où va-t-on ?

Alors il la vit… elle était dehors avec un petit page qu'il avait déjà vu dans les appartements de Catherine.

- Mais qu'est-ce qu'elle fait ici ?

Il appela la garde et s'élança dehors. Le souverain arrivait alors que le petit page tentait de retenir la jeune femme qui serrait les dents de douleur et faisait un gros effort de volonté pour demeurer consciente.

- … madame ! Quelqu'un d'autre peut s'en charger !

- Mais que faites-vous céans ?

La jeune marquise se tourna vers le roy, le reconnut puis soupira.

- Sire…

Il y avait tellement de lassitude et d'accablement dans sa voix que le souverain ne put retenir un sourire.

- Répondez, ordonna-t-il néanmoins.

Elle ferma les yeux quelques secondes comme pour se calmer et faire le point. Puis, lentement, la marquise se tourna vers le roy et posa son magnifique regard plus violet que bleu à cet instant dans ses yeux noisette.

- Il me faut aller en forêt afin de… on s'en moque ! Il me faut d'autres remèdes que ceux dont je dispose, sinon la fièvre me tuera !

- Mais vous risquez votre vie Madame.

- Guère plus que si je ne fais rien.

- Bien, votre entêtement est exaspérant, allez vous tuer si vous le désirez ! Vous, dit-il en montrant le page, Thomas d'Abzac c'est cela ?

- Oui Sire, s'inclina-t-il.

- Suivez-la.

Et sans rien ajouter, il les quitta, de nouveau agacé. Cette femme avait le don de l'exaspérer.

Charlotte eut quelques difficultés à reconnaître les différentes plantes sous la neige mais c'était réalisable, elle l'avait déjà fait. Si elle n'avait guère le talent de guérisseuse de Caroline, Charlotte se débrouillait suffisamment pour savoir qu'elle pouvait se soigner. Toutefois, avec la fièvre, la jeune marquise avait du mal à se concentrer sur les ingrédients. Consciente de jouer sa vie, elle préféra retourner au palais une heure plus tard. Le roy lui demanda alors si elle pouvait retourner chez sa tante, pour que la cour puisse quitter Saint-Germain pour Vincennes. Charlotte affirma qu'elle pouvait faire cet effort. Ainsi la belle marquise quitta-t-elle la cour pour l'hôtel de sa tante, son petit page étant chargé de veiller sur elle.

Le roy quittait Saint-Germain deux jours plus tard pour rejoindre ses armées. On ne savait point combien de temps il resterait absent… ainsi le lendemain, la cour suivit la reine pour la demeure royale de Vincennes.
Charlotte initia son petit page afin qu'il la soigne. La jeune marquise avait perdu énormément de sang et elle avait apparemment quelques difficultés à le reconstituer. Charlotte savait par ailleurs qu'elle n'avait guère les connaissances médicinales suffisantes pour s'aider à se soigner. Ainsi, elle prit son mal en patience.
Avec les nouvelles infusions et potions qu'elle se prépara, sa fièvre baissa dès le lendemain. Elle demeurait toutefois toujours épuisée même si sa plaie était en bonne voie de cicatrisation.

Une semaine après son installation chez sa tante, celle-ci la visita sur ordre de la reine – ce qu'elle n'apprit que plus tard.
- Ma pauvre chérie, lui dit-elle en souriant avec indulgence. Comment vous sentez-vous ?
- Ma tante, je suis épuisée mais je suis très heureuse que vous ayez pris le temps de venir vous-même vous inquiéter de ma personne.
- Mais enfin, c'est tout à fait normal mon enfant, je tiens beaucoup à vous.
Charlotte sourit avec douceur à sa tante qui était assise près d'elle et lui tenait la main.

- Comment va Catherine ?

- Bien, je m'occupe d'elle en votre absence et celle du roy avec Paul… Et étonnement, vous semblez lui manquer.

- Vraiment ?

- Oui, elle pleure beaucoup depuis que vous êtes blessée… je ne puis le comprendre que si on se dit que vos bras lui manquent.

- Madame, sourit Charlotte pour la première fois sincère, vous ne pouvez imaginer la joie que vous me faites.

- Je me doute mon enfant. Alors rétablissez-vous vite ! Votre fougue nous manque à tous !

Charlotte sourit et acquiesça.

Elle n'était point dupe, elle savait que sa tante ne faisait que semblant de la tolérer et l'apprécier et qu'elle cherchait un moyen de se débarrasser de la seconde des jumelles de Lusignan. Mais maintenant qu'elle savait à quoi s'en tenir avec sa tante, Charlotte serait beaucoup plus difficile à abattre que sa sœur.

Alors qu'elle était alitée depuis trois semaines chez sa tante, Charlotte prit la décision qu'elle s'était reposée assez longtemps et se leva…

… et décida de reprendre des forces, rapidement.

Sous les yeux ébahis de son petit page qui ne la quittait plus, elle s'établit un programme d'entraînement intensif mais progressif afin de récupérer. Emerveillé, il lui demanda s'il pouvait l'accompagner et elle l'autorisa. Ainsi, s'il y avait un problème, elle ne serait point seule.

Tous les matins, la jeune femme commençait par une course à pied. Elle débuta ses courses seulement à un quart d'heure et ne s'estima satisfaite que lorsqu'elle put courir sans s'arrêter une bonne heure. Ensuite, la marquise rentrait se restaurer chez sa tante, puis partait pour une promenade à cheval dans les bois… pour s'arrêter s'entraîner, seule ou en apprenant le maniement des armes à Thomas.

Si les premiers jours furent difficiles, la belle marquise savait ce qu'elle faisait et, moins de quinze jours après sa remise en force, personne n'aurait pu se douter que près d'un mois plus tôt, elle avait frôlé la mort.

Chapitre 8
Education

Un peu avant le début du printemps, Charlotte décida qu'il était temps pour elle de retourner à la cour. Les dernières neiges de l'année étaient tombées la semaine passée si bien qu'il faisait encore très froid dans cette région de France malgré l'approche du printemps.

La reine fut sincèrement heureuse de voir que la marquise s'était remise aussi bien et aussi rapidement. Charlotte lui répondit que ce n'était qu'une question de volonté mais aussi qu'il fallait avouer qu'elle avait eu de la chance. Ainsi s'empressa-t-elle d'aller trouver son cousin et le duc de Guyenne pour les remercier de leur courage. Ils avouèrent que la charcuter vivante avait été une véritable épreuve pour eux mais ils étaient eux aussi heureux de l'avoir fait et de voir qu'elle s'en était bien sortie.

Charlotte trouva Catherine bien grandi. La jeune femme passa la journée et le reste de la semaine exclusivement avec la petite princesse.

Deux jours après son retour à la cour, la marquise de Saint-Savin reçut la visite de Madame Adeline.

- Madame, lui dit une servante qui s'occupait des appartements de la « poupée royale ». Madame Adeline désirerait vous parler.

- Faites-la entrer, lui répondit-elle assise sur le sol, Catherine assise et jouant doucement avec quelques jouets. « *Comment a-t-elle su que j'étais là ?* » Puis elle songea que tout le monde à la cour savait qu'elle passait ses journées avec la petite princesse.

- Bonjour, lui sourit Adeline en entrant.

- Votre Altesse…

Adeline haussa un sourcil. Charlotte ne se leva pas pour s'incliner et ce manque des convenances la surprit de sa part… certes, elle avait un peu tendance à confondre Charlotte et

Caroline… il fallait avouer que les jumelles se ressemblaient de façon assez étonnante.

- Asseyez-vous, lui proposa alors Charlotte en lui montrant une place à ses côtés.

La princesse haussa un sourcil puis finalement haussa les épaules et s'installa aux côtés de la marquise. Elle fut étonnée de trouver autant de plaisir à s'asseoir au sol avec la petite qui jouait devant elles… les deux femmes étaient alors les égales de l'enfant. Comme si elle avait suivi les cours de ses pensées, Charlotte sourit en donnant un hochet en or à la fillette qui le mordilla sans ménagement.

- J'apprécie vraiment de jouer ainsi avec Catherine, sur le sol, sans protocole ni convention. Vous verrez cet été, je la ferai installer dans les jardins, dans l'herbe…

- Mais le roy n'acceptera jamais !

Charlotte la regarda avec courroux :

- Mais je ne comptais guère lui demander son avis.

Adeline plissa les yeux et se tut un long moment avant de dire :

- Faites tout de même attention à ne point le pousser à bout… vous ne le connaissez guère comme moi. Il est implacable, surtout lorsque l'on va trop loin.

- Il ne me fera rien.

Adeline en eut le souffle coupé. Comment pouvait-elle être si sûre d'elle ? tellement certaine ! Sans la regarder, Charlotte sembla néanmoins la comprendre car elle ajouta :

- Je ressemble bien trop à ma sœur.

Adeline soupira : ce n'était pas faux.

Charlotte était loin d'être idiote, très loin. Mais son intelligence était un peu différente de celle de sa sœur… plus pragmatique, plus raisonnée… moins sentimentale. Quelque part l'intelligence de Charlotte était plus propice à la cour. Elle s'adapterait mieux parce que plus cartésienne.

Adeline sourit mais ne répondit pas.

Quelques jours plus tard, Charlotte alla voir la reine et lui demanda une audience privée. Etonnée, celle-ci accéda rapidement à sa demande. La marquise de Saint-Savin entra alors dans le boudoir de la reine qui l'attendait patiemment en compagnie de son amie d'enfance et de la duchesse de Rambouillet puis se plongea dans une profonde révérence.

- Bonjour ma chère marquise, que me vaut le plaisir de votre visite ?

- Une requête, Majesté.

La reine fronça les sourcils : Charlotte n'était point du genre à dépendre de quelqu'un. Qu'elle vint lui demander un service l'étonna. Remarquant son air perplexe, Charlotte expliqua :

- Je pense que vous avez remarqué mon affection pour le petit d'Abzac.

- En effet, il vous a même suivie dans votre convalescence.

- Oui, son père en était fort satisfait… Thomas m'a avoué que, pour la première fois depuis sa naissance, il avait eu droit à la reconnaissance de son père qui – habituellement – ne s'occupe que de ses aînés… mais bon, ceci est un autre problème, soupira la jeune femme.

- Mais… où voulez-vous en venir ?

- A ceci Majesté : la cour n'est guère la place d'un enfant.

- Je suis d'accord avec vous madame, en théorie, comme toutes les femmes, mais nous n'y pouvons rien.

- Je le sais, mais ce qui me chagrine plus encore c'est que leur éducation est… comment dire ? Lésée à cause de leur charge. Je suis désolée, ce n'est pas normal.

- Que proposez-vous ?

- Je me propose de les éduquer trois heures par jour, le matin où on a le moins besoin d'eux.

- Sans rétribution ?

- Aucune. Je sais que sinon les parents n'accepteront point… mais si je le fais gratuitement et avec votre appui… étant de plus princesse royale, je ne pense pas qu'ils prendront le risque de refuser.

- Hum… intéressant.

- Je vous demande aussi de me laisser éduquer les enfants des domestiques qui travaillent au château.

- Vous êtes folle ! se récria soudain la reine.

La stupeur et l'incrédulité de la reine n'étonnèrent guère la marquise de Saint-Savin. La jeune femme savait aussi que ses idées ne passeraient point aisément mais l'avenir du royaume et des enfants valait ce sacrifice de temps, non ? Ainsi, la sœur de Caroline ne tressaillit point à l'injonction de la souveraine et se contenta d'hausser un sourcil.

- Je… se reprit la reine. Je ne sais quoi vous dire. Laissez-moi un petit délai de réflexion. Je vous convoquerai d'ici la fin de la semaine pour vous faire connaître ma réponse.

Charlotte s'inclina, remercia la reine et quitta ses appartements. Et encore, elle ne lui avait pas parlé de l'enseignement militaire qu'elle comptait donner aux petits garçons nobles…

Charlotte cessa alors de s'en inquiéter et attendit le verdict de la reine. De par les impressions de sa sœur et des siennes, la marquise savait la reine généreuse et juste, ainsi ne craignait-elle pas réellement l'avenir. La jeune femme avait la foi : son projet aboutirait, d'une manière ou d'une autre.

Alors qu'elle parcourait les couloirs, elle vit l'orchestre royal répéter dans la salle de réception pour le souper du surlendemain. Charlotte ne put s'empêcher de s'arrêter et de les écouter. La musique avec sa sœur lui manquait. Les souvenirs s'assaillirent. Non les longues fastidieuses heures d'études et d'exercices mais les moments plaisants où les jumelles jouaient de concert selon leur volonté. La dernière des jumelle en vie entendait encore les notes cristalines s'élever autour d'elle, comme un rêve auditif éveillé. Une pensée en emmenant une autre, les promenades à cheval à travers les gigantesques forêts canadiennes lui manquèrent, sans parler de leurs délires qu'elles seules comprenaient, leurs éclats de rire provoqués par des bagatelles... sa sœur lui manquait terriblement. Soudain, alors que cela ne lui était plus arrivé depuis la mort de sa Caroline, Charlotte eut envie de jouer à nouveau. Ravalant ses larmes, la marquise de Saint-Savin entra.

Le chef d'orchestre et maître de cérémonie s'était absenté quelques instants plus tôt et, ainsi donc, les musiciens se reposaient. Charlotte s'approcha des violons et en prit un. Elle se tourna vers le violoniste qui le tenait quelques minutes auparavant et lui sourit :

- Puis-je ?

Impressionné, le jeune homme acquiesça sans la quitter des yeux. Charlotte lui répondit d'un sourire et retira doucement ses deux bagues et son bracelet avant de prendre l'archet et de poser l'instrument à la base de son cou. La jeune femme inspira profondément en sentant le toucher si familier des cordes contre ses mains, au bout de ses doigts. Doucement, lentement, avec amour, nostalgie et tendresse, elle posa l'archet sur les cordes.

Ce fut son cousin avec deux seigneurs de sa maison qui la trouvèrent en premier. Le maître de cérémonie était revenu depuis un long moment mais il écoutait avec émotion la jeune marquise. Ce dernier connaissait également sa jumelle, Caroline, qui jouait de la harpe et du clavecin... les deux sœurs avaient la même oreille musicale et le même talent émouvant et magnifique.

Paul lui dit à la fin de son morceau :

- Elle vous manque, n'est-ce pas ?

Sa cousine lui sourit avec lassitude, redonna le violon à son propriétaire et, après les avoir tous remerciés pour leur patience, quitta la pièce avec son cousin et ses deux amis.

- Oui, répondit-elle alors qu'il l'accompagnait aux appartements de Catherine, elle me manque terriblement.

Le Dauphin lui prit doucement la main, comme à une sœur, et la réconforta par ce simple geste. Ils se comprenaient, leur douleur se ressemblait un peu.

Le lundi suivant, comme promis, Charlotte fut convoquée par la reine.

- Madame, lui dit-elle, j'ai bien réfléchi à votre proposition et je ne suis toujours pas en mesure de vous autoriser ou non à éduquer ses enfants… c'est au roy qu'il vous faut demander, ajouta-t-elle alors que Charlotte allait la couper.

La jeune femme referma précipitamment la bouche, médusée. Aïe, elle n'avait guère songé à cela…

- Mais en attendant, je puis vous permettre une période d'essaie. Demander l'autorisation aux parents des enfants concernés et à leur maître… pour les serviteurs… voyez vous même, je ne veux pas le savoir.

- Mais… vous ne me blâmez point ?

- Non. Simplement je ne dirai point au roy que je suis responsable.

Charlotte eut un sourire plein de mépris et de sarcasme. La souveraine descendit légèrement dans son estime. Même si elle comprenait que la reine ne veuille se confronter à son époux. L'époque, son éducation et sans doute le fait que ce dernier n'était autre que le roy, poussaient Isabel à refuser l'engagement. Bref, ce n'est pas grave, elle, elle le ferait… autant ne pas changer les bonnes habitudes.

- Merci… Votre Majesté.

Sans attendre, la marquise de Saint-Savin s'inclina et quitta une fois encore les appartements de la reine. Celle-ci se tournait déjà vers son amie d'enfance pour lui demander d'aller vérifier que le dîner allait rapidement être servi lorsqu'elle entendit Charlotte pousser un cri de joie. D'abord surprise, la reine sourit en songeant que la jeune femme pouvait être vraiment étrange par moment.

Charlotte passa voir Kate avant de commencer son ambitieuse idée.

La belle marquise commença, avec l'aide de Thomas et de quelques domestiques habitués à la cour, par effectuer une liste précise des enfants qui vivaient plus ou moins à la cour. Ensuite, la jeune femme trouva une pièce au château qui n'était pas utilisé et demanda au régisseur du palais si elle pouvait en faire une salle de classe. Elle payerait les quelques travaux et aménagements. Après avoir consulté la reine, il donna son accord et Charlotte fit installer de petits bureaux individuels. Elle acheta des plumes, du papier, des encriers, du sable… tout ce qui pourrait lui être utile pour l'éducation des enfants.

La partie la plus délicate, elle le savait, serait de convaincre les parents et « tuteurs » des enfants de les lui laisser quelques heures par jour. Ainsi, la marquise commença par les mères, qui seraient certainement plus compréhensives que les hommes de par leur instinct maternel… mais Charlotte se trompait. Ici, surtout les femmes de la cour, n'avaient guère l'autorisation ni le temps d'aimer leurs enfants. Elles les mettaient au monde et les montaient le plus haut possible dans la hiérarchie ; toutefois, leur rôle s'arrêtait là. Surprise, la belle marquise se tourna vers les hommes qui lui apportèrent bien souvent plus de soutien. Charlotte ne chercha pas à comprendre.

La jeune femme fit cependant part de ses interrogations à son cousin, le duc de Rambouillet, qui lui sourit :

- Les gentilshommes de cette cour ne se préoccupent guère plus de l'éducation de leur enfant que leur épouse… ils espèrent simplement s'attirer vos faveurs.

Charlotte s'arrêta et fronça les sourcils.

- Ce n'est que cela ? Ils espèrent juste me mettre dans leur lit ?

- Eh bien… Paul hésita, se souvenant de la pruderie de Caroline, mais il ne se voyait guère lui mentir. Oui.

La jeune femme inspira profondément et se remit en marche en soupirant :

- Ha les hommes ! Rien ne les changera !

L'héritier du trône fronça les sourcils à son tour en dévisageant sa cousine en silence… une idée la travaillait, il le voyait… cependant, bienheureux celui qui pourrait deviner laquelle.

- Qu'allez-vous faire ?

Charlotte sortit de ses songes et posa un regard interrogateur sur lui.

- Hum ? Vous disiez ?

- Rien, soupira-t-il, finalement je ne veux rien savoir.

Charlotte lui offrit son magnifique sourire, tellement semblable à celui de sa sœur.

- Vous avez raison : vous ne désirez point savoir.

Avec lassitude, Paul se résigna.

Le lendemain, Charlotte mettait son plan a exécution. Cependant, elle ne coucha guère avec tous les pères de la cour… elle se contenta de les… chauffer, les préparer… bref, elle en fit des esclaves. Ils furent tous rapidement convaincus de l'importance de l'éducation de leur fils.

Un peu plus de trois semaines plus tard, la marquise de Saint-Savin ouvrait sa classe qui comptait quarante-deux garçonnets âgés entre sept et quinze ans… il y avait surtout quatre enfants qui n'étaient pas de la noblesse.

On ne la respecta pas au début. Elle était une femme après tout et une courtisane qui plus est. Cependant, les petits pages comprirent rapidement qu'il fallait mieux se taire avec elle. Très rapidement, les enfants la respectèrent, la craignirent… davantage que n'importe qui, leur parent compris.

Le premier jour, elle les interrogea afin de connaître l'étendu du savoir de chacun. Et la marquise se rendit compte qu'il y avait encore plus de travail qu'elle ne l'avait craint.

Une semaine après le début des cours – qui avaient lieu trois fois par semaine – Charlotte demanda de nouveau une audience à la reine : cette fois, elle leur proposait une éducation militaire… seulement pour les nobles.

La classe étant nombreuses, elle proposa de la diviser en deux groupes, ainsi, il y aurait toujours des pages dans le château quand les autres s'instruiraient. La reine approuva cette idée… jusqu'à ce que Charlotte lui parle du programme du septième jour. Le dimanche, jour du Seigneur, la jeune femme proposait de leur enseigner les armes, surtout l'épée.

La reine refusa : ce n'était guère le devoir d'une femme de s'occuper de ces choses !

Mais la marquise de Saint-Savin savait ce qu'elle faisait ; et elle argumenta : elle était peut-être une femme mais elle avait grandi entouré d'Indiens et avait certainement vu plus de sang que la plupart des gentilshommes de la cour n'en verrait jamais. Elle connaissait plusieurs types d'armes : épée, pistolet, lance, fronde, arc, poignard, main nue… ainsi, elle pourrait leur apprendre les bases de toutes ces techniques. Et il ne fallait guère oublier que l'on était en guerre… ces gentilshommes seraient peut-être amenés à diriger des régiments… pour le bien de la France, ne valait-il mieux pas qu'ils connaissent les armes et des stratégies de guerre ?

Face à une telle plaidoirie, la reine ne put que céder.

Dès le lendemain, Charlotte répartit les enfants en deux groupes. Non par âge mais par connaissance, intelligence et capacité.

Le surlendemain, elle mettait ses vêtements des Amériques et rejoignait tout le groupe qui l'attendait dans la cour du château de Vincennes.

Les courtisans s'habituèrent rapidement à ce petit divertissement du dimanche, les enfants s'entraînant dans la cour du palais avant la messe de onze heures… cela avait quelque chose de magique.

Charlotte se tenait donc dans la cour avec tous ses élèves – les nobles en tout cas – et non séparés dans leur classe.

- Nous allons voir le combat à main nue aujourd'hui les enfants.
Les plus jeunes et les plus petits s'installèrent devant et ainsi de
suite vers le fond, que tous puissent bien voir Charlotte sans se
gêner.

- … j'ai besoin d'un cobaye…

Le fils du comte de Mac Mahon se porta volontaire et Charlotte
lui demanda de la rejoindre.

- Parfois, expliqua-t-elle à haute voix, dans les batailles, nous
pouvons nous retrouver sans arme… et pour vos fesses, je vous
assure qu'il vaut mieux que cela n'arrive jamais ! Il y eut un petit
rire parmi les rangs et la jeune femme sourit avant de poursuivre.
Bien, en admettant que cela arrive, vous n'aurez d'autre choix
que de combattre avec la dernière arme que vous possédez : vos
poings ! Allez, en garde !

La marquise le laissa tenter de la toucher alors qu'elle esquivait
aisément les coups tout en commentant ses gestes pour que tous
entendent ainsi que les siens. Après quelques minutes à ce
régime, elle attaqua à son tour mais ne frappa pas fort le jeune
homme qui recula de quelques pas tout de même.

- C'est bien, lui sourit-elle, retourne à ta place. Je voulais vous
montrer que vous n'êtes pas prêts à vous battre ! Il va falloir
apprendre les gestes, les bons, et accélérer surtout. Je suis une
femme et, quoi que je fasse, je serai toujours moins forte que
vous, les hommes. Cela veut-il dire que vous allez me battre un
jour ? Non, pas forcément. Pour la bonne raison que le combat à
main nue, comme le tir à l'arc, ne demande pas beaucoup de
force. Jouer sur tous les terrains : la force, bien sûr, mais surtout
la technique, la ruse, l'équilibre et la souplesse.

Charlotte se tut quelques secondes pour les scruter, puis rit en
remarquant leur mine circonspecte.

- Je comprends votre scepticisme ! Vous verrez, les meilleurs
d'entre vous ne seront probablement pas les plus forts
physiquement. Bon, je vous montre.

La marquise de Saint-Savin leur montra un enchaînement qu'ils apprirent par cœur. C'était un mélange de souplesse, de force et d'agilité, une sorte de danse mortelle.

La semaine suivante, ils étaient tous dans la cour où un magnifique soleil les baignait de lumière. Elle les entraînait à l'escrime, compétence qu'ils maîtrisaient tous à différents niveaux. Vêtue en homme des bois, la marquise de Saint-Savin était magnifique, surtout au soleil ; cependant personne n'y prêtait une réelle attention, trop concentré sur les enchaînements des élèves qui exécutaient les ordres de la jeune femme avec le plus d'attention possible.

- Six, deux, quatre !

Mouvement, mouvement, autre mouvement.

- trois, un, cinq !

Autres mouvements, la jeune femme avait une cravache à la main et elle fouetta sans compassion un adolescent qui était d'ordinaire d'une arrogance peu commune parce que fils de duc.

- Fendu !

Il râla et se fendit encore plus :

- Surfendu !

Avec colère, le jeune courtisan sortit une dague de sa ceinture pour l'attaquer mais Charlotte avait grandi avec le danger. Ce gamin n'était qu'un caillou sous sa botte. Impassible, il n'eut pas le temps de sortir son arme qu'il sentait un canon de métal froid sur sa tempe. Ses magnifiques yeux bleus étaient durs comme de la glace.

- Je ne veux plus te voir. Tu m'as déjà insultée une fois mais je t'ai laissé une seconde chance, avec tes camarades domestiques tu as été pire qu'odieux, de même avec les plus jeunes et maintenant tu me menaces ? Non, je ne le tolèrerai point, tu es exclu de cette classe.

- Je vais le dire à mon père ! menaça l'enfant.

Charlotte eut un étrange sourire carnassier :

- Vas-y !

Le gamin ouvrit de grands yeux effrayés, il se rendait soudain compte à qui il parlait… l'amie de la reine, jumelle de l'ancienne favorite et surtout princesse royale ! Alors, une voix s'éleva, une voix qui fit frémir tout le monde de peur et d'inquiétude, sauf Charlotte, blasée :

- Mais qu'est-ce qu'il se passe ici ?

Chapitre 9
C'était moi

La marquise soupira et ferma une secondes les yeux pour respirer profondément… rester calme, c'était tout ce qu'elle avait à faire…

- Pars maintenant, ordonna-t-elle entre les dents au gamin avant de faire face au roy. Sire, dit-elle entre agacement et une douceur mielleuse et méprisante. Je ne pensais point vous voir avant la semaine prochaine où nous devons d'ailleurs vous rejoindre au palais de Madrid si je ne fais point erreur.

Mais le souverain ne se dérida pas et la fusilla du regard. Ils restèrent donc un long moment silencieux, les bras croisés à s'entretuer par la pensée.

- Qu'est-ce qu'il se passe ici ? répéta le monarque en détachant chaque syllabe, cela l'aidant peut-être à ne pas perdre le contrôle de ses nerfs.

- Rien, il s'agit d'un banal cours d'escrime, Majesté.

- Qui a autorisé cela ?

- Sa Majesté, ainsi que tous les parents et tuteurs de ces jeunes pages. J'ai jugé que leur éducation était lésée durant leur apprentissage dans ce monde de perversion.

- En voilà assez ! hurla le roy. Le cours est terminé ! Tout le monde part, immédiatement !

- Non ! Cria à son tour Charlotte en se plaçant devant les enfants qui s'étaient figés de terreur. Ne bougez point ! Je leur ai promis, Majesté, que je leur apprendrais tout ce qu'ils avaient besoin de savoir !

- Et qui êtes-vous donc pour juger ce qu'ils doivent ou non savoir ?

- Vous avez besoin de généraux, non ? Je me charge de vous les former ! Cessez donc de vous plaindre.

- Une femme ? railla le roy avec un sourire moqueur.

C'en fut trop pour Charlotte, elle cracha aux pieds du roy.

Déclaration de guerre chez certaines tribus indiennes.

C'était cela ou la gifle.

Le temps sembla se suspendre. Tous cessèrent de respirer. Charlotte affronta le regard noir du souverain et quelque chose au fond de lui savait qu'il était allé trop loin... mais il était le roy, il devait faire respecter la justice et sa personne.

Après une longue minute de silence assourdissant, le roy ordonna :

- Gardes ! Arrêtez-la !

Il scrutait son visage, il voulait la voir pâlir de sa décision, il désirait la voir souffrir de cette situation... mais rien. Son visage chargé de colère et froid se détendit juste en un fin sourire railleur qui eut le don de le faire enrager davantage.

Cependant, Charles Henri demeura impassible lorsque les gardes s'approchèrent piteusement de la marquise pour lui signifier de les suivre.

Le roy la regarda partir la tête haute. La jeune femme ne se retourna pas et marcha entre les deux gardes avec une dignité et un calme qui emplirent de fierté les garçonnets qui l'avaient pour professeur.

Mais en attendant, la marquise de Saint-Savin fut enfermée à la Bastille.

La Bastille avait longtemps servi de salle de réception au grand-père du souverain ainsi que de trésor royal... mais Charles-Henri n'y avait que de mauvais souvenirs et n'avait jamais trouvé aucun attrait à ce château fort ; ainsi, il l'avait transformé en prison d'Etat. Une prison d'Etat princière.

La porte de son bureau claqua. Le roy leva les yeux de la lettre qu'il rédigeait au Grand Turc et vit Adeline qui lui faisait face... de très très mauvaise humeur.

Il soupira et posa sa plume.

- Je suis ravi de vous revoir Adeline, comment vous portez-vous ?

- Mieux que vous il me semble, répondit-elle sèchement.
- Je vous demande pardon ?
- Il semblerait que vous ayez perdu la raison, ou auriez-vous peut-être reçu un coup sur la tête ? Ce qui expliquerait aussi votre retour intempestif.
- Madame, s'agaça le monarque, je ne comprends goutte à vos paroles, soyez plus précise je vous prie.
La jeune femme croisa les bras et le fusilla du regard.
- La marquise de Saint-Savin, cela vous dit quelque chose ?
Le visage du souverain se referma.
- Je n'ai rien à dire.
- Eh bien moi si, voyez-vous ! La prison n'est guère la place d'une femme ! Encore moins d'une noble alors ne parlons point d'une princesse de sang !
- Elle y est depuis à peine cinq heures !
- Il n'empêche qu'on en parle dans tout le château et que la nouvelle a fait tout le tour de Paris ! La marquise vous est peut-être insupportable mais elle est grandement appréciée par le peuple ! Alors vous allez ranger votre orgueil et vous allez rétablir l'ordre !
Charles allait s'exclamer qu'elle n'avait pas à lui donner d'ordre puis lui rappeler par la même occasion qui il était mais, le temps qu'il ouvre la bouche, elle était déjà partie.
Le souverain soupira... oui, évidemment qu'il savait avoir eu tort... mais tout de même ! Elle le traitait comme si... comme s'il n'était qu'un homme parmi les autres. Bon, il enverrait Guyenne la libérer demain et elle les rejoindrait au château de Bologne. Il sourit en songeant qu'elle devait être furieuse.
Et effectivement, à quelques lieues de là, Charlotte fulminait. Jamais on ne l'avait traitée de la sorte ! Après une seconde de réflexion, la jeune marquise changea d'opinion : si, en réalité, on l'avait déjà traitée de cette façon et pire encore... son époux lorsqu'elle avait voulu prendre le bateau pour la France contre son avis, mais bon. Mais il y avait une chose positive :

291

aujourd'hui, elle n'était pas menottée au mur ! Sans trop savoir pourquoi, la jeune femme éclata de rire.

Le lendemain, alors qu'elle n'avait pu fermer l'œil de la nuit, la marquise reçut la visite du duc de Guyenne qui venait la libérer.

- Je suis là sur ordre du roy, madame, vous êtes libre.

Cependant, elle ne bougea pas.

- Non.

- Non ?

- Non.

- Mais comment cela « non » ? s'inquiéta-t-il.

- Je ne serai plus jamais libre monsieur.

Sans qu'il comprît les paroles de la jeune femme, celle-ci se leva enfin pour quitter sa geôle. Le gentilhomme envoyé du roy eut cependant l'étrange impression que quelque chose s'était brisée en elle.

Charlotte décida toutefois de faire face au roy. Ainsi, lorsqu'ils arrivèrent au château de Madrid, qu'elle découvrait pour la première fois, la jeune marquise se rendit directement dans le bureau du souverain, sans se changer ni se laver tandis que Guyenne la suivit et tentait de lui faire entendre raison… mais autant demander à un bœuf de jouer de la harpe. Devant les gardes de la porte, Charlotte les fusilla du regard et ils n'osèrent pas lui refuser le passage, trop inquiet des répercussions de la jeune femme.

- Mais qu'est-ce que… ? demanda le roy, agacé, en relevant la tête.

Le monarque aperçut Charlotte et plissa les yeux.

- N'avez-vous pas appris à frapper aux portes ?

- Il n'y en a pas sur les tipis et les wagwams.

- Vous croyez-vous amusante ?

- J'espérais l'être un peu.

- Méprisante et vaniteuse !

- Parce que nous commençons tout de suite les hostilités ?

- Vous pénétrez dans le bureau du roy sans frapper et je commence les hostilités ?
- Orgueilleux et prétentieux !
Le ton montait déjà et Guyenne se sentait un peu perdu. Il s'approcha pour les calmer et les faire reculer en tentant de se placer entre eux.
- Hola ! Calmez-vous…
Le roy et Charlotte le contournèrent comme s'il n'existait pas et continuèrent de se fusiller du regard.
- Votre petit séjour en prison ne vous aura point appris le respect à ce que je vois.
- Je ne vois rien qui nécessite mon respect.
- Je suis votre roy !
- Vous n'en demeurez pas moins un homme et je crois que personne n'a été là pour vous le dire ! Il faut bien que quelqu'un vous remette à votre place ! Vous êtes né d'une femme, vous vivez et vous finirez par mourir, et seul, comme n'importe lequel d'entre nous !
Il éclata alors de rire, se souvenant d'une discussion avec Caroline à propos du destin d'un roy… Méfiante, Charlotte croisa les bras, se recula un peu et plissa les yeux en le scrutant.
- Vous êtes vraiment étrange.
- Je ne puis que vous retourner le compliment.
- Haaaa ! hurla-t-elle de rage.
- Humm, dit-il en plissant le nez de dégoût. Reculez-vous madame, les relents de votre corps m'empoisonnent.
- Goujat ! A qui la faute si je n'ai pu me laver ce matin ?
- Rien ne vous obligeait à vous présenter à moi maintenant, vous en dispenser aurait été beaucoup plus plaisant.
- Ho mais, sourit-elle avec sarcasme, pour rien au monde je ne voudrais vous faire ce plaisir !
- Dommage… en attendant, il se tourna et prit le bassin empli d'eau glacée à destination des bouteilles de vin ou autre liqueur à conserver au frais et le jeta sur la jeune femme qui posa un cri

de surprise. L'eau était glacée ! Trempée jusqu'aux os, elle ne bougea pas. Sous le regard amusé du souverain et médusé du duc qui se demandait comment cela allait se terminer, Charlotte rejeta ses lourds cheveux trempés dans son dos avant d'affronter le roy, le regard noir :

- Vous avez complètement perdu l'esprit !
- C'est vous qui me rendez fou madame !
- Tant mieux !
- Garce !
- Imbécile !
- Gourgandine !
- Superficiel !
- Ca... superficiel ? s'étonna-t-il.

Le changement de ton la surprit tellement que la colère de Charlotte retomba brutalement et elle s'esclaffa. Le souverain ne comprit pas son soudain éclat et fronça les sourcils, songeant qu'elle se payait sans doute sa tête pour une raison qui lui échappait. Alors que les derniers spasmes la secouaient, le roy ferma la porte de son bureau et se tourna, furieux, vers la jeune femme qui remarqua soudain la désertion du duc de Guyenne.

- Oui, il est parti... sans doute chercher de l'aide... mais il sera trop tard !
- Trop tard pour quoi ? Vous êtes un couard ! Jamais vous ne me toucherez !
- Ha oui ? Il se jeta sur elle et la bloqua contre le bureau. Et maintenant, on fait moins la fière, n'est-ce pas ?
- Vous savez aussi bien que moi que je suis parfaitement en mesure de vous tuer si je le désire.
- Vous pouvez toujours essayer, la provoqua-t-il.
- Vous connaissiez suffisamment Caroline pour savoir que je ferais plus qu' « essayer ».
- Vous vous vantez, madame.
- Que nenni. Vous finirez par le comprendre.
- Moi ? VOUS, vous finirez par entendre raison et comprendre.

Charlotte se tut une seconde, son regard bleu rivé dans les yeux du souverain.

- Qu'attendez-vous de moi ?

- Je n'en sais rien ! s'emporta-t-il soudain en se détournant d'elle.

- Si vous le savez ! Vous voulez que je devienne Caroline ! Vous voulez que je ressuscite ma sœur ! Mais je ne suis point ma sœur !

- Ho oui ça je le sais ! Vous avez une cicatrice sur la cuisse qu'elle n'avait pas.

La tension de la pièce sembla se briser et le silence se fit en Charlotte. La jeune femme ferma les yeux, soudain profondément lasse.

- Alors vous saviez.

- De quoi ?

- Que c'était moi.

- L'autre nuit ?

Mentir ? Avouer ? Il la sentait pour une fois vulnérable mais n'était-ce pas encore un de ses stratagèmes ?

- Oui, je savais.

- Si j'avais su… dit-elle en se détournant soudain faible.

- Eh bien, quoi ? Vous vous êtes amusée non ?

La marquise se tourna vers lui.

- Une femme prendre du plaisir avec un homme ? Laissez-moi rire ! Nous ne sommes que vos objets !

Le roy se figea à son tour et fronça les sourcils. Serait-il possible que… ?

- Attendez, demanda-t-il en s'approchant. Vous n'avez jamais connu le plaisir de la chaire ?

Charlotte frissonna, détourna le regard mais ne répondit pas.

- Mais… l'autre nuit je pensais… chuchota son amant.

- Je vous désirais il est vrai… mais… j'avais bu… non je… je ne sais pas…

Alors elle se défila, elle tenta de quitter le bureau, quitter ses tourments, ses douleurs. Cependant, le roy en décida autrement et la rattrapa par le bras pour l'obliger à lui faire face. Charlotte fuit son regard, tenta de s'échapper mais il la retint par les épaules. Il avait pour la première fois la sensation qu'il s'approchait d'un secret de la marquise. Il sentait qu'il allait enfin parvenir à comprendre son caractère.

- Regardez-moi. REGARDEZ-MOI !

La jeune femme plongea son regard dans le sien. Il était encore plus triste que celui de Caroline dans ses plus mauvais jours et autre chose y brillait : de la détresse mêlée de terreur. Charles Henri comprit.

- Votre époux.

Il la sentit lutter contre quelque chose, quelque chose qui passa également dans son regard, une chose terrifiante. Le souverain la secoua :

- Votre époux ! Que vous a-t-il fait pour vous dégoûter à ce point des hommes ? REPONDEZ !

Charlotte, réellement vulnérable, céda. Le roy dégageait trop de force et de chaleur, elle ne pouvait lutter sur tous les fronts.

- Il m'attachait ! hurla-t-elle en posant son regard dans le sien.

Elle n'était plus Charlotte ni Caroline. Le roy tenait dans ses bras une femme, comme tant d'autres de son époque, violée et battue par son époux qui avait tous les droits.

Pour la première fois, la marquise de Saint-Savin narra les horreurs qu'elle vécut trois années. Pour la première fois, la douleur et la peur s'exprimèrent par sa bouche.

- Il… il… elle recula pour s'appuyer contre le bureau, les jambes tremblantes, il me faisait tenir par des domestiques… depuis le jour de mon mariage… je n'ai… le pire était qu'il… qu'il n'y arrivait pas… ou rarement… mais il s'acharnait et moi…

Une unique larme coula sur sa joue livide. Le roy avait la nausée. Il ne comprenait pas qu'on puisse traiter une femme de cette façon, même elle. Il songea à ce qu'il aurait fait si elle avait été son épouse, si elle s'était refusée à lui encore et encore. Ainsi osa-t-il :

- Vous êtes-vous refusé à lui ?

Charlotte releva la tête et fronça les sourcils de dépit.

- Non ! Le soir de la nuit de noce, il est entré… il a commencé à jouer avec moi… c'était immonde mais je ne bougeais pas… et je lui ai dit qu'il m'avait achetée, qu'il pouvait donc disposer de moi mais qu'il devait partir après…

Elle se tut.

- Ensuite ? murmura-t-il.

Charlotte secoua la tête, plongée dans ses souvenirs.

- Ensuite, répéta-t-il, toujours aussi doucement.

- N'est-ce pas suffisant ? répondit-elle, la voix tremblotante.

Charles Henri se rapprocha encore davantage de la marquise.

- Non. Racontez-moi.

- Ensuite… souffla-t-elle comme perdue dans un affreux passé. Ensuite il m'a obligée à faire des choses qui ne sont même pas racontables pour qu'il soit… qu'il puisse… mais il s'acharnait et n'arrivait pas souvent, alors je lui disais de partir… il m'a faite attacher et tenir par les domestiques.

- Mais votre fils ?

Elle le regarda de nouveau et il y vit une lueur coutumière qui le rassura étrangement traverser les prunelles à présent violettes de la jeune femme.

- J'ai compris que je n'aurais pas d'enfants avec lui… du moins pas assez rapidement. Alors j'ai eu des amants.

- Le marquis n'est point le père de l'enfant ?

Charlotte sentit qu'il la jugeait mais elle posa sur lui un regard halluciné :

- Il avait SOIXANTE-SIX ans !

- Mais vos amants… ?

- Juste un moyen d'être enceinte.

Elle frissonna et il s'approcha :

- Vous êtes une gentille garce.

- Merci, répondit-elle en fronçant les sourcils, guère certaine qu'il faille bien le prendre.

Alors il la regarda dans les yeux et elle ne put s'empêcher de lui rendre son regard.

- Quoi, murmura-t-elle.
- Rien.
- Alors ?

Pour toute réponse, il lui sourit avec espièglerie. Sans qu'elle ait le temps de comprendre, il s'agenouilla devant elle et commença à soulever ses jupes.

- Mais… blêmit-elle, qu'est-ce que vous faites ?
- Je vais vous montrer que les femmes aussi peuvent avoir du plaisir.
- Non ! Sire !
- Pourquoi ? Ce n'est pas comme si nous ne l'avions jamais fait.
- Mais je ne savais pas qui vous étiez.
- Moi non plus.
- Mais vous m'aviez dit…
- Juste pour vous agacer.

Elle serra les poings.

- Félicitations, c'est réussi !
- Vous êtes insolite, avoua-t-il en se relevant. Vous étiez fâchée quand vous pensiez que je savais qui vous étiez et maintenant vous vous emportez parce que je ne le savais pas ?!
- Oui !
- Bravo, je suis agacé moi aussi.
- Tant mieux !
- Je ne vous aime pas !
- Encore mieux !
- Vous êtes insupportable !
- Guère autant que vous !
- Et maintenant, cria-t-il encore, toujours plus proche d'elle, partez.
- Non !

- Charmant ! tonna-t-il toujours sur le même ton. Et combien de temps allons-nous continuer à nous hurler dessus ?

Alors, la marquise de Saint-Savin s'empara brutalement des lèvres du roy :

- Vous avez d'abord une promesse à tenir.

Chapitre 10
Retrouvailles

La princesse Adeline parcourait rapidement les silencieux couloirs du palais, inquiète, suivie par le duc de Guyenne. Ce dernier s'était précipité vers la princesse afin de quérir son aide. Il ne voyait guère qui d'autre appeler au secours. Le roy et la marquise, ces deux-là alors ! Elle soupira et accéléra.

Arrivée devant la porte du bureau du roy, la jeune femme inspira profondément avant d'entrer.

- Je suis désolé Votre Altesse, la coupa un garde dans son élan.

Adeline posa un regard étonné sur lui, déjà qu'il lui adresse directement la parole mais en plus qu'il ose s'interposer.

- Vous ne devriez point entrer Madame, insista le soldat.

- Et pourquoi donc ?

Les deux soldats se regardèrent un instant, le duc agacé s'avança :

- Allez, il suffit maintenant…

- Vous devriez écouter ! murmura le premier soldat.

Le duc et la princesse froncèrent les sourcils et le silence se fit. Ils entendirent alors distinctement les bruits qui provenaient de l'intérieur du bureau du souverain et qui n'étaient certainement pas d'origine guerrière. Adeline soupira, lasse, avant de faire volte-face pour retourner à ses appartements. Elle marmonna, surprenant plus encore le duc qui s'était figé de stupeur.

- Je le savais ! C'est elle, pas Caroline.

Charlotte se retrouva à moitié allongée sur le bureau, le roy collé contre elle. Ils étaient tous deux essoufflés mais se taisaient. Après quelques instants à profiter du silence, le souverain se redressa pour se rhabiller mais elle ne pouvait bouger. Charlotte avait ressenti pour la première fois du plaisir, et non plus de l'indifférence ou du dégoût. Cependant, le pire était qu'elle avait la sensation d'avoir trahi Caroline, sa sœur.

Ce n'était pas comme la nuit du bal masqué où tous deux ignoraient qui était l'autre. Là, ils avaient fait l'amour brutalement, comme déchargeant leur haine et leur colère dans cet acte, y mêlant aussi toute la passion dont ils étaient capables. La marquise s'étonnait : elle n'avait pas eu mal, bien au contraire.

Elle se redressa à son tour, tremblante, et la gorge serrée, pour se revêtir.

Ils ne s'étaient toujours pas regardés, encore moins parlés, lorsque la jeune marquise quitta doucement le bureau du roy.

Le lendemain, la jeune femme se rendit malgré la pluie au cimetière devant la tombe où reposait sa sœur. Elle se laissa tomber dans la boue et pleura, pour la première fois depuis la mort de sa jumelle. Puis, elle hurla au ciel :

- Parrrrdonnnnez-moiiiiiiii ! Seigneur ! Caroline, je t'en prie, pardonne-moi !

Sa sœur lui apparut alors en rêve… en hallucination… cependant, Charlotte était persuadée que Dieu avait eu pitié d'elle et avait permis à sa jumelle de revenir sur Terre quelques minutes.

- Ca… Caroline ?

- Oui, Charlotte.

La silhouette blanche de sa sœur se tenait devant la pierre tombale de la jeune femme. Elle ne semblait guère troublée par la pluie. Charlotte regarda cette silhouette belle, vêtue de voile blanc et d'or, ses magnifiques cheveux lâchés dans son dos entremêlés de fils d'argent… le fantôme de Caroline semblait serein, voire heureux.

- Lina !

La jeune femme se précipita dans les bras de sa sœur qui la serra elle aussi avec force contre elle.

- Tu me manques tellement Charlotte ! murmura celle-ci.

- Qu… qu'est-ce que tu fais ici ?

- Je suis venue te dire de vivre ta vie et de fermer ton cœur à ta douleur.

- Pardon ? Je ne comprends pas…

- Charlotte, lui dit sa sœur avec une sagesse et une sérénité qui ne lui ressemblaient point, le roy n'était point mon âme sœur… je l'ai espéré, j'ai vraiment voulu y croire même si au fond je savais que ce n'était point le cas, je l'ai beaucoup aimé, c'est vrai… cependant, tu dois l'aider à aimer de nouveau.

- Je ne comprends toujours pas ce…

- Ce que je veux dire : tu n'as pas à culpabiliser. Tu es ma sœur et si le roy aime de nouveau et que tu es son âme sœur, j'en serais heureuse pour vous, vraiment…

- Mais je ne l'aime guère !

Caroline lui sourit.

- Cesse de faire l'enfant ! Qu'importe si ce n'est toi, toi, tu dois aussi refaire ta vie… tombe amoureuse, c'est tellement merveilleux ! Même si je préfèrerais que ce soit le roy.

Sous le regard incrédule de sa jumelle mortelle, l'ange sourit avec indulgence et douceur.

- Charlotte, qui d'autre que toi pourrais mieux prendre ma place ? Pour moi, ce serait un honneur.

Caroline la prit de nouveau dans ses bras.

- Je dois y aller à présent.

- Non ! Pas déjà !

- Si, je n'ai que trop tardé.

- Nous nous reverrons ?

- Point avant ta mort ma chérie.

- Non !!! Lina Lina ! cria –t-elle alors que la silhouette s'envolait.

- Merci de prendre soin de ma fille ! Je t'aime Charlotte et je suis fière que tu sois ma sœur !

- Je t'aime aussi Lina ! Je ne t'oublierai jamais !

- Je sais, sourit-elle.

Charlotte tomba à genou et pleura plus encore lorsque sa sœur eut disparu, pour toujours maintenant, elle le savait.

Sa servante la retrouva inconsciente aux pieds de la tombe de feu la comtesse d'Evreux deux heures plus tard, étonnée que sa maîtresse ne revienne pas. La marquise avait insisté pour être seule et Sophie regretta de l'avoir écoutée. Le cocher porta la jeune femme dans le carrosse et ils la ramenèrent non point au palais de Madrid mais à son hôtel d'Evreux qu'elle avait rouvert lorsque son cousin le lui en avait fait cadeau.

Charlotte resta trois jours alités à cause d'une mauvaise fièvre et la jeune femme fut la proie de cauchemars où sa sœur et elle en étaient les protagonistes.

Elle réapparut la semaine suivante à la cour et, après quelques chuchotements sur les raisons de son absence, les choses furent à nouveau normales… enfin, normales pour la cour du roy de France.

On remarqua cependant ses cernes et sa pâleur. Tous comprirent que quelque chose n'allait pas et chacun alla de sa spéculation.

Charlotte se rendit le lendemain à la séance de doléance du roy. Celui-ci fut surpris lorsqu'il entendit que la prochaine sur la liste était la marquise de Saint-Savin.

Mais qu'est-ce que… ? Alors elle entra, froide, décidée, imperturbable… hum, c'était bien elle… Diable s'il savait ce qu'elle voulait. Il ne l'avait pas revue depuis qu'elle était partie se recueillir sur la tombe de sa sœur.

La marquise de Saint-Savin s'inclina devant lui et le roy fronça les sourcils. Elle respectait les convenances ? C'était mauvais signe…

- Madame, si vous avez besoin de me parler, venez me voir directement, ne passez point par les doléances qui sont faites pour le peuple, dit-il un peu trop froidement pour cacher son courroux et son agacement.

- Mais justement Majesté, je suis ici pour une demande au nom du peuple : nobles et paysans.

Le roy regarda son premier ministre qui haussa les épaules : ils n'avaient pas le droit de lui refuser la parole.

- Soit, soupira le souverain en regardant de nouveau la marquise. Que puis-je faire pour vous ?

Et alors, devant toute la cour et quelques représentants du monde paysans, la marquise s'exclama :

- Je demande officiellement à Votre Majesté de me laisser instruire tous les enfants du château pour qu'ils sachent au moins lire, écrire et compter. Pour les pages nobles, je voudrais leur apprendre l'escrime et autres techniques de combat pour prévenir des futurs dangers du royaume en guerre.

Le roy avait blêmi. Il avait entendu la cour se demander pourquoi la jeune femme avait cessé d'enseigner aux enfants le matin. C'était devenue une habitude ici pendant que lui guerroyait et que son initiative était loin d'être inutile et idiote…

La marquise acquérait une solide réputation et rapidement, chacun l'appréciant pour une raison différente. En tous les cas, la marquise avait su convertir tout le monde à son idée d'éducation.

Charles Henri savait tout cela maintenant, il ne pouvait ignorer ce que chacun pensait à sa cour. Et concernant Charlotte, le monarque ne pouvait laisser cela se passer ! Ce serait lui conférer trop de pouvoir, lui laisser penser qu'elle a gagné, qu'elle est plus forte que lui ! Elle ne pouvait pas devenir si puissante parmi sa cour, encore moins devenir le maître d'arme de la cour.

Et maintenant, alors qu'on s'était attendu à une dispute entre le couple royale, la jeune marquise les surprenait tous avec une demande officielle… guère sot.

Le roy ferma ses poings sur l'accoudoir de son trône et ses jointures blanchirent. Lui aussi en était arrivé à cette conclusion. La marquise était encore moins sotte et naïve qu'il l'avait cru…

comme tout le monde, il avait tendance à la confondre avec Caroline. Non pas que son ancienne favorite était idiote, mais son intelligence émotionnelle prédominait, de même que sa volonté de toujours faire ce qu'il faut, comme il le faut. Caroline aimait le respect des protocoles autant que lui. Cette rigueur les avait rapprochés.

- Je ne puis décemment laisser l'éducation d'enfants à une femme, claqua sèchement le roy.

- Pourtant Sire, comme tous les hommes, c'est une femme qui vous a mis au monde.

Après une seconde de stupeur, son agacement reprit le dessus et il serra les dents.

- Certes madame, mais c'est un précepteur qui a fait mon éducation.

- Et voyez le résultat…

Il y eut un lourd silence dans la salle du trône. La marquise et le roy se fusillaient du regard et la tension entre les deux était palpable. On désirait savoir ce qui allait se dire mais on craignait aussi les représailles de l'un et de l'autre.

- Vous allez trop loin madame.

- Laissez-moi éduquer ces enfants Sire… pour leur avenir et pour celui de la France. Je jure à Votre Majesté que je ne lui demanderai plus jamais quelle que faveur que ce soit après cela.

Il haussa les sourcils, étonné.

- Plus aucune ?

- Jamais.

Charles Henri ne comprenait pas réellement cette nouvelle version de Caroline, cependant, il était certain que la jeune femme tiendrait parole. Les jumelles de Lusignan n'avaient qu'une seule parole, et probablement que même la mort ne les empêcherait pas de la tenir.

Le souverain la scruta quelques longues secondes en silence avant de répondre :

- Je vous autorise donc à apprendre à ses enfants à lire, écrire et compter. Mais seulement les nobles et les cours auront lieu deux fois par semaine.

Charlotte s'était détendue quelques secondes mais toute trace de victoire disparut instantanément de son visage et elle plissa les yeux, méprisante.

- Désavouez-vous tellement les femmes ou est-ce que votre haine est seulement dirigée contre ma personne ?

- Suis-je obligé de répondre ? s'enquit faussement le roy avec sarcasme.

Charlotte ferma les yeux mais soupira et s'obligea à se calmer... elle était là pour les enfants, il fallait qu'elle conserve son sang-froid.

Le roy ne quittait pas son regard. Lui était étonnement serein pour une fois. Elle l'agaçait mais il avait cette fois-ci réellement l'impression de dominer la discussion. Parce qu'elle était venue lui demander une faveur, le monarque tenait la marquise à sa merci.

- Comment dois-je prouver à Votre Majesté que je suis parfaitement capable d'éduquer ces enfants ?

Le souverain se rendit alors compte que, pour une raison qui lui échappait, la belle marquise tenait réellement à éduquer ces enfants. Un instant, il ne put s'empêcher de se dire que Caroline aurait été capable d'avoir une telle fantaisie... et sans doute le lui aurait-il accordé.

Mais là, il faisait face à sa sœur. Alors le roy réfléchit un instant et regarda son premier ministre avant de se lever et de dégainer son épée puis de descendre la marche où était posée son trône.

- Battez-moi madame, et je vous laisserai faire ce que vous voudrez pour l'éducation de ces enfants.

- Je suis en robe, Sire.

- Et alors ?

Il n'en fallut pas plus pour agacer la jeune femme. Un soldat arriva pour lui tendre une épée, qu'elle refusa d'un simple geste de la main.

- Vous pensez être assez forte pour vous passer de cette arme ? sourit-il.

- Je ne suis pas stupide. L'escrime n'est pas mon fort…

Elle dégaina la dague qu'elle cachait sur sa cuisse.

Le roy sourit.

- Vous êtes comme elle.

- Non Sire, je me bats mieux.

- Nous allons voir.

Cependant, malgré la robe, il n'eut pas le temps de vraiment comprendre ce qui lui arrivait. L marquise de Saint-Savin le fit chuter au sol en l'obligeant à lâcher son épée qui vola, après lui avoir coupé le souffle en le frappant au plexus. Posant un pied sur la poitrine du roy, elle rattrapa l'épée au vol et plaça la pointe de l'arme sur la gorge du souverain. Un silence incroyable régnait dans la pièce. Jamais on n'avait vu le roy à terre en si peu de temps… surtout sans épée.

- Les cours reprendront exactement comme ils étaient avant que vous ne reveniez de la guerre… et vous ferez installer aux frais de l'Etat une salle de classe dans chacun des palais royaux.

Sans un mot, Charlotte relâcha son emprise sur le roy, lança l'épée du roy au soldat qui avait voulu lui prêter la sienne, replaça sa dague sous ses longues jupes et quitta la salle du trône sans un regard pour qui que se soit.

La guerre qui opposait le roy et la marquise de Saint-Savin s'intensifia. Le souverain ne digéra pas la victoire de la jeune femme, surtout aussi aisément. Cependant, comme le lui rappela son premier ministre, il avait donné sa parole et ce devant témoins. Ainsi, dès le lendemain, il ordonnait l'installation d'une salle de classe.

La semaine suivante, les cours reprenaient.

Le monarque dut admettre que la jeune femme se débrouillait bien. Comme le reste de la cour, il ne put s'empêcher, les dimanches, d'admirer la belle marquise depuis la fenêtre de son bureau enseigner les armes aux jeunes pages. Elle portait les mêmes vêtements que la première fois qu'il l'avait vue : un pantalon en cuir et une chemise en lin. Cependant, à ses mouvements, il savait qu'elle portait son corset en-dessous. Malgré toute l'aversion qu'elle lui inspirait, même son orgueil ne niait qu'elle était magnifique, impériale et impressionnante.

Au milieu du mois de juin, la cour se rendit au palais de Saint-Germain.

Le roy et la marquise ne se parlaient plus guère et s'évitaient cordialement. Charlotte ne le regardait plus. Le souverain l'assassinait du regard chaque fois. C'était amusant… enfin pour la cour.

La reine s'agaçait du comportement puéril de son époux et de celui, presque condescendant, de la marquise. Adeline soupirait en songeant qu'il allait être difficile de les réunir. Le duc de Rambouillet s'amusait en même temps que les courtisans. Il trouvait que le roy et sa cousine étaient faits l'un pour l'autre. Tellement semblables et leur caractère… agaçant mais fort.

Le mois du juillet commença et des chaleurs incroyables s'abattirent sur le pays. Des sècheresses détruisirent les récoltes et le roy commença à s'inquiéter pour l'hiver suivant.

Pendant ce temps, Charlotte attendait l'arrivée de son fils. Elle savait qu'il devait arriver bientôt et la mère du petit marquis s'impatiente chaque jour davantage. Elle confia sa joie à la reine et à son cousin.

Nous étions un mardi et cela faisait plusieurs jours que la température ne cessait d'augmenter.

Alors qu'elle se promenait dans les jardins avec le duc de Rambouillet et Adeline, la reine et sa cour la rejoignirent.

- Alors madame la marquise, cela fait plusieurs jours que nous n'avons eu le plaisir de votre visite.

- En effet, pardonnez-moi Majesté. Je me suis beaucoup occupée de Kate qui a été un peu malade ces derniers jours… rien de grave rassurez-vous, certainement la chaleur…

A cet instant, le roy arriva avec quelques gentilshommes avec qui il revenait de la chasse.

- Madame, dit-il à son épouse, je viens vous saluer.

- J'espère que la chasse a été bonne Sire, sourit-elle.

- Avec la chaleur, il fallait s'attendre à ce que ce ne soit point le cas. Mais qu'importe, nous avons passé de bons moments.

A cet instant, un homme arriva et tendit un message à la marquise de Saint-Savin qui se détourna de la conversation mondaine du couple royale. Elle s'éloigna de quelques pas et posa un cri de joie qui alerta tout le monde. Les larmes montèrent dans ses yeux et elle se tourna vers son cousin qui s'était approché, inquiet. Charlotte sourit et sa joie la fit ressembler plus que jamais à sa sœur. Le roy en eut le cœur serré. La jeune femme se réjouit :

- Mon fils… Thomas arrive ! Il sera là d'ici quelques minutes. Gaël, qui veille sur mon fils depuis sa naissance, l'a devancé pour me trouver… Majesté, puis-je vous quitter ?

- Mais nous allons venir avec vous si cela ne vous dérange point, j'aimerais beaucoup rencontrer votre fils… n'est-il point madame ? dit la reine en se tournant vers la duchesse de Rambouillet.

Celle-ci sourit avec toute l'hypocrisie dont elle était capable et répondit :

- Mais évidemment ! J'ai hâte de rencontrer cet enfant !

- Bien, s'agaça le roy plus que froidement, ne parvenant pas vraiment à ravaler son courroux. Mesdames, je vous laisse donc materner. Les affaires de l'Etat m'attendent.

- Bien entendu, tempêta Charlotte, une lueur de haine traversant son regard bleu profond, ces affaires de femmes, comme vous dites, sont bien en-dessous de Votre Majesté qui ne puit se laisser à tant de bassesses !

Le roy la fusilla du regard.

- Je suis roy, madame.

- Je suis une mère, vous ne pourrez jamais comprendre ce que cela signifie. Vous n'avez guère porté la vie.

- J'ai la vie de milliers de personnes entre les mains.

- Peut-être, mais guère dans le cœur.

C'est alors, qu'on entendit un enfant s'écrier :

- Maman !

La colère de Charlotte disparut instantanément de son visage pour n'être que douceur et joie alors qu'elle se tournait en direction du château d'où accourait son fils. La marquise, qui se moquait des convenances, courut au-devant de l'enfant en lui ouvrant les bras. Toute la cour présente ainsi que la famille royale ne put s'empêcher de suivre les touchantes retrouvailles de la marquise de Saint-Savin avec son fils.

Le garçonnet devait avoir entre trois et quatre ans. Il avait les cheveux blonds de sa mère et bouclés, sa peau était assez pâle, comme les jumelles de Lusignan. Ses yeux en revanche de couleur noisette brillaient d'espièglerie et d'amour. L'enfant se jeta sans retenue dans les bras de la marquise qui était tombée à genou sur le sol pourtant humide pour mieux accueillir son fils contre elle.

- Vous m'avez tellement manqué !

- Mon petit chérubin ! Si vous saviez comme vous aussi !

Face à ce spectacle attendrissant, même le souverain ne put rester de marbre et un léger sourire apparut sur ses lèvres. Il se souvint du jour où il avait retrouvé Caroline en larmes alors que sa sœur venait de récupérer son fils chez quelques sauvages…

Charlotte de Lusignan, marquise de Saint-Savin, avait sans doute un mauvais caractère mais nul ne pouvait douter qu'elle aimait son fils.

Et, après tout, la marquise n'était pas si insupportable par moment.

Chapitre 11
Chaleur d'été

Après avoir serré son fils dans ses bras en l'embrassant une dizaine de minutes, la jeune mère se releva, son fils calé contre sa hanche et s'éclipsa après avoir salué par un magnifique sourire et des yeux brillants de bonheur le roy et la reine.

La marquise déserta la cour royale de France les deux semaines qui suivirent.

Ainsi, Charlotte resta ces quinze jours exclusivement avec son fils alors qu'il lui racontait ce qu'il s'était passé en son absence au château de Québec. La jeune mère joua beaucoup avec lui et l'hôtel d'Evreux fut bientôt rempli de rire d'enfant.

Avant de retourner à la cour, Charlotte demanda à son cousin de trouver un précepteur pour son fils qui, pour le moment, se restreindrait à lui apprendre les convenances, les rudiments d'escrime, l'équitation ainsi que la musique. Sans parler des différentes langues étrangères telles que l'espagnol, l'anglais et, malgré la guerre, l'allemand. On ne savait pas de quoi demain était fait. Elle ordonnait aussi qu'on ne lui enseigne pas le latin avant ses six ans. Sur de nombreuses recommandations, l'abbé de Cornouilles lui fut présenté. Ce dernier se fit un plaisir de répondre aux exigences de la jeune marquise. Charlotte voulut également trouver des compagnons de jeux à son fils. Ainsi, elle sollicita l'aide de nobles pauvres qui se firent un plaisir de « prêter » leur fils pour devenir des pages de la marquise de Saint-Savin… pages ou compagnons de jeux, peu leur importait du moment que leur rejeton avait accès à la haute noblesse et aux puissants du royaume.

Ainsi, le petit marquis grandit avec deux enfants qui devinrent ses meilleurs amis : le petit chevalier Benoît de Saint-Riquier et Romain de Yaucourt.

Les températures se radoucirent et la marquise revint à la cour l'esprit serein et heureuse.

Comme elle l'avait dit à la princesse Adeline quelques mois plus tôt, Charlotte passa alors les fins d'après-midis dehors, dans les jardins, à l'abri du soleil et aux heures les moins chaudes de la journée. Souvent, le petit marquis accompagnait sa mère.

Le matin, la jeune femme instruisait les enfants et le dimanche les nobles tandis que les après-dîners étaient consacrés à Kate et Thomas (accompagné évidemment de sa maison soit de son précepteur, ses deux camarades de jeu, de sa nourrice et de Gaël). Adeline se joignait souvent au petit groupe ainsi le duc de Rambouillet, évidemment. La reine les rencontra un jour par hasard puis elle demanda à s'installer avec eux. Ainsi, le groupe s'agrandit rapidement et une bonne partie des dames de la cour se réunirent autour de la marquise de Saint-Savin et de la petite princesse. Bientôt, Paul ne fut plus le seul gentilhomme car Thibaut rentra des champs de bataille et se joignit à eux avec le marquis de Vauban qui avait un congé de deux mois à cause d'une légère blessure au bras droit. Le duc de Guyenne s'y aventura lui aussi et se laissa tenter par le rassemblement des femmes de la cour. Il ne fut guère étonné d'apprendre que la marquise de Saint-Savin était à l'origine – même involontairement – de cette nouvelle mode.

Charlotte remarqua alors rapidement que le duc faisait plus ou moins la cour à la princesse Adeline, ce qui ne semblait ni la choquer, ni lui déplaire. La jeune femme les surprit un jour dans le couloir menant aux appartements royaux, et donc à ceux de Catherine qu'elle tenait endormie dans ses bras. Ils étaient proches l'un de l'autre, trop proches pour que le protocole ou la bienséance ne l'admette. Mais la jeune marquise ne put s'empêcher de sourire. Alors, elle se racla la gorge pour qu'ils s'aperçoivent de sa présence. Ils tressaillirent et se tournèrent dans sa direction dans un parfait ensemble qui fit sourire plus encore la jeune femme. Adeline piqua du nez, rougit et quitta précipitamment les lieux sans un regard pour qui que ce soit. Charlotte s'avança alors vers le meilleur ami du souverain qui la regardait approcher avec appréhension. Le sourire ravi et caustique qui était figé sur son pâle visage n'augurait rien de bon… du moins pour lui.

Alors qu'il allait parler, elle le devança, chuchotant pour ne pas risquer de réveiller Kate :

- Je suis de votre côté, comptez sur mon soutien dans votre entreprise. Vous méritez tous deux un beau mariage.

Sans rien ajouter, elle continua sa route sans se retourner, laissant le jeune duc abasourdi. S'il comprenait bien les paroles de Charlotte : elle ne dirait rien mais, le jour venu, elle les soutiendrait et mieux encore, interviendrait en leur faveur. Et avoir son appui n'était guère anodin. Il sourit… malgré tout ce que pouvait dire le roy, son ami savait que Charlotte avait une influence certaine sur lui, peut-être même plus importante que Caroline car sa jumelle était capable de jouer la comédie et de manipuler les gens… tandis que la première était trop… douce, naïve et gentille pour agir aussi brillamment.

Bon, il ne lui restait plus qu'à prévenir Adeline.

Quelques jours plus tard, Charlotte mit son plan à exécution. Un plan qu'elle préparait depuis que sa tante lui en avait donné l'idée de nombreux mois auparavant lorsqu'elle avait été invitée à son tout premier bal à la cour : le bal masqué où elle s'était d'ailleurs donnée au monarque sans le savoir.

Charlotte savait que son cousin regrettait énormément Caroline. Il regrettait de ne pas avoir su la protéger, il regrettait de ne pas lui avoir avoué son amour avant qu'elle ne tombe amoureuse du souverain… parce qu'il l'avait aimé dès le premier jour. Sa douceur l'avait transpercée, sa gentillesse bouleversée… et son sourire !

Charlotte s'était aperçue rapidement des regrets de son cousin. Mais elle savait aussi qu'elle, Charlotte, ne pourrait pas faire beaucoup pour le soutenir. Elle savait aussi que sa sœur n'aurait pas voulu que leur cousin se morfonde ainsi. Ainsi fit-elle ce qu'elle pensa être la plus brillante idée de sa vie : elle ferait croire à son cousin qu'elle était le fantôme de Caroline…

… sauf qu'il avait vraiment aimé Caroline et il la reconnaîtrait facilement, à son expression et sa démarche. Même si elle pouvait imiter presque à la perfection sa jumelle, Charlotte ne voulait pas prendre de risque et drogua son cousin. Pour que son plan fonctionne, il lui fallait des alliés parmi les domestiques. C'est finalement ce qui fut le plus long. Finalement, un soir d'été, elle décida que le moment était venu. Avec l'aide d'une servante dans la confidence, la jumelle de Caroline mit une toilette d'un blanc immaculé fait d'innombrables voiles. Charlotte avait elle-même dessiné le modèle avant de le présenter aux couturiers les plus réputés de Paris pour qu'ils exécutent son dessin réalisé par la belle marquise dans les moindres détails.

Le soir, alors qu'elle couchait au palais grâce à sa tante qui lui avait fait préparer des appartements à sa demande ; Charlotte lui avait fait croire que Catherine était un peu fébrile et qu'elle craignait qu'elle n'ait de la fièvre la nuit suivante. Et donc, compatissante (ou pas), sa tante avait demandé à la reine de prêter des appartements à Charlotte. La reine avoua qu'il n'était guère normal que Charlotte ne dorme pas tous les jours au palais en sachant qu'elle habitait Paris avec son fils alors qu'elle venait tous les matins pour enseigner aux enfants. Elle ordonna donc que des appartements soient en tout temps à la disposition de la jeune marquise. Charlotte tenta bien de refuser mais la souveraine fut intraitable : Charlotte ne cessait de courir toute la journée, elle finirait par tomber malade et puis… il ne fallait point oublier qu'elle était princesse royale, à ce simple titre, elle avait droit de prétendre vivre avec le couple royal jusqu'à la fin de ses jours. Et puis, au pire des cas, elle n'était point dans l'obligation d'y séjourner.

La jeune femme soupira et abdiqua… toutefois, elle fit jurer à la reine de ne jamais lui faire occuper une chambre où s'était couchée sa sœur.

Il était plus de minuit et la servante de Charlotte, Sophie, terminait de délasser la robe de sa maîtresse en silence. Elle respectait le silence religieux de la jeune marquise qui se concentrait et réfléchissait à tout ce qui pouvait se passer avec son cousin.

- Vous avez bien donné la potion à Marlène ? Interrogea la jeune femme.

- Oui, répondit docilement la servante en terminant de la dévêtir, elle m'a avertie que monsieur le duc avait bu l'intégralité.

- Dans une infusion chaude ?

- Oui, monsieur le duc a pris une tisane avant le dîner… il était un peu maussade.

- Mmmh parfait… Allez chercher ma robe.

Sophie s'exécuta dans un silence qui se prolongea le reste de l'habillage. Avec l'aide de sa servante, Charlotte démêla sa longue chevelure blonde et la laissa librement tomber dans son dos. Elle retira aussi toute poudre de son corps…

Sa robe blanche lui allait parfaitement, les couturiers de Paris avaient fait un excellent travail. La robe cintrée sous sa poitrine tombait en voile long et doux jusqu'au sol, ne laissant dépasser que ses petits pieds nus lorsqu'elle marchait. Le haut de la robe était retenu par une bretelle dorée (comme la ceinture sous sa poitrine) sur l'épaule gauche et par une bretelle (plus figurative qu'autre chose) sur le bras de la jeune marquise. Avant de partir, Charlotte se regarda une dernière fois dans le miroir avant de soupirer. C'est vrai qu'elle était belle. Cette beauté, elle la maudissait depuis son enfance. Elles avaient vécu trop de danger (Caroline et elle) pour pouvoir l'apprécier. Ce n'était guère un don de Dieu, comme le proclamait leur mère mais une malédiction. La jeune femme soupira et quitta la chambre suivie par Sophie ; heureusement, les appartements de son cousin n'étaient guère loin.

Il lui suffisait de descendre un étage par le couloir des domestiques et la porte se trouvait pratiquement en face. On était à l'étage où se trouvaient les appartements royaux « secondaires » : donc ceux d'Adeline (ceux de la Dauphine normalement anciennement occupés par Caroline) ceux de Catherine, et ceux de son cousin, le duc de Rambouillet.

Sans hésitation, la jeune femme se dirigea vers les appartements de son cousin. Une fois devant la porte, elle inspira profondément, et soupira pour rassembler son courage avant d'ouvrir la porte. Sa silhouette blanche disparue rapidement dans l'ombre et la porte se referma sans un bruit, comme accompagnant l'ange qui l'avait ouverte.

Sophie soupira et s'assit contre le mur… bon, ne lui restait plus qu'à attendre.

Charlotte se dirigea à tâtons dans les appartements de son cousin qu'elle connaissait heureusement bien. Arrivée dans la chambre à coucher, elle ouvrit les rideaux puis les fenêtres… certes, la chaleur était bien moins étouffante que la semaine passée mais elle ne comprenait point que l'on puisse dormir sans air. La nuit était si claire ! Alors, elle s'approcha du lit de son cousin et s'assit sur le rebord comme Caroline en tant qu'épouse aurait dû le faire.

Lentement, avec une douceur infinie, elle frôla le visage de son cousin…

… Caroline était morte, elle le savait, mais une part de son âme vivait toujours en Charlotte. En cet instant, ses yeux étaient d'un violet profond, envoûtant. Elle ne faisait pas qu'imiter sa sœur, elle était devenue sa sœur. Elle… oui, elle n'était plus tout à fait Charlotte, Caroline avait pris le dessus tout en ayant les quelques qualités de sa sœur nécessaires à la réussite de sa mission.

La caresse réveilla Paul qui ouvrit doucement les yeux. Charlotte ne le quittait pas du regard. Son cœur battait à une vitesse inquiétante mais elle savait que son visage était parfaitement serein et doux. Soudain, son cousin sembla s'apercevoir de sa présence et ouvrit brusquement les yeux en s'asseyant.

- Ca… Caroline ?!

Les pupilles dilatées, les lèvres sèches… oui son cousin était bien drogué, les servantes avaient bien fait leur travail. Charlotte sourit doucement à son cousin.

- Je ne savais pas Paul, vous auriez dû me le dire.

- De… quoi ? Qu'est-ce…

- Charlotte m'a fait comprendre que je devais vous dire adieu.

- Mais…

- Chuttt… Paul, je suis vraiment désolée. Je n'ai jamais compris que vous m'aimiez… si j'avais su…

- Quoi ? Si vous aviez su quoi ? Vous aimiez le roy !

- Je vous en prie, ne m'en veuillez point !

Il se jeta brutalement sur elle et la prit avec force dans ses bras.

- Comment vous en vouloir ? Je ne puis, je vous aime trop.

- Paul ! Pardonnez-moi ! Je vous aimais aussi…

Il la lâcha et la regarda avec étonnement.

- Oui, vous m'avez tout de suite impressionnée mais… je ne sais pas, vous êtes toujours resté distant avec moi alors…

Il la regarda étrangement…

- Mais maintenant il est trop tard, une larme coula sur sa joue pâle, Caroline, vous êtes morte…

- Oui… mais je suis venue vous dire adieu.

Doucement, elle prit la mâchoire de l'homme dans sa main avant d'approcher doucement ses lèvres de celles du duc de Rambouillet.

D'abord impressionné, le duc sentit tout son corps répondre aux avances de son « beau fantôme ». Ses bras se refermèrent autour de la fine taille de la marquise.

Une heure plus tard, Charlotte sortait des appartements de son cousin. La porte se referma aussi silencieusement qu'elle s'était ouverte et Charlotte reprit son visage froid et impassible après un soupir de profonde lassitude. Son cousin s'était endormi et elle savait qu'il venait de faire son deuil de sa sœur… même s'il ne s'habituerait jamais à sa perte.

- Allons-y.

Sophie la suivit en silence, tenant une bougie pour éclairer les couloirs.

En prenant l'escalier des domestiques, les deux jeunes femmes ne virent pas la silhouette du roy et celle de son premier valet à l'autre bout du grand couloir menant aux appartements du roy en bas de l'escalier, sans doute était-il allé visiter Catherine avant d'aller se coucher. Les sourcils froncés, il ne sembla pas du tout apprécier l'étrange scène jouée quelques secondes devant ses yeux.

Au cours de la même semaine, le roy ne put s'empêcher de scruter avec accusation et jugement la marquise de Saint-Savin qui paradait, toujours aussi effrontément devant lui. Cependant, si le duc de Rambouillet semblait quelque peu déstabiliser voire même un peu triste les jours qui suivirent, rien dans son comportement vis-à-vis de sa cousine ne changea… de même que Charlotte. Rien ne semblait montrer qu'il y avait plus que de l'amitié entre eux.

Et pour une raison qu'il ne chercha pas à comprendre, savoir qu'elle était la maîtresse du duc mais surtout qu'ils faisaient comme si de rien n'était l'agaçait prodigieusement. Il demanda au duc de Guyenne d'enquêter, histoire d'avoir l'esprit tranquille. Après tout, se justifia-t-il, Paul était son héritier, il se devait de le protéger des individus mal intentionnés.

- Mais vous êtes jaloux ! s'amusa son ami.

- Mais pas du tout ! tressaillit violemment le roy.

- Mais si mais si !!!

- Mais non vous dis-je ! Bon laissez tomber, c'était une mauvaise idée.

Gloussant à moitié, le duc quitta le bureau du roy mais fit tout de même sa petite enquête. Il apprit alors que le duc de

Rambouillet était persuadé d'avoir vu le fantôme de Caroline et d'avoir passé la nuit avec. Il avait pu lui dire Adieu. Le meilleur ami du roy ne tenta pas de l'en dissuader d'autant plus que cela semblait lui avoir fait du bien.

Il avertit le roy et celui-ci comprit que Charlotte s'était jouée des sentiments de son cousin. Lui, il avait reconnu Charlotte en sortant de la chambre. Certes, elle était vêtue étrangement mais ce ne pouvait être Caroline. Ce qui l'interpella un instant fut que pas une seconde il n'avait songé que ce put être Caroline. Il aurait dû penser, comme au début, que la marquise n'était pas Caroline, qu'il avait en face de lui la sœur de son amour, mais là, il l'avait vue et s'était dit que c'était Charlotte qui se trouvait devant elle, plus aucun rapport avec Caroline… cela l'agaça d'autant plus. Le monarque sortit de sa discussion avec son ami de fort méchante humeur. Il se rendit dans les appartements de Kate (voilà qu'il se mettait à l'appeler comme ça lui aussi ! Décidemment, Charlotte avait vraiment une mauvaise influence sur lui !) où se trouvait certainement la marquise avec la petite princesse. Cependant, des domestiques l'avertirent que la marquise était à cette heure avec les pages dans la salle de classe.

- Oui… forcément ! marmonna-t-il en prenant le chemin des salles de classe.

Il arrivait devant la salle et la voix de la jeune femme s'élevait, maîtrisée, calme mais autoritaire et savante. Le monarque ne s'attarda cependant pas et entra dans la pièce. Tous les enfants se levèrent dans un ensemble parfait avant de s'incliner. Charlotte se tourna vers lui en silence. La belle marquise portait une toilette de femme. Elle fit une jolie révérence avant d'ordonner aux enfants de se rasseoir. Ils échangèrent un long regard et elle dut comprendre qu'il était fâché et qu'il voulait lui parler car elle soupira imperceptiblement avant de se tourner vers ses élèves :

- Résolvez-moi ce problème, je reviens dans un instant.

Le roy avait déjà quitté la pièce. Ainsi, lorsqu'elle referma la porte de la classe derrière elle, le souverain l'attrapa violemment par le bras et la plaqua contre le mur. Il siffla :

- Qu'avez-vous été encore inventer ?

- Vous me faites mal !

- Répondez !

- Je ne sais pas de quoi vous voulez parler !

- Je parle de votre petite escapade l'autre nuit dans le lit de votre cousin en vous faisant passer pour votre sœur !

Charlotte blêmit et cessa de se débattre.

- Qui vous l'a dit ?

- Peu importe !

- Il… le sait-il ?

- De quoi ?

- Paul… sait-il que c'est moi ?

- Non. Il pense réellement avoir vu votre sœur.

Elle semble mieux respirer et se détendre, le rendant plus furieux encore.

- Vous me faites mal, répéta-t-elle calmement en affrontant son regard.

Il s'aperçut qu'il l'étranglait sans s'en rendre compte. Il la lâcha et recula d'un pas. Le monarque la regarda et remarqua qu'elle était trop pâle. Charlotte toussa un peu puis respira profondément plusieurs fois avant de lui faire de nouveau face.

- En quoi ma nuit avec mon cousin vous regarde-t-elle ?

- Vous vous jouez de mon cousin et héritier madame !

Il ne trouva rien d'autre à répondre. Elle eut un sourire machiavélique.

- Oui, et depuis quand ce qu'il fait vous importe ? Vous ne cherchez qu'à me rendre folle !

- Le contraire serait plus exact…

- J'avoue que vous agacer m'amuse beaucoup mais je n'ai rien fait cette fois en pensant à mal Majesté… ce n'était que pour mon cousin.

Il fronça les sourcils et elle secoua la tête :

- Il avait besoin de lui dire adieu.

Le roy tenta de rester calme puis se crispa… d'accord, il s'était trompé et alors ? Enervé qu'elle l'ait une fois de plus mystifié, il s'en alla sans un mot, sans un regard. De toute façon, de quoi elle s'occupait ? Vraiment, cette femme était impossible !

Charlotte souffla sur une mèche de cheveux qui lui tombait dans les yeux, un brin agacé, et retourna dans sa classe.

Chapitre 12
Haine & Amour

L'été s'achevait. Et pourtant la température demeurait insoutenable. Toute la cour était dehors et le soleil se couchait. Ce devait être une soirée comme les autres… avec la chaleur insupportable, sans compter le manque d'air.

Le roy et la reine se promenaient dans les jardins buissonnants du château de Saint-Germain, la cour avait naturellement suivi, personne ne supportant la chaleur étouffante qui écrasait les Français depuis une dizaine de jours.

Charlotte de Saint-Savin accompagnait aussi le couple royal mais marchait en compagnie de ses deux cousins de Rambouillet (Thibaut étant revenu des combats quelques temps auparavant). La belle marquise était la seule à supporter à peu près la chaleur. Elle s'éventait sous son ombrelle et seules quelques gouttes de sueur perlant sur son front serein permettaient de constater qu'elle aussi souffrait un peu du soleil brûlant.

- Comment faites-vous ? lui demanda Paul pour la millième fois.

La jeune marquise tourna légèrement la tête et lui sourit amicalement. Elle savait qu'il connaissait parfaitement la réponse à sa question : sa jeunesse dans les forêts canadiennes. Les hivers d'un froid polaire et les étés quoique courts étaient tropicaux.

La jeune femme avait élégamment relevé ses lourds cheveux blonds et quelques mèches s'étaient échappés de son chignon compliqué et se collaient sur son magnifique visage pâle, toujours à l'abri du soleil grâce à son ombrelle. Suivant le cours des pensées de sa cousine, le duc s'exclama :

- Je crois que vous êtes la seule qui ait réussi à passer une nuit de plus de deux heures cette semaine.

- Avez-vous essayé les bains froids comme je vous l'ai tantôt conseillé ?

- Humm… je dois malheureusement vous avouer que non… Je n'arrive pas à entrer dedans.
- Dommage, il s'agit d'une bonne méthode pour parvenir à s'endormir.
- De quoi parlez-vous ? demanda alors le duc de Guyenne qui s'approchait alors en compagnie de la princesse Adeline.
- Nous discourions des chaleurs.
- Il est vrai que c'est insupportable à la fin, s'éventa la princesse en soupirant.
Charlotte sourit, amusée, et le duc de Guyenne se tourna vers la belle marquise.
- Il est vrai que vous ne semblez guère souffrir de la chaleur.
- En effet, sourit-elle encore, je supporte assez bien les chaleurs.
- Comment faites-vous ? l'admira la princesse.
Paul répondit à la place de sa cousine qui se désintéressa de la conversation.
Ce soir-là, le roy la visita. Plus exactement, il tenait à savoir si ce que l'on disait depuis quelques jours sur la marquise était vrai. Parvenait-elle réellement à dormir malgré la chaleur ? Alors, au milieu de la nuit, tandis que personne dans le palais ne parvenait à trouver le sommeil – lui compris – il parcourut les couloirs du palais. Le monarque venait de visiter Catherine qui sommeillait parfaitement, comme un petit ange. Il apprit des domestiques de l'enfant que Charlotte s'occupait de la princesse le soir pour que l'enfant supporte les chaleurs et, en effet, les appartements de la petite princesse étaient relativement frais. Une pensée en amenant une autre, il se rendit dans les appartements de la marquise que son épouse avait mis à la disposition de celle-ci. Charles Henri entra et fut surpris de trouver une dizaine de domestiques dans les salons de la jeune femme. Tout aussi surpris que le monarque, ceux-ci – qui ne dormaient point – se levèrent précipitamment.
- Mais que faites-vous céans ?

- Madame la marquise nous a autorisés à passer la nuit dans ses quartiers car les combles sont insoutenables…

Le roy fronça les sourcils. Oui, évidemment, il aurait dû y penser avant… ce qui l'agaça d'autant plus fut que, elle, elle y avait songé.

- Où est-elle ? demanda-t-il froidement.

- Mais, s'étonna Sophie, dans sa chambre Sire… Madame la marquise dort…

- Vraiment ? dit-il en haussant un sourcil perplexe.

Puis, sans rien ajouter, il se rendit dans sa chambre à coucher. La grande pièce plongée dans l'obscurité était aussi fraîche que les appartements de Catherine. Ils étaient situés au nord donc moins chauds. Toutes les fenêtres étaient grandes ouvertes et les étoiles éclairaient un peu la pièce, permettant au souverain de se repérer dans une chambre où il n'avait jamais mis les pieds. La chambre sentait la lavande et la forêt.

Il savoura un instant la douce senteur avant de discerner la silhouette de la marquise allongée dans le lit et de s'en approcher. Ses cheveux étaient tressés et la jeune femme dormait complètement nue avec seulement un drap qui la recouvrait à moitié. Il ne put retenir un frisson. Il pouvait le nier tant qu'il voulait, elle était belle !

Soudain, l'envie de l'irriter le prit.

Doucement, le roy sourit et s'approcha du lit pour s'y glisser mais la marquise sentit cette intrusion et ouvrit les yeux. Encore ensommeillée, elle marmonna :

- Qu'est-ce que… puis remarquant le roy elle le poussa doucement en s'allongeant tout à travers le lit : Ha non ! Pas d'homme sale dans mon lit !

- Il n'est guère l'heure de se laver madame !

- M'en moque ! Pas de bain, pas dans mon lit !

- Mais vos appartements sont les plus frais, madame, et je désire prendre du repos.

- Justement, marmonna-t-elle, les yeux fermés sur le ventre et en travers de son lit : allez vous laver, il y a de l'eau froide dans la baignoire, cela vous rafraîchira et vous pourrez mieux dormir.

Il fronça les sourcils. Ainsi, c'était comme cela qu'elle procédait ? Un bain froid ? Guère sot !

En souriant malgré lui, il se rendit dans la salle de bain de la jeune marquise et, en effet, il y avait là une baignoire pleine d'eau froide ; son corps chaud faillit mourir en entrant en contact avec le liquide pas spécialement froid qui plus est mais il demeura tout de même une bonne demie heure avant de sortir de l'eau. Il ferait remplir sa baignoire dès le lendemain. Le roy chercha un drap de bain des yeux et ne trouva que celui de Charlotte certainement qui séchait un peu plus loin. Il le prit avant de retourner dans la chambre de la jeune femme. Un petit courant d'air le fit frissonner et il apprécia plus que jamais ce brin de vent. Charlotte n'avait pas bougé. Elle était dans la même position où il l'avait quittée soit nue sur le ventre en travers de son lit. La jeune marquise s'était rendormie et sa respiration était parfaitement calme. Doucement, il se rapprocha du lit ; pour une raison qu'il ne chercha pas à comprendre, il ressentait le besoin de passer la nuit dans le lit de la marquise, juste être avec elle.

Le souverain la poussa délicatement pour se faire une place à ses côtés. Contrairement à sa sœur, Charlotte avait un sommeil très lourd. Elle ne se réveilla pas tout à fait au contact du roy mais grommela quelques insultes à son égard qui le firent sourire.

- Je vais simplement dormir à vos côtés.

- Du moment que vous êtes propre.

Il ne put s'empêcher de rire. Le roy la regarda un long moment avant de s'endormir à son tour, serein.

Lorsqu'elle s'éveilla le lendemain, Charlotte eut l'étonnante surprise de se retrouver dans les bras du souverain. Elle réfléchit un long moment sans bouger en se demandant comment il avait atterri là. Puis elle se souvint vaguement lui parler... Moite d'être collée à lui et de la chaleur déjà lourde de la journée,

Charlotte soupira et se leva doucement. Toutefois, son mouvement éveilla le monarque qui la retint un instant sans ouvrir les yeux.

- Où allez-vous ?

- Me laver ! Si cela n'incommode pas trop Sa Majesté !

Le souverain ouvrit les yeux et s'assit au bord du lit sans la lâcher.

Ses cheveux étaient maintenant libres de toute entrave et la jeune femme se retrouvait totalement nue devant lui. Parfait, son corps était parfait ! Il frissonna un instant. C'était la première fois qu'il passait la nuit dans le même lit qu'une femme sans lui faire l'amour… même Caroline et la reine n'avaient jamais eu ce privilège. Ça n'allait pas du tout !

- Vous êtes aimable dès le réveil.

- Personne n'oblige Votre Majesté à me voir dès ma sortie du lit.

- Il y a des moments où j'aimerais bien vous étrangler !

Elle eut un sourire sarcastique.

- Si vous saviez à quel point c'est réciproque !

Elle se dégagea sèchement et se détourna. Il fronça les sourcils en la voyant s'éloigner. Charlotte était pâle, trop pâle. Comme pour prouver ses dires, la marquise fut saisie d'un vertige et dut s'appuyer au mur. Inquiet malgré lui, il se précipita vers elle au moment où elle s'écroulait.

- Madame ? Qu'avez-vous ?

La jeune femme ouvrit les yeux pour plonger un regard violet infiniment triste et désespéré dans ses yeux tourmentés. Elle murmura un mot, un seul, avant de perdre connaissance :

- Caroline.

La marquise de Saint-Savin ne reprit ses sens qu'une demi-heure plus tard. Entre temps, il s'était rhabillé et avait fait quérir le médecin. C'était lui qui s'était occupé de Caroline lors de l'accouchement, cependant, comme pour sa jumelle, il ignorait ce qu'avait Charlotte. Ce fut Paul qui donna la réponse au roy :

- Ne vous inquiétez point Sire, Charlotte est forte, elle s'en remettra.
- Mais que voulez-vous dire ?
- Sire, je ne demanderai point ce que vous faisiez dans ses appartements au petit matin, cela ne me regarde pas mais Charlotte n'est pas Caroline…
- Je le sais merci ! Qu'a-t-elle ?
- Rien, sinon que la mort de Caroline la tue elle aussi à petit feu. Le roy fronça les sourcils et son cousin soupira. C'est elle qui nous l'a expliqué à Thibaut et à moi. La mort de Caroline l'a tuée elle aussi… et depuis que Caroline nous a quittés, elle fait fréquemment des malaises… cependant, ces derniers mois, j'ai remarqué qu'ils s'étaient espacés…
- Il faudrait aussi qu'elle cesse de courir partout !
- Je pense, qu'au contraire, cela la maintient en vie.
Le roy soupira.
Il n'y avait pas à dire, Charlotte de Saint-Savin ne faisait jamais rien comme les autres.
Il n'eut cependant pas le loisir de discuter avec elle. La fois suivante où il la côtoya, ils se querellèrent. En effet, le duc de Guyenne demanda la main de madame Adeline au souverain qui s'en agaça beaucoup. Il eut l'impression que ses amis l'avaient trahi. La cour fut sombre les jours qui suivirent. La reine se faisait toute petite, le duc de Guyenne et le roy ne se parlaient plus quant à Adeline, elle ne quittait presque plus ses appartements ou alors avec les yeux rougis. Charlotte décida donc qu'il était tant pour elle d'intervenir. Un jeudi, alors que le roy et son conseil étaient réunis, la marquise laissa la colère la conduire aux portes du roy. Adeline était venue se confier à elle chez la reine alors que la princesse Kate faisait ses premiers pas. On tenta de l'arrêter mais son regard froid, même glacial, les fit tous reculer. Ceux qu'elle croisa dans les couloirs qui la menaient à la salle du conseil s'écartèrent de son passage en

s'inclinant bien bas… ne pas l'agacer d'avantage… c'était le mieux !

Faisant fi des gardes devant la porte, la jeune marquise l'ouvrit et entra. Tous relevèrent la tête en l'apercevant, surpris, mais le visage du souverain se transforma rapidement en colère noire.

- Que faites-vous céans madame ? Ne vous a-t-on jamais appris à frapper ?

- J'ai à vous parler.

- Moi non et vous voyez bien que je suis occupé.

- Maintenant.

Il se leva et frappa violemment du poing la table.

- Je ne suis guère à votre disposition ! C'est vous plutôt qui devriez être à la mienne !

- Peu m'importe vos exigences ! Je suis ici et je ne partirai que lorsque vous m'aurez écoutée !

- Petite impertinente ! La Bastille ne vous a donc point suffi une fois ?

- Il semblerait que non…

- Après le conseil !

La marquise de Saint-Savin fronça les sourcils et regarda les ministres qui observaient le duel, visiblement mi-amusés mi-inquiets. Le roy ne devait pas perdre la face devant ses ministres sinon ce serait l'anarchie, elle le comprit et fronça les sourcils.

- Veuillez excuser mon intrusion, je vous attends dans votre bureau.

- Parfait ! hurla-t-il presque.

Il ne le montra pas mais il était soulagé qu'elle ait compris. Le roy se rassit et les portes du conseil se refermèrent en silence. Personne ne se permit de faire le moindre commentaire. Entre le monarque et la marquise… on ne savait lequel était le pire.

Deux heures après, le roy se rendit seul dans son bureau. Le visage fermé, il ignora toutes les personnes qu'il croisa, les mains dans le dos, le front plissé, soucieux.

Ce qu'il s'était passé dans la salle du conseil fit rapidement le tour de la cour et bientôt tout le monde guettait de plus ou moins loin ce qu'il se passait dans les appartements du souverain.

Charlotte s'était installée sur une banquette sous la fenêtre du bureau du roy et elle regardait l'extérieur. Il n'avait fait aucun bruit, la porte se referma en silence sur lui mais il savait aussi qu'elle l'avait entendu. Le souverain l'observa en silence, attendant qu'elle parle, même si le protocole prescrivait qu'il lui adresse la parole le premier.

- Les roses n'ont pas survécu à la canicule.

Surpris, Charles Henri comprit que c'était sa manière de s'excuser. Il ferma une seconde les yeux avant de s'approcher d'elle, plus calme.

- Vous m'avez fait une belle frayeur l'autre matin.

- Je… ne savais pas.

Il posa une main sur l'épaule offerte de la jeune femme. Tous deux observaient le monde extérieur. Il savait qu'elle était venue lui parler des fiançailles de sa tante et de son meilleur ami. Il savait qu'elle le savait. Elle avait aussi parfaitement saisi qu'il avait compris. Donc ils parlaient d'autres choses. Pour une fois calmement.

- Ne peut-on rien faire ?

Elle ne répondit pas tout de suite.

- Je ne le pense pas. J'en ai de moins en moins mais…

Sa gorge se serra.

- Qui ?

Charlotte savait qu'il lui demandait qui avait tué sa sœur. Elle comprit que, pour la première fois, quelqu'un comprenait peut-être réellement le lien qui l'avait unie à sa sœur. Elle ne lui posa pas de question. Ce serait se moquer de lui… il savait qu'elle savait. Guyenne ne l'avait pas trahie, non, il le savait parce qu'il avait compris.

- Je ne puis vous le dire.

- Si vous le pouvez, mais vous ne voulez point vous décharger de votre fardeau… parce que vous vous sentez responsable de la mort de votre sœur, au même titre que vous m'avez condamné pour n'avoir su la protéger.

Il la sentit se raidir. Maintenant il la comprenait. Il avait mis du temps mais, à présent, il savait qui elle était. La sœur jumelle de sa défunte amante se leva et lui fit face. Des larmes brillèrent dans son regard mais ne coulèrent point.

- Qui ? répéta-t-il en lui levant le menton.
- Ma tante.

Charlotte fit promettre au roy de la laisser se venger. Elle la détruirait lorsqu'elle s'y attendrait le moins. Le souverain avoua qu'elle était diabolique mais qu'il la laissait se venger. Cependant, il était content de savoir qui avait tué Caroline, ainsi maintenant il se méfierait de la duchesse de Rambouillet, même si, déjà, il n'avait qu'une confiance limitée en sa lointaine tante. Enfin, il autorisa le duc de Guyenne à épouser Adeline.

La duchesse de Rambouillet commençait à se rendre compte de l'influence que gagnait sa deuxième filleule petit à petit à la cour et surtout sur le souverain. Son caractère plutôt étonnant faisait fureur au lieu de choquer, ce qu'elle avait secrètement espérer. Quelle sotte ! Bien, elle allait devoir avoir une petite discussion avec cette enfant.

Un soir où elles étaient toutes les deux devant les appartements de la reine, la duchesse décida de lui faire comprendre qui elle était et quelle était sa place en ce bas monde. Charlotte venait de coucher la petite princesse Catherine et, à cet instant, la même expression de tendresse et de gentillesse qui illuminait ordinairement de visage de feu la comtesse d'Evreux, éblouissait le visage habituellement froid de Charlotte. Et la duchesse s'y trompa. Comme tout le monde, elle avait tendance à confondre les deux sœurs.

- Charlotte, je voudrais vous prévenir.

Son ton soudain austère surprit la jeune marquise mais elle demeura impassible et se tourna vers sa tante. La soudaine haine qui transpirait sur tout le visage froid de sa tante stupéfia Charlotte, pas étonnant que Caroline ait eu peur d'elle ! Cependant, la jeune femme reprit vitement contenance si bien que sa tante ne remarqua même pas son anxiété passagère.

- Oui ma tante ? l'encouragea innocemment sa belle nièce.

- Rrr, il n'est point utile que vous minaudiez ainsi avec moi ! Je vais vous dire…

Enfin on y est, songea Charlotte sans pouvoir s'empêcher de sourire. Heureusement dans l'obscurité croissante du couloir, la duchesse ne vit point le changement.

- … vous n'êtes qu'une petite écervelée ! Pire que votre idiote de sœur ! Je suis la duchesse de Rambouillet et j'ai un rang à tenir figurez-vous ! Vos insolences avec le roy commencent sérieusement à m'agacer !

- Et alors ? la questionna-t-elle avec un calme incroyable, un sourcil haussé dédaigneusement.

- Et alors ? s'indigna sa tante, mais pour qui vous prenez-vous petite insolente ?

Il fallait avouer que la colère froide de sa tante était impressionnante mais Charlotte ne se laissa pas troubler. Elle avait tué sa sœur !

- Et alors ? répéta sa tante avec méchanceté. Vous allez vous taire et si vous n'en êtes point capable, quittez la cour ou je m'en chargerai !

- Je me demande bien comment ! sourit avec sarcasme Charlotte, toujours aussi calme, même légèrement amusée.

- Vous…

- Non, la coupa Charlotte en s'approchant à son tour de sa tante, celle-ci remarqua la haine et la colère qui habitaient sa nièce. Vous avez suffisamment parlé, à mon tour. Je sais exactement qui vous êtes et vous ne me faites pas peur, gardez vos menaces pour d'autres ! Je me moque de vous ou de ce que vous pourriez me faire. Je resterai à la cour que cela vous plaise ou non !

La duchesse la fusilla du regard.

- Vous ne savez point de quoi je suis capable mon enfant, vous allez le regretter. Amèrement.

- Détrompez-vous, je sais exactement de quoi vous êtes capable... à votre avis, pourquoi suis-je arrivée si vite ?

La duchesse retint un hoquet de surprise, se pourrait-il... qu'elle sache ? Non... Comme si elle avait lu ses pensées, Charlotte eut un sourire machiavélique et lui répondit en la regardant dans les yeux avant de se détourner et d'entrer dans les appartements de la reine :

- Votre raisonnement est faux, ma tante. C'est VOUS qui n'avez aucune idée de ce dont je suis capable. Mais Dieu n'en est témoin, vous le saurez très bientôt.

Chapitre 13
Subterfuge

Quelques jours plus tard, le roy dut quitter précipitamment la cour avec Thibaut de Toulouse et le grand maréchal bientôt rejoint par le duc de Rambouillet. Les combats avaient violemment reprit depuis quelques semaines et l'armée française subit de lourdes pertes. Pour la première fois depuis le début de la guerre, on avait dû battre en retraite, minant ainsi le moral des troupes.

Cependant, un malheur n'arrivant jamais seul, un prince perse arriva quelques jours seulement après le départ du souverain à Paris. Cela faisait des années que l'Etat français travaillait pour améliorer ses relations avec l'empire perse et quand enfin il acceptait d'envoyer un émissaire en France, voilà qu'il n'y avait plus personne pour l'accueillir.

La cour ne s'était évidemment pas complètement vidée, la reine et la majorité des courtisans lui tenaient compagnie ; toutefois, elle était une femme. Ce qui ne lui plu pas du tout. Le diplomate, le vicomte d'Esplas, entra alors en jeu et fit de nombreux aller-retour entre Saint-Germain et Paris – où l'on avait logé le prince persan.

Finalement, après trois semaines de tension de plus en plus palpable, Charlotte (que toute cette politique agaçait) proposa à la reine d'envoyer la cour au Louvre pour des échanges plus rapides. On la regarda avec de grands yeux effarés, personne ne parlait plus du palais du Louvre depuis la mort de Caroline l'année précédente. Mais sa tante la soutint, étonnement, et la reine finit par avouer qu'il s'agissait certainement là de la meilleure solution.

Car la tension continuait de monter.

Le prince prenait comme un affront qu'une femme – fût-elle reine – soit la seule à pouvoir le recevoir.

Charlotte proposa à la reine et au diplomate son conseil pour les négociations. Elle avait grandi avec des Indiens et les efforts de son père pour maintenir la paix entre les Indiens, les Français et les Anglais. La reine, guère préparée à la politique, se laissa convaincre, craintive. Puis, de jour en jour, Charlotte prit davantage de poids avec ses judicieux conseils et, bientôt, se fut elle qui se retrouva à diriger les négociations. La marquise de Saint-Savin devint alors la dirigeante officieuse du royaume de France, avec la complicité de tout le gouvernement présent.

Un mois et demi après son arrivée, le prince persan accepta enfin de se rendre au Louvre pour y rencontrer la reine en attendant le retour du roy. Sauf que la reine refusa de le rencontrer. Elle ignorait ce qu'il s'était dit, ne suivant les échanges que dans les grandes lignes et Isabel craignait les réactions du prince. Elle demanda donc à la marquise de prendre sa place. La cour trouva l'échange fort amusant surtout aux vues des circonstances entre les jumelles de Lusignan, le roy et la reine… oui, la cour était fort distrayante depuis quelques années ! Charlotte soupira mais ne refusa pas, elle avait fait assez de tort comme cela à la couronne et au roy sans en plus entraîner la France dans une autre guerre… Bon, elle prendrait la place de la reine une journée. D'autant que la marquise de Saint-Savin était probablement la personne la plus à même de recevoir le diplomate Perse.

Le prince arriva au palais le lendemain pour l'heure du dîner. Charlotte le reçut dans la salle du trône, assise à la place du roy, entourée par les dames de compagnies de la reine et de celle-ci. Charlotte ne portait la couronne officielle de la souveraine, il ne fallait rien exagérer, mais une magnifique toilette bleu roy imprimée de fleur de lys d'or avec son manteau d'hermine, dont nul en Europe ne possédait le pareil. Sa prestance, son visage impassible et froid, la marquise de Saint-Savin représentait incontestablement la reine. Personne n'aurait pu prétendre le contraire. Bientôt, une rumeur naîtrait dans le royaume : plus reine que la reine elle-même. Voilà comment la marquise de Saint-Savin fut décrite après ce jour.

Le diplomate entra en grande pompe, entourée de sa propre cour dans les tons les plus chatoyants, comme il convenait dans son peuple. Traversant le tapis rouge de la salle du trône jusqu'à la reine du jour, le Perse s'arrêta à quelque mètres de Charlotte, sa cour dix pas derrière comme d'exigeait le protocole. Les courtisans de France se tenait de part et d'autres de la pièce, tout le monde dans ses plus beaux atours pour accueillir ce lointain prince.

Après une inclination musulmane, main à la bouche, poitrine et ventre pour s'incliner, l'invité royal s'exclama :

- Salam analeïkom.

- Aleïkom salam, répondit Charlotte sans quitter le regard noir persan de l'ambassadeur.

- Je suis fort aise de trouver une souveraine savante des convenances.

- Lorsqu'on reçoit quelqu'un Excellence, on se doit de connaître un minimum de choses sur sa civilisation… autant que lui doit en apprendre sur ses hôtes.

Un sourire railleur naquit sur les lèvres trop fines du prince Perse. En une phrase, elle venait de lui faire remarquer qu'il n'avait aucun droit de s'offenser d'être reçu par elle parce qu'en France, les femmes n'étaient guère des bagatelles.

- Il n'empêche madame, que j'ai l'impression d'être entré dans un harem.

- Les hommes sont à la guerre… n'en est-il point de même chez vous ? Auriez-vous préféré que je dirige moi-même les troupes sur les champs de bataille ?

- Majesté, je suis heureux de faire votre connaissance.

- Et moi je suis affamée, vous joindrez-vous à nous pour le dîner ?

Charlotte se leva pour se diriger vers lui. Ensemble, ils ouvrirent le passage vers la salle des banquets où se dressait le dîner protocolaire.

C'est ainsi que le prince Persan, Osman Bahrajii, commença à se familiariser avec la couronne de France. Il apprécia tout le reste de l'après-dîner cette étrange souveraine qui avait plus de caractères masculins que féminins à son avis. Il repartit pour son château alors que la nuit tombait en promettant de reprendre les négociations avec le diplomate dès le lendemain au nom de son roy.

Rapidement, le roy de France apprit ce qu'il s'était passé et retourna à Paris sur l'heure. Sans chercher à entendre tous les événements, le souverain laissa son courroux prendre le pas sur sa raison, comme souvent lorsqu'il s'agissait de la marquise de Saint-Savin.

Sa colère était telle qu'il ne s'aperçut pas tout de suite qu'il entrait au palais du Louvre. Lorsqu'il arriva, il ne salua personne, descendit de cheval et héla le premier domestique qu'il croisa :

- Où est-elle ?

Son impressionnante fureur tétanisa le pauvre domestique qui ne sut que répondre.

- Ne m'oblige pas à répéter !

- Dans… dans ses appartements Sire ! répondit-il en pensant qu'il parlait de la reine.

- Je ne sais pas où ils sont ! hurla le roy.

- Mais… mais… en face des vôtres… Majesté, couina le malchanceux serviteur.

- Mais pas la reine, pauvre imbécile ! La marquise de Saint-Savin !

Adeline arriva à cet instant, alertée par les cris alors qu'un petit attroupement c'était déjà formé autour du souverain.

- Charles ! se récria son amie. Mais enfin, que se passe-t-il ?

Son neveu et ami était couvert de poussière des champs de bataille, de sueur et… la jeune femme eut une seconde de profonde stupeur où elle ne put faire le moindre geste lorsqu'elle remarqua la colère qui brillait dans ses yeux.

- Où est la marquise ?

- Je me semble qu'elle est chez elle.

Le roy poussa un cri de rage et se tourna de nouveau vers le domestique :

- Faites-la quérir SUR LE CHAMP !

- Ce n'est nullement nécessaire, Sire, puisque me voici.

- Vous ! dit le roy en serrant les dents et en se tournant avec les autres vers la jeune femme qui venait de passer le pas de porte, parfaitement mise, à son habitude.

- J'ai entendu le son mélodieux de votre voix et étrangement quelque chose me dit que je n'y suis guère étrangère…

- COMMENT AVEZ-VOUS OSE ?

- Mais de… hooo, comprit-elle. L'ambassadeur.

- Bien ! persifla le souverain en s'approchant, la mémoire vous revient.

- Vous avez quitté l'armée et parcouru quatre-vingt lieues simplement pour me remercier ? Mais il ne fallait pas ! sourit-elle, ironique.

- Vous n'êtes qu'une… qu'une…

- Une quoi ? Je vous ai sauvé d'une guerre ! Cessez donc de hurler !

- Vous avez pris la place de la reine !

- Non ! Nous avons échangé nos places quelques heures à sa demande et pour le bien de la France !

- Pour le bien de la France ! Mais pour qui vous prenez-vous donc ? Vous n'êtes qu'une mystificatrice, une enfant du diable ! Allez-vous-en ! Quittez cette cour et ne reparaissez plus jamais devant moi !

Charlotte ne bougea pas et affronta son regard. La même haine qui se lisait dans le regard du souverain se déchiffrait maintenant dans les yeux bleus de la jeune femme.

- Je ne partirai point sans Catherine.

- Je ne vous ai jamais demandé votre avis, vous êtes disgraciée, je ne veux plus jamais vous revoir !

Le roy se détourna d'elle et la marquise de Saint-Savin entra dans le palais par un autre couloir qui menait à ses appartements. La jeune femme récupéra tranquillement Kate et quitta effectivement le palais une demi-heure plus tard sans que personne n'ose l'arrêter. Tous la virent partir avec la princesse, la reine, le duc de Guyenne, Adeline, les courtisans… mais personne ne songea à l'arrêter.

Une semaine plus tard, le duc de Guyenne vint la trouver à son hôtel d'Evreux pour lui demander de revenir à la cour. En effet, les relations avec le prince persan n'allaient pas en s'améliorant, surtout depuis qu'il avait appris qu'il n'avait pas été reçu par la reine mais par une lointaine cousine du roy. Etrangement, le roy s'agaça du manque de courtoisie de son hôte envers Charlotte. Certes, la marquise avait mal agi mais elle avait réagi dans l'intérêt de tous et le prince n'avait guère eu à se plaindre des traitements de la jeune femme. Le roy ordonna finalement qu'on aille quérir la marquise sur l'heure. Le duc de Guyenne fit un comte rendu détaillé à Charlotte durant le trajet qui les mena au Louvre. Charlotte compris qu'elle devait la jouer fine. Elle réglerait plus tard ses comptes avec le souverain. Pour le moment, il n'était nulle question d'orgueil.

Arrivée au galop avec le duc, la marquise de Saint-Savin arriva rapidement en tenue d'américaine ; en la voyant entrer ainsi vêtue dans la salle du trône, le roy baissa la tête et soupira. Ce n'est pas comme ça qu'elle allait les aider ! Enfin bon… remarquant sa soudaine lassitude, la cour et l'ambassadeur se tournèrent vers l'entrée de la salle où la marquise entrait, la tête haute, en botte de cuir et chemise de lin. On s'inclina sur son passage et elle dédaigna le prince pour s'incliner devant son souverain.

- Vous avez demandé à me voir, Sire ?

Son ton calme et posé apaisa le monarque. Bizarrement, la retrouver en cet instant gageait des moments certes intenses mais plus propices à la réussite.

- Vous auriez pu prendre le temps de vous changer madame, cela ne pressait guère à ce point.

- Je l'ignorais Majesté, dans l'incertitude, j'ai préféré me hâter.

Le roy et la jeune femme échangèrent un long regard avant qu'il n'ordonnât :

- Approchez, notre ami persan a quelques choses à vous dire.

La jeune femme s'approcha du monarque et s'installa à sa gauche, debout pour faire face à l'ambassadeur et aussi à la cour.

- Salam analeïkom, le salua-t-elle finalement.

- Je ne vous répondrai point madame, dit-il avec orgueil dans son français parfait.

- Et pourquoi manqueriez-vous à la plus élémentaire des courtoisies envers une de mes dames, Excellence ? se courrouça le souverain.

- Parce qu'elle s'est moquée de moi ! Un homme de mon pays aurait déjà eu la tête tranchée ! Une femme lapidée ! J'exige réparation.

- Que voulez-vous ? demanda le roy, surpris.

- Je voudrais que vous me la cédiez.

S'en suivit un silence abasourdi. Après quelques secondes de profonde horreur, la cour porta son regard sur la famille royale qui demeurait figée. Charlotte fut la première à se reprendre. Son visage demeura froid, impassible, mais elle se redressa de toute sa hauteur. Le roy allait alors rétorquer qu'il pouvait aller au diable et que les femmes d'ici n'étaient guère à vendre quand la marquise descendit lentement les deux marches menant au trône. Le roy fronça les sourcils puis cacha un sourire satisfait derrière une main contre laquelle il appuya sa tête. Il ignorait ce que la marquise lui réservait mais pour une fois que sa colère n'allait pas se retourner contre lui, il comptait bien ne pas intervenir.

Charlotte s'approcha du prince qui la regarda s'avancer avec mépris. La marquise resta quelques secondes à le fixer et, sans aucune hésitation ni émotion, gifla le prince. Le bruit résonna dans toute la salle. Elle lui murmura alors dans sa langue :

- *Prenez-moi encore une seule fois pour une de vos prostituées et je vous castre moi-même. Je suis une femme, une créature de Dieu, comme vous. Je suis princesse de sang, comme vous, je sais me battre, comme vous. J'ai droit au respect.*

- *Je vois que tu connais ma langue… Je dois avouer que tu m'étonnes encore. Oser lever la main sur un homme…*

- *Et alors ? Votre religion n'est pas la mienne. Votre point de vue n'est pas le mien. Pour moi, votre mépris envers mon sexe vous rabaisse. Je n'ai aucune envie de respecter un être qui me crache dessus.*

- *Petite folle, tu as de la chance d'être née dans ce pays.*

- Al-hamdou-llilah ! répondit Charlotte.

Le prince persan l'observa quelques secondes très attentivement. La marquise ne lui fit pas le plaisir de baiser les yeux.

- *Ainsi donc, tu dis connaître les armes ? J'aimerais voir cela.*

- *Quand il vous plaira.*

Pendant ce temps, la cour retenait son souffle. Le roy écoutait la traduction par son diplomate qui murmurait à son oreille. Charles décida d'intervenir à ce moment-là.

- Non ! Madame !

Charlotte se tourna vers lui.

- Sire, il n'y a point que la France qui est en jeu mais aussi le droit des femmes.

- C'est un tueur ! Il aime la souffrance et s'amuse à la répandre…

Descendu de son estrade, il lui attrapa le bras et la fit reculer de quelques pas pour lui murmurer la suite, les dents serrées, bien décidé à la faire changer d'avis.

344

- Je vous en prie, ne soyez point sotte.

- Sire…

Charlotte le regarda avec gratitude. Elle savait qu'il s'inquiétait pour elle. Pour la première fois, quelqu'un d'autre que Caroline s'inquiétait réellement pour sa personne. La jeune femme posa doucement sa main sur celle du roy qui serrait toujours son bras.

- Je vous jure que tout se passera bien.

Charles scruta longuement son regard et sa sérénité l'apaisa après quelques secondes. Le monarque respira profondément et la marquise lui offrit un doux sourire lorsqu'elle lut sa confiance naissante dans son regard.

Ils se tournèrent alors tous deux vers le prince qui les regardait avec insolence.

- Si cette femme me bat – ce dont il doutait visiblement – je vous présenterai mes excuses et… oublierai toute cette histoire…

- Mais si je perds ? fit Charlotte en haussant un sourcil.

- Si vous perdez, lui sourit le prince avec arrogance, vous serez mienne et viendrez dans mon pays.

Le roy passa son bras protecteur autour de la taille de la jeune marquise sans vraiment prendre conscience de son geste.

- Hors de question ! N'avez-vous donc aucun honneur pour vous en prendre ainsi à une femme ?

Charlotte se rasséréna quelques instants de l'étreinte du souverain avant de se tourner doucement vers lui :

- Je sais ce dont je suis capable… faites-moi confiance.

Etonnement, il avait confiance en elle, c'était en l'ambassadeur qu'il n'avait pas confiance. Cependant, le souverain ne dit rien.

- Laissez au moins le choix des armes à madame la marquise.

Le prince s'inclina.

Et le combat fut organisé pour le lendemain.

Dans la salle d'entraînement du roy, qu'il leur prêta, le roy n'autorisa personne à assister au combat en dehors de deux

345

gardes du persan, de la reine, du duc de Guyenne et de lui-même ainsi que de deux de ses gardes. On n'était jamais trop prudent.

La veille, il n'avait point revu Charlotte et il avait passé une mauvaise nuit… avec un soupir, il s'était rendu compte qu'il tenait plus à elle qu'il ne le pensait… plus qu'il ne le devait. Elle ressemblait trop à Caroline, ce ne pouvait être que pour cette raison qu'il l'affectionnait. Charles balaya d'un revers de main le sentiment diffus au fond de son âme qui savait très bien que ce n'était pas la vérité de son affection.

Ils l'attendaient tous. La marquise n'avait pas passé la nuit au palais. Techniquement, la marquise était toujours en disgrâce. Toutefois, Charlotte préférait retourner chez car Catherine et son fils y séjournaient.

Puisqu'elle avait le choix, Charlotte choisit son arme de prédilection : la dague. Certes, elle n'était point assez sotte pour demander le sabre, arme de prédilection du prince, comme de tous les hommes de son pays.

Elle arriva alors et entra. Ses longs cheveux tressés à l'indienne dans son dos, madame de Saint-Savin portait son costume américain. Sans un regard pour qui que ce fût, elle se posta devant son adversaire et le toisa :

- Je suis prête.

Il dégaina une dague et le combat commença.

Le Perse ne s'attendait pas à ce que la jeune femme sache réellement se battre. Ainsi, même s'il était sur la défensive, ce n'était qu'un jeu pour remettre une petite impertinente à sa place. Il s'imaginait déjà la violer dans son pays, la torturer… alors qu'il souriait, elle le surprit. Il ne savait pas qu'elle avait grandi en Amérique. Il ne s'était guère renseigné et il aurait peut-être dû.

Non sans quelques difficultés mais avec aisance tout de même, elle le désarma après l'avoir blessé au bras.

Le diplomate se releva et fit signe à ses gardes de reculer alors qu'ils se précipitaient à ses côtés. Il s'inclina alors avec révérence devant la jeune femme et s'exclama en français :

- Je me suis trompée, vous n'êtes point qu'une femme, vous êtes plus qu'une reine, chez nous, on vous appellerait *Sultane-bachi*.

- Sultane quoi ? s'étonna la marquise.

Il lui offrit un sourire mi-figue mi-raisin en la dévisageant.

- J'ai été honoré, madame, d'avoir été reçu par vous en France.

Charlotte, stupéfaite, ne répondit pas. Abasourdie, elle regarda l'ambassadeur quitter le palais, apparemment satisfait. Elle se tourna finalement vers les autres qui étaient tout aussi étonnés qu'elle.

Ce soir-là, Charlotte alla s'asseoir, comme souvent depuis que la cour s'était installée au Louvre, sur un banc qu'elle avait trouvé à l'étage des appartements de la reine. Sans trop savoir pourquoi, elle se sentait bien à cet endroit. La jeune marquise avait pris les lettres de sa sœur, parfois, elle les relisait… aujourd'hui, la marquise avait été surprise et la journée avait été riche en émotion. Ainsi se sentait-elle le besoin de sentir la présence de sa sœur.

Le reste de la journée avait été quelque peu confus. L'ambassadeur avait implicitement ordonné que la marquise soit toujours présente lors des négociations et lui témoignait presque davantage de respect qu'au roy. Le monarque fit remarquer qu'elle avait d'autres choses à faire et une discussion houleuse s'ensuivit au bout de laquelle la marquise s'agaça et décida que c'en était assez et que, puisque ces messieurs ne semblaient pas capables de s'entendre seuls, elle assisterait aux pourparlers.

Elle relisait la lettre de sa sœur, la première qu'elle lui avait envoyée alors qu'elle était devenue la maîtresse du roy. Deux larmes coulèrent sur ses joues. Venue de nulle part et la ramenant brutalement sur Terre, la voix du roy s'éleva dans la nuit.

- Que faites-vous ici ?

Charlotte se leva précipitamment en essuyant ses larmes traîtresses.

- Je… je… rien, je lisais simplement.

Charles Henri fut choqué de la trouver à cet endroit précis, sa réaction très abrupte le surprit lui-même. Mais cela lui rappelait tant de souvenirs ! Les jumelles de Lusignan étaient tellement semblables par moment ! Pourquoi le destin les avait-il envoyées toutes les deux céans ? Il soupira et s'assit sur le banc.

- Asseyez-vous, souffla-t-il. Elle obéit. Savez-vous que vous êtes dans mes appartements ?

Alors que Caroline s'était confondue en excuses, Charlotte haussa un sourcil, surprise.

- Ho ?! Eh bien je suis désolée, je l'ignorais.

La jeune femme rassembla calmement ses lettres, l'émotion la faisant trembler légèrement. Alors qu'elle se levait, il la stoppa en lui agrippant le poignet. Charlotte se retourna, surprise.

- Votre sœur aussi venait souvent ici sans savoir qu'elle était dans mes appartements…

Elle lui sourit tendrement avant de se rasseoir. La jeune femme lui tendit la dernière lettre qu'elle venait de relire. Avec suspicion, Charles l'interrogea du regard mais d'un geste de la tête, Charlotte lui fit comprendre qu'il devait lire. Le roy de France reconnut l'écriture de Caroline.

Chapitre 14
Rapprochement

« *Ma chère Charlotte,*
Que d'aventures ces derniers jours ! J'ai l'impression que des
semaines sont passées mais à peine quelques jours se sont
écoulés depuis notre retour. De quoi ? vas-tu me demander. Eh
bien laisse-moi te raconter ma dernière grande aventure !
Le roy a été blessée sur le champ de bataille… »

- Lisez la dernière page, ordonna la jumelle de l'auteur.
Le souverain obéit et prit la dernière des quatre feuillets.

« *… il est tellement gentil et prévenant à mon égard. Je l'aime*
plus que je ne le croyais possible. J'aimerais que tu sois là,
mon bonheur serait alors parfait.
Le roy me rassure et me soutient ; je me sens moins seule et
enfin en sécurité en France même si tu n'es pas là.
Notre amour est étrange. J'ai l'impression que ma présence
l'apaise et le calme. Je le sens se tempérer lorsque je suis près
de lui et il est moins sévère. Je pense qu'il est un roy plus doux,
plus proche de son peuple… je me doute que de là où tu es tu
me trouves bien naïve et tu souris parce que nous n'avons pas
tout à fait la même perception de la monarchie.
Mais je suis heureuse, vraiment. Maintenant, je sais que je
n'aurais pu résister à l'amour du roy. Il est tout : puissant,
grand, riche, beau et il m'aime. Comment aurais-je pu ne point
l'aimer ?
Impossible.
Malheureusement, il y a notre tante qui a encore… »
Charlotte récupéra la lettre, l'arrachant des mains du roy, ne
désirant point qu'il prenne connaissance du reste de la missive
que sa sœur lui avait adressé. Le souverain la regarda :
- Pourquoi me l'avoir faite lire ?

- Je ne sais pas… il le fallait c'est tout.
- Vous êtes tellement… extraordinaire par moment… merci de m'avoir fait lire… ceci.
- Je vous en prie.

Ils se turent un long moment puis le souverain se leva.

- Comme pour votre sœur, venez vous réfugier ici quand il vous plaira.

La jeune femme lui sourit.

- Merci mais je ne pense pas revenir dans vos appartements, surtout pour prendre la place de ma sœur.
- Ne vous en faites point, je sais depuis longtemps que vous n'êtes point votre sœur… heureusement d'ailleurs. Même si vous me rendez fou par moment.

Elle rit doucement.

- Vous ne me rendez point la vie facile non plus.

Soudain, le roy eut une idée :

- Madame, aimez-vous la chasse ?

Charlotte leva un regard brillant sur lui, amusée.

- J'aurais le droit de porter mes vêtements des Amériques ?

Le roy s'esclaffa :

- Il ne faut tout de même pas exagérer !

Charlotte éclata de rire à son tour.

- Chut ! lui ordonna le roy en lui mettant sa main sur sa bouche.

Charlotte se plia en deux pour tenter de calmer son fou rire mais fut bientôt rejointe par le monarque.

- Je ne peux pas trop en demander, je suppose.

Il lui caressa la joue et sourit.

- Nous partons dans trois jours. La chasse durera quatre jours, nous rejoindrons la cour au château de Madrid après quoi je retournerai au front.

Elle fronça les sourcils.

- Si rapidement ? Les combats sont-ils si terribles ?

Son regard s'assombrit brusquement.

- Nous avons sous-estimé leur force.

- Ne perdez point espoir Sire, vous êtes la plus grande armée du monde !
- Il nous faut recruter… et former. Madame, reprenez l'éducation de ces enfants.
Elle ne put s'empêcher d'ironiser.
- J'avais raison alors ? Je suis apte à les éduquer et je sers l'avenir de la France !
Il soupira.
- Ce n'est guère le moment.
Charlotte comprit que l'instant était vraiment grave.
- Pourquoi être revenu si les temps sont si durs ? s'étonna-t-elle.
- Parce que… parce que… j'étais furieux !
Ha oui… elle se souvint et elle fit une grimace.
- Je ne pensais vraiment point mal agir, au contraire.
- Je le sais maintenant.
- Allez dormir Sire, vous êtes épuisé.
- Bonne nuit madame.
- Charlotte.
Il la regarda avec un léger sourire.
- Bonne nuit Charlotte, répéta-t-il.
- Bonne nuit, Sire, sourit-elle en se plongeant dans une gracieuse révérence.

Elle ne parla point au souverain jusqu'à la chasse même si elle le rencontra la veille lorsque l'accord de paix fut signée entre la France et la Perse. La cour demeura en fête tout le jour et la nuit suivante. Ainsi, la cour masculine avec Charlotte et Adeline partit à l'aube tandis que tout le monde se couchait après les festivités. Personne n'avait dormi et donc le premier jour de chasse fut relativement calme. Le roy avait privilégié une chasse à vol et Charlotte adora les faucons qui le lui rendirent bien, ce qui amusa le souverain. Il la voyait pour la première fois dans son élément. Elle était la nature. Charlotte était faite pour vivre simplement, entourée d'animaux et d'arbres.

Elle était avec les fauconniers le soir qui lui apprenaient à nourrir les oiseaux. La marquise de Saint-Savin en tenait un sur son poing et elle souriait. Le roy la regardait avec un sourire tendre. C'était la première fois depuis longtemps qu'il oubliait ses problèmes. Charlotte avait par moment la même candeur et la même aisance que Caroline pour des plaisirs simples de la vie. Il enviait les jumelles pour cela. Adeline s'arrêta à ses côtés.

- Elle vous correspond mieux que Caroline.

- Ne dites point de sottises.

- Vous souvenez-vous de mes paroles lorsque je vous ai dit que Caroline serait une bonne favorite ?

Il fronça les sourcils et détourna un instant son regard de la marquise pour le poser sur son amie. Celle-ci répondit à sa propre question :

- Qu'elle vous ferait du bien, qu'elle vous permettrait de vous ouvrir de nouveau… qu'il ne fallait point que vous la fassiez souffrir mais qu'elle n'était guère votre âme sœur.

- Oui, acquiesça le monarque après quelques secondes, je me souviens… mais où voulez-vous en venir ?

- Nulle part, simplement je pense que même si Caroline était encore vivante, vous vous seriez doucement éloigné d'elle afin de vous rapprocher de la marquise.

Le roy tressaillit, mouché :

- Ne dites point de sottise ! répéta-t-il, mais plus durement.

- Mais vous savez que j'ai raison dans le fond, sourit son amie, vous ne voulez point le reconnaître… elle vous ressemble tant !

Il ne répondit pas et s'éloigna, renfrogné. Adeline retint un gloussement avant de le suivre, non sans jeter un dernier regard à la marquise qui s'émerveillait devant les faucons, indifférente à ce qu'il pouvait se passer autour d'elle.

Le dernier jour de la chasse, Charlotte rejoignit le roy devant sans autorisation. Il s'étonna d'abord avant de sourire. Sans échanger un mot, ils chevauchèrent ensemble, ce qui agaça prodigieusement les courtisans qui se taisaient derrière, attentifs. Mais le roy n'avait pas besoin de lui parler. Elle venait lui tenir compagnie, le remercier aussi de lui avoir permis d'assister à la chasse. Il était heureux qu'elle soit là ; quoique peut-être pas heureux mais vraiment bienheureux, satisfait. Il n'y avait pas tout ce sentimentalisme qui le rendait plus vulnérable comme avec Caroline, au contraire, la présence de Charlotte l'apaisait mais lui permettait aussi de reprendre des forces, de se reposer, car elle veillait si lui s'échappait quelques instants.

Le soir même, ils arrivaient au château de Madrid, le surlendemain le roy repartait pour les combats. Il avançait dans les couloirs et la cour entière attendait devant le château pour le saluer. Le duc de Guyenne se trouvait à ses côtés. Elle sortit soudain de l'ombre, les surprenant tous deux dans leur silence.

- N'y allez pas !

Elle était pâle. Et c'était plus l'intonation de Caroline que celle de Charlotte.

- Qu'avez-vous ?

La jeune femme se jeta dans ses bras pour toute réponse. Elle était gelée et elle tremblait.

- Vous ne devez point y aller.

Il la serra contre lui en lui caressant les cheveux pour la rassurer. Charles n'avait aucune idée de quelle jumelle il tenait contre lui : Charlotte ? Caroline ? Un peu des deux ?

- Je le dois madame, susurra-t-il.

Charlotte le lâcha et se recula. Il fronça les sourcils et reconnut un des premiers signes des malaises de la jeune femme. Une âme dans deux corps se souvint-il, la frontière entre les deux esprits des jumelles était vraiment mince. Il se tourna à demi vers son ami :

- Amenez-la à ses appartements, elle va faire un malaise.

Le duc salua son royal ami en lui souhaitant bonne chance puis porta la jeune femme jusque dans son lit. Elle perdit

353

connaissance avant même d'atteindre sa chambre, comme le roy l'avait prédit.

Une autre tentative d'assassinat contre la reine eut lieu quelques semaines après et Charlotte décida que la sécurité au palais était trop lésée. La marquise prit une fois encore les choses en mains. Elle décida de rester le plus souvent possible auprès de la reine, accompagnée de ses deux loups blancs. Althaïr et Azénor ne firent cependant pas l'unanimité à la cour et on craint plus encore la belle marquise. Cependant, les deux mascottes devinrent des figures de la cour de France et on s'étonnait lorsqu'on ne les voyait pas. Les deux mammifères prirent l'habitude également de surveiller les enfants. C'était d'ailleurs avec eux qu'ils avaient le plus de contact, les deux loups les protégeaient lorsqu'ils ne s'amusaient pas.
Le roy, le duc de Rambouillet et Thibaut de Toulouse rentrèrent à Saint-Germain alors que la cour venait de s'y installer pour l'hiver.
Charlotte était dans les appartements de Kate. Elle n'avait point vu le souverain depuis son retour de la veille mais cela ne la dérangeait pas. La jeune femme ne savait comment réagir maintenant face au souverain. Quelque chose l'unissait à lui, c'était indéniable, mais elle lui en voulait toujours de n'avoir su protéger sa sœur. La petite princesse avait évidemment retrouvé sa place au palais dès que Charlotte était revenue à la cour et personne ne fit jamais le moindre commentaire sur la disgrâce de quelques jours de la marquise. D'ailleurs, la plupart des courtisans l'avaient déjà oubliée.
Kate jouait avec les deux Thomas (son fils et le petit page) ainsi que les deux garçonnets de la maison de son fils. Charlotte les regardait, assise à même le sol en retrait, silencieuse, savourant ces quelques instants. L'enfance prenait fin tellement vite !
Le roy entra et les vit. Les enfants ne remarquèrent même pas son intrusion tant ils étaient plongés dans le monde magique de

l'imaginaire, dans leur jeu. Charlotte leva la tête et lui sourit. Venant s'installer à ses côtés, il l'interrogea :

- Que faites-vous sur le sol ?

- Je n'apprécie point les sièges.

- Oui, je vois cela.

Elle le regarda et fronça les sourcils.

- Mais vous êtes blessé !

- Ce n'est rien, juste une coupure.

La marquise s'était déjà levée.

- Laissez-moi en juger…

- Ce n'est rien, tenta-t-il de se dérober en lui prenant les poignets. Mais elle se dégagea d'un mouvement, le fusilla du regard et l'ausculta quelques secondes.

- Vous viendrez me voir tout à l'heure dans ma chambre, je vous soignerai.

- Ce n'est nullement nécessaire.

- Je n'ai jamais dit que ça l'était, ni que je sollicitais votre avis.

- Je suis le roy madame.

- Vous n'en demeurez pas moins un homme.

- C'est là que vous faites erreur madame. Le roy est le roy.

- Brillante argumentation. sourit-elle.

Il soupira.

- Très bien, je viendrai.

- Je sais.

C'est alors que Thomas s'approcha de sa mère :

- Maman, quand rentrons-nous à la maison ?

- Je dors ici ce soir mon petit chérubin.

- Ha… bien. Majesté, s'inclina-t-il en s'apercevant de la présence du souverain.

C'est alors que Kate arriva de son pas encore incertain, apparemment heureuse, un large sourire étirant son magnifique visage. Elle ouvrit les bras en se dirigeant vers Charlotte, comme souvent, mais s'exclama pour la première fois, figeant le roy et la marquise :

- Maman !

Evidemment, le monarque ne dit rien mais il ne laissa pas passer cela et, une fois qu'ils eurent quitté les enfants, il s'emporta :

- Maman ? Catherine vient de vous appeler *maman* ?
- Oui… je ne sais quoi vous dire, c'est la première fois.
- Et la dernière !

Son étonnement fut rapidement remplacé par la colère et elle releva la tête pour affronter le souverain.

- Ha oui ? Et comment voulez-vous que je m'y prenne ? Elle n'a pas un an ! Comment voulez-vous que je lui fasse comprendre que je ne suis pas sa mère ? Je passe mes journées avec elle et maintenant que Thomas est là…
- Alors ne la voyez plus.

Charlotte trembla de rage et un éclair de haine dansa dans son regard.

- Ne songez même pas à la possibilité de me la retirer !
- Elle ne doit point penser que vous êtes sa mère !
- Et pourquoi ? Elle a besoin d'une mère ! Quand elle sera en âge de comprendre, nous lui expliquerons, de même qu'elle apprendra un jour que vous êtes son géniteur mais, en attendant, il vit des larmes dans les yeux de la jeune femme, quel mal y a-t-il à ce que je sois sa mère ?

Il soupira profondément et partit sans un mot.

Le soir, il se rendit tout de même dans les appartements de la jeune femme qui le soigna sans un mot puis ils se quittèrent pour la nuit toujours sans échanger une seule parole.

Quelques jours plus tard, on se promenait dans les jardins du château de Saint-Germain. Il faisait froid mais personne ne se plaignait, pas encore. On avait eu trop chaud l'été précédent pour ne pas accueillir l'hiver comme une bénédiction. Charlotte se promenait en compagnie de la reine et de ses loups, évidemment, lorsqu'un enfant tomba dans un étang profond. L'eau était glacée, à un tel point d'une fine pellicule de glace recouvrait la surface. Charlotte se figea, comme le reste des dames et des quelques gentilshommes présents. L'enfant criait au secours. Charlotte fut la première à réagir.

- Euh… s'impatienta-t-elle en se tournant vers les hommes. Personne ne songe à aller secourir cet enfant ?

Ils se regardèrent en se demandant pourquoi l'autre n'irait pas, pourquoi lui d'abord ? Ce n'était qu'un enfant, un page… et l'eau devait être froide !

Des serviteurs coururent chercher des couvertures pour réchauffer l'enfant si on le sortait.

- Ha oui ? Personne ? Ha bah elle est belle la plus grande cour d'Europe !

Alors, sous le regard abasourdi de tous, elle commença à se dévêtir.

- Mais que faites-vous ? s'angoissa la reine.

- Puisque personne ne semble vouloir porter secours à cet enfant, je me fais fort d'y aller moi-même.

- Mais… vous allez être gelée !

- Avoir froid ou la mort d'un enfant sur la conscience ? Je crois que le choix est vite fait.

Alors la voix d'un courtisan s'éleva :

- Ce n'est que mon neveu madame la marquise, ne vous en faites point.

Charlotte lui jeta un regard haineux. Sa colère était telle que les loups la ressentirent et Althaïr sauta sur l'inconnu et le cloua au sol. A cet instant, l'enfant coula.

- Vous avez de la chance, frissonna Charlotte en terminant de retirer sa robe (même si arracher serait un terme plus approprié). Je m'occuperai de vous après.

Alors, en dessous, bas et corsage, la jeune femme plongea sous les regards stupéfaits (ou appréciateurs) des nobles présents.

Elle remonta, puis replongea plus loin avant de remonter à la surface. Cependant, l'eau était vraiment froide et elle avait du mal à bouger tant elle-même avait froid, sa respiration même était difficile. Elle appela Azénor d'un sifflement qui plongea à son tour sans hésitation. L'enfant avait perdu connaissance et ses lèvres bleuissaient à vue d'oeil. Avec l'aide du loup, la jeune femme atteignit le bord où l'on prit l'enfant. Epuisée, la marquise de Saint-Savin accepta l'aide de ses cousins – qui étaient arrivés entre temps – pour la sortir de l'eau. Charlotte vit que l'enfant reprenait connaissance. Epuisée et complètement gelée, elle se laissa choir sur le sol. Elle était frigorifiée. Ce n'était même plus des tremblements qui la secouaient mais presque des spasmes. On lui posa une couverture sur les épaules mais elle était tout de même gelée. Une femme arriva alors, les joues baignées de larmes :

- Merci madame la marquise, merci… vous avez sauvé mon fils !

- Je… vous en prie… madame ?

- Louise de Capestang, marquise de Lugny.

- Heureuse de… vous… connaître madame.

La silhouette du roy lui fit de l'ombre et elle grimaça. L'heure des remontrances. La marquise releva la tête et plissa le nez. Son visage était grave. Il était agacé.

- Vous êtes folle.

- Si je n'y étais point… allée… claqua-t-elle des dents, il… il se-serait mort. Vos… gentil… gentilshommes ne sont q-que… que d-des couards.

- Je le sais, madame, et vous venez de leur donner une jolie leçon de courage. Vous les avez blessés dans leur orgueil, cela est bien, mais vous êtes tout de même complètement déraisonnable.

- Je… je sais.

Il soupira et retira sa longue cape de velours pour la poser sur les épaules de la jeune femme. Le tissu était chaud et elle trembla un peu moins. Charlotte leva un regard étonné sur le souverain qui pencha doucement la tête pour lui murmurer, ses larges mains chaudes toujours posées sur ses épaules :

- Ne recommencez plus jamais une telle folie.

Chapitre 15
Tragédie

Le soir, le souverain la visita alors qu'elle s'était endormie. Cependant, la jeune femme ne le sut jamais. Son cousin l'avait portée à l'intérieur car elle avait tellement froid qu'elle ne tenait même plus sur ses jambes. Ses servantes lui préparèrent un bain chaud mais la différence de température empêcha la jeune marquise d'entrer dans la baignoire si bien qu'elle attendit une bonne heure avant de pouvoir se réchauffer. Son cousin Thibaut s'occupa d'elle alors que Paul était retenu par ses devoirs de prince héritier. Il l'obligea à manger un peu puis elle but une de ses tisanes pour faire circuler le sang avant de s'endormir ; non sans avoir pris des nouvelles de l'enfant avant.

Le roy entra dans l'anti-chambre de la jeune marquise où Thibaud de Toulouse se tenait justement.

- Comment va-t-elle ?
- Que Votre Majesté ne se fasse point de soucis. Ma cousine ira pour le mieux. Elle dort à présent.
- Bien. Merci, comte.
- Je vous en prie Sire, il s'agit tout de même de ma cousine.
- Je le sais mais… soyez tout de même remercié. Bonne nuit.
- Bonne nuit Majesté.

Charlotte se réveilla au milieu de la nuit, en sursaut, elle venait de rêver de sa sœur… encore. C'était de plus en plus fréquent depuis quelques semaines. Mais elle n'était guère surprise, elle en connaissait la raison. Demain, cela ferait une année que Caroline l'avait quittée. Incapable de dormir, la jeune femme se leva, mit ses vêtements américains et quitta le palais. Sans un mot, dans le palais vide, elle se rendit dans les écuries, sella Loca et partit dans le bois de Boulogne, seule au milieu de la nuit.

La marquise de Saint-Savin arriva au petit jour alors que les palefreniers commençaient à s'inquiéter de la disparition de la jument royale. Elle s'excusa auprès de monsieur Largo (le responsable des écuries de Sa Majesté de tous les différents palais et le seul qui suivait la cour dans tous ses déplacements) qui soupira mais ne lui fit aucune remarque. Il commençait à s'accoutumer aux excentricités de la marquise de Saint-Savin. Charlotte ne déjeuna point et se rendit directement dans la salle de classe pour préparer son cours de la journée sans prendre le temps de se changer. Jamais normalement elle ne faisait les cours en homme mais, aujourd'hui, elle ferait une exception.

Ce soir-là, elle ne put dormir non plus. Alors qu'elle se demandait encore comment elle avait survécu toute une année sans Caroline, la porte de ses appartements s'ouvrit. Charlotte tressaillit et se redressa dans son immense lit.

- Qui est là ? chuchota-t-elle sans trop savoir pourquoi.

L'ombre entra silencieusement avant de s'approcher du lit et de lui répondre tandis qu'elle reconnaissait sa voix :

- Je savais que vous ne dormiriez point.

- Sire ? Mais qu'est-ce que… ?

- … je fais dans votre chambre au milieu de la nuit ? Je suis venu parce que je sais quel jour nous sommes et que je ne veux point que vous soyez seule.

Alors qu'il s'asseyait sur le bord de son lit, elle posa un regard empli de reconnaissance mais aussi d'incrédulité sur lui.

- Alors vous avez vraiment compris ? dit-elle alors que deux larmes coulaient sur ses joues encore plus pâles sous le clair de Lune.

En effet, tout comme Caroline, Charlotte ne fermait ni les rideaux de son lit ni les volets de sa chambre, jamais. Elle aimait voir les étoiles avant de s'endormir.

Il lui caressa doucement la joue et répondit, sachant pertinemment qu'elle lui parlait du lien si particulier qui unissait les jumelles de Lusignan.

- Oui madame, je pense que je saisis… enfin, je le comprends dans la mesure de mes capacités.

Elle inspira bruyamment et il sentit qu'elle était au bord de la crise de larmes. Elle souffrait tellement ! Et ce n'était point qu'une douleur psychologique, c'était aussi une douleur physique.

- Venez, lui ordonna-t-il doucement en lui ouvrant les bras.

Charlotte ne réfléchit point et se jeta contre le torse du roy. Depuis le bal masqué, elle désirait plus ou moins se retrouver à nouveau dans ses bras rassurants qui se refermaient de manière possessive mais tendre et protectrice autour de sa taille fine. Le souverain s'installa plus au centre du lit sans la lâcher et la tint un très long moment ainsi contre lui à la rassurer, à lui tenir compagnie. De longues heures après, Charlotte finit enfin par s'endormir. Il l'allongea dans son lit et, alors qu'il allait partir, elle lui murmura, encore endormie et sans ouvrir les yeux :

- Je vous en prie, ne me laissez point seule.

Il hésita un instant… ses devoirs, les rumeurs ? Si on ne le retrouvait point dans son lit au petit matin… puis il la regarda. La jeune femme avait ouvert les yeux et son regard bleu profond le suppliait en silence alors que sa main se refermait sur son bras et le priait par sa pression de ne point la lâcher. Charles ne résista pas à ces prunelles et s'allongea à ses côtés. Rassurée, Charlotte se calla, son dos contre son torse.

- Merci, merci !

Il soupira silencieusement mais ne répondit pas. Le souverain savait qu'il venait de commettre une erreur. Cependant, il songea que le jeu en valait la chandelle. Il la serra un peu plus contre lui avant de s'endormir à son tour.

Charlotte s'éveilla avant le roy. Elle fronça les sourcils avant que ses souvenirs ne lui reviennent et elle se sentit rougir de honte en se souvenant de son comportement vis-à-vis du monarque. Aujourd'hui, cela faisait exactement un an que Caroline était morte.

Avec un soupir, elle se leva et quitta silencieusement sa chambre pour ne point éveiller le monarque. Toujours aussi silencieusement et en faisant attention à croiser le moins de personne possible, la jeune marquise se rendit dans les appartements du souverain. Elle y vit Lebel, justement l'homme qu'elle voulait voir.

- Lebel, ne cherchez point le roy, il est dans mes appartements.
Le serviteur tressaillit en se tournant vers la nouvelle venue. Il se figea d'étonnement lorsqu'il comprit ce qu'elle lui disait. Alors elle reprit :

- Savez-vous quel jour nous sommes aujourd'hui ?
Il fronça les sourcils avant qu'un éclair de compréhension ne voilât ses yeux gris vert un instant. Il soupira et regarda presque avec pitié la belle marquise qui hocha la tête. Ne supportant guère qu'on la regarde ainsi, elle s'éloigna en lui ordonnant :

- Laissez-le dormir pour une fois.

Le roy et la marquise ne se reparlèrent pas de la journée. Le lendemain, on était dimanche mais il pleuvait. Par la force des choses, Charlotte dut annuler les cours d'escrime, cependant, désirant tester le courage et la résistance de ses élèves, la jeune femme leur proposa d'aller s'entraîner d'une manière un peu particulière : courir dans les bois. La majorité rechigna mais ils se doutaient que c'était encore un test auquel ils ne comprenaient rien. Ainsi, ils participèrent tous, ou presque. Le roy la vit revenir de sa course et soupira.

- Elle est folle ! se murmura-t-il à lui-même avant de retourner s'asseoir près de son premier ministre.
Une semaine plus tard tombait les premières neiges et les cours des enfants ne cessèrent pas pour autant.

Dans les quinze jours qui suivirent, la reine organisa un bal pour l'anniversaire du roy. Le palais fut ainsi en effervescence pendant plus d'une semaine… château que déserta la marquise qui n'appréciait pas beaucoup tout ce bruit.

Elle assista tout de même au bal d'anniversaire du souverain.

La jeune femme passa une bonne soirée, elle dut l'avouer. La reine avait un certain sens du style pour l'organisation et un don pour les festivités.

C'est au cours du repas que Charlotte reçut un message. Elle posa sa coupe alors que Gaël lui murmurait quelque chose à l'oreille. La marquise blêmit et se leva pour suivre le garde du corps de son fils. Le roy, qui avait remarqué la scène, se pencha vers Lebel qui se tenait derrière lui et lui ordonna sans quitter Charlotte des yeux :

- Allez voir ce qu'il se passe.

La reine se pencha alors vers son époux tandis que le domestique s'inclinait afin de s'exécuter.

- Que se passe-t-il Sire ?

Le monarque but une gorgée de vin avant de répondre.

- Je ne le sais pas encore.

Charlotte courait, suivie par Gaël.

- Mais pourquoi ne point m'avoir prévenue avant ?

- Nous ne pensions point que c'était si grave ! Il s'est relevé et il a ri…

- Seigneur ! Je n'aurais jamais dû lui offrir ce poney, il est bien trop jeune !

Gaël avait déjà demandé à ce que Loca – la jument de sa maîtresse lorsqu'elle était à la cour – soit sellée pendant qu'il allait chercher la jeune marquise. Sa toilette hors de prix lui important peu, Charlotte monta en amazone sur Loca qui l'attendait avec Largo – qui avait compris que quelque chose de grave était survenu. Il n'en douta plus en voyant l'expression fermé et douloureusement inquiète de la marquise. Ils partirent au galop dans la nuit, du château de Madrid pour rejoindre Paris.

Lebel retourna quelques minutes plus tard auprès du souverain.

- Alors ? le questionna celui-ci.

- Madame la marquise quitte le palais. D'après Largo, elle a pris Loca et rentre à Paris.

- Maintenant ? s'étonna la reine.
- Oui, Majesté.
- Pourquoi si brusquement ?
- Je l'ignore, Sire, elle n'a rien dit à qui que ce soit.

Le roy et la reine échangèrent un regard étonné. Pendant ce temps, la soirée se poursuivait dans la joie et la bonne humeur.

Le lendemain en se levant, le roy eut la sensation qu'il allait passer une mauvaise journée. Il y a des matins où on a l'impression qu'on ferait mieux de rester coucher et, souvent, plus la journée avance plus on se dit qu'on aurait mieux fait d'écouter son instinct. Tout commença avec la reine. Cette dernière refusa de se lever, sous prétexte qu'elle souffrait d'un rhume alors qu'ils devaient recevoir une délégation hongroise. La journée continua mal lorsque Kate… (voilà qu'il se mettait lui aussi à l'appeler comme la marquise, décidément, elle avait une mauvaise influence sur lui), lui régurgita son repas de midi sur son costume d'apparat. Et la marquise qui était introuvable ! Mais il s'en inquièterait plus tard. Ensuite, Adeline et son meilleur ami se disputèrent à cause de la date du mariage. Leur éclat – quoique moins bruyant que ceux qu'il avait avec Charlotte – surprit la cour et courrouça le souverain qui décida lui-même de la date des épousailles. Les fiancés voulurent protester mais s'abstinrent lorsqu'ils remarquèrent la mauvaise humeur du monarque.

Pour terminer la journée, il reçut des nouvelles du front où son armée n'était plus décimée par le camp adverse mais par des épidémies de Typhus et de Variole.

Le jour suivant, il fallut qu'il trouve d'autres troupes, des médecins, des médicaments et surtout des rations pour l'armée. Or, l'été brûlant avait détruit la plupart des récoltes. Et l'hiver n'arrangeait guère point la situation.

Ce ne fut donc que quatre jours plus tard qu'il apprit la nouvelle. En effet, il demanda à son cousin et héritier qui se préparait pour un enterrement – probablement – aux vêtements de deuil qu'il portait.

- Que faites-vous donc Paul ?

Son cousin posa un drôle de regard sur lui.

- Votre Majesté… je vais à l'enterrement de Thomas.

Le roy blêmit.

- De quoi parlez-vous ?

Le duc hocha la tête.

- Certes, cela ne préoccupe pas la cour, la mort d'un enfant, cela ne les intéresse guère et Votre Majesté était très occupée ces derniers jours…

- Paul ! se récria le roy.

Son héritier posa sur lui un regard désolé.

- Le soir de votre anniversaire, Charlotte est partie avant la fin de la soirée...

Oui, il se souvenait ; il acquiesça.

- … Gaël venait la chercher parce que son fils a fait une chute d'un arbre. Il est monté sur le poney que Charlotte lui avait offert et, encouragé par ses petits camarades de jeu, a escaladé un arbre du jardin. Sauf qu'il est tombé. Il a perdu connaissance quelques minutes et le médecin est venu mais tout semblait aller… jusqu'au souper où il a commencé à se plaindre de maux de tête. Il a perdu connaissance quelques minutes après et ses yeux étaient injectés de sang. Charlotte est arrivée et elle a parlé d'hémorragie cérébrale. Elle a fait ce qu'elle a pu, elle a veillé sur lui pendant plus de vingt-quatre heures sans dormir ni manger mais elle n'a rien pu faire. Il est mort voilà trois jours.

Le roy cessa de respirer… non ! Pas son fils !

- Comment va-t-elle ?

Paul le regarda et il comprit.

- Je viens avec vous.

Paul ne tenta pas de lui faire entendre raison ni de lui parler des convenances ou du protocole. Ce n'était guère le moment et Charlotte avait certainement besoin du roy même si elle le nierait ou même si elle n'en avait pas conscience. Lui savait que seul le monarque pourrait l'aider maintenant.

Ils allèrent chercher Charlotte qui portait une magnifique robe de velours noir incrustée de perles nacrés et de diamants. Elle avait caché son visage certainement rongé par le remords et le désespoir derrière une voilette. Elle ne parla pas lorsque son cousin vint la voir pour lui prendre la main et l'accompagner au cortège. Elle ne réagit point en apercevant le souverain. Elle agissait tel un automate. Le monarque savait que l'un des trois fils qui la retenaient sur cette Terre venait de se briser. Heureusement que Kate était là, mais il savait qu'elle était très attachée à son fils.

Un parent ne devrait pas survivre à son enfant, ce n'était pas dans l'ordre logique et naturel des choses.

Après le service funèbre, encore dans le cimetière, Paul s'approcha du roy, qui était demeuré un peu en retrait, sa cousine toujours à son bras.

- Pouvez-vous la garder quelques instants avec vous ? Je dois aller m'entretenir avec l'évêque… face au regard interrogatif du souverain, il ajouta : elle n'a point la force de tenir seule sur ses jambes.

Le souverain regarda la marquise avec tristesse alors qu'elle semblait déconnectée de ce monde. Il acquiesça et elle se laissa aller dans les bras du roy. Doucement, il passa son bras autour de la fine taille de la jeune femme.

- Je suis là… murmura-t-il.

- Et alors ? souffla-t-elle avec désespoir. Qu'est-ce que cela change ?

- Je ne vous abandonnerai point.

Elle leva la tête vers lui et couina, les sanglots lui serrant la gorge.

- Pourquoi ?

- Parce que vous êtes une femme extraordinaire. Vous devez vivre ! Pour votre sœur, pour votre fils, pour Kate… et parce que j'ai besoin de vous. Si vous n'êtes plus à la cour, qui me gourmandera ?

Il eut l'impression qu'elle esquissait un sourire.

Son cousin revint et ils quittèrent le cimetière. Il les regarda s'éloigner un instant avant de retourner au palais de Madrid.

Il comprit que Charlotte ne reviendrait pas à la cour, pas avant un moment. Alors, Charles prit la décision de se rapprocher d'elle. Il ordonna qu'on quittât le bois de Boulogne et qu'on retournât à Paris. Au Louvre.

Là où était morte Caroline plus d'une année auparavant. Palais où personne n'avait eu l'autorisation de se rendre depuis la mort de la première jumelle de Lusignan en dehors de la signature du traité avec l'ambassadeur persan – et encore seulement parce que Charlotte et la reine en avaient pris la liberté pendant que le monarque se trouvait au front.

Mais présentement, l'homme le plus puissant de France ressentait le besoin d'être le plus proche possible de la marquise. Il avait la sensation qu'elle aurait besoin de lui.

Une semaine passa.

Sept jours.

Plus de cent soixante-dix heures.

Toutes plus longues, plus lentes, plus insupportables, les unes que les autres.

Le roy était sombre. Paul savait qu'il s'inquiétait pour la marquise même s'il ne disait et ne demandait rien. Le prince héritier lui donnait donc quotidiennement des nouvelles de la jeune mère.

Après l'enterrement, elle s'était enfermée dans les appartements de son fils et refusait d'ouvrir à qui que ce soit. Elle était restée trois jours enfermée sans se nourrir avant de sortir pour s'enfermer dans ses propres appartements. Elle ne quittait plus son lit depuis, affaiblie tant physiquement que psychologiquement. Elle avait retiré sa robe de deuil mais portait

367

les mêmes dessous depuis une semaine, noirs. Ses longs cheveux étaient tressés et elle ne réagissait plus. Elle ne parlait que pour ordonner qu'on la laisse, sinon elle demeurait prostrée dans son lit, les yeux perdus dans le vague où des larmes coulaient sur ses joues mortellement pâles.

Paul ne savait comment prendre l'affection du roy pour la marquise. Certes, Charlotte et lui se ressemblaient beaucoup et tout le monde s'accordait à dire qu'ils formaient un magnifique couple. Mais Caroline dans tout cela ? Non, il comprit que Charlotte avait été faite pour le roy et Caroline pour lui mais… le destin les avait trompés. Si elles étaient arrivées en France en même temps, peut-être que tout aurait été différent. Il soupira. Le jeune duc devait aider sa cousine et faire comprendre au roy qu'il était le seul à pouvoir l'aider réellement parce qu'elle était son âme sœur.

Le duc de Rambouillet frappa à la porte du bureau du souverain.
- Sire ? Je vous dérange ?
- Entrez, je vous en prie, répondit simplement le souverain sans lever les yeux de la missive qu'il rédigeait.
Le duc s'assit et patienta le temps que le souverain termine. Lorsque ce fut le cas, le roy le regarda, posa sa plume et croisa ses mains sur la table de travail.
- Que puis-je faire pour vous ?
- Je voudrais que vous visitiez la marquise de Saint-Savin.
Le monarque fronça les sourcils.
- Va-t-elle si mal ?
- Pire que je ne le craignais Majesté. Je reviens de chez elle.
- Pourquoi moi ?
Paul fronça les sourcils et se leva.
- Vous le savez parfaitement.
Alors qu'il quittait le bureau, le roy soupira et murmura :
- Evidemment que je vais y aller.

Chapitre 16
Détresse

Charles Henri quitta le palais avec Lebel et le duc de Guyenne, tous les trois partant sans avertir qui que ce soit. Caché sous leur manteau, ils quittèrent le Louvre à cheval au milieu de l'après-midi.

Ils ne parlèrent point de tout le trajet et le duc de Guyenne les conduisit à l'hôtel d'Evreux car il était le seul des trois à s'y être déjà rendu.

Le souverain fut étonné lorsqu'il se rendit compte que la demeure de la jeune femme n'était guère loin du palais royal. Il en avait pourtant fait cadeau à Caroline ; toutefois, à l'époque, jamais il ne lui avait traversé l'esprit qu'il pourrait se rendre chez elle.

- Voilà, nous y sommes.

Le monarque hocha la tête et ils entrèrent après que seul le duc eût décliné son identité au gardien.

Thibault marchait de long en large dans l'antichambre des appartements de la marquise, les attendant apparemment avec impatience.

- Sire, s'inclina-t-il.

- Monsieur, comment va-t-elle ?

- Rien de changé, je le crains, Majesté.

- Elle se repose ? demanda Guyenne.

- Sans doute, mais entrez Sire.

Le comte de Toulouse lui ouvrit la porte menant à la chambre à coucher de la jeune marquise.

- Attendez-moi céans.

Ils s'inclinèrent tous profondément alors que la porte se refermait sur le monarque.

Celui-ci respira profondément à plusieurs reprises avant de retirer son manteau qu'il posa sur le secrétaire de la jeune femme lorsqu'il passa devant. Ses gants furent envoyés sur une table avec son chapeau. Les rideaux des fenêtres étaient fermés, ce qui le surprit. Il s'approcha doucement de la jeune femme qui était allongée sur le côté dos à lui et qui ne semblait point l'avoir entendu. Le souverain s'assit sur le bord du lit et posa sa main sur le bras nu de la belle marquise. Elle était glaciale, et elle ne réagit point à son contact.

- Madame ?

D'une douce impulsion, il l'obligea à s'allonger sur le dos. Elle croisa son regard et le roy en eut le souffle coupé. Elle était mortellement pâle et de larges cernes noirs dévoraient son magnifique visage angélique. Ses yeux exprimaient toute sa douleur, toute sa peine, tout le désespoir d'une mère qui venait de perdre son enfant. La chair de sa chair, son sang… un être vivant qui avait grandi pendant des mois en elle avant qu'elle ne lui offre la liberté et le monde.

Le souverain dégagea les quelques mèches qui barraient les joues de la belle marquise avant de murmurer.

- Je suis là.

Charlotte ne résista plus et les larmes coulèrent de nouveau sur son fin visage tiraillé par la souffrance. Peiné, Charles la prit dans ses bras et la serra fort en lui murmurant des paroles réconfortantes, tout en la câlinant tendrement. La marquise d'ordinaire si forte lui apparut vraiment comme au bord du précipice. La trouver si désolée et affaiblie brisa son cœur qu'il croyait mort jusque-là.

Il la tint ainsi de longues heures. Elle s'accrochait à lui comme on s'accroche à l'espoir, à la vie.

Ses larmes finirent par se tarirent alors que le soleil laissait place à la Lune. La jeune mère en deuil leva son visage encore baigné de larmes et rougi vers lui. Leur bouche se frôlait presque. Il n'aurait eu qu'à baisser imperceptiblement la tête pour que ses lèvres touchent les siennes mais il ne le fit pas.

- Pourquoi ? murmura-t-elle.

- Qui d'autre ? chuchota-t-il en retour.

Là, il retira sa main de son dos pour lui caresser tendrement la joue en souriant. Ensuite, il se pencha et l'embrassa.

Charlotte serra le roy contre elle et répondit à son baiser avec tout le désespoir et l'amour dont elle était capable. Jamais Charles ne frémit autant lors d'un simple baiser. Jamais encore le corps d'une femme contre lui ne lui procura autant d'excitation et de frissons. Un instant, le roy eut un instinct de recul face à ces sentiments trop forts et incontrôlables. Puis, la langue de la marquise effleura la sienne et il comprit que jamais plus il ne pourrait la lâcher.

Lorsqu'il l'entendit gémir doucement d'aise, le roy recula et lui sourit affectueusement.

- Restez-vous avec moi ? chuchota-t-elle avec espoir.

- Si vous le désirez.

La marquise de Saint-Savin se mit à trembler.

- Je ne veux point être seule.

Son protecteur lui baisa délicatement le front.

- Alors je ne vous quitte point ce soir.

Charlotte respira doucement et se détendit en se laissant aller contre lui, soudain lasse.

- Merci…

- Je reviens, je vais prévenir monsieur de Guyenne.

Il l'allongea doucement dans les draps devenus froids et se leva. Même pour quelques minutes, il eut la gorge serrée de la laisser. Elle était tellement fragile et faible en cet instant !

- Monsieur le duc ?

- Sire ? s'inclina celui-ci avec les autres alors qu'ils avaient sursauté lorsque la porte s'était ouverte. Je vais passer la nuit avec madame la marquise. Faites-vous préparer un appartement, vous demeurez aussi… Lebel, ajouta-t-il sans attendre la réponde de son ami, retournez au Louvre et dites à la reine que je ne reviendrai que dans deux jours… dites-lui que je suis à la chasse avec le duc.

371

- Oui, Majesté.

Le duc haussa un sourcil. Sans doute la meilleure mystification. Il leur était de nombreuses fois arrivés depuis leur adolescence de partir tous les deux à la dernière minute pour une petite chasse lorsque le souverain avait vraiment besoin de se changer les idées.

Sans attendre de réponse, le souverain retourna dans la chambre de Charlotte. Il s'allongea contre elle et il la sentit se détendre lorsqu'il posa sa main sur sa hanche.

Au milieu de la nuit, il se réveilla en sursaut alors que la jeune femme hurlait, emprisonnée dans un mauvais rêve. Il mit plus d'une heure avant de parvenir à la calmer et qu'elle ne se rendorme.

Le lendemain, le monarque se leva avant elle et ordonna à une servante qu'on prépare un bain chaud et un déjeuner. Il faudrait aussi penser à changer les draps pendant que la marquise ferait ses ablutions. Lorsqu'il revint dans la chambre, la jeune femme était réveillée et se trouvait dans la même position que la veille lorsqu'il avait pénétré pour la première fois sa chambre. Elle regardait Dieu seul savait quoi et des larmes dansaient au fond de ses yeux clairs.

- Hé, dit-il en lui prenant la main alors qu'il s'accroupissait devant elle pour qu'elle le regarde. Je ne veux plus de larmes, je suis avec vous…

Deux gros sanglots lui répondirent et il s'assit pour la prendre de nouveau dans ses bras. De nouveau glacée contre lui, Charles songea que le mal-être de Charlotte était encore plus profond qu'il ne l'aurait soupçonné.

Une heure après, sans qu'ils aient bougé tandis que les domestiques faisaient des allers-retours pour remplir la baignoire de la salle de bain, le roy se pencha pour croiser le regard de Charlotte.

- Vous allez vous laver maintenant. Je sais que vous aimez être propre or voilà plus d'une semaine que vous n'avez fait de toilette.

La jeune femme haussa les épaules pour toute réponse. Charles Henri fronça les sourcils et lui prit le menton pour l'obliger à le regarder :

- Il vous reste Kate, elle a besoin de vous et votre sœur n'a point été vengée ! Vous ne pouvez pas vous laisser mourir ! Je vous l'interdis !

Elle le regarda avec une drôle d'expression. Finalement, elle ferma les yeux.

- Je… je ne veux plus me battre.

- Bien sûr que si ! Et ne m'obligez point à aller vous laver moi-même sinon je vais me fâcher !

Elle esquissa l'ombre d'un sourire et se leva. Elle tangua les quelques pas qu'elle fit pour la mener à la salle de bain où elle s'enferma avec deux servantes. Le monarque soupira et alla lui-même ouvrir les volets et les rideaux tandis que plusieurs domestiques entraient simultanément dans les appartements de la jeune femme afin de nettoyer la chambre.

Charlotte sortit une demi-heure plus tard, impassible, avec pour seul vêtement son drap de bain qui la serrait au-dessus de la poitrine. Ses longs cheveux bonds étaient trempés et, sans prêter attention aux domestiques présents dans la pièce, elle s'assit devant sa table-coiffeuse. Le roy déglutit péniblement face à l'apparition avant de parvenir à détacher son regard de la marquise et de reprendre sa lecture. On lui sécha le mieux possible ses cheveux puis on la coiffa. La marquise passa derrière un paravent et ressortit quelques minutes silencieuses plus tard avec une robe d'intérieur d'un bleu si foncé qu'il en paraissait noir. Elle s'approcha de lui sans qu'il ne quittât son regard ; lorsqu'elle ne fut plus qu'à deux pas de lui, elle murmura :

- Et maintenant ?

Il ne restait qu'eux dans la chambre. Charles frissonna et, n'y tenant plus, lâcha le livre, se leva. Le souverain attira la jeune marquise dans ses bras avant de l'embrasser passionnément.

Il lui fit l'amour… simplement, doucement, follement.

Puis ils restèrent une longue heure sans bouger, dans les bras l'un de l'autre. En silence, leur doigt se caressant tendrement. Enfin, il l'aida à se revêtir et l'obligea à manger. Elle ne grignota que quelques fruits et un morceau de pain mais c'était déjà un début.

Ils ne parlaient pas ou fort peu. Ils passèrent le reste de la journée dans les bras l'un de l'autre dans le lit de la jeune femme. Il lisait, elle était dans ses pensées. Il l'obligea de nouveau à se nourrir le midi puis le soir. Et avant de s'endormir, il l'aima de nouveau.

Le lendemain matin, il l'éveilla d'un baiser. La marquise de Saint-Savin ouvrit les yeux et se tourna vers lui, silencieuse et toujours triste.

- Je vais devoir vous quitter dans quelques heures.

Elle acquiesça. Elle savait.

- Qu'est-ce que ça veut dire ? demanda-t-elle d'une voix rauque.

Il lui caressa la joue. Il savait qu'elle parlait des dernières vingt-quatre heures.

- Rien… et tout.

Ce fut elle qui prit ses lèvres.

Il ne la quitta point avant qu'elle ne lui ait promis de revenir rapidement à la cour. Catherine avait besoin d'elle… et lui aussi. « Prenez le temps dont vous avez besoin pour votre deuil, je vous l'accorde… mais pas trop tout de même. Votre fougue nous manque déjà à tous… »

Le roy la laissa et retourna au palais, en silence et accompagné de son ami de toujours, le duc de Guyenne.

Cependant, Charlotte ne put retourner le lendemain à la cour, ni le surlendemain. Les semaines passèrent sans qu'elle n'arrive à faire face.

La marquise de Saint-Savin se retira plus d'un mois dans son hôtel d'Evreux.

La cour et la guerre ne l'attendirent évidemment point et, quinze jours après, le souverain retournait au front. Les batailles s'étaient calmées mais, apparemment, il y avait quelques rébellions parmi les soldats dues au manque de nourriture, de sommeil mais surtout à cause du froid.

Un mois après la mort de son fils, donc une dizaine de jours après le départ du monarque, Charlotte revint à la cour. Elle avait maigri, son teint était encore plus pâle, son visage plus froid encore et ses yeux bleus n'étaient non point froids mais emplis de détresse. Deux océans de tristesse. Elle reprit sa place parmi les siens mais la reine et les autres sentirent qu'elle n'était plus vraiment présente. On voulut l'aider à aller mieux et la reine la prit quotidiennement à ses côtés mais la marquise ne semblait plus vraiment vivante.

Etonnement, ce qui ramena Charlotte à la réalité fut sa tante, celle-ci faisait la gentille marraine inquiète pour sa filleule. Agacée, la jeune marquise décida qu'il était temps pour elle de venger sa sœur.

Elle y réfléchit, des jours et des nuits, ne trouvant pas le sommeil. Elle en parla avec le duc de Guyenne qui l'écoutait sans rien dire. Il était son confident depuis qu'elle avait convaincu le roy de laisser Adeline épouser son meilleur ami. Finalement, la jeune femme décida de l'empoisonner, purement et simplement. Discrètement, une nuit où elle devait dormir chez elle, la jeune femme prit des vêtements d'homme et alla chez un apothicaire. Elle pénétra chez lui par effraction et prit ce dont elle avait besoin dans les pots exposés du commerçant. Magnanime, elle laissa de l'argent sur le comptoir pour payer ce qu'elle avait plus ou moins dérobé.

Deux jours plus tard, la duchesse de Rambouillet était retrouvée morte dans son lit. Le matin, s'étonnant que sa maîtresse ne soit pas encore levée, Jessica pénétra la chambre en chantonnant. Elle ne put jamais réveiller sa maîtresse.

Paul et Thibaut furent peinés de la mort de leur mère même s'ils ne furent guère vraiment affligés par sa perte, tous deux connaissant son caractère égoïste et arriviste. Charlotte décida tout de même de ne jamais avouer à ses cousins que c'était la duchesse qui avait empoisonné Caroline, encore moins que c'était elle qui l'avait tuée.

Les médecins ne décelèrent pas le poison dans son organisme et Charlotte sourit. La seule trace de poison dans son organisme visible était les yeux injectés de sang de sa tante. Oui, elle avait dû beaucoup souffrir avant de s'éteindre mais c'était le but de Charlotte. Elle se savait un peu méchante sur les bords mais jamais elle ne regretta son geste.

Alors que le printemps devait arriver officiellement d'ici une semaine, Charlotte eut une terrible révélation : elle attendait un enfant. La jeune femme réfléchit un long moment à la chose avant de se souvenir de la semaine suivant la mort de son fils et de ses quelques étreintes passionnées qu'elle avait partagé avec le souverain… un bâtard royal, génial !

Au moins, le roy n'était point présent et elle n'aurait pas à lui faire face.

Les signes étaient pourtant là : nausée, vertiges et lassitude… à aucun moment Charlotte ne s'était senti si dérangée lors de sa première grosses. Toutefois, la jeune femme comprit que cela avait sans doute un rapport avec le fait qu'elle ne se sustentait quasiment plus, tout comme le sommeil la désertait.

Nonobstant, Charlotte n'hésita pas une seconde : elle devait se débarrasser du fœtus. Une larme coula sur sa joue mortellement pâle lorsqu'elle songea au plaisir qu'aurait eu le souverain à la savoir enceinte. Elle connaissait, comme tout le monde, la passion du monarque pour les enfants, affection renforcée par le fait d'avoir une épouse stérile… mais, se secoua-t-elle, de toute façon, elle n'était pas une bonne mère.

Elle connaissait les plantes abortives ; mais il fallait qu'elle réfléchisse, elle n'était plus tout à fait certaine… cela remontait à si longtemps quand sa sœur et elle avaient appris comment préparer cette décoction !

Une semaine après, elle décida d'aller en forêt récupérer les fameuses plantes. Cependant, il y en avait une qu'elle ne trouva pas, il lui fallait attendre le printemps car il fallait des pousses fraîches. Une plante qu'elle ne connaissait que sous le nom poétique de fil d'or. Charlotte n'en était encore qu'au début, elle pouvait se permettre d'attendre quelques jours encore. Cependant, l'angoisse l'étreignait chaque jour davantage.

Alors que le mois de mars se terminait ainsi que le deuxième mois de grossesse de la marquise, le souverain revint dans la capitale alors que l'on séjournait à Fontainebleau.

Charlotte adorait Fontainebleau. C'était pour lui faire plaisir que la reine avait ordonné qu'on s'y installe jusqu'au mois de mai avant la saison des chasses pour Saint-Germain.

Le monarque rentra la nuit alors que tout le palais dormait. Traversant seul les couloirs silencieux du palais, il passa devant les appartements de Charlotte et se figea. Il avait envie de la voir. Vraiment.

Il était épuisé, blessé, blasé… il avait besoin de la sentir contre lui, de sentir son odeur… il ne voulait pas réfléchir à ce qu'il ressentait pour elle, pas encore. Il n'avait pas le temps, pour le moment, il désirait juste entendre sa voix, la toucher et la serrer dans ses bras.

Charles Henri ouvrit la porte de ses appartements et y pénétra silencieusement.

Charlotte avait toujours eu le sommeil lourd mais, depuis la mort de son fils, elle dormait mal et peu, le moindre bruit la faisait sursauter et s'éveiller Les bonnes habitudes revenaient depuis une dizaine de jours où elle avait retrouvé un sommeil à toute épreuve, sans doute dû à sa grossesse. Ainsi, elle ne s'éveilla que lorsqu'elle sentit une main froide se poser sur ses cheveux.

- Qu'est-ce que... sursauta-t-elle en ouvrant brusquement les yeux.

Il faisait nuit mais le ciel était à peu près dégagé si bien qu'elle distingua aisément la silhouette du souverain à ses côtés dans son dos. Il avait l'air las. Vraiment.

- Cette fois, murmura-t-il sans la regarder ni chercher à l'attirer contre lui, c'est moi qui ai besoin de vous.

Elle aperçut vaguement du sang sur le visage du roy. Et il était couvert de poussière. Si elle n'avait pas été tant stupéfaite par son intrusion et l'épuisement manifeste du souverain, elle aurait hurlé : un homme sale dans ses draps propres !

La marquise de Saint-Savin se leva sans un mot, alluma calmement une bougie, puis une autre et ainsi de suite jusqu'à ce qu'elle estime qu'il y avait assez de lumière dans la chambre. Elle prit de l'eau et en versa dans sa cuvette de toilette avant de s'approcher de nouveau de son lit. Le souverain la regardait s'affairer, impassible et indifférent. La jeune femme lui tendit la main et il la prit instinctivement. Elle l'obligea à s'asseoir sur le bord du lit et commença à lui retirer son armure. En effet, il s'était couché avec tout son attirail, sauf les armes qu'elle avait vu posées sur les canapés de son salon. Lentement, elle le déshabilla. Lorsqu'il fut complètement nu, elle lui passa de l'eau sur le visage, les bras, les jambes, le dos, le torse... partout. Son action le détendit mais aussi le nettoya un minimum. Le roy sentit vaguement qu'elle posait quelque chose de vaste et de chaud sur ses épaules. Il releva soudain la tête et fut surpris de voir qu'elle n'était plus là. Le roy était tellement épuisé qu'il en aurait pleuré ! Soudain, Charlotte réapparut, tenant un vêtement blanc plié. Elle croisa son regard et lui chuchota en dépliant la chemise.

- Voici une chemise, je n'ai trouvé que cela dans vos appartements, je suis désolée.

La jeune femme l'aida à passer sa simple chemise de coton et lin. Toutefois, le contact familier du tissu sur sa peau le détendit et le rassura étrangement. Elle l'aida à s'allonger et éteignit toutes les bougies avant de s'étendre à son tour. La jeune marquise s'endormit dans les bras du roy, une main sur son ventre et une larme coulant sur sa joue.

Le soleil devait être haut dans le ciel lorsqu'il s'éveilla le lendemain. Cependant, les nuages obscurcissaient le ciel et empêchaient les hommes de deviner l'heure. Le roy fronça les sourcils et mit quelques secondes avant de se souvenir de l'endroit où il se trouvait. Instinctivement, il n'avait pas bougé en sentant une présence féminine près de lui. Lentement, son regard se posa sur le corps délicat mais pourtant fort qui reposait à ses côtés. Folie que de la retrouver ainsi en pleine nuit ! Elle aurait pu le jeter dehors ! Certes… mais il était tellement mal la veille.

Les combats, les mutineries, la diplomatie, le royaume, les intrigues de la cour… il avait eu besoin d'une présence, de quelqu'un pour le rassurer comme lorsqu'il était petit garçon. Pourquoi Charlotte ? Non, il ne se mentirait pas, il savait parfaitement pourquoi c'était la marquise qu'il était allé trouver. Parce qu'elle était la seule qui ne lui aurait pas posé de question. La reine ? Non, sûrement pas ! Elle l'aurait sans doute plaint avant de vouloir l'attendrir pour qu'il lui fasse… il frissonna. Et dire qu'elle était stérile ! N'importe quelle autre femme de la cour n'aurait partagé son lit que pour s'attirer ses… royales faveurs. Mais il n'avait pas besoin de ça, pas là. Adeline ? Elle était sa tante, cela aurait sans doute parut étrange… surtout si elle partageait ce soir-là la couche du duc de Guyenne. Il frissonna de dégoût… ne surtout pas penser à cela ! Leur mariage était pour quand déjà ? Ha oui, à la fin du mois.

Puis il soupira et se leva. Elle respira profondément dans son sommeil et se retourna lorsqu'il lui rendit sa liberté sans pour autant ouvrir les yeux. Il sourit. Qu'elle l'amusait !

Son sourire s'effaça et il quitta la chambre de la jeune femme en s'avouant que ce n'était pas l'unique raison qui l'avait poussé dans la chambre de la belle marquise.

Chapitre 17
Discrètement !... ou pas

Charlotte évita toute la semaine le roy qui finit forcément par s'en apercevoir. Il s'en offusqua de prime abord avant de remarquer combien elle était pâle. Il demanda au duc de Guyenne et à la reine ce qu'il se passait avec Charlotte.

- La mort de son fils l'a profondément marquée, s'attrista la reine qui compatissait à la douleur de la jeune femme.

- La marquise de Lugny se fait un devoir d'épauler Charlotte… elle se sent redevable envers elle depuis que madame la marquise a sauvé son fils de la noyade l'hiver dernier.

Le monarque acquiesça. Ce souvenir lui semblait si lointain tout à coup.

- Sans doute la mort de sa tante aussi l'a affectée, supposa la reine sans quitter Charlotte des yeux.

Heureusement parce que sinon elle aurait remarqué les yeux ébahis puis agacés du souverain et de son meilleur ami. Celui-ci se tourna vers le duc et fronça les sourcils. Le roy se doutait que son meilleur ami savait des choses sur Charlotte, Caroline et la duchesse de Rambouillet. Le gentilhomme lui rendit son regard avant de s'excuser auprès de la reine et de s'éloigner…

… mais pas assez rapidement car le roy le rattrapa bientôt.

- C'est elle qui l'a empoisonnée, n'est-ce pas ?

Le duc fronça les sourcils. Parlait-il de la duchesse qui avait assassiné Caroline ou Charlotte qui avait vengé sa sœur ?

- Charlotte, reprit gravement le souverain, elle a vengé sa sœur, n'est-ce pas ?

Son ami acquiesça gravement avant de se sauver. Il ne voulait pas voir la confrontation. Le regard du roy se plissa, ne laissant voir que deux fentes et il s'approcha de la marquise. Il ne remarqua pas que les discussions s'étaient tues, ne se rendit pas compte que tous s'inclinaient respectueusement devant lui sauf… Elle, évidemment. Charlotte avait remarqué son courroux et fronçait les sourcils. Qu'est-ce qu'elle avait encore fait ? C'était pénible à la fin !

- Madame, dit-il en l'entraînant à l'écart par le bras, nous devons discuter.

- Puisque vous me le demandez avec tant de gentillesse, marmonna-t-elle.

Lorsqu'ils furent relativement à l'écart des autres qui leur jetaient de fréquents coups d'œil amusé (les affrontements marquise/souverain leur avaient manqué !), le roy se récria, les dents serrées.

- Mais qu'est-ce que vous avez été encore inventer ?

- Je ne vo…

- Je vous parle de votre tante ! Allez-vous suivre un peu ?!

Elle se figea un instant avec de se reprendre, le visage fermé.

- Ho, vous savez.

- Oui, je sais ! confirma-t-il, vous connaissant, ce n'est guère difficile non plus !

- Paul et Thibaut ne savent rien Sire… je vous en prie, ne leur dites point l'atrocité commise par ma tante… face au regard soudain perplexe du souverain, elle expliqua : cette faute n'est pas la leur.

- Il n'empêche, je m'attendais à mieux de votre part !

Charlotte fit une moue déçue.

- Oui, vous avez sans doute raison, j'ai été un peu vite… elle n'a point assez souffert mais... elle plongea son regard dans celui du monarque, je ne supportais plus de la voir continuer de rire, respirer alors que ma sœur est morte !

Il soupira après quelques secondes d'observation silencieuse.

- Il y a des moments… commença-t-il.

- Je sais, je sais, vous souhaiteriez m'étrangler.

- Non pas cette fois, j'allais dire que vous me surpreniez encore… Bien, restons-en là alors.

Elle s'inclina sans un mot et s'éloigna.

Charles Henri soupira de nouveau. Avec la marquise, il n'avait jamais de demi-mesure. Personne ne pouvait prédire comment une simple conversation entre elle et lui allait se terminer. Mais une chose était certaine : qu'on l'adore ou qu'on la déteste, la marquise de Saint-Savin ne laissait personne indifférent, le roy compris – à son grand désarroi.

Charlotte trouva la dernière plante une dizaine de jours plus tard. La jeune femme décida de prendre le « remède » le plus rapidement possible.

Mais le destin ne sembla guère enclin à l'aider. En effet, le jour où elle décida de rentrer chez elle pour quelques jours afin de pratiquer l'avortement en toute quiétude, la reine tomba malade alors que le mariage du duc de Guyenne et de la princesse Adeline était pour la fin de la semaine suivante. Charlotte fut chargée par le roy d'aider les médecins à soigner le plus rapidement possible la souveraine. Ainsi donc, par la force des choses, Charlotte ne put quitter Fontainebleau.

Les deux premières semaines du mois d'avril s'étaient achevées et la troisième tirait à sa fin. Charlotte voyait les jours défiler et sa panique augmentait bientôt d'heure en heure. Elle savait que plus la grossesse était avancée, plus il y avait de risque à avorter. Mais elle n'avait pas le choix. Elle n'était pas une bonne mère et le roy... elle ne comptait pas à ses yeux. ; Charlotte ne voulait pas être le second choix, elle savait que le roy avait aimé sa sœur, c'était pour ça d'ailleurs qu'il la gardait à la cour : parce qu'elle lui ressemblait ! Deux larmes coulèrent sur ses joues. Mon Dieu qu'elle détestait être enceinte !

Et nécessairement, la reine guérie, Charlotte ne put toujours pas quitter la cour car le mariage était prévu pour le surlendemain et elle était une demoiselle d'honneur de la princesse.

Les épousailles furent émouvantes et magnifiques. Fastueuses mais guère trop écrasantes, assez simples en apparence mais raffinées. La cour fit la fête durant trois jours et deux nuits. Lors du dernier dîner de festivité, le roy, qui n'avait guère bu que de l'eau, discutait avec le duc de Guyenne. Il ne quittait point Charlotte du regard et fronça soudain les sourcils.

- Madame de Saint-Savin n'aurait-elle point pris de la gorge ? s'étonna-t-il.

Le duc fronça les sourcils et se tourna vers le souverain, pas heurté mais presque.

- Euh… je ne sais pas.

- Mais si je vous assure ! Je l'ai déjà… et il se tut aussitôt.

Ivre ou non, il savait qu'il y a certaines choses qui ne se disaient point.

Sa curiosité titillée, le duc ne put s'empêcher de poser son regard sur la poitrine de la jeune femme et il fronça les sourcils… effectivement.

- Oui, il semble…

Ils se turent un long moment, absorbés par la vue.

- Ce doit être l'effet de son corsage.

- Oui, on va dire ! acquiesça le souverain en détournant le regard, suivi par son ami.

Adeline s'approcha en souriant et se moqua de son époux et de son meilleur ami :

- La vue vous plaisait ?

Ils rougirent plus ou moins mais ne répondirent point. Adeline s'éloigna comme elle était venue, s'esclaffant ouvertement.

Quelques jours après, que Charlotte avait passé au palais pour se reposer et préparer le voyage jusqu'à Saint-Germain qui devait alors lieu une quinzaine après, ce fut au tour de Catherine de tomber malade. Ses bronches furent obstruées plusieurs jours et la jeune femme ne dormait plus. Que se passerait-il si Catherine mourrait elle aussi ? Non, jamais elle ne se le pardonnerait. Le roy et le Dauphin (le duc de Rambouillet) tentèrent de la rassurer malgré leur inquiétude. Elle-même leur avait dit que ce n'était pas grave, alors il lui fallait prendre du repos mais la marquise ne voulut rien savoir ni entendre. Alors, évidemment, elle tomba à son tour malade ainsi que le petit Thomas qui s'occupait toujours de Catherine. Conclusion, le temps que tout le monde se remette, on ne quitta Fontainebleau que la troisième semaine du mois de mai.

Et, comme chaque fois que la cour se déplaçait, c'était un véritable bazar. Il fallut trois jours pour que les domestiques et autres occupants retrouvent leur calme et leurs habitudes.

Le roy organisa la première chasse du printemps et invita Charlotte. La jeune marquise voulut refuser mais elle savait qu'on n'aurait guère compris. La marquise décida cependant de ne pas y aller, prétextant n'importe quoi ! Elle terminait son quatrième mois de grossesse et elle n'avait que trop tardé !

Mais Adeline ne l'entendait point de cet avis ! Pour une fois que le roy l'autorisait à venir à une chasse à cour et non à une chasse à vol, elle avait intérêt à venir !

La marquise ne put faire autrement que de les accompagner. La chasse était prévue pour le surlendemain et Charlotte n'eut pas le courage de retourner sur Paris avant la chasse… tant pis, elle attendrait encore dix jours.

La chasse dura quatre jours et demi. Elle demeura seule la plupart du temps, et sombre, ce que ne manqua pas de remarquer Adeline puis le duc de Guyenne et enfin le roy. Le premier soir, alors que la jeune femme s'occupait de Loca entourée des palefreniers maintenant accoutumés aux excentricités de la marquise.

- Charlotte ?

La jeune femme se tourna vers la princesse.

- Que puis-je pour Votre Altesse ?
- Ce serait plutôt ce que je pourrais faire pour vous.
- Je ne comprends pas.
- Vous semblez si… triste.
- Juste épuisée Madame, ne vous en faites pas.
- Pardonnez-moi, c'est par ma faute que vous êtes céans !
- Ne vous en faites point, ce n'est pas de votre faute.
- Allez vous reposer.

- Oui,je vais me coucher après, ne vous en faites guère.

Adeline ne put s'empêcher de prévenir le monarque qui la surveilla du coin de l'œil tout le reste de la chasse.

Il avait beau être furieux contre elle la plupart du temps, le reste, il le passait à s'inquiéter pour elle. Ne pouvait-il pas y avoir un juste milieu ? Qu'elle lui soit indifférente par exemple. Il la regarda et ferma les yeux… il était loin d'être insensible à ses charmes.

Lorsqu'ils retournèrent à Saint-Germain, le monarque lui glissa sans s'arrêter.

- Allez vous reposer, je ne veux plus vous revoir avant la semaine prochaine !

Charlotte cacha son sourire puis jeta un coup d'œil amusé au roy qui poursuivait sa route.

Après un bain dans ses appartements, Charlotte décida d'aller visiter sa petite princesse avant d'exécuter les ordres du roy – qui l'arrangeaient bien – et de retourner sur Paris.

- MAAAAAMMMAAAANNNN !!!! cria Catherine en la voyant entrer.

La fillette courut vers Charlotte, les bras grands ouverts et sa mère de substitution la reçut sur son cœur. La marquise éclata de rire et embrassa sa filleule en la faisant tourner dans les aires.

- Ayettez un peu maman ! rit-elle.

A presque dix-huit mois, la princesse faisait le bonheur de la cour de France. Elle avait des cheveux bruns comme son père mais bouclés comme sa mère et les prunelles bleues des jumelles de Lusignan. Sa peau était lisse mais pas aussi pâle et claire de celle de sa mère.

Une silhouette derrière la porte s'éloigna et disparue.

- Maman… moi ?

La marquise traduisit les paroles de sa fille et répondit :

- Ma chérie, je voulais me rendre à Paris.

- Mais… mais, sanglota la petite.

- Ho je sais ma princesse, soupira Charlotte en sentant que la princesse souffrait de ses absences ces dernières semaines.

- Yestez ?

- Vous savez parfaitement Kate que je ne peux rien vous refuser !

La petite princesse poussa un cri de joie et passa les petits bras autour du cou de la jeune femme qui sourit et lui rendit son étreinte.

Bon, elle rentrerait demain.

Comme souvent, au milieu de la nuit, Kate la rejoignit dans son lit. Et forcément, le roy la chercha partout. Il était plus de deux heures du matin quand il sortit de son bureau pour sa chambre. A cause de la chasse, comme à chaque fois, il avait accumulé du retard. Avant d'aller dormir, il voulait voir Catherine et l'embrasser puisque tout à l'heure il avait interrompu les touchantes retrouvailles de la mère et la fille.

La porte de la chambre était ouverte… personne ! Pas même la gouvernante qui dormait habituellement dans le petit lit dans la pièce à côté de la princesse. Son cœur s'emballa… réveiller tout le monde… la princesse, sa fille, son unique enfant avait disparu… Paul ! Il devait d'abord le réveiller, le prévenir.

- Paul ! le secoua-t-il, Paul !

- Quoi ? sursauta celui-ci. Mais qu'est-ce qu'il se passe ? Sire ? s'étonna-t-il plus encore.

- Kate a disparu !

- Hein ?

- Catherine, elle n'est pas dans son lit et sa gouvernante non plus.

- Mais qu'est-ce que… ?

- Cessez de poser des questions et venez !

Mais Paul se rallongea.

- Elle est avec Charlotte.

- Pardon ? se figea le roy.

- Allez voir le lit de Charlotte, soupira le duc, Kate va souvent la rejoindre lorsqu'elle fait des cauchemars ou qu'elles ont été séparées longtemps.

Le souverain se détendit, surpris.

- Ha… il laissa couler une minute. Bon, je… vais vous laisser. Bonne… nuit.

Il fit volte-face et quitta les appartements de son héritier, un peu gêné. Bon… bah direction les appartements de madame la marquise alors !

Agacé, il ouvrit un peu brutalement la porte de la chambre à coucher de la marquise de Saint-Savin, réveillant en sursaut la princesse et sa mère de substitution.

- Vous aimez bien me réveiller en sursaut au milieu de la nuit ! grommela la jeune femme. Kate, serrée contre la belle marquise, sourit.

- Je la cherchais.

- Je m'en doute, soupira-t-elle en se rallongeant contre Kate.

Il resta un moment à les regarder et, alors qu'il allait les quitter, Charlotte tendit le bras et la main dans sa direction, les yeux toujours fermés, l'invitant de ce simple geste. Son cœur s'était calmé et sa colère aussi. Avec un sourire attendri, le souverain s'approcha et s'allongea contre Charlotte. Collant son torse contre le dos de la jeune femme, il caressa un instant la tête brune de sa fille déjà rendormie dans les bras de Charlotte avant de laisser sa main sur la hanche de la jeune femme.

- Pourquoi ne pas vous mettre à côté d'elle ? murmura Charlotte, à moitié ensommeillée.

- J'aurais peur de… l'écraser pendant mon sommeil, avoua-t-il.

Elle s'esclaffa doucement en se retournant pour lui faire face. Ils étaient très proches l'un de l'autre. Sa main se plaça instinctivement dans le dos de la belle marquise.

- Vous ne pouvez point lui faire mal, elle est votre fille ! La nature est bien faite !

- Oui, répéta-t-il la voix rauque sans quitter son regard, la nature est bien faite.

Sans s'en rendre compte, sa main avait remonté son bras, sa taille et était maintenant sur sa poitrine. Ha, oui aucun doute, elle était plus grosse…

Soudain, il se souvint… Caroline, sa poitrine avait grossi pendant sa grossesse… Charlotte vit un éclair d'étonnement mêlé de… joie ? traverser les prunelles noisette du souverain. Il posa sa main sur son ventre.

- Votre taille s'est épaissie.

Il la sentit se raidir. Il posa lentement sa main sur son ventre… malgré son corsage, il s'était légèrement arrondi. Son sourire s'élargit.

- Petite cachottière ! susurra-t-il. Qui est l'heureux père ?

Elle ne répondit pas. Il s'était attendu à ce qu'elle lui hurle dessus en lui demandant pour qui il la prenait… mais elle semblait réellement bouleversée. Il n'osait espérer que cet enfant fût le sien.

- Je ne suis pas enceinte, murmura-t-elle pour ne pas réveiller la petite princesse qui dormait à ses côtés.

Mouais, songea-t-il. Si elle le niait c'est que l'enfant n'était pas de lui… aucune importance. Cependant, cela l'affligea plus qu'il ne l'aurait cru, plus qu'il ne se l'avouait. Charlotte se retourna et reprit la petite princesse dans ses bras. Charles Henri resta plusieurs minutes à les regarder avant de se lever et de quitter la chambre en silence, l'absence de bruit commençant à être pesant.

Alors que le souverain fermait la porte, Charlotte serra un peu plus la fillette contre elle, luttant contre les larmes. Elle savait qu'elle venait réellement de lui faire mal… mais c'était mieux ainsi, pour l'enfant, le roy… bref pour tout le monde.

Elle ne parvint pas à fermer l'œil de la nuit.

Le lendemain, le roy était d'une humeur exécrable. Tout le monde se demanda ce qu'il se passait puis on remarqua que la marquise de Saint-Savin était soucieuse et semblait éviter le monarque. On en déduisit qu'elle n'était guère étrangère à ses humeurs épouvantables. Puis, en milieu de matinée, le souverain quitta Saint-Germain avec le duc de Guyenne et un autre de ses amis proches pour un entraînement intensif de lutte et d'autres trucs sans doute dans le but de se calmer.

Pour se détendre pendant que ses servantes s'occupaient de ses bagages, Charlotte demanda une tisane pour se donner de l'énergie, elle était épuisée.

- Regardez dans la malle près du lit, dit-elle à Sarah, il doit y avoir toutes les herbes que j'ai préparées. Il y a deux bocaux, prenez le transparent.

- Oui madame.

Depuis l'arrivée de la cour à Saint-Germain, elle n'avait guère eu le temps de ranger ses affaires.

- Merci, remercia Charlotte en souriant.

- Veux ! trépigna Catherine en tendant les mains vers la tasse de sa mère. Charlotte en avait bu deux gorgées.

- Kate, la gronda-t-elle, qu'est-ce qu'on dit ?

- Maman, ze boire s'illll voouuuus plaîîîîîît ? demanda-t-elle avec un large sourire angélique.

Comment résister à un regard pareil ? Charlotte éclata de rire, but une autre gorgée avant de tendre la tasse à la fillette qui prit une grande gorgée, confiante, avant de terminer toute la tasse, sous les rires des domestiques présents, de Charlotte et d'Adeline qui venait de passer la porte.

Charlotte devait dîner le midi avec son cousin et Thibaut. Cependant, soudain, au début du repas alors qu'ils riaient, Charlotte qui ne se sentait pas très bien depuis une heure environ se plia en deux de douleur, un cri de souffrance lui serrant la gorge.

- Charlotte ? s'étonna Thibaut en se tournant vers elle.

Soudain la jeune femme eut un doute, un affreux doute… sa tisane. A tous les coups, sa servante s'était trompée et avait pris les plantes abortives, elles étaient dans la même malle. Ce n'était point sa servante habituelle, elle aurait dû se méfier ! Elle n'avait bu que… deux, trois gorgées… ce n'était pas assez et les plantes n'avaient pas assez infusé… elle allait souffrir et le bébé aussi… quand elle disait qu'elle était une mère épouvantable ! La justesse des dosages était essentiel. Trop et elle mourrait rapidement, pas assez et elle souffrirait des heures mais finirait de la même façon : face au Seigneur, la douleur en plus.

Etranglant un sanglot, tout à coup paniquée, la marquise se leva.

- Charlotte ! s'écria son cousin en se levant. Que se passe-t-il ?

Cette fois, elle ne put retenir un cri de douleur et elle croisa les bras autour de son ventre. Si son cousin ne l'avait pas retenue, elle se serait écroulée.

Chapitre 18
Inéluctable

- Charlotte ! la tint Paul.

La jeune femme posa son regard bleu sur lui.

- Emmenez-moi dans ma chambre.

Il allait la porter mais elle refusa.

- Non, non… ils parleront s'ils vous voient me porter ! Ils ne… elle se tut un instant transpercer par la douleur avant de reprendre, ils ne doivent pas savoir, *Il* ne doit pas savoir !

- Je vais chercher un médecin, marmonna Thibaut.

Pendant ce temps, Charlotte tentait de redevenir impassible malgré son teint livide. Son cousin lui prit le bras, comme il le faisait souvent lorsqu'ils se promenaient alors qu'elle serrait les dents. Il ne savait pas ce qu'elle avait mais elle souffrait ; de cela, il était certain.

- Vous êtes certaine que…

- Je n'ai pas le choix ! grogna-t-elle en se mettant en marche.

Deux étages, trois couloirs et quelques pièces plus tard, ils entrèrent dans les appartements de la jeune femme. Tandis que la porte se refermait sur le reste de la cour, Charlotte se laissa aller et son masque d'impassibilité tomba. Elle poussa un gémissement de douleur en se laissant glisser au sol, contre la porte.

Toujours sans un mot, son cousin s'agenouilla près d'elle pour la prendre dans ses bras.

- Je suis enceinte, murmura-t-elle alors qu'il la portait.

Il avait compris. Il ne demanda même pas de qui, il se doutait de la réponse, cela lui semblait tellement logique ! Même s'il n'y avait aucun signe montrant une quelconque affection de l'un pour l'autre, lui, il savait.

- Voulez-vous que j'aille le chercher ? demanda-t-il en la déposant dans son lit.

- Non non… surtout pas, je… je ne veux pas qu'il sache.

- Mais pourquoi ? demanda-t-il en l'aidant à délasser puis retirer sa robe.
- Par… parce que ce… n'est qu'une erreur.
- Je ne suis pas d'accord.
Il remarqua alors le sang qui souillait ses dessous et il blêmit. Il comprit qu'elle allait perdre l'enfant.
- Désirez-vous que je reste à vos côtés ?
- Non, ne vous en faites point… vous n'avez guère à subir cela.
Il s'assit sur une chaise qu'il apporta et lui prit la main.
- Je ne vous laisse guère le choix finalement.
Elle esquiva l'ombre d'un sourire qui se transforma en rictus de douleur.

Le médecin arriva peu après. La marquise lui avoua qu'elle avait certainement dépassé le quatrième mois de grossesse. Il donna ses ordres et ses cousins insistèrent pour rester. Seules les deux servantes de confiance de Charlotte attendirent dans les appartements de la jeune femme ainsi que Gaël qui demeurait à ses côtés depuis la mort de son fils ou auprès de Kate. Les domestiques s'activèrent mais elles reçurent l'ordre de ne montrer leur affolement à personne en dehors des appartements de la marquise. Personne ne devait savoir ce qu'il se passait dans la chambre. Le reste de la maison de la marquise de Saint-Savin poursuivit le programme initialement prévu et quitta Saint-Germain pour Paris.
Heureusement pour elle, Charlotte devait quitter Saint-Germain après son dîner avec ses cousins. Ainsi, personne ne s'étonna de son absence. Celle du prince héritier se fit cependant rapidement ressentir et il dut quitter Charlotte mais promit de revenir rapidement.
En fin d'après-dîner, Charlotte souffrait toujours. La jeune femme perdait du sang et sa faiblesse générale lui donna des hallucinations. Perdu dans ses pensées, le duc de Rambouillet se dirigeait vers ses propres appartements car il devait souper en

compagnie de la reine et manqua de heurter le souverain qui l'esquiva de justesse.

- Oula mon ami ! sourit le monarque. Que vous êtes songeur !

Le monarque était de bien meilleure humeur que le matin à ce qu'il semblait.

- Pardonnez-moi Majesté, s'inclina-t-il en s'éloignant.

Le roy fronça les sourcils. Quelque chose n'allait visiblement pas.

Quelques minutes plus tard, dans un endroit reculé, le duc de Rambouillet prévint Christelle à la demande de Charlotte afin que celle-ci surveille Catherine pour son coucher. Au chevet de son amie qui souffrait, Christelle ne put qu'acquiescer.

- Où maman ? lui demanda la petite un peu plus tard.

- Votre maman est malade, petite princesse, alors vous ne pourrez point la voir pendant quelques jours.

La princesse fronça les sourcils et la comtesse s'évertua à la rassurer avant de la quitter.

- Bonne nuit, lui dit-elle finalement.

- Bonne nuit !

Alors qu'elle sortait, la comtesse fut prise par une brusque étreinte qui la fit tressaillir.

- Qu'a la marquise de Saint-Savin ? la questionna le monarque.

Il se souvenait de leur discussion de la veille. Voulait-elle simplement le fuir ? Il n'en fut que plus courroucé. En même temps, il lui avait donné une semaine pour se reposer chez elle… mais pourquoi la comtesse inquièterait-elle Catherine s'il n'y avait aucun motif ?

- J'ai… j'ai juré de me taire Majesté !

Il lui serrait tellement fort le bras qu'elle gémit de douleur. Il relâcha instantanément son emprise.

- Répondez.

- Elle… Christelle hésita. Charlotte est dans ses appartements, Sire, et le médecin est auprès d'elle depuis midi… mais sa chambre… n'est point la place d'un homme, pour le moment.

Il blêmit.

- Perd-elle… fait-elle une fausse couche ? chuchota-t-il.

Christelle se figea et blêmit à son tour. Se pourrait-il que le père soit… ?

A son expression, le roy eut sa réponse. Sans laisser le temps à la jeune femme de se reprendre, il se dirigeait vers les appartements de Charlotte.

Alors qu'il allait entrer, la reine l'appela. Il jura à voix basse avant de rejoindre son épouse. Celle-ci le retint plus de deux heures. Alors qu'il la quittait hâtivement pour rejoindre celle qu'il… aimait. Cette réalité le figea. Oui il l'aimait ! Mais il analyserait ses sentiments plus tard. Pour le moment, elle avait besoin de soutien, aussi forte soit-elle, et lui de réponses. Toutefois, cette fois, ce fut Lebel qui le dérangea. Un messager arriva, apportant des nouvelles de son maréchal, le marquis de Vauban. Il parla ensuite longuement avec le messager, rédigea une lettre, fit venir un de ses conseillers et le duc de Guyenne, s'en suivirent quatre heures de discussion, de dialogues, d'entretiens…

A trois heures du matin, il sortit de son bureau, épuisé. Après une profonde respiration, il put enfin entrer dans les appartements de la marquise. Il fut cependant étonné. Alors que le palais était silencieux et endormi, tout le monde s'agitait dans le salon, toutes les lumières étaient allumées et des éclats de voix venaient troubler la quiétude de la nuit.

Il l'entendit alors pousser des râles de douleur. Elle souffrait ! Il se dirigea vers la chambre de la jeune femme mais fut stoppé par son cousin.

- Sire ? s'étonna Paul mais il se reprit rapidement. Vous ne pouvez rester ici, elle ne veut pas… venez.

- Non !

- Venez ! le tira-t-il.

Il l'entraîna contre sa volonté et les deux gentilshommes se retrouvèrent dans le salon.

Ils ne dirent rien et attendirent.

Trois quart d'heure après, le silence tomba. Lourd, pesant.

Thibaut et Christelle sortirent de la chambre, les bras et les vêtements couverts de sang. Ils blêmirent à la vue du souverain qui le leur rendit bien à la vue du sang de la marquise. Gaël et les servantes suivirent bientôt puis le médecin les rejoignit en dernier.

- Bien, il releva la tête et fut lui aussi étonné de voir son roy. Ho ! Sire !

- Comment va-t-elle ? s'inquiéta Paul.

- Il faut qu'elle se repose maintenant. Il ne faut pas qu'elle quitte le lit dans les jours qui arrivent. Elle est très affaiblie et a perdu beaucoup de sang… quinze heures pour perdre un enfant, je n'ai jamais vu ça !

- Elle va s'en remettre ?

- Honnêtement, je l'ignore. La marquise est vraiment très affaiblie… tout dépendra de sa volonté et du Seigneur.

- Merci, le salua Paul.

Le silence régna le temps que le médecin quitte les appartements de la marquise.

- Sire, osa finalement Paul, vous devriez aller vous reposer.

Le souverain garda le silence un long moment sous le regard soucieux des autres avant de se lever.

- Je vais rester à son chevet. Allez vous reposer. Bonne fin de nuit à tous.

Ils lui répondirent et se plongèrent dans une profonde révérence avant de quitter les appartements de Charlotte.

On avait changé les draps mais la pièce sentait le sang ; le souverain ouvrit une fenêtre. La nuit était plus que fraîche mais la brise chassa rapidement l'odeur. Dans l'alcôve gauche du lit était déjà placée une chaise où il prit place en la regardant.

Elle était livide. Ses longs cheveux blonds trempés de sueur collaient son mince visage tiré par la douleur malgré le sommeil. Charlotte ouvrit les yeux quelques heures après, alors que le soleil se levait. Il la regardait toujours. Encore traumatisé par la mort de Caroline, Charles scruta chacune de ses respirations. La malade endormie entendit sa respiration et se tourna vers lui. Ses yeux s'emplirent de larmes et ses lèvres tremblèrent.

- Je suis désolée.

- Non… ne vous excusez point.

- Tout est de ma faute.

- Ce sont des choses qui arrivent.

- Je ne voulais pas de cet enfant, je suis tellement néfaste ! Je suis une mauvaise mère.

- Cessez de dire des sottises.

- J'ai tué mon époux, ma tante, ma sœur, mon fils et maintenant… cet enfant qui n'a même pas eu le temps de voir le jour… je l'ai tué en moi. Je suis abominable !

Des larmes de désespoir inondèrent ses joues mortellement pâles. Il lui prit la main, ce qui attira son attention.

- Votre fils a eu un accident, ce qui est tragique, malheureux, mais guère point de votre fait. Votre sœur est morte de la main de votre tante qui l'a empoisonnée tandis qu'elle enfantait. Personne ne pouvait le prévoir. Vous deviez venger votre sœur, elle vous l'a elle-même demandé… donc ne vous reprochez point la mort de votre tante. Quant à votre époux… je ne sais quoi vous dire.

- Rien, murmura-t-elle en fixant le plafond. Il n'y a rien à dire. Il m'a enfermée dans les geôles lorsque j'ai voulu prendre le bateau pour retrouver Caroline en France sur votre ordre. Lorsqu'il a donné l'ordre qu'on me libère, j'ai appris qu'il avait cédé son fils à un chef indien pour qu'il « l'éduque »… je suis devenue folle… nous étions en pleine forêt. Nous nous sommes battus et je l'ai assassiné… pour mes méfaits, Dieu me retire tous ceux que j'aime : Caroline, Thomas…

- Il vous reste Catherine…
- Je ne devrais plus la voir ! Je la mets en danger !

Elle était au bord de la crise de nerf et elle serra tellement sa main que ses jointures blanchirent. La jeune femme se mit à trembler.

- Calmez-vous…
- Pourquoi me recommandez-vous sans cesse le calme ? Je suis un ange de la mort !

Il s'assit dans le lit et l'attira contre lui où elle pleura.

- C'é… c'était… un… un ga… un gar… un garçon ! sanglota-t-elle.

Charles la serra contre lui, trop fort, elle laissa échapper une plainte de douleur et il desserra un peu son étreinte. Il serait toujours temps de lui poser des questions plus tard…

Sans s'en rendre compte, ils s'endormirent.

Le roy ouvrit les yeux. Etonné, il regarda autour de lui, il tenait toujours Charlotte dans ses bras. Il ne se souvenait point s'être endormi. Sacrebleu !

Il ne put s'empêcher de sourire. Elle était tellement paisible lorsqu'elle dormait. Elle avait repris un peu de couleur au cours de la nuit. Son teint était moins livide. Qu'elle était belle ! Son cœur manqua un battement.

Il n'aurait pas supporté de la perdre, pas elle.

Certes, il avait beaucoup aimé Caroline mais maintenant il s'apercevait que cet amour n'était guère comparable à ce qu'il ressentait pour Charlotte. Dieu sait qu'il avait haï cette femme ! Parce qu'elle ressemblait trop à Caroline tout en étant très différente d'elle. Et elle lui tenait tête ! Il se souvint d'une discussion qu'il avait eue une fois avec son ancienne favorite :

« - … *Dites-moi vraiment, suis-je si déplaisant ?*
- *Vous êtes roy, Sire, et un souverain n'est jamais déplaisant.*

Il l'observa un long moment en silence avant de soupirer.

- Je suppose que, même de votre bouche, je n'aurai point d'autre réponse.

- Si un jour vous rencontrez ma sœur, demandez-le-lui. Elle, elle répondra à Votre Majesté avec une franchise qui L'étonnera. »

Il sourit, certes, Charlotte n'était point du genre à mâcher ses mots… elle l'avait souvent consterné par son caractère sarcastique et même un peu provocateur. La belle marquise s'était étonnement bien adaptée à la cour et à ses perversions, sans changer. Au lieu de s'incruster, il s'aperçut qu'elle s'était taillé une place au sein des grands du royaume, devenant de plus en plus indispensable. Elle était incroyable !

Caroline était une femme extraordinaire mais elle n'était pas faite pour lui. Adeline avait raison, comme d'habitude. Charlotte si !

Mais… est-ce qu'elle l'accepterait ? Il lui baisa tendrement le front avant de quitter son lit puis ses appartements. Son rôle de monarque étant plus important que sa personne.

Charlotte ne se réveilla pas.

Lorsqu'elle ouvrit les yeux, le médecin se tenait à son chevet avec la marquise de Lugny.

- Louise ? l'appela doucement la jeune femme.

- Bonjour Charlotte, comment vous sentez-vous ?

- Mal…

- Les douleurs devraient s'estomper dans quelques jours, l'informa le médecin.

Elle ne répondit pas. Le médecin quittait ses appartements peu après en lui donnant rendez-vous le lendemain. Il viendrait la visiter tous les jours pendant une semaine, au minimum. Alors qu'elles se retrouvaient toutes les deux, Charlotte se tourna vers sa nouvelle amie.

- Comment va Kate ?

- Vous savez que je ne suis point autorisée à entrer dans ses appartements mais ce matin elle se promenait avec monseigneur le duc de Rambouillet et elle semblait se porter parfaitement.
- Bien…
- La reine ne sait pas que vous êtes céans, en fait, personne n'est au courant en dehors de vos cousins, la comtesse de Harcourt et moi-même.
- Si… le roy le sait.
La marquise posa un drôle de regard sur la jumelle de feu la favorite et ouvrit de grands yeux effarés.
- Sa Majesté n'est point sortie de son bureau aujourd'hui.
Charlotte acquiesça. Elle ne regardait point son amie et semblait perdue dans de sombres pensées.
- Pourriez-vous me laisser seule s'il vous plaît ? Je désirais me reposer.
- Bien évidemment. Je passerai vous visiter ce soir.
- Merci.
Et elle se retrouva seule.

Charles-Henri, roy de France, eut beaucoup de mal à demeurer concentrer sur les affaires du royaume et de l'Etat qui requéraient tout de même l'ensemble de son sang-froid. Mais il ne cessait de penser à *elle*. C'était plus fort que lui. Pourtant, il ne devait point aller la visiter, surtout pas le jour alors qu'elle n'était plus censée être au palais. Les événements des deux derniers jours tournaient en boucle dans sa tête. Charlotte lui avait menti ! Il se demandait encore pourquoi… et surtout, l'enfant était-il de lui ? Après tout, elle n'avait guère confirmé sa grossesse et elle avait avoué ne point vouloir de l'enfant.
Les trois jours suivants, il s'empêcha d'aller la voir ou de prendre de ses nouvelles ; il désirait réfléchir à ce qu'elle représentait pour lui, à ce qu'elle serait pour lui dans l'avenir mais surtout, il devait mettre au point ce qu'il lui dirait.

La quatrième nuit après la fausse couche de Charlotte, il dormait paisiblement lorsqu'il entendit un bruit de porte puis de petit pas sur le parquet qui lui fit ouvrir les yeux.

- Sire ?

Se redressant d'un seul coup, il tenta de la distinguer dans la nuit.

- Mais qu'est-ce que… Charlotte ?

De nombreuses questions se bousculèrent dans son esprit mais il ne put les formuler tant il était surpris.

- Oui Majesté… je… souhaitais vous voir.

Il y avait tant de douleur dans sa voix que la stupeur du souverain s'évanouit.

- Comment êtes-vous entrée ?

- Par la porte.

- Je m'en doute mais… les gardes vous ont laissée passer sans problème ?

Ce qui ne lui plaisait pas du tout.

- Ils ne m'ont point vue ni entendue Majesté. Le roy tressaillit et elle ajouta, toujours debout devant son lit : ma sœur et moi savons parfaitement nous déplacer sans bruit, tant en forêt qu'en ville.

- Que faites-vous céans ?

- Je…

Elle ne le savait pas elle-même. Juste, il fallait qu'elle le voie. Il comprit à moitié et laissa filer une minute silencieuse avant de lui demander.

- Pourquoi m'avoir menti ?

- Parce que… je ne comptais point le garder.

Oui, elle comptait avorter volontairement mais lorsqu'elle le perdit sans s'y attendre, sa culpabilité et son instinct maternel avaient pris le dessus.

- … parce que je ne suis rien pour vous, Majesté.

Charlotte chancela et il se souvint que le médecin lui avait interdit de quitter le lit pour au moins une semaine. Elle devait être encore très faible.

- Venez vous asseoir, ordonna-t-il.

Epuisée, la marquise ne se le fit guère répéter et s'assit, tremblante. Il la laissa reprendre son souffle quelques instants avant de lui prendre le menton pour chercher son regard.

- Cet enfant était donc le mien ?

Ses yeux se voilèrent de tristesse.

- Qui d'autre ? répondit-elle simplement.

- Dieu sait que je vous détestais… mais… vous êtes tellement… incroyable ! Comment avez-vous pu ne serait-ce que songer un instant que vous n'étiez rien pour moi ?

- Je ne veux point être un deuxième choix Majesté !

- Madame, vous n'êtes point un deuxième choix. Sinon pensez-vous réellement que je me donnerais tant de mal pour vous sans même m'en apercevoir ? l'interrogea-t-il.

Face à son regard perplexe, il reprit :

- Lors de la mort de votre fils… vous n'imaginez point combien je me suis inquiété ! Il ne m'est vraiment point aisé de quitter le palais et toute la cour à leur insu et ce plusieurs jours de surcroît !

Elle hocha la tête, certes.

- Maintenant vous allez vous reposer parce que je vous sens épuisée, nous discuterons plus tard… lorsque vous serez guérie.

La marquise acquiesça en silence et se leva pour retourner dans ses appartements mais il la retint puis l'attira contre lui.

- Je ne vous ai jamais demandé de partir que je sache.

Allongée contre lui, elle se colla un maximum contre le souverain. Elle huma profondément le cou du roy qui sourit.

Elle s'endormit rapidement.

Chapitre 19
Course poursuite

La vie reprit son cours… enfin, elle reprit comme elle put. A leur réveil le lendemain, ils se mirent d'accord pour discuter mais lorsqu'elle serait complètement remise et qu'elle ferait son retour officiel à la cour. En attendant, ils réfléchiraient chacun de leur côté.

La seconde des jumelles de Lusignan revint officiellement une semaine plus tard, parfaitement remise, ou presque. Personne ne s'aperçut qu'elle était en réalité toujours demeurée à Saint-Germain et, dès le lendemain, elle reprenait l'éducation des enfants.

Le lendemain midi donc, elle n'avait fait que croiser le roy et la jeune femme appréhendait de se retrouver en face de lui. La salle de classe était maintenant vide et elle s'apprêtait à aller dîner avec Kate quand la porte de la salle de classe se ferma. Surprise, Charlotte releva la tête et vit que le roy en face d'elle. Ce dernier lui offrait un joli sourire ironique, ce qui eut le don de l'agacer.

- J'ai vraiment l'impression que vous vous amusez à mes dépends Majesté.

- Moi ? sourit-il innocemment.

Passablement exaspérée, elle se détourna pour prendre ses affaires. Visiblement plus qu'amusé, le souverain s'avança à grands pas tranquilles vers elle et, lorsqu'elle fit de nouveau volte face vers lui, il captura sauvagement ses lèvres. Il ne daigna la lâcher que lorsqu'elle lui rendit son baiser. Alors, il se recula doucement et lui caressa la joue, elle ouvrit les yeux.

- Cela fait des jours que je ne pense qu'à cet instant, avoua-t-il.

- Vous allez me rendre folle !

- Pour ma part, c'est déjà fait !

Ce fut elle qui eut un sourire sarcastique.

- Je dois avouer que je ne vous ai guère facilité la vie.

- Tant mieux, au moins je sais que vous serez toujours honnête avec moi.

Il l'embrassa de nouveau.

Après plusieurs minutes d'échanges plus ou moins chastes, les lèvres du roy commencèrent à descendre dans son cou, ses mains sur sa poitrine. Mais elle le repoussa doucement.

- Sire… je ne puis.

Il fronça les sourcils, soudain inquiet. Elle avoua, penaude.

- Je… la perte de l'enfant… il faut attendre que mon corps… redevienne normal.

Il ferma une seconde les yeux et s'en voulut de ne point y avoir songé. Quel imbécile ! Doucement, le souverain lui baisa le front. Elle leva la tête et croisa son regard.

- N'ayez crainte, je comprends. Je m'en veux de ne point y avoir songé seul.

- Je… Kate m'attend pour le repas de midi…

- Je ne vous retiens pas plus longtemps.

La marquise de Saint-Savin s'éloigna et, alors qu'elle allait passer la porte, la jeune femme revint sur ses pas après quelques secondes d'hésitation puis vola un baiser au monarque avant de s'en aller. Surpris, il n'en sourit pas moins avant de retourner lui aussi à ses occupations.

Les trois semaines qui suivirent se ressemblèrent étrangement. Ils se voyaient dans les coins de porte, en cachette, mais cela les amusait. Frustré de ne pouvoir la toucher, surtout qu'elle s'amusait à le provoquer, il se rabattait sur la reine qui ne comprenait guère la soudaine fougue de son époux tout en se doutant qu'elle ne lui était point destinée.

Charlotte n'avait point les mêmes scrupules que sa sœur à fréquenter le roy. Certes la reine était une sainte femme mais bon, comme la plupart des mariages, ce n'était qu'une alliance de convenances. Elle était bien placée pour savoir que ce n'était que des morceaux de papiers. Et puis, Caroline ne lui en voulait point d'aimer le roy alors… oui, parce qu'elle l'aimait, elle l'avait compris maintenant mais elle ne voulait pas le lui dire. Elle ne désirait pour rien au monde devenir dépendante de lui. Donc, pour le moment, elle savourait leurs petits apartés et elle s'amusait. Sans doute que, comme pour les autres, il finirait par se lasser d'elle.

Le jour du solstice d'été fut éprouvant pour le souverain. La journée fut longue et difficile. Des disputes, des intrigues, des pourparlers à n'en plus finir. Il était plus de minuit, un souper particulièrement long entre quelques ministres, conseillers et autres pour un récapitulatif des dernières batailles. Lebel avait laissé comme d'habitude quelques bougies allumées dans ses appartements pour qu'il puisse aller se coucher sans heurter les meubles. Il commençait à se déshabiller lorsqu'il ouvrit la porte de sa chambre… pour se figer. Elle était là, dans son lit, complètement nue et ses longs cheveux détachés couvrant une partie de son corps. Appuyée sur un coude, elle lui souriait avec provocation. Le roy déglutit péniblement ; elle perçut son désir et éclata de rire. Reprenant ses esprits, il se jeta sur elle, toute envie de sommeil disparue.
Ce fut une longue nuit, peu de sommeil, beaucoup d'amour, de sensualité et de jeu, pourtant elle leur sembla trop courte.

Dix jours plus tard, tandis qu'il sortait d'une séance de doléances, le roy se retrouva seul avec elle. Il la poussa contre le mur avant de parsemer son corps de baiser. Ils ne s'étaient vus de la semaine, elle étant partie quelques jours chez elle se reposer et lui avec quelques autres à la chasse. Elle était revenue de ses classes du matin quand il l'avait vue passer devant la salle du trône. Il était seul, elle aussi. Il l'avait appelée.
- Je vous aime, murmura-t-il soudain.
Jamais encore ils ne se l'étaient avoués. Charlotte se figea et, remarquant sa fixation, le roy releva la tête.

- Que se passe-t-il ?

- Vous… que venez-vous de dire ?

Le souverain blêmit, il ne s'était guère aperçu qu'il avait parlé à voix haute. La marquise n'était point le genre de femme à étaler ses sentiments, encore moins que Caroline qui se taisait, elle, par timidité. Charlotte ce n'était guère par pudeur c'était… parce qu'elle ne voulait point y faire face. Elle craignait de souffrir.

- Vous ne me l'aviez jamais dit, murmura-t-elle encore sous le choc.

- Je sais…

- Je vous aime aussi.

Surpris qu'elle l'avoue aussi aisément, il porta sur ses magnifiques yeux bleus un regard étrange qui la fit rire. Puis elle le menaça du doigt :

- Mais je vous interdis de faire de moi votre maîtresse officielle !

Il reprit contenance et sourit en lui enserrant la taille :

- Et officieuse ?

Sans attendre sa réponse, il l'embrassa.

Après quelques instants, ils entendirent une des petites portes latérales s'ouvrirent et un couple entrer en riant.

- Ici nous ne serons point dérangés.

Le roy et la marquise se figèrent et échangèrent un regard amusé. Ils avaient reconnu les voix du duc de Guyenne et de son épouse, la princesse Adeline. Charlotte et le souverain se tenaient de l'autre côté de la cheminée qui leur cachait la porte par où était entré le couple perturbateur.

- Comment… comment le savez-vous ? demanda Adeline entre deux étreintes de son époux.

- Le roy a terminé sa séance de doléance il y a une demi-heure, la cour doit être à son dîner.

Charlotte dut mettre ses mains devant sa bouche pour taire son rire. Le souverain n'était guère loin de s'esclaffer lui aussi. Il lui fit signe de rester là, dans le coin entre la cheminée et le mur puis se tourna, la cachant au regard des autres.

- Hurm hurm, se racla-t-il la gorge pour leur indiquer sa présence.

Ils sursautèrent et se tournèrent vers le roy, stupéfaits, puis tentèrent de reprendre contenance.

- Ho mon Dieu, jura Adeline en blêmissant puis rougissant.

- Sire ! s'écria son meilleur ami.

Cette fois ce fut trop et Charlotte laissa échapper un rire, rejoint par le sourire moqueur du souverain.

- Que faisiez-vous donc là ? s'amusa-t-il.

Adeline se tut, baissa la tête et laissa son époux régler cette affaire. Holalala songea-t-elle, la honte de sa vie !

- Eh bien… euh… nous…

Alors qu'il ne savait comment se défaire de cette situation embarrassante, il entendit un rire féminin et remarqua qu'il y avait quelqu'un derrière le monarque. Il fronça les sourcils et sourit à son tour.

Les deux amis se comprirent avant d'éclater de rire, sous de regard perplexe d'Adeline.

- Qui est-ce ? demanda alors le duc.

- Si je la cache mon ami, il y a une raison.

Mais Adeline s'était reprise et elle avait compris la situation elle aussi. Ce fut à son tour de rire.

- Madame de Saint-Savin n'a point à se cacher de nous.

Alors que le duc blêmissait de stupeur, le roy sourit tendrement à sa tante alors que Charlotte venait se placer aux côtés du monarque, toujours en s'esclaffant.

- Bon, dit soudain le souverain. Maintenant, nous allons nous séparer, faire comme s'il ne n'était jamais passé quoi que ce soit et… je vais dîner.

Il salua son meilleur ami et sa tante, baisa la main de Charlotte qui lui rendit son salue avec tout le sérieux du monde et quitta la salle du trône sans un mot. La marquise regarda de nouveau le couple, gloussa, puis suivit le souverain, son rire résonnant dans les couloirs. Adeline et le duc de Guyenne échangèrent un regard puis décidèrent de terminer ce qu'ils avaient commencé, mais dans leur chambre.

L'été touchait à sa fin et la cour se préparait à partir pour le palais de Madrid.

La famille royale, et surtout la reine, étant toujours régulièrement sujette à des tentatives d'attentats, Charlotte décida d'accompagner la reine dans tous ses déplacements. Certes, elle était pratiquement toujours du voyage, mais maintenant, elle devint une sorte de… soldat de garde de la reine. Celle-ci était maintenant la cible de la cour et les rumeurs se répandaient dans tout le royaume : la reine était stérile. Il n'était guère rare que l'on entende quelques femmes murmurer :

« - Quand donc nous donnerez-vous un héritier ? »

Surtout depuis la nouvelle de la grossesse de la duchesse de Guyenne.

Les nerfs de la pauvre reine étaient mis à rude épreuve. Charlotte l'avait prise en pitié, la pauvre femme ! Elle ne voyait point en elle une souveraine mais une épouse stérile qui était menacée de mort à cause d'une stérilité dont elle n'était point responsable. La reine était trop… faible pour son métier de reine. Elle était trop gentille, trop compatissante. Un peu comme Caroline.

La reine devait partir en tête pour le palais de Madrid, alors que le roy et quelques gentilshommes partiraient chasser le lendemain matin pour plusieurs jours. Ils les rejoindraient une semaine après. Les dames de la cour se débrouillaient de leur côté pour arriver après le départ du souverain et des courtisans. Adeline suivait les dames et ne participait point à la chasse en raison de sa grossesse et de l'absence de la marquise de Saint-Savin.

Charlotte avait insisté pour monter dans le carrosse de la reine, celle-ci étrangement rassurée de savoir la téméraire marquise auprès d'elle. Christelle était là ainsi que Luisa de la Violada. Un seul autre carrosse suivait avec le reste de ses dames d'honneurs, les voitures avec les malles et autres effets les précédant de quelques heures. Les deux carrosses royaux étaient escortés par une patrouille de douze cadets du roy ainsi que les deux loups blancs de la marquise. Soudain, au milieu des arbres et du silence reposant des voyageuses, la reine se tourna vers Charlotte.

- L'aimez-vous ?

La question abrupte de la souveraine stupéfia tout le monde et les deux autres dames se tournèrent également vers Charlotte. La marquise posa son regard sur la reine et fronça les sourcils. Comment pouvait-elle savoir ? Comme si elle avait suivi ses pensées, Isabel soupira :

- Il vous regarde d'une telle façon… même avec votre sœur, ce n'était point si… fort.

- Je ne suis point certaine qu'il me faille vous répondre, Majesté.

- Et pourquoi donc ? s'étonna celle-ci.

- Parce que cela ne vous concerne guère et je ne suis pas certaine que vous désirez réellement savoir de quoi il retourne.

Elles se fixèrent dans les yeux un long moment avant que la reine ne baisse les yeux en soupirant :

- Vous avez sans doute raison.

C'est alors qu'un coup de feu retentit dehors, faisant tressaillir les dames.

- Que se passe-t-il ? s'inquiéta la reine.

Charlotte fronça les sourcils. Il y avait du grabuge dehors. Alors qu'elles étaient maintenant en route depuis deux heures, la marquise savait qu'il n'y avait personne dans les parages.

Il faisait chaud. On passait par le sud de Paris tout en demeurant dans les forêts, en évitant les bourgades. Pendant que les dames s'inquiétaient, paniquant presque, Charlotte réfléchissait. Il n'y avait pas de vitre à leur carrosse, la marquise poussa le rideau et siffla. Ses loups arrivèrent rapidement et elle leur ordonna de rester là. Puis elle alpaga un cadet en lui demandant ce qu'il se passait. Il voulut lui mentir et affirma que tout allait bien, qu'il ne fallait pas s'inquiéter. Mais la jeune femme le fusilla du regard et il avoua qu'une bande de brigands plutôt habiles les poursuivait. Trois soldats étaient déjà morts ainsi que le cocher de l'autre voiture. Charlotte le remercia et referma le rideau. C'était la panique parmi ses compagnes de voyage. Il fallait d'abord les calmer. La marquise de Saint-Savin siffla. C'était vulgaire, incongru et guère féminin mais l'heure n'était guère aux convenances et cela fonctionna. Elles se turent et regardèrent Charlotte.

- Bien, maintenant calmez-vous et laissez-moi réfléchir…

 C'était la reine qu'ils cherchaient, sans aucun doute. La voiture accéléra encore mais Charlotte était plongée dans ses songes sous le regard inquiet de ses compagnes. La jeune femme releva la tête et scruta la reine, sans doute des personnes qui en voulaient à la vie de la reine sinon ils ne seraient guère aussi bien préparés. Ils connaissaient leur parcours donc savaient certainement comment était vêtue la reine.

- Majesté, nous allons échanger nos places.

- Pardon ? s'étonna celle-ci.

- Je suis blonde, certes, mais je puis cacher mes cheveux sous la coiffe de Votre Majesté. Ils sont là pour vous… il nous faut changer nos effets, vite !

Luisa se reprit la première et elle s'adressa à son amie d'enfance en espagnol. Une minute après, la reine se leva et Charlotte aussi.

- Bien, dit la reine, allons-y.

Christelle aida Charlotte à retirer sa robe alors que Luisa s'occupait de la reine. Elles échangèrent tout puis la reine donna sa coiffe espagnole à la marquise.

- Pourquoi faites-vous cela ?

- Votre vie est plus importante que la mienne et je sais me battre, point vous.

Alors qu'elle terminait de passer la coiffe, qu'elle détesta aussitôt : lourde et encombrante, la voiture s'arrêta. On entendit clairement les loups grogner puis des hurlements de douleur.

- Majesté, prenez mon nom, n'oubliez pas… bonne chance.

Puis, toutes ensembles, elles sautèrent du carrosse pour partir dans les bois, Charlotte en tête. C'était son idée, chacun des dames partit dans une direction différente. Discrètement, Charlotte siffla les loups et leur fit quelques signes. Azénor suivit la reine alors qu'Althaïr se plaçait à ses côtés.

Charlotte ne réfléchit pas et courut, vite. Les lourds atours de la reine la ralentirent mais elle n'avait point le choix, elle entendait pour le moment toujours leur voix. Tandis qu'elles s'échappaient, une voix d'homme leur parvint, de pas si loin :

- Elles s'échappent !

Puis une autre :

- Mais laquelle est-ce ?

- Avec la coiffe et la robe rouge ! Les dames de compagnies sont en bleus ! Celle en noire est forcément la Saint-Savin, méfiez-vous d'elle surtout !

Une fois qu'elle ne les entendit plus, Charlotte reprit son souffle avant de retourner sur ses pas. Très attentive, la jeune femme se rendit sur le chemin au début de l'attaque où les premiers hommes avaient été tués. Elle devait retrouver là la reine et, heureusement, elle avait eu raison : elle trouva deux cheveux morts mais un s'était échappé et, grâce au flair d'Althaïr, elle parvint à le retrouver. La reine était terrifiée. Charlotte lui donna une arme chargée qu'elle avait trouvée sur un des cadets, un poignard, et l'aida à monter en selle comme un homme malgré ses jupes.

- Madame, la rassura-t-elle, vous ne devez point flancher ! Je vais les attirer dans l'autre sens. Rejoignez Paris, il s'agit sans doute de la ville la plus proche. Ne vous inquiétez point pour les filles, ils s'en moquent, c'est moi qu'ils cherchent et je sais me repérer en forêt… faites prévenir la garde.

- Je… je suis lasse de tous ces meurtres… attentats contre ma personne. Je vis dans la peur.

- Je comprends Majesté j'ai grandi avec cela mais nous en discuterons plus tard. Partez maintenant !

- Je n'oublierai jamais ce que vous faites pour moi Charlotte de Saint-Savin.

- Je ne vous le demande point… maintenant fuyez ! Et évitez les chemins !

- Je… je ne sais pas du tout où nous nous trouvons.

Charlotte soupira, bigre, elle n'avait point songé à cela.

- Bon, dit-elle, ce n'est point très important, vous allez refaire le trajet dans l'autre sens… mais ne restez guère sur la route, suivez-la plutôt dans les fourrés à quelques pas. Bonne chance.

- Que Dieu soit avec vous, la bénit la reine.

Pour toute réponse, Charlotte lui sourit, lasse, et claqua le postérieur de l'animal qui partit au galop. Quelques instants après, la reine disparut du champ de vision de Charlotte. La jeune femme soupira et s'approcha du cadavre d'un des cadets pour lui prendre son épée, on ne savait jamais, cela pouvait toujours lui être utile. La princesse sauvage déguisée en reine de France récupéra aussi un poignard sur l'autre cadet quand elle entendit une voix :

- Hé ! Ne bougez pas !

Charlotte jura et courut dans les fourrés se mettre à l'abri.

- Hé ! hurla de nouveau le brigand en la poursuivant, j'ai la reine, elle est là ! Va prévenir les autres !

Il tira. Malheureusement pour Charlotte, c'était le meilleur tireur qu'elle croisa de sa vie et, malgré la distance et leur course, il la toucha à la cuisse. Elle tomba quelques secondes avant de serrer les dents et de reprendre sa course.

Chapitre 20
Décision

Elle ne les sèmerait guère ainsi ! Le soleil atteignait son zénith et, avec tous ses atours, Charlotte perdait de la distance. La jeune femme retira d'abord la coiffe. Ses longs cheveux blonds tombèrent en cascade dans son dos mais elle n'avait pas le choix. Elle respira mieux, puis elle se délassa la robe. Alors qu'elle était en corps et bas, sans chaussures, elle les entendit. Son cœur battait toujours à toute vitesse mais elle avait une idée. La marquise avisa le grand et vieux chêne près d'elle et n'hésita pas une seconde. Elle l'escalada. Elle était encore visible lorsqu'ils atteignirent le pied de l'arbre où elle avait laissé la robe, les bijoux et les chaussures.

- Regardez !

Ils étaient trois. Un petit et frêle qui semblait aussi mal dégrossi que stupide – celui qui l'avait repérée sur le sentier – un autre qui était jeune, brun, carrure impressionnante mais son front soucieux montrait qu'il était loin d'être sot. Charlotte atteignait la première grosse branche et s'assit en silence et sans mouvement brusque en retenant des plaintes de douleur. Le troisième, qui était aussi sans doute le chef et le père du second à leur ressemblance, s'accroupit, toujours une arme à la main, comme les autres.

- Pourquoi aurait-elle retiré ses vêtements ? l'entendit-elle marmonner. Le Gris, dit-il au petit frêle, tu es certain de l'avoir blessée ?

- Oui chef.

- Alors continue, elle ne doit pas être loin, on te rejoint… les autres ne devraient plus tarder.

- Oui chef, répéta son agresseur en partant en courant.

S'ils savaient qu'elle était juste au-dessus de leur tête ! Bon écouter et réfléchir… elle avait deux poignards et une épée…

- C'est bizarre, dit le second qui n'avait pas encore ouvert la bouche. Pourquoi la reine aurait-elle retiré ses affaires ?

Le chef tenait la robe de la reine et réfléchissait.

- Parce que ce n'est pas la reine… chuchota-t-il en redressant la tête et regardant les alentours avec suspicion.

- Mais… ce sont ses affaires ! C'est ce qu'elle portait en partant.

- Elle doit être avec la Saint-Savin, je ne vois que ça, continua l'autre sans écouter son fils.

Oups, se figea Charlotte en cessant de respirer, la situation se compliquait.

- Mais… tenta-t-il de nouveau, ce n'est pas possible.

- Si tu étais la reine… non je pense qu'*elle* a dû avoir l'idée…

- Père, je ne comprends rien à ce que tu dis.

- Ce n'est pas la reine qui portait cette robe mais la marquise ! Il la jeta sur le sol. Elles nous ont bernés !

Charlotte siffla à cet instant et Althaïr, caché dans les fourrés, se jeta sur le plus jeune alors qu'elle sautait, poignard en main sur le chef. Le loup arracha promptement la tête du reste du corps du pauvre bougre alors que Charlotte plantait le poignard dans le cervelet du chef. Mais elle avait chu de haut et, même s'il l'avait réceptionnée, il lui fallut quelques instants pour s'étirer. Elle se releva et cracha sur son cadavre.

- Si intelligent et ça gâche sa vie à devenir brigand ! Pff, ces hommes !

La jeune femme prit le haut de chausse de l'un, les bottes (trop grandes malheureusement) et la chemise de l'autre, passa une de leur ceinture, y mit les armes chargées qu'elle avait récupérées sur les cadavres puis reprit sa route en compagnie de son loup, non sans avoir mis le feu aux corps et aux vêtements de la reine – les bijoux trouvèrent place dans ses poches.

Maintenant qu'elle était armée, Charlotte allait les traquer, tous, et surtout, retrouver les filles. Elle savait pister et traquer, les Indiens le lui avait appris. Ainsi, aujourd'hui, ce ne serait point une chasse aux gibiers mais à l'homme. Charlotte ne prit cependant pas le risque de retourner sur le lieu de l'incident, ils semblaient nombreux de ce qu'elle avait vu, entendu et compris. Elle repéra rapidement la trace de Luisa. Charlotte la retrouva, blessée contre un arbre. En la voyant arriver, l'amie d'enfance de la reine de France poussa un faible cri de terreur mais Charlotte lui sourit.

- Ne vous inquiétez point, ce n'est que moi, la marquise de Saint-Savin.

- Où… où est la reine ?

- Saine et sauve, enfin je l'espère. Nous avons réussi à lui trouver une monture et elle doit certainement approcher de Saint-Germain à l'heure qu'il est.

Pendant qu'elle avait parlé, Charlotte avait allongé la confidente de la reine pour examiner ses blessures… ce n'était pas beau à voir. Elle savait qu'elle allait mourir.

- Je… vais mourir… n'est-ce pas ?

La marquise acquiesça gravement.

- Oui.

Elle avait reçu trois balles : une dans les poumons – Luisa commençait d'ailleurs à tousser du sang – une dans la cuisse et Charlotte tentait de contenir l'hémorragie et la dernière dans le foie probablement.

- Merci.

- Pourquoi ? s'étonna Charlotte alors que la blessée avait fermé les yeux.

- De rester à mes côtés, de m'avoir dit la vérité.

- J'aimerais qu'on me la dise aussi… Voulez-vous que je porte un message à quelqu'un ?

- Oui… dites à… la reine… que j'ai été honorée d'être à son service… et à mon fils que je l'aime, de tout mon cœur.

- Vous avez un fils ? s'étonna Charlotte. Je ne vous savais même pas mariée !

417

- Parce que… je ne le suis point. La reine se charge de son éducation…
- Je lui dirai.
- Vous veillerez aussi sur lui ?
- Evidemment, si vous me le demandez.
- Alors il aura un bel avenir.
Charlotte lui sourit.
- Autre chose ?
- Priez avec moi s'il vous plaît ?
Charlotte lui prit la main et elles prièrent toutes les deux plus d'une demi-heure avant que la meilleure amie de la reine ne rendît son dernier souffle. Avec les dernières forces qu'il lui restait et toute sa volonté, La marquise de Saint-Savin camoufla le corps de l'Espagnole. Une fois cette histoire terminée, elle viendrait chercher sa dépouille afin de lui offrir une sépulture décente. Charlotte ferma les yeux, saisie d'un vertige ; sa cuisse saignait toujours, elle devait s'en occuper. Mais des voix lui parvinrent de nouveau et elle jura…

… pour reprendre sa course. Ce soir-là, elle atteignit un petit village où elle frappa à la première porte qu'elle trouva. Le soleil n'était point tout à fait couché mais elle n'y voyait presque plus rien tant elle était épuisée. La jeune femme avait perdu du sang, trop encore une fois. Appuyée contre le mur en attendant qu'on lui ouvrît, Althaïr couina pour lui montrer qu'il n'aimait pas qu'elle souffrît. Elle lui caressa doucement la tête. A cet instant, la porte s'ouvrit sur une toute jeune fille de pas encore quinze ans.
- Ho mon Dieu !
Charlotte lut la terreur se dessiner progressivement sur son visage.
- Non n'ayez pas peur… je suis blessée je voudrais juste…
- PAPPAAAAAA ! hurla-t-elle en refermant précipitamment la porte.

Charlotte soupira. Est-ce que quelque chose, un jour, pourrait être simple dans sa vie ?

Alors la porte se rouvrit sur un grand homme, certainement forgeron à sa carrure et ses larges mains. Il tenait une large épée d'un autre âge dans sa main.

- Que voulez-vous ?

- Je… je ne vous veux aucun mal… je suis la marquise de Saint-Savin et nous avons été attaquées en forêt… je suis blessée et je voudrais juste que vous m'accordiez l'hospitalité pour cette nuit… je n'ai plus la force de trouver une auberge… pitié.

Au mot marquise, l'homme avait tressailli avant de remarquer qu'effectivement, c'était une femme et non un homme qui se trouvait en face de lui. Il se radoucit instantanément.

- Entrez madame, évidemment.

- Le loup… est en sécurité dehors ?

- Qu'il entre aussi ma p'tite dame.

- Vous êtes trop aimable.

- Vous êtes bien pâle, entrez vite.

Il l'aida à marcher, encadré par le loup. Le maître des lieux l'emmena dans la cuisine qui – chose rare – était une pièce séparée du salon.

Charlotte remarqua que la maison n'était point des plus pauvres. En effet, il y avait un escalier menant à un étage et donc à des chambres.

- Qui était-ce Igor ? Puis son épouse, certainement, la vit : Seigneur !

- C'est une dame, Michèle. Donne-lui à boire.

- Ce n'est pas nécessaire, articula Charlotte, donnez-moi plutôt si possible de l'eau bouillante, de la charpie, de l'alcool et une petite paire de pince… elle aperçut alors toute une ribambelle d'enfants qui se tenait à l'entrée de la cuisine sans oser entrer et ne put s'empêcher de sourire. Par contre, il vaudrait mieux éloigner les enfants, ce n'est guère point un spectacle pour eux.

Ladite Michèle acquiesça gravement et demanda à son aînée, qui avait ouvert à Charlotte, d'emmener ses frères et sœurs dans leur chambre. Puis, avec son époux, ils lui apportèrent ce qu'elle avait demandé.

Sous leur regard interdit, ils la virent déchirer son vêtement gorgé de sang, serrer les dents et trembler de douleur. Cependant, la jeune femme parvint à se retirer elle-même la balle mais faillit perdre connaissance. Elle se versa rapidement du rhum sur la plaie avant de bander. Une fois l'opération terminée, elle les regarda, voulut parler mais perdit connaissance. Elle était soignée, en sécurité, et son corps avait décidé de lâcher prise.

Michèle avait une vie on ne peut plus ordinaire. Cinquième enfant d'un meunier, elle avait épousé le forgeron du village voisin à quinze ans. C'était un bon parti, surtout pour elle, mais sa beauté l'avait aidée. Son époux était gentil et respectueux envers elle, ce qui était fort rare. Depuis seize années qu'ils étaient mariés, jamais ils ne s'étaient disputés et elle savait qu'il était fier de son épouse. Leurs sept enfants (sans compter les deux qui étaient morts) faisaient leur joie. Cet après-midi d'été pourtant comme les autres allaient changer leur vie. On avait frappé à la porte mais elle faisait une tarte et les mains pleines de farine, elle avait demandé à Josette, sa fille aînée, d'aller ouvrir.

Depuis quelques mois, leur voisin bourgeois les harcelait pour acheter leur terre mais ils refusaient, évidemment. Josette avait donc cru que l'homme qui s'était présenté à leur porte n'était autre qu'un des vagabonds envoyés par leur charmant voisin.

Quelle n'avait pas été sa surprise de voir qu'il s'agissait d'une femme ! Et d'une noble de surcroît ! Malgré ses habits d'homme, cela ne faisait aucun doute qu'elle appartenait à la noblesse… sa manière de parler, de donner des ordres… C'était la première fois qu'elle voyait une dame de la cour. Elle fut encore plus stupéfaite de voir qu'elle était blessée et saignait autant, elle était résistante à la douleur, aucun doute ! Elle faillit s'évanouir en la voyant s'opérer seule.

Finalement, ce fut leur invitée qui tomba en pâmoison.

Quelque part, cela rassura Michèle qui la trouva soudain plus humaine.

Son époux, avec son accord, la porta dans leur lit. Michèle et Josette lui retirèrent ses armes et ses bottes. Michèle et son époux la veillèrent à tour de rôle jusqu'à ce qu'elle reprît connaissance, en milieu de matinée, le lendemain.

Charlotte ouvrit les yeux. Où était-elle ? Puis, elle se souvint. La marquise se redressa brusquement et aperçut une femme à ses côtés qui raccommodait tant bien que mal un vêtement quelconque.

- Pardonnez-moi de vous avoir dérangé, s'excusa-t-elle.

La maîtresse de maison ne remarqua qu'à cet instant qu'elle était réveillée et sursauta.

- Non non c'est normal madame.

Charlotte éclata de rire face au trouble de son hôtesse.

- Ne me regardez point ainsi, je vous assure que je n'ai jamais mordu qui que ce soit.

Michèle ne put s'empêcher d'esquisser un sourire tandis que la jeune marquise se levait en gémissant.

- Auriez-vous un cheval ?

- Malheureusement non.

- Quel âge à votre fils aîné ?

- Quatorze ans.

- Alors, avec votre accord, il va découvrir Saint-Germain.

Pas une heure plus tard, elle marchait dans le village en compagnie de Michèle, son fils et sa fille aînés. On les salua, politesse à laquelle ils répondirent par des sourires. Charlotte portait une robe de paysanne prêtée par son hôtesse. La jeune femme s'estima heureuse d'être tombée sur une famille assez aisée pour se permettre plusieurs tenues. Arrivée chez le scribe du village, Michèle le salua.

- Bonjour Emeric.

- Bonjours Madame Forgea, comment vous portez-vous ?

- Très bien. Mon amie que voici voudrait envoyer une lettre s'il vous plaît.

- Mais bien entendu, sourit le vieil homme, je suis ici pour cette raison.

Il prit du papier, tailla une plume, la trempa dans l'encrier et regarda la jeune femme :

- Je vous écoute.

Charlotte lui sourit avec indulgence.

- Je vais l'écrire moi-même si cela ne vous dérange point.

Un brin agacé, il lui tendit la plume.

- Non non pas du tout.

Il s'attendait, comme souvent dans ces cas-là, à ce qu'elle parcourût quelques mots malhabiles avant de lui remettre la plume afin qu'il écrivît à sa place. Mais elle le surprit. La jeune femme se mit à écrire d'une main ferme, sûre, rapide et fluide ; d'une magnifique écriture… digne des grandes dames. Son écriture était magnifique, plus parfaite et habile même que la sienne. Il la regarda avec effarement. Elle était belle, propre, fine… ses traits et son maintien trahissaient ses origines – qui ne devaient guère être celles d'une roturière. Une fois terminée, la jeune femme sabla sa missive et le regarda dans les yeux.

- La cire est-elle prête ?

Il acquiesça et scella la lettre. Il aurait bien aimé voir à qui elle était destinée mais la jeune femme le surprit plus encore lorsqu'elle la lui reprit pour… déposer un sceau sur la cire encore chaude. L'homme de lettres ne s'était donc pas trompé : il avait en face de lui une grande Dame.

Il souffla alors :

- Qui êtes-vous ?

- Charlotte de Lusignan, marquise de Saint-Savin, monsieur.

Elle souriait, avec ironie, amusement, mais elle souriait. Il demeura bouche bée, évidemment, il la connaissait ! Elle posa un louis d'or, au lieu des quelques écus demandés, sur le comptoir et quitta sa boutique avec madame Forgea et ses enfants. Il savait maintenant à qui était destinée la lettre : au roy. Charlotte était trop faible pour partir sans cheval et elle se doutait que personne n'avait de cheval dans ce village perdu. Une fois à la limite nord du village, la jeune femme dit à l'adolescent.

- Tout dépend de toi Guillaume. Va à Paris, c'est par là. Si tu trouves un village, achète-toi un cheval puis rejoins Saint-Germain. On ne te laissera certainement point entrer alors tu leur montreras ceci, elle lui donna sa chevalière. Et tu cherches Lebel. Ne demande pas le roy, on t'enfermerait aux cachots. Lebel te mènera à Sa Majesté et tu lui donneras cette lettre, d'accord ? Althaïr va te suivre pour te protéger.

L'enfant acquiesça. Charlotte lui tendit une arme à feu chargée, glissa le poignard du cadet dans sa ceinture et lui tendit la lettre avec sa chevalière et l'aumônière de la reine.

La mère embrassa son fils et il partit sans se retourner, fier de son importante mission mais terrifiée également.

Une fois sur le chemin du retour, Charlotte demanda à s'asseoir, elle avait mal à la jambe.

- Je suis désolée, s'excusa-t-elle encore, de tout reposer ainsi sur lui.

Michèle ne connaissait rien à la cour ou très peu mais si elle pouvait aider une grande dame, elle le faisait volontiers. Charlotte leur avait dit qu'elle était marquise et qu'elle avait été attaquée avec la reine alors qu'elles se rendaient au palais de Madrid… Michèle songea qu'elle ne savait même pas où il se trouvait !

Elle était honorée de la confiance dont faisait preuve la dame de la cour, elle était toutefois un peu déstabilisée par la conduite de la belle marquise.

Michèle songeait que sans doute on enverrait une voiture pour chercher la jeune femme… elle ne s'attendait pas du tout à ce que le roy en personne vînt dans sa demeure.

Le matin du deuxième jour suivant le départ de son fils, des bruits de sabot, en grand nombre, se firent entendre. Charlotte, qui était dans la cuisine avec les enfants et la maîtresse de maison, les distrayait avec quelques dialectes indiens. En entendant le bruit des chevaux, la jeune femme se leva brusquement et se précipita dehors. Michèle et les enfants la suivirent. Wouah ! Un carrosse doré tiré par six chevaux, une dizaine de soldats pour l'escorter… la porte du carrosse s'ouvrit soudain et un homme en sortit. Grand, froid, fier… avec un petit quelque chose qui le rendait impérial. C'est alors qu'elle aperçut son fils qui descendait du banc aux côtés du cocher.

- Maman, mère ! cria-t-il à son intention, c'est le roy !

Alors qu'elle relevait la tête, l'épouse du forgeron vit le visage froid du roy se poser sur Charlotte qui s'était figée. Alors, le visage du souverain se détendit et la belle marquise reprit sa course avant de se jeter dans les bras du monarque qui la serra, fort.

- Seigneur, murmura-t-il en caressant ses cheveux, ne me refaites jamais une peur pareille.

Michèle se reprit et murmura à son fils.

- Es-tu certain qu'il s'agit du roy ?

- Ho oui mère !

- Va chercher ton père !

A cet instant, Charlotte embrassa le roy qui le lui rendit bien.

- J'ai eu peur de ne plus jamais vous revoir, avoua-t-il.

- Comment se porte la reine ?

- Elle nous a rejoints et se porte bien… tout du moins physiquement. Grâce à vous, madame.

- Pourquoi être venu en personne ?

- Parce que j'ai trop craint de vous perdre pour ne point aller au devant de vous.

Elle lui offrit un magnifique sourire.

- Si maintenant tout le monde n'a pas compris…

Il haussa les épaules.

- Que le monde entier sache que je vous aime, peu m'importe… je n'aurais point supporté de vous perdre… pas vous.

Charlotte le serra de toutes ses forces avant de se détacher.

- Je ne sais pas non plus comment je pourrais vivre sans vous… je n'ai plus ma sœur ni mon fils… Charles, dit-elle en l'appelant pour la première fois par son prénom, vous êtes devenu mon soleil… je vous aime à en mourir.

- Ha non ! sourit-il, je vous interdis de mourir !

Elle éclata de rire et il l'étreignit de nouveau.

- Charlotte, vous êtes mon âme.

La marquise plongea son incommensurable regard bleu dans le sien, à présent sereine :

- Rentrons chez nous.

Epilogue
Ames sœurs

A la suite de cet incident, les Forgea se retrouvèrent sans trop savoir comment propriétaire d'une jolie fortune. Lui devint apprenti du plus grand forgeron de Paris puis acquit, cinq années après, le titre de forgeron officiel de la couronne, donc de l'armée française. Son épouse devint couturière d'une grande boutique de la capitale et tous leurs enfants furent nantis d'une gouvernante et d'un précepteur, aux frais de la couronne.

Charlotte alla chercher avec le duc de Guyenne et quelques soldats le corps de Luisa de la Violada resté dans la forêt. Ne la voyant point revenir et personne ne l'ayant vue dans la forêt, la reine s'était doutée que son amie d'enfance était décédée mais en avoir la confirmation la rendit presque folle de chagrin. Charlotte passa plusieurs heures aux pieds de la souveraine, à essayer ses larmes, tout en lui racontant mille et unes fois la suite des événements. Isabel la remercia d'avoir prié avec son amie. Cela la rassurait de savoir qu'elle n'était pas partie en se sentant abandonnée.
Les obsèques à l'espagnol furent magnifiques et la marquise respecta son serment en révélant à la reine les dernières paroles de Luisa.
Le fils de Luisa grandissait parmi les Jésuites. Charlotte reçut l'autorisation de la reine de pouvoir annoncer en personne la mort de sa mère au petit Juan, alors âgé de onze ans.

Adeline mit au monde une petite fille quelques mois plus tard puis quatre autres dans les années qui suivirent. Charlotte devint la marraine de l'aînée et le marquis de Vauban le parrain. Ce fut à ce moment que la jeune femme apprit que le maréchal de France était en réalité le jeune frère du duc de Guyenne, enfin son demi-frère mais ils avaient été élevés ensemble.

Thomas d'Abzac resta sous la protection de Charlotte jusqu'à ce qu'il entrât dans l'armée régulière comme fantassin à l'âge de seize années. Mais, comme tous les enfants qu'elle éduqua, le jeune noble se fit rapidement repérer pour ses talents de guerrier et de stratège. A l'âge de dix-neuf ans, il était colonel et, à vingt-cinq, général.

Charlotte continua d'éduquer les enfants nobles et roturiers du palais jusqu'à sa mort ce qui remonta rapidement le niveau militaire lorsque ces enfants entrèrent dans l'armée. Cependant, personne ne reprit ce qu'elle avait commencé.

La guerre continua. Elle ne devrait cesser que dans plusieurs générations. Parfois, pendant quelques années, les combats ralentissaient et la tension redescendait doucement... avant de reprendre avec plus de virulence encore... nonobstant, ceci est une autre histoire.

Bientôt, on ne se souvenait même plus pourquoi on se battait.

Charlotte devint après l'incident la maîtresse du roy aux yeux de tous même si elle refusa que le monarque la considérât officiellement comme telle.

Toutefois, la reine se plongea dans une profonde dépression, à cause des incessantes moqueries de la cour sur sa stérilité, des attentats envers sa personne, la mort de Caroline puis de son amie d'enfance.

Puis un jour, plus d'un an après la mort de son amie, la reine se présenta au bureau de son époux et l'informa qu'elle prenait le voile. Il fut surpris par sa décision et lui en demanda la raison.

Elle était lasse des hommes, de la cour... ce monde n'était guère fait pour elle. Et pour le bien de la France, elle devait s'effacer, qu'il épousât une femme qui pût lui donner une descendance...

... après de longues heures à discuter, ce qu'ils n'avaient jamais fait et n'auraient jamais fait dans d'autres circonstances, ils demandèrent le divorce au Pape. Chacun écrivit sa lettre. Lui pour lui demander le divorce et non l'annulation du mariage pour cause de stérilité et elle pour cause de stérilité également. Elle désirait entrer dans les ordres.

Huit mois après, le divorce était prononcé et la reine se retirait à jamais chez les Carmélites d'Orléans. Jamais on ne la revit ni n'entendit parler d'elle.

Et nécessairement, trois mois après, on apprenait les fiançailles de la princesse Charlotte de Lusignan, marquise de Saint-Savin et du roy ; Charles-Henry Bourbon de Navarre. Quatre mois après, le jour du solstice d'été, avait lieu le mariage tant attendu en France.

La nouvelle souveraine apprit qu'elle était enceinte le jour de ses noces et elle mit des jumeaux au monde sept mois après son ascension au trône de France. Le vicomte et la vicomtesse de Lusignan (les parents de Charlotte) réintégrèrent la cour à la demande de la reine de France. Ses parents étaient donc présents pour son mariage.

A la naissance des jumeaux, il y eut d'abord une fille, que l'on nomma Caroline Michèle Adeline d'Evreux puis un fils : Henri Louis Marie-Josèphe d'Orléans.

Dans toute la France, on s'écriait joyeusement :

- Le choix du roy ! Le choix du roy !

On ne pouvait nier que le ciel avait béni leur union.

Avec la naissance de ce royal fils, le duc de Rambouillet perdit son titre de Dauphin mais cela l'arrangeait.

Son frère, le comte de Toulouse, épousa peu de temps après une jeune Montmorency qui lui donna deux fils. Cependant, le jeune père fut tué lors d'une bataille en sauvant la vie de son souverain. Charlotte, Charles, Paul et l'épouse du défunt furent tous les quatre très affectés par sa perte. Le roy conseilla au duc d'épouser en seconde noces la veuve de son frère. Les deux enfants de cinq et deux ans auraient besoin d'un père.

Paul avoua qu'il s'agissait sans doute de la meilleure solution et ils se marièrent l'année suivante. Même si elle ne put lui faire oublier Caroline, Françoise – sa seconde épouse – parvint à lui donner du bonheur. Il retrouva son caractère enjoué et enfantin qu'il avait petit à petit perdu entre ses obligations d'héritier de la couronne et la mort de Caroline. Ils devinrent de très bons amis et elle lui donna un fils et deux filles qui firent sa joie et sa fierté.

Kate apprit à l'âge de huit ans que son père était le roy de France et que sa mère était en réalité la sœur de la reine, la jumelle de celle qu'elle considérait comme sa mère. Cependant, pour elle cela ne changea rien et, après une semaine à fuir tout le monde, elle retrouva Charlotte en lui disant que de toute façon elle lui ressemblait et que c'était elle sa maman. Pour le roy, ce fut plus complexe. La petite garda de la distance avec lui, même si elle l'appréciait beaucoup, pour elle, le duc de Rambouillet était son père. Le monarque fut peiné mais comprit que l'enfant avait certainement raison et il respecta son choix. Il demeurait, dans tous les cas, son parrain.

Dire que la reine et le roy ne se disputèrent pas serait un mensonge. Leurs échanges plutôt bruyants et violents se firent plus rares mais ne disparurent jamais, au grand bonheur de la cour. Charlotte estimait que ce n'était pas parce qu'elle était reine de France qu'elle devait se taire.
La jeune femme se tailla une place importante dans la politique française. Le roy finit par la consulter pour tout et, quelques années après leur mariage, la jeune femme avait un siège dans la salle du conseil. Cette initiative choqua la populace ainsi que ministres et conseillers mais on se fit rapidement une raison.
Ceci étant évidemment une idée de Charlotte mais qui valut des semaines de pourparlers, de hurlements et de menaces en tout genre avant de parvenir à ses fins. Ainsi, la téméraire souveraine

pouvait continuer de gérer les affaires courantes du royaume lorsque son époux se rendait sur les champs de batailles. On s'aperçut rapidement qu'elle n'était point faible, loin de là, et qu'elle savait exactement de quoi elle parlait. On fut surpris par sa capacité d'adaptation et de toutes les qualités incroyables qui faisaient d'elle plus un empereur qu'une reine. Cependant, on n'aurait guère dû s'étonner, après tout, elle était la marquise de Saint-Savin, celle qui dès le premier jour de son arrivée en France avait chamboulé toute la cour…

Charlotte se tenait devant la tombe de sa sœur avec la petite Kate. Celle-ci âgée à présent de neuf ans demanda à sa mère de l'emmener voir sa jumelle. Tous les ans, pour leur anniversaire et le jour de sa mort, Charlotte se rendait sur sa tombe.

Il faisait froid et la mère et la fille se taisaient.

Deux sœurs, un seul destin…

… un seul destin ? Non, deux étoiles différentes mais si proches l'une de l'autre qu'on les avait confondues.

Caroline était l'âme sœur de Paul de Rambouillet mais la lumière céleste du roy l'avait éblouie comme le soleil qu'était la jeune fille avait aveuglé la cour.

Charlotte était celle qui avait été créée pour le roy qui, toujours aveuglé par le soleil de Caroline, n'avait su la reconnaître… mais Charlotte aussi était un soleil, un peu différent de celui de sa jumelle mais une étoile brille, envers et contre tout. Elle avait brûlé le souverain alors qu'elle n'avait su percevoir non plus cette lumière qui avait ébloui sa sœur.

Mais l'on n'échappe guère à son destin et ils s'étaient finalement trouvés…

Charlotte se demanda longtemps ce qui avait été le plus beau dans sa vie : son amour pour le roy et la vie qu'ils avaient partagé ou tout ce qu'il s'était passé avant, la recherche inconsciente l'un de l'autre, riche en émotions et en événements ?

Elle avait sa petite idée sur la réponse…

© SUDARENES EDITIONS
Directeur de Publication : David Martin
ISBN : 9782374643700
www.sudarenes.com
www.sudarenes.fr